FRANÇOIS BARANGER

Né en 1970, François Baranger est un artiste aux multiples talents. Illustrateur pour le cinéma, réalisateur de courts-métrages d'animation, il est aussi *concept artist* dans le domaine du jeu vidéo. *Dominium Mundi*, gigantesque fresque parue en deux tomes (Pocket 2016), et inspirée du poème épique du XVIe siècle *La Jérusalem délivrée*, est l'aboutissement impressionnant de maîtrise d'une dizaine d'années de travail. Ce diptyque sera suivi de *L'Effet domino*, paru aux éditions Bragelonne en 2017. Ses mises en images de *L'Appel de Cthulhu* et des *Montagnes hallucinées* ont été saluées tant par la critique que par les lecteurs. Il revient au roman avec *Tepuy* (Critic, 2020 ; Pocket, 2021), thriller science-fictif dans la lignée de Michael Crichton.

W0347296

TEPUY

ÉGALEMENT CHEZ POCKET

DOMINIUM MUNDI, LIVRE I

DOMINIUM MUNDI, LIVRE II

TEPUY

IMAGINAIRE
Collection dirigée par Charlotte Volper

FRANÇOIS BARANGER

TEPUY

ÉDITIONS CRITIC

MIXTE
Papier issu de sources responsables
FSC® C003309

L'éditeur de cet ouvrage s'engage dans une démarche de certification FSC® qui contribue à la préservation des forêts pour les générations futures.

Pour en savoir plus :
www.editis.com/engagement-rse/

Le Code de la propriété intellectuelle n'autorisant, aux termes de l'article L. 122-5, 2° et 3° a, d'une part, que les « copies ou reproductions strictement réservées à l'usage privé du copiste et non destinées à une utilisation collective » et, d'autre part, que les analyses et les courtes citations dans un but d'exemple et d'illustration, « toute représentation ou reproduction intégrale ou partielle faite sans le consentement de l'auteur ou de ses ayants droit ou ayants cause est illicite » (art. L. 122-4).
Cette représentation ou reproduction, par quelque procédé que ce soit, constituerait donc une contrefaçon, sanctionnée par les articles L. 335-2 et suivants du Code de la propriété intellectuelle.

© Éditions Critic 2020
ISBN : 978-2-266-31817-4
Dépôt légal : octobre 2021

Toutes les citations de
En un combat douteux de John Steinbeck
sont tirées de l'édition Folio de 1972,
traduction de Edmond Michel-Tyl.

Elle ouvre les yeux.

Il fait noir et froid. Une douleur sourde.

Ses paupières sont trop lourdes. Elles retombent.

Elle ouvre les yeux.

Il fait noir, son corps entier la fait souffrir. Ses articulations sont ankylosées, elle doit sûrement dormir dans une mauvaise position. Elle tente de bouger, mais rien ne se passe, ses muscles refusent d'obéir.

Ce rêve est vraiment déplaisant, elle espère qu'il va bientôt prendre fin.

Elle ouvre les yeux.

Il fait toujours noir. Le rêve continue, pas moyen d'en sortir.

Elle mobilise sa volonté, bande ses muscles et, cette fois, parvient à déplacer ses bras de quelques centimètres. Le sol lui semble dur et râpeux, comme de la pierre. Quelqu'un la retient, l'empêche de se mouvoir. Non, pas quelqu'un… quelque chose. Des fils. Elle est prise dans des fils emmêlés. Comme une toile d'araignée géante. Celle qui l'a tissée va-t-elle venir chercher sa proie ?

Elle veut crier, aucun son ne jaillit de sa gorge. Même ses lèvres ne lui obéissent pas. Ce rêve est un cauchemar. Il faut se lever pour y mettre fin, ne pas y replonger. Elle concentre toutes ses facultés dans ce but, sans succès. Ses jambes sont paralysées. Elle a si froid qu'elle est engourdie. Dans un spasme, elle réussit à bouger son bras de nouveau. Sa main, retenue par les fils, ne va pas loin, et retombe sur une surface lisse et douce. Du tissu.

Enfin, elle a retrouvé ses draps. Elle s'y agrippe, s'y recroqueville. C'est un cauchemar, bien sûr, et elle va bien finir par se réveiller.

Soudain, une lumière ! Cela ne dure qu'une seconde, mais dans cette noirceur absolue, c'est comme un éclair. La rétine blessée, elle ferme les yeux par réflexe.

Cet éclair avait une forme. Elle y a discerné une sorte de silhouette fantomatique. D'ailleurs, elle la voit toujours. À moins que ce ne soit une simple rémanence oculaire ? Elle ne comprend pas ce que c'est, pourtant ça la regarde, elle en est sûre.

Tout cela est bien trop douloureux et inquiétant. Elle tire le drap sur elle, s'y enveloppe complètement.

Elle va se rendormir et passer à un autre rêve…

Premier jour

1

Ruz

6 h 04

Ruz entrouvrit les yeux. Une faible lumière s'insinua dans ses pupilles, mais même faible, c'était déjà trop. Ses yeux roulèrent dans leurs orbites, elle referma les paupières.

Lorsqu'elle les souleva de nouveau, elle s'était préparée. La lumière ne la surprit pas. Ses paupières lui semblaient collées entre elles, comme recouvertes de mucosités. Elle battit plusieurs fois des cils et réussit enfin à les ouvrir pour de bon. La lumière n'était pas si forte. Elle chercha un détail auquel accrocher son regard, en vain. Croyant qu'elle n'arrivait pas à accommoder sa vision, elle plissa les paupières avec force. Cela ne changea rien, elle était toujours entourée de cette lumière jaune et uniforme.

L'inquiétude saisit alors Ruz. Rien de tout cela n'était normal. Elle n'avait jamais vécu un tel réveil. Elle s'efforça de bouger, de faire jouer ses membres engourdis. La douleur lui tomba dessus d'un coup, sans prévenir. Partout, dans ses bras, ses jambes, son bassin et, surtout, sa tête. Elle gémit. Son pitoyable, émis par une gorge enrouée. Toutefois, aussi faible qu'il fût, ce râle pénétra dans ses oreilles et, comme s'il réactivait ses tympans, apporta avec lui d'autres bruits. Un frémissement léger et continu, quelques chants d'oiseaux au loin. L'ambiance sonore du dehors. Avait-elle dormi la fenêtre grande ouverte ? Cela expliquerait pourquoi elle avait si froid.

Maintenant, ça suffit ! Je dois me lever, bon sang !

Mue par un soudain accès de volonté farouche, Ruz réussit à soulever un bras tremblant et à le tendre devant elle. Sa main rencontra alors… de la toile. Elle était prisonnière d'une sorte de grande bâche jaune. Voilà pourquoi elle ne voyait rien depuis tout à l'heure. Forçant ses yeux à faire le point, elle parvint à discerner la trame du tissu. Elle poussa sa main plus avant et la toile se souleva un peu. Sans réfléchir, elle se dressa sur son coude, comme elle fait toujours lorsqu'elle se lève… et cria de douleur.

Ce simple geste avait provoqué un déferlement de souffrance physique générale. Elle aurait été bien en peine de déterminer quel endroit de son corps lui faisait le plus mal. Pourtant, elle continua, poursuivant son mouvement, pressée de retirer cette damnée enveloppe de tissu qui l'enserrait, de défaire ces fils entortillés autour de ses membres qui lui coupaient la circulation sanguine. Elle gémissait de plus en plus fort à mesure que son corps se réveillait, que ses perceptions retrouvaient le chemin des terminaisons nerveuses. Enfin, le dernier fil arraché, elle put se dégager entièrement de la large toile qui la recouvrait et s'asseoir tant bien que mal.

Au début, elle ne vit rien. L'éblouissement l'en empêchait. Le souffle court, le cœur battant, elle garda les yeux mi-clos une minute, se refusant à les fermer de nouveau. Les ouvrir lui avait demandé un tel effort qu'elle n'avait pas envie de tout reprendre à zéro. Puis ses rétines s'habituèrent et elle distingua enfin ce qui l'entourait.

7 h 11

Des arbres. Partout.

Une forêt.

Ruz se trouvait dans une petite clairière, entourée d'arbres. D'après la faible clarté du ciel, c'était l'aurore. Au sol, de larges pans de rocher affleuraient au milieu de mousses et de flaques transparentes à la surface desquelles des insectes provoquaient, par leur déplacement, de fines rides concentriques. Tout autour d'elle s'étendait une immense bâche froissée jaune, emmêlée avec de longues cordelettes blanches.

Qu'est-ce que je fais là ?

Une fête qui tourne mal, au cours de laquelle elle aurait un peu trop forcé sur l'alcool ? Était-elle en train de camper, et sa tente aurait été abattue par un coup de vent ? Ruz se trouvait bien incapable de donner une quelconque explication à sa situation.

Soudain, une intense lumière l'aveugla. Elle détourna la tête et ferma les yeux par réflexe. Alentour, l'ensemble des bruits de la forêt s'intensifièrent, les frondaisons bruissèrent comme si elles prenaient vie et les oiseaux se mirent tous à chanter de concert. Elle comprit que le soleil levant venait de passer la cime des arbres et inondait la clairière de lumière. Sous l'effet de ses rayons, une douce chaleur irradia ses membres, lui procurant un tel bien-être qu'elle poussa un soupir de soulagement. Jusqu'à cet instant, elle n'avait pas eu conscience d'avoir aussi froid. Cela signifiait qu'elle était en hypothermie et que son corps lui envoyait des informations faussées. Maintenant que le soleil la réchauffait, il lui semblait qu'on lui injectait du réconfort directement dans les veines, qu'un remède vivifiant se diffusait dans tout son organisme. Après s'être abandonnée avec reconnaissance à cette sensation pendant de longues minutes, elle se décida enfin à rouvrir les yeux et observa son environnement, qu'elle voyait mieux désormais.

Scrutant la végétation avec attention, Ruz détailla les larges feuilles des arbres, les plantes grimpantes aux lourdes fleurs, les épiphytes caractéristiques qui retombaient des hautes branches vers le sol en bouquets de lianes… Cette forêt n'était pas typique des latitudes nord-américaines. Elle n'était pas de chez elle.

Cette forêt était une *jungle*.

De surprise, elle voulut se lever, mais une force contra son geste et la fit retomber en arrière. Son bras droit, tout son flanc gauche et surtout sa tête lui causèrent de vifs élancements et, une fois encore, lui arrachèrent un cri de douleur. Elle se remit sur son séant avec précaution et prit le temps de s'examiner. Elle était vêtue d'un sweat-shirt brun et d'un pantalon gris de toile épaisse, équipé de plusieurs poches comme un treillis militaire. Ses vêtements étaient déchirés en de nombreux endroits et tachés.

À travers une lacération de la manche, son bras droit présentait une longue plaie couverte de sang coagulé, traçant un sillon carmin de son épaule jusqu'au poignet. Elle voulut soulever le bas de son sweat-shirt pour vérifier son flanc et s'aperçut à ce moment qu'elle portait un harnais. Celui-ci lui enveloppait l'ensemble du torse, du bassin jusqu'aux épaules, et toutes les cordelettes dont elle était entourée semblaient y être attachées. Elle comprit alors qu'elle était reliée à un parachute. Ce constat permit à son esprit embrumé de remonter une marche de l'escalier au pied duquel il semblait avoir dégringolé. De toute évidence, elle avait fait un saut qui avait mal tourné.

Avec des grimaces de souffrance, elle déboucla les attaches de sangle au niveau des clavicules et à la ceinture, puis parvint à s'extraire du harnais. Plutôt que de se redresser d'un coup, elle opta pour s'accroupir puis, avec précaution, souleva son sweat et son tee-shirt. Elle constata que tout son flanc gauche était violacé, recouvert d'un hématome énorme. Dans son état de confusion actuel, l'esprit embrumé et l'ensemble du corps parcouru de douleurs diverses, il lui était impossible de déterminer si certaines de ses côtes étaient cassées.

La conclusion était claire : au cours d'un atterrissage catastrophe en parachute, elle avait traversé des arbres qui lui avaient occasionné ces blessures et lacéré ses vêtements. Le choc final avait dû être si rude qu'il l'avait laissée inconsciente plusieurs heures. L'endroit de son corps qui l'élançait le plus était le seul qu'elle ne pouvait pas voir : son front. Tâtant prudemment pour se faire une idée, elle sentit aussitôt des dizaines d'aiguilles de douleur vriller dans son crâne. Une bosse impressionnante et très sensible s'étalait entre ses arcades sourcilières et la racine de ses cheveux. Ses doigts revinrent rougis ; la bosse était fendue. Cela dit, la plaie ne devait pas être profonde, sans quoi elle aurait le visage et les épaules couverts de sang. Le front est une zone très vascularisée.

Une fois encore, elle tenta de se souvenir des événements qui l'avaient conduite ici. Toujours accroupie, elle ferma les yeux et se concentra de toutes ses forces. Que s'était-il passé ces dernières heures ?

Rien ne vint.

Elle sentit l'angoisse indécise qui la taraudait depuis un moment grandir en elle, prenant ses marques pour mieux s'installer. Fronçant les sourcils, Ruz s'efforça une fois encore de rassembler ses souvenirs.

Toujours rien.

Soudain prise de panique, elle rouvrit les paupières sans pouvoir retenir un cri. En fouillant sa mémoire, non seulement elle n'avait pas trouvé ses souvenirs récents, mais elle n'avait *rien* trouvé du tout.

Le vide complet.

« NON, c'est impossible ! » ne put-elle s'empêcher de crier, faisant s'envoler à tire-d'aile quelques oiseaux.

Elle se dressa d'un coup et, immédiatement, le décor se mit à tourner. Déterminée à ne pas retomber, elle écarta les jambes pour conserver son équilibre et expira plusieurs fois avec lenteur jusqu'à ce que le vertige se dissipe. L'affolement reflua un peu.

Il était temps de se reprendre et d'examiner la situation avec plus de sang-froid ! Elle essaya de lister les évidences.

Premièrement, elle avait procédé à un saut en parachute qui s'était mal terminé. Soit ce dernier s'était ouvert trop tard, soit elle avait sauté depuis une altitude insuffisante. Quoi qu'il en soit, ces arbres qui l'avaient blessée l'avaient probablement aussi sauvée en amortissant sa chute. Pourquoi avait-elle sauté ? Il pouvait tout aussi bien s'agir de la pratique d'un loisir que d'un ultime recours avant le crash d'un avion.

Deuxièmement, elle avait reçu un violent choc au front qui l'avait plongée dans l'inconscience un temps indéterminé et surtout, manifestement, rendue… amnésique.

La simple évocation de ce mot l'effraya tant qu'elle sentit l'affolement revenir au galop.

Pas de panique ! Ce n'est sûrement qu'un état passager dû au choc. Je vais retrouver mes esprits d'ici quelques minutes, quelques heures tout au plus !

En attendant, elle devait tout faire pour garder son calme et agir avec pragmatisme.

Pour commencer, de quoi se souvenait-elle ?

Je m'appelle Ruz.

Ruz ? Ce n'était pas un nom. Plutôt un diminutif. Mais le reste ne venait pas. Pas davantage que son nom de famille. Quoi d'autre ?

Rien.

Elle ne se souvenait de *rien* !

Ses mains se mirent à trembler, et elle sentit une larme rouler sur sa joue. L'affolement menaçait de se muer en peur panique. Comment pouvait-on oublier jusqu'à son nom de famille ?

« ÇA SUFFIT ! vociféra-t-elle en se frappant les cuisses de ses poings. REPRENDS-TOI ! »

D'avoir expulsé ainsi une partie de sa colère lui fit du bien. Elle décida de bloquer toute pensée concernant ce problème pour le moment. Passer son temps à paniquer ne l'aiderait en rien.

Avant toute chose, il lui fallait évaluer son état physique.

Quelques pas mal assurés lui permirent de constater, avec soulagement, que ses jambes ne la faisaient pas trop souffrir. Si vraiment elle était perdue dans une jungle inconnue, être en mesure de marcher aller s'avérer vital. La faim qu'elle ressentait ne lui parut pas excessive, signe qu'elle n'était pas restée inanimée plus de quelques heures. Elle avait subi une légère hypothermie pendant la nuit, limitée par le réflexe inconscient de s'être roulée en boule dans la toile du parachute comme dans des draps. Ses blessures mises à part, elle se sentait dans une bonne condition physique.

Après cela, elle fouilla ses poches, vérifiant que son pantalon de treillis ou son sweat-shirt ne renfermaient pas quelque équipement utile. Malheureusement, hormis la montre antichoc à son poignet, elle ne portait rien sur elle.

Soudain, elle songea qu'elle n'était peut-être pas seule. Si elle avait survécu à un crash, d'autres pouvaient avoir eu la même chance.

« À l'aide ! cria-t-elle. À L'AIDE ! »

Quelques fragments d'écho lui revinrent, mais pas de réponse.

« IL Y A QUELQU'UN ? À L'AIDE, S'IL VOUS PLAÎT ! À L'AIDE ! »

Après s'être époumonée de longues minutes, il lui fallut se rendre à l'évidence : elle était livrée à elle-même.

Luttant toujours contre l'angoisse terrible qui lui tordait l'estomac, elle s'efforça de recouvrer un minimum de calme. Seule, perdue en pleine nature et amnésique, ses chances de survie étaient déjà faibles. Sous l'emprise de la panique, elles étaient nulles. La seule solution consistait à accepter la situation autant que possible et agir de manière rationnelle.

Que faire en pareilles circonstances ?

Sans même y réfléchir, elle sut que la priorité était l'eau. Quoi qu'il puisse advenir dans les prochaines heures – ou jours –, elle ne pourrait se passer de boire. Il fallait donc commencer par chercher de l'eau potable. Cette idée s'imposa à elle comme un réflexe inscrit au plus profond d'elle-même. Possédait-elle des connaissances en matière de survie en milieu hostile ? Serait-elle militaire ? Elle n'aurait pu répondre avec certitude à cette question, pourtant elle avait l'intuition que tel n'était pas le cas. Mais pouvait-on se fier à ses intuitions lorsqu'on était atteint d'amnésie ?

Ruz se dirigea vers la limite de la clairière et pénétra dans la végétation dense, constituée d'énormes fougères, de racines enchevêtrées et de plantes grimpantes montant sur les troncs d'arbres dont les longues feuilles pointues s'épanouissaient en touffes, dix mètres plus haut. Au bout de quelques pas d'une progression difficile, elle songea qu'il ne fallait pas trop s'éloigner de son point de chute. Ramassant une pierre pointue, elle entreprit de marquer tous les troncs sur son chemin d'une longue incision horizontale, bien visible.

Sous les frondaisons, la température était plus fraîche qu'au soleil de la clairière. Cependant, l'effort que réclamait le cheminement dans ces végétaux étroitement imbriqués mit rapidement la jeune femme en nage. Une légère brume en suspension rendait tout humide et glissant. Cette forêt ne manquait pas d'eau, ce qui était une bonne nouvelle ; toutefois, on ne pouvait étancher sa soif en léchant des branches. C'était un ruisseau dont Ruz avait besoin. Elle tâcha de se diriger vers les creux de terrain, où les précipitations avaient des chances de former un cours d'eau. À son grand soulagement, à peine plus d'une quinzaine de minutes furent nécessaires pour découvrir un petit filet courant sous les racines torses. L'eau était claire et ne sentait pas mauvais. La région était très humide ; l'élément liquide ne poserait donc pas de problème pour la suite.

Ruz plongea ses mains dans le ruisseau, but avec reconnaissance et s'aspergea le visage pour achever de se réveiller. Ensuite, elle ôta son sweat-shirt et lava la longue plaie de son bras droit. Une sacrée estafilade, mais finalement peu profonde. Une fois les nombreuses petites coupures et ecchymoses dont elle était couverte nettoyées à leur tour, elle prit de l'eau en coupe dans ses mains et la laissa couler sur son front. La douleur fut telle que ses jambes flanchèrent ; elle dut s'asseoir par terre pour ne pas tomber. Elle se força néanmoins à réitérer l'opération plusieurs fois, et, à la fin, constata que l'élancement diminuait. La fraîcheur de l'eau aiderait certainement la contusion à dégonfler. Ceci fait, elle remit son sweat-shirt puis, à l'aide des marques, retourna à la clairière.

Il lui fallait maintenant tenter de déterminer où elle se trouvait. La végétation alentour semblait appartenir au type équatorial. C'était un début. Pourtant, les arbres lui paraissaient un peu petits pour une jungle subtropicale, et l'air était un peu trop frais, même pour cette heure matinale. Elle fit le tour de la clairière, à la recherche de traces quelconques, en vain. Hormis son parachute déchiré, aucun objet n'était visible. Posant un genou à terre, elle examina le harnais et aperçut un morceau de plastique noir coincé dans l'une des sangles. Une sorte de pince cassée, comme si un objet avait été accroché là et s'était détaché pendant la chute.

Ruz se releva et parcourut la lisière d'un long regard circulaire. À un endroit, il lui sembla que la pénombre du rideau végétal était moins profonde. S'aidant toujours de sa pierre pour marquer les troncs, elle s'enfonça de nouveau au milieu des arbres dans cette direction. Contrairement à ce qu'elle avait cru, la végétation n'était pas moins dense par là. Il semblait plutôt que la forêt s'interrompait brusquement quelques dizaines de mètres plus loin, laissant passer beaucoup de lumière, comme si le sol lui-même disparaissait pour laisser place au ciel… Plus elle approchait et plus elle sentait la panique la gagner de nouveau. Lorsque, enfin, elle atteignit la zone découverte, elle s'arrêta, frappée de stupeur. Il fallut de longues secondes à son esprit pour accepter ce qu'elle voyait.

Elle se tenait au sommet d'une falaise comme elle n'en avait jamais vu. Un à-pic d'une hauteur inconcevable, tombant droit vers la jungle en contrebas. Faute d'un point de repère fiable pour appréhender l'échelle de l'ensemble, il lui était impossible d'en estimer la hauteur avec précision.

Au moins mille mètres, songea-t-elle avec effarement.

À gauche comme à droite, la muraille de pierre s'étendait à perte de vue sans paraître diminuer notablement. Au loin, il était clair que la falaise s'incurvait vers l'arrière, comme pour former un plateau circulaire. Par endroits, de hauts pitons rocheux s'en écartaient et formaient des tours naturelles, aussi imposantes qu'inaccessibles, surmontées de touffes de végétation, véritables jardins suspendus autour desquels volaient avec grâce des oiseaux, passant de l'un à l'autre. Un peu plus loin, une cascade s'élançait dans le vide sans avoir la moindre chance de toucher le sol, s'éparpillant durant la chute – malgré un débit qui semblait important – en une fine bruine qui dérivait lentement dans le miroitement d'un arc-en-ciel.

En bas, beaucoup plus bas, la forêt tropicale s'étendait jusqu'à l'horizon, telle une couverture verte étendue sur le monde. De longs nuages vaporeux s'étiraient délicatement entre la jeune femme et cette terre lointaine, lui donnant l'impression de flotter sur la brume. Réfrénant pour la centième fois en une heure un nouvel accès de panique, Ruz recula lentement, s'attendant presque à ce qu'une bourrasque la jette dans le vide. Combien de temps durerait une chute libre d'une telle hauteur ?

Quel était cet endroit insensé ? Était-il possible qu'elle soit le jouet d'une hallucination ? Se trouvait-elle toujours dans la clairière, plongée dans l'inconscience, en train de rêver ?

Elle était certaine que non. Endormi, on ne sait pas – pas toujours – que l'on rêve ; en revanche, lorsqu'on est éveillé, confronté à la présence concrète du monde, la réalité de ce qui nous entoure ne fait aucun doute. Et, face au paysage impensable qui s'étendait sous ses yeux, Ruz savait qu'elle n'était pas victime d'une hallucination.

Soudain, un bruit interrompit ses pensées. Un bruit incongru dans un tel endroit.

Une sonnerie électronique !

Ruz se figea, doutant de l'avoir vraiment entendue, mais une nouvelle salve de notes stridentes s'éleva au loin. En un éclair, elle comprit de quoi il s'agissait : la sonnerie d'un talkie-walkie ! Comme aiguillonnée par un choc électrique, elle s'élança à toutes jambes vers son point de départ. Comment savait-elle qu'il s'agissait d'un talkie ? Elle n'en avait aucune idée, pourtant cela ne faisait aucun doute pour elle. Voilà pour l'attache de plastique cassée sur le harnais. Les branches et feuilles coupantes lui fouettaient les bras et le visage, lui causant de nouvelles égratignures, sans qu'elle s'en préoccupe le moins du monde. Plus elle approchait de la clairière, plus le son était net. Alors qu'elle débouchait enfin dans la trouée, la sonnerie cessa.

Au bord de la syncope, l'esprit aux aguets, Ruz resta immobile. Le silence relatif de la forêt n'était plus troublé que par les halètements de sa respiration hachée. Sans sonnerie, plus la moindre chance de localiser l'appareil dans cette végétation luxuriante ! De rage et de dépit, elle poussa un cri rauque. Le sort s'acharnait sur elle !

Puis, aussi brusquement qu'elle s'était tue, la sonnerie retentit de nouveau, toute proche ! Avec l'énergie du désespoir, la jeune femme se rua dans la direction du son et se mit à fouiller les buissons comme une furie, arrachant branches et feuilles, terrorisée à l'idée que si le talkie se taisait de nouveau, ce serait peut-être pour toujours. Enfin, au creux d'un nœud de racines, elle le trouva. Un petit appareil noir dont l'écran orange clignotait à chaque sonnerie.

Ruz le saisit et, sans prendre le temps de se demander si elle savait s'en servir, enfonça le bouton latéral.

« Allô ? lâcha-t-elle, hors d'haleine. ALLÔ ? »

Puis elle relâcha le bouton et, aussitôt, une voix masculine grésillante jaillit du haut-parleur : « *Ruz ? C'est toi ? Ne coupe pas !* »

Elle poussa de nouveau le bouton et dit, d'une voix qu'elle espérait la plus mesurée possible : « Qui êtes-vous, et où suis-je ? »

2

Chris

7 h 12

Dès qu'il vit que le jour était là, Chris sortit de son abri de fortune et put enfin s'examiner. Il savait qu'il était dans un sale état. L'atterrissage nocturne s'était mal passé. Il avait pourtant ouvert son parachute à une hauteur acceptable, mais des vents tournoyants l'avaient empêché de contrôler sa descente. À sa décharge, il n'avait rien d'un parachutiste chevronné. Tout juste quelques sauts ces dernières années. Avec l'obscurité de la nuit, conjuguée à la panique du moment, il n'avait vu le sol se rapprocher qu'à la dernière seconde. Il n'oublierait jamais cet instant.

Le choc avec les rochers avait été d'une violence inouïe. Le parachute l'avait traîné sur une vingtaine de mètres, comme un enfant tirant un jouet au bout d'une ficelle, avant de se coucher complètement. Chris était resté immobile de longues minutes, groggy. Les hurlements du vent, ainsi que d'autres sons qui n'existaient probablement que dans son cerveau sonné, lui semblaient assourdissants.

Lorsqu'il trouva assez de forces pour se relever, il songea qu'il souffrait peut-être de fractures multiples. Impossible de le savoir : faute de lumière, il ne distinguait rien et son corps, engourdi, insensible, ne lui renvoyait aucune information. Si l'une de ses jambes était tordue selon un angle bizarre, il n'avait aucun moyen de s'en rendre compte.

Un choc soudain le tira en arrière : il était toujours harnaché au parachute. Il fallait absolument s'en libérer, sans quoi il risquait de se faire traîner de nouveau en cas de rafale. À tâtons, il parvint à trouver les attaches du harnais et à les défaire. Ensuite, il se palpa rapidement.

A priori, l'atterrissage en catastrophe ne lui avait pas occasionné de fracture ; par contre, il comprit qu'il s'était ouvert la cuisse droite, probablement sur un rocher. En tâtant du bout des doigts, il eut l'impression qu'un dingue lui avait labouré les chairs avec une hache ébréchée. Un liquide chaud et visqueux s'échappait de la plaie en continu. Faute de voir la blessure, il l'imagina. Et la vision qui se forma dans son esprit ressemblait à un film d'horreur où le technicien des effets spéciaux aurait un peu trop forcé sur l'hémoglobine. Sa tête se mit à tourner. Tout en espérant ne pas s'évanouir, Chris retira sa veste, puis son tee-shirt qu'il déchira en deux longues bandes. Il noua l'une à l'autre et s'affaira à les enrouler autour de sa cuisse, en serrant aussi fort qu'il pouvait. Opération qui lui arracha des cris de douleur dont les échos se perdirent dans le rugissement des bourrasques. Lorsqu'il enfila de nouveau sa veste, il était déjà transi.

Terrorisé à l'idée de tomber dans un ravin qu'il n'aurait pas vu, il se traîna alors en gémissant jusqu'à un entassement de rocs dont il discernait les contours sombres dans la nuit. Là, il se blottit dans une anfractuosité en priant pour ne pas s'asseoir pile sur un serpent venimeux. Il traversa les heures suivantes, qui s'écoulèrent avec une lenteur démoniaque, à grelotter sans oser faire le moindre mouvement.

Lorsque les premières lueurs du jour repoussèrent les ténèbres, Chris se leva et, avant même d'inspecter son environnement, entreprit de s'ausculter dans la faible clarté matinale. Comme il s'en était douté, les rocs saillants et coupants sur lesquels ce fichu parachute s'était amusé à le trimballer avaient ouvert d'innombrables plaies de tailles diverses sur tout son corps. Le pansement de fortune sur sa cuisse était entièrement imbibé de sang séché brunâtre. Il décida de le retirer pour évaluer l'étendue des dégâts.

Plus facile à dire qu'à faire. La bande de tissu se décolla avec difficulté, arrachant de longues croûtes coagulées. Chris en pleura de douleur et jeta rageusement la boule de tissu sur le côté. Séchant ses larmes, il constata que l'état de sa cuisse était pire que ce qu'il avait craint. La plaie mesurait trente bons centimètres de long et semblait très profonde. Les bourrelets compacts que le sang coagulé avait formés dans les replis du pansement s'étaient fissurés quand il avait ôté celui-ci, et une bonne moitié de la coupure s'était rouverte. Le sang recommençait à couler, de manière modérée heureusement. À l'intérieur de la plaie, les détails des chairs étaient parfaitement visibles, fibres musculaires, veines bleues et trucs blancs indéfinis dont la simple vue souleva le cœur de Chris. Pris d'un brusque vertige, il détourna le regard. Les images de films d'horreur qui l'avaient assailli durant la nuit s'imposèrent de nouveau à lui.

Il savait qu'il fallait désinfecter cette blessure au plus vite, ou au minimum la laver, mais il ne disposait pas de quoi que ce soit permettant de le faire.

Revenant en boitillant sur le lieu de son atterrissage, il constata qu'il était tombé dans une zone dégagée entièrement rocheuse que la nature s'était ingéniée à creuser de toutes les manières possibles, formant des cavités, des surélévations et des ravines. La surface de tous ces rocs était comme sculptée d'innombrables arêtes à la fois coupantes et râpeuses. À la vue de ces lames de couteau naturelles, il se rendit compte qu'il avait de la chance de n'être que blessé.

Le parachute, réduit à l'état de lambeaux, gisait là comme une dépouille desséchée. Les fragments de toile jaune frémissaient dans le léger souffle d'air qui courait au ras du sol. Tandis que le soleil montait à l'assaut du ciel, Chris sentit la chaleur se répandre lentement dans ses membres engourdis. Pourtant, il continuait à grelotter.

Je dois être en état de choc.

De là où il se trouvait, il ne voyait que de la rocaille. Au loin, toutefois, il lui semblait distinguer des touffes vertes de végétation, même si la brume matinale l'empêchait d'en être sûr. Remontant la piste de suspentes imbriquées dans les arêtes de pierre, il parvint à retrouver le harnais. Dieu merci, le talkie y était toujours accroché. Les mains tremblantes, il le déclipsa puis tourna le bouton de mise en marche situé sur le dessus. Il soupira de soulagement lorsque l'écran s'alluma et que le haut-parleur émit des crachotements. Il l'éteignit et s'accorda un instant de réflexion.

Chris savait qu'il pouvait trouver de l'aide sur le plateau. Ce n'était qu'une question de temps. Il lui fallait simplement se déplacer et, à intervalles réguliers, lancer des appels sur chaque canal. Tôt ou tard, quelqu'un finirait par l'entendre. Mais, en attendant, la question la plus importante était : Ruz s'en était-elle tirée ? Le seul moyen de le savoir était de la contacter sur le canal préréglé à l'avance par la jeune femme elle-même. Chris expira lentement pour se calmer, tourna de nouveau le bouton de mise en marche, puis appuya sur celui-ci pour faire sonner le talkie.

Une série de trilles électroniques stridents, suivis d'une pause d'une seconde, d'une nouvelle série de trilles, et ainsi de suite. Le souffle court, concentré sur le petit appareil comme s'il avait le pouvoir de faire décrocher Ruz par la simple force de son regard, Chris laissa sonner plusieurs minutes. Sans succès. Il relâcha le bouton et l'irritant carillonnement s'interrompit.

Elle était morte.

Ou alors elle est juste blessée, ou inconsciente, et il lui faut du temps pour atteindre le talkie ?

Chris enfonça de nouveau le bouton d'appel. La sonnerie retentit derechef.

Une fois, deux fois, trois fois, quatre fois…

Qu'est-ce que je vais lui dire si elle répond ?

Cinq fois, six fois, sept fois, huit fois…

Ça ne sert à rien, elle est…

« *Allô ?* fit une voix lointaine dans le talkie. *ALLÔ ?* »

Le cœur de Chris manqua de s'arrêter. Il écrasa le bouton latéral.

« Ruz ? s'écria-t-il. C'est toi ? Ne coupe pas ! »

Plusieurs interminables secondes de grésillements passèrent, puis : « *Qui êtes-vous, et où suis-je ?* »

Déstabilisé, Chris bredouilla : « Euh, c'est moi… Chris. »

Nouveau silence.

« *Je… je suis désolée, j'ai eu un accident et… je crains d'avoir perdu la mémoire.* »

Chris en resta bouche bée. Il s'attendait à tout sauf à ça.

« Perdu la mémoire ? Que veux-tu dire ?

— *Ma tête a dû heurter quelque chose. Lorsque j'ai repris conscience, je ne me souvenais plus de rien, même pas de mon nom de famille !* »

Amnésique ? songea Chris. *C'est une blague ?*

Pourtant, en dépit de la piètre qualité du son, il percevait sans ambiguïté les accents de détresse dans la voix de la jeune femme.

« *Vous êtes toujours là ?* reprit Ruz. *Répondez-moi, s'il vous plaît. Où suis-je et que s'est-il passé ?* »

Il ne fallait pas dire n'importe quoi sans réfléchir. Chris s'efforça de bien choisir ses mots.

« Nous sommes sur le Sarisariñama, un tepuy du Venezuela.

— *Un tepuy ?*

— Ce sont de hauts plateaux cernés de falaises qui s'élèvent au-dessus de la jungle dans cette région de l'Amérique latine.

— *Je sais ce qu'est un tepuy. Ce que je voudrais savoir, c'est pourquoi nous sommes là.* »

Chris ne put s'empêcher d'avoir un rictus. Même amnésique, Ruz restait fidèle à elle-même.

« C'est, euh… c'est compliqué. Pour résumer, nous sommes venus, toi et moi, par avion pour rapatrier mon frère, Edward… Tu te souviens de lui, n'est-ce pas ? »

Silence. Puis, d'une voix mal assurée : « *Non, je suis désolée…* »

Absolument incroyable ! pensa Chris.

« Ed dirige ici une mission scientifique, et, euh… nous avons pensé qu'il était en danger à cause de la guérilla qui vient d'éclater dans la région. Comme tu es pilote, nous sommes venus avec un petit avion en espérant nous poser sur le tepuy, l'embarquer avec son équipe et euh… ramener tout le monde à Atlanta. Désolé si cela semble confus, mais j'ai moi aussi été blessé et je ne suis pas tout à fait dans mon état normal…

— *Et il y a eu un problème ?*

— Alors que nous survolions le plateau, à la recherche d'un endroit où nous poser, l'avion s'est mis à piquer sans raison. Ça allait vraiment mal, alors tu m'as dit de sauter tant qu'il était encore temps. C'est même toi qui m'as initié au parachutisme, Ruz. Et heureusement, sinon je serais mort à l'heure qu'il est ! Je m'attendais à ce que tu quittes l'appareil toi aussi, mais je suppose que tu as tenté jusqu'au bout de le redresser. J'ai cru que tu t'étais écrasée avec. Bon sang, je suis tellement soulagé que tu t'en sois tirée !

— *Pourquoi je t'ai accompagné si c'est ton frère ?*

— Mais… Ruz… parce que c'est aussi ton fiancé… »

Un long silence suivit sa réponse. Était-il vraiment possible qu'elle ait oublié même ça ? Cela paraissait difficile à croire, mais, après tout, on n'est jamais au bout de ses surprises avec l'esprit humain.

Un *clic* se fit entendre dans le talkie. Ruz venait d'ouvrir son canal en appuyant sur le bouton mais ne parlait pas encore. Elle devait essayer de digérer la nouvelle.

« *Je...* », commença-t-elle.

Mais, aussitôt, un *bip* répété se fit entendre. Chris comprit que ce n'était pas son appareil qui l'émettait, mais celui de Ruz, et qu'il l'entendait parce qu'elle avait ouvert son canal. Et ce signal sonore, il le savait, signifiait que le talkie était à court de batterie. La communication allait s'interrompre d'un instant à l'autre !

« Écoute, Ruz, débita-t-il à toute vitesse. Je sais que c'est difficile pour toi, mais on parlera de tout ça plus tard. En attendant, il faut que tu m'aides ! Je suis blessé, ce n'est pas beau à voir, et je ne sais pas du tout quoi faire !

— *Que... que veux-tu que je fasse ?* balbutia-t-elle. *Je ne peux pas t'aider...*

— Si, tu le peux ! Je ne sais pas du tout comment soigner cette saleté de plaie, ici, paumé en pleine nature ! Toi, tu es une spécialiste des sports extrêmes, tu as fait des tonnes de stages de survie, y compris avec l'armée ! S'il y a bien quelqu'un qui peut m'aider, c'est toi !

— *Je suis désolée, euh... Chris. Je ne me souviens vraiment de rien. De rien, tu m'entends ! J'ai beau chercher, mon esprit est vide. C'est effrayant...* »

Le *bip-bip* accéléra. Chris commença à prendre peur.

« Attends, tes souvenirs sont forcément là, quelque part ! Mais tu cogites trop. Ne réfléchis pas, laisse parler ton instinct, ça reviendra sûrement ! Qu'est-ce que je dois faire pour cette putain de plaie ? »

Le *bip* devint continu.

« *Urine dessus !*

— Quoi ? »

Le *bip* et les grésillements cessèrent en même temps. La batterie du talkie de Ruz venait de rendre l'âme.

3

Fisher

8 h 20

En ce début de matinée, le Cape Coral Airfield ne bourdonnait pas encore d'activité. Clinton Fisher ne dénombra que trois personnes sur le tarmac, s'occupant de leurs avions personnels, des petits monomoteurs comme la plupart de ceux rangés sur l'herbe, le long des pistes. Il se demanda pourquoi l'écrasante majorité de ces appareils étaient blancs. Si ses revenus de détective privé lui avaient permis de s'offrir un avion, il l'aurait choisi d'une couleur bien visible, rouge ou jaune, pas blanc comme une ambulance.

« Ça fait un moment qu'on ne t'a pas vu au club de billard », lui dit Stanley, qui marchait à son côté pour le guider jusqu'à son bureau.

À quarante-cinq ans, Stan était plus jeune que lui de quelques années, mais il en paraissait dix de plus. Le stress de devoir porter à bout de bras cet aérodrome déficitaire, sûrement. Fisher savait aussi que ses joues rondes, conférées par une certaine tendance à l'embonpoint, avaient tendance à le rajeunir. Raison de plus pour ne pas faire ce régime que sa mère passait son temps à lui conseiller.

« Pas eu le temps, récemment, finit-il par répondre.

— Allons, Clint, rétorqua son ami avec un clin d'œil, n'essaye pas de me faire croire que tu es débordé de travail.

— Je n'ai rien dit de tel. »

Fisher se sentait un peu idiot de ne pas vouloir avouer qu'il n'éprouvait plus grand intérêt pour le billard depuis qu'il s'était pris de passion pour la lecture.

Durant l'une de ses longues journées d'oisiveté comme il en avait connu tant après avoir pris sa licence, il avait décidé de mettre de l'ordre dans la réserve attenante à son bureau. Des dizaines de cartons étaient entassés là depuis des années, renfermant autant de babioles inutiles que d'archives professionnelles. Au cours de ce rangement, il avait retrouvé ceux contenant quelques affaires récupérées chez son père après son décès. Il avait oublié jusqu'à l'existence même de ces cartons, et il fut surpris de constater qu'ils ne recelaient pour la plupart que des livres. En sortant les volumes poussiéreux un à un, Clinton se rappela que son père n'envisageait pas la vie sans avoir toujours un livre en cours de lecture. Les étagères de la maison en étaient pleines et on en trouvait partout là où il les abandonnait, posés ouverts à l'envers pour ne pas perdre la page.

Ce jour-là, Clinton prit conscience qu'il ne lisait presque jamais et en éprouva une certaine honte. Il sortit alors tous les livres des cartons pour les aligner en hautes piles dans son bureau. Puis il fit sauter la capsule d'une bière, attrapa le premier ouvrage en haut de la pile la plus à gauche et s'installa dans un fauteuil en l'ouvrant à la première page. En quelques semaines, il atteignit le dernier livre en bas de la pile de droite. Il aurait pu s'arrêter là, mais il n'en fit rien. Une fois tous les livres de son père lus, il commença à acheter les siens. Romans historiques, polars, science-fiction, biographies, tout y passa. Lorsqu'un auteur lui plaisait, il n'aimait rien tant qu'enchaîner toutes ses œuvres, si possible par ordre chronologique. Il pouvait parfois y consacrer la journée sans voir le temps passer. Récemment, il s'était lancé à l'assaut d'un monument national : John Ernest Steinbeck. Sur la banquette arrière de sa voiture, garée sur le parking de l'aérodrome, traînait *En un combat douteux*. Juste après, il s'attaquerait à *Des souris et des hommes*.

À la suite de Stanley, il emprunta l'escalier extérieur du bâtiment administratif de l'aérodrome – blanc, lui aussi. Au premier étage, son ami lui ouvrit la porte et ils entrèrent dans son bureau, qui faisait également office de tour de contrôle.

« C'est un peu tôt pour un whisky, fit Stan en lançant ses clés dans un vide-poche. Je te propose une bière ?

— Même pour une bière, c'est un peu tôt. »

Le patron des lieux eut une moue admirative.

« C'était un test, pour voir si tu étais devenu une épave imbibée ou si on pouvait encore te confier un vrai boulot ! »

L'œil pétillant de Stan montrait clairement qu'il plaisantait, mais, de toute façon, Fisher était d'une nature calme. Il en fallait beaucoup pour le faire sortir de ses gonds. Stanley fit le tour de son bureau encombré, ouvrit une boîte de cigares et lui en proposa un. Le détective privé haussa un sourcil à la vue des petites étiquettes rondes.

« Cubains ? lâcha-t-il en se servant. Mazette, les affaires marchent mieux que je ne croyais !

— J'aimerais bien, mon vieux ! La vérité, c'est que ces cigares sont devenus le seul luxe que je peux encore me permettre. Et même ça, je risque de bientôt devoir m'en passer. »

Il sectionna l'extrémité du cylindre brun avant de passer le coupe-cigare à Fisher, qui l'imita. Après les avoir allumés, les deux hommes tirèrent consciencieusement plusieurs bouffées de leurs cubains en expulsant des nuages gris vers le plafond.

« La situation est si mauvaise ? demanda enfin Fisher.

— Elle n'était déjà pas très bonne depuis le durcissement de la réglementation pour cause de lutte antiterrorisme, mais je viens d'avoir un pépin sérieux. On m'a volé un coucou.

— Fichtre, je ne savais pas qu'on volait ces engins comme une quelconque voiture.

— Non, ce n'est pas aussi simple.

— Tu as un suspect ? »

Stanley tapota son cigare sur le rebord d'un lourd cendrier en verre. Il avait l'air embarrassé.

« Tu as entendu parler de Ruzena Iskovna ? »

À la moue négative de Fisher, Stan poursuivit : « Une célébrité dans le monde des sports extrêmes. Le genre de fille qui escalade des falaises pieds nus ou bat des records de plongée en apnée. Mais elle ne se contente pas de ces enfantillages, c'est aussi une excellente pilote. Elle vient souvent voler ici, soit pour le plaisir, soit pour emmener ses amis sauter en parachute. C'est une personne que j'apprécie et en qui j'ai toute confiance. Lorsqu'elle prend un zinc, tu peux être sûr qu'elle le rendra pile à l'heure dite et sans une égratignure.

— Et pourtant, elle t'en a volé un.

— Ne sautons pas les étapes. Il y a un peu moins de deux jours, elle est venue ici sans prévenir pendant la nuit. Je précise qu'elle a les clés de la grille et du hangar principal…

— Tu lui laisses les clés ? En effet, elle a ta confiance.

— Je viens de te le dire ! Tu vas cesser de m'interrompre, oui ou non ? Elle est donc venue sans prévenir à une heure où il n'y a plus personne, elle a embarqué du matériel, notamment deux parachutes, elle est montée jusqu'ici pour prendre les clés du Pilatus PC-6, puis elle a fait le plein. Je sais que c'est elle, car elle a utilisé sa carte…

— Elle ne craignait donc pas d'être confondue ?

— De toute façon, il lui était impossible de faire tout ça sans être filmée plusieurs fois par les caméras de surveillance. Je te montrerai les enregistrements. On voit d'ailleurs qu'elle était accompagnée par un homme que je ne connais pas.

— La menaçait-il ?

— Ce n'est pas l'impression que cela m'a fait sur les images. Elle a ensuite décollé, sans autorisation ni même avoir déposé le moindre plan de vol. Quand j'ai constaté la situation le lendemain, j'ai pensé à une négligence de sa part, et je m'apprêtais à lui passer un sacré savon à son retour. Mais elle n'est pas revenue. Comme c'est une pro, j'ai gardé mon sang-froid. J'ai appelé tous les aérodromes de la région, fait jouer toutes mes connaissances dans le milieu, mais ça n'a rien donné. Personne n'a vu mon Pilatus, ni Ruzena. Après une demi-journée pendu au téléphone, je me suis résolu à appeler les gardes-côtes au cas où elle se serait abîmée en mer.

— Pourquoi en mer ?

— Si elle s'était crashée sur terre, ce ne serait pas passé inaperçu, non ? Les gardes-côtes ont lancé une opération de recherche hier soir et elle suit son cours ; toutefois, sans plan de vol, impossible de circonscrire une zone raisonnable. Je ne fonde donc guère d'espoir dessus.

— Et si elle est au fond de l'eau, les gardes-côtes ne trouveront rien.

— De toute façon, je ne crois pas à un accident. Elle est trop bonne pilote pour se planter bêtement. Même si elle a eu un pépin mécanique, le PC-6 est un appareil léger, facile à poser en catastrophe et qui peut planer longtemps. Je te le dis, cette histoire n'est pas nette et je m'inquiète pour elle. La police a été automatiquement prévenue par les gardes-côtes, mais je n'ai pas encore déclaré officiellement le vol. Je ne voudrais pas lui causer d'ennuis inutilement. Je suppose qu'elle avait une bonne raison de faire ce qu'elle a fait. Malheureusement, je vais devoir bientôt m'y résoudre si je veux pouvoir toucher l'assurance. L'aérodrome ne survivrait pas à la perte d'un PC-6. Et plus je tarde, plus je risque d'être soupçonné d'avoir organisé une arnaque à l'assurance.

— Parle-moi un peu de cet avion. En termes profanes. »

Le patron de l'aérodrome tapota son cigare sur le rebord du lourd cendrier devant lui.

« Ah, le Pilatus PC-6, c'est la Jeep des airs ! Un engin d'une conception éprouvée depuis cinquante ans…

— Cinquante ans ? Et il vole encore ? »

Stan eut un sourire compatissant envers ce béotien.

« Il a évolué depuis le premier mis en service, bien sûr. Mais son ratio coût/performance demeure inégalé. Ce modèle-là datait de moins de deux ans. »

Il se leva et posa l'index sur une photo encadrée où il posait fièrement au côté d'un appareil rouge. L'engin semblait plutôt grand pour un monomoteur.

« Maniabilité exemplaire, altitude limite record, on peut tout faire avec ce zinc. J'ai même vu des types se poser sur une piste inclinée à flanc de montagne !

— Donc, c'est plutôt un appareil qu'on utilise lorsqu'on veut se rendre dans un endroit difficile d'accès ?

— En principe, oui. Néanmoins, il est tellement répandu que la majorité d'entre eux ne verra jamais rien de plus exotique qu'une pelouse d'aérodrome.

— Pourtant, c'est bien celui-là et pas un autre que cette fille a choisi. Si elle est aussi pro que tu le dis, ce n'est sûrement pas un hasard. »

Stanley resta pensif un moment, soupesant cette dernière remarque. Puis il revint vers le bureau, écrasa ce qui restait de son cigare et expulsa la dernière bouffée dans un long soupir.

« Fisher, j'aimerais que tu retrouves Ruz, et, accessoirement, mon coucou à sept cent mille dollars. Faute de quoi, je finirai par devoir porter plainte contre cette gamine. Et crois-moi, ce ne serait pas de gaieté de cœur. »

Clinton hocha plusieurs fois la tête, comme pour examiner le pour et le contre. Sa décision était pourtant déjà prise. Un avion de quinze mètres d'envergure disparu avec une fana de sports extrêmes et un inconnu à bord, ça le changerait des morveux à traîner au tribunal.

4

Ruzena

8 h 28

Ruzena était furieuse que la batterie du talkie l'ait lâchée. Après l'espoir que la découverte de ce moyen de communication avait suscité, voilà qu'elle se retrouvait de nouveau livrée à elle-même. Néanmoins, elle se sentait infiniment soulagée de savoir qu'elle n'était pas seule, que quelqu'un d'autre partageait son sort. Même si elle avait bien compris que Chris ne lui serait d'aucune aide, que c'était plutôt lui qui en attendait de sa part, pour le moment, cela lui était égal. Le plus important était d'avoir obtenu quelques informations sur elle-même et sur la situation.

Elle était donc fiancée à un certain Edward… Troublante situation que d'apprendre que l'on est lié aussi intimement à une personne dont on ignore tout. Une bouffée d'angoisse submergea Ruz.

Et si je ne retrouve jamais la mémoire ? Que vont penser de moi tous les gens que je connais, ma famille, mes amis ? Et… que vais-je penser d'eux ?

La jeune femme ferma les yeux et s'astreignit à contenir son inquiétude. Ce n'était pas le moment pour cela. Durant de longues minutes, elle se concentra sur son souffle, prenant de profondes inspirations puis les relâchant le plus lentement possible.

Une fois son calme recouvré, elle tenta de se souvenir de cet Edward. Les yeux toujours fermés, elle chercha dans le grand hangar vide qu'était devenue sa mémoire. Rien ne vint. Tout au plus quelques réminiscences troubles, impossibles à comprendre, où elle entrevoyait quelqu'un de grand, un peu maigre et souriant. Puis, soudain, au milieu de ces bribes de souvenirs surgit un sentiment d'urgence si intense qu'il la força à rouvrir les yeux. Chris lui avait dit qu'ils étaient venus en avion jusque dans ce monde perdu pour chercher Edward parce qu'il était en danger ; elle venait en effet d'en avoir la *certitude*.

Prenant conscience qu'elle demeurait immobile depuis dix minutes, les bras ballants, le talkie inerte toujours dans la main, elle se sermonna à voix haute : « Assez cogité, Ruz ! Ressasser les problèmes ne te mènera nulle part. Si tu veux survivre, bouge-toi un peu ! »

Il fallait parer au plus pressé. En ce qui concernait l'eau, ressource vitale par excellence, il n'y avait aucun risque d'en manquer. L'endroit était parcouru d'innombrables ruisseaux. La nourriture, par contre, c'était une autre histoire. Sa meilleure chance d'en trouver était de localiser la carcasse de l'avion. Elle avait nécessairement prévu des vivres pour se rendre ici. Sans compter le matériel qu'elle trouverait avec, précieux pour la suite. En revanche, si elle ne parvenait pas à découvrir l'épave, il lui faudrait errer dans la région en espérant tomber sur Chris ou sur l'équipe d'Edward. Or, si vraiment elle se trouvait sur un gigantesque plateau sauvage perdu au cœur de la jungle vénézuélienne, la probabilité de faire une telle rencontre avoisinait sans doute zéro. La peur, qui ne s'était guère éloignée, revint avec l'idée qu'elle allait errer durant des semaines, s'affaiblissant progressivement faute d'une alimentation digne de ce nom ou en contractant une maladie tropicale. Cette fois, cependant, elle se contint sans trop de difficultés. Si vraiment elle était aussi calée en survie que l'avait affirmé Chris, elle avait une chance de s'en sortir.

Je dois faire confiance à mon instinct.

Son instinct la guiderait, lui dicterait sa conduite. Avant que son compagnon d'infortune ne lui demande comment désinfecter sa plaie, elle n'en avait aucune idée, et, soudain, l'information était remontée des profondeurs de sa mémoire, s'imposant à elle : faute d'un véritable antiseptique, l'urine, stérile, contient de l'acide urique pouvant contribuer au nettoyage d'une plaie. Cette résurgence de ses connaissances avait été aussi spontanée qu'inattendue. À croire qu'une amnésie comme celle dont elle était affligée n'effaçait pas la mémoire, mais en perturbait simplement l'accès.

Après avoir glissé le talkie désormais inutile dans une poche latérale de son pantalon de treillis, elle examina la jungle alentour. L'implantation des arbres était serrée, mais pas autant qu'en contrebas. De plus, comme aucun spécimen ne mesurait plus de dix mètres, elle déduisit que l'altitude du plateau devait être élevée. Peut-être dans les mille cinq cents mètres. Ce qu'elle avait entrevu du relief suggérait que le terrain était très accidenté, strié de gorges et de ravins.

Des bancs de brume passaient en permanence au ras du sol, comme des draperies traînées par des géants invisibles. À cette altitude, elle côtoyait les nuages.

Au milieu de la végétation, un arbre attira son attention. Elle n'en connaissait pas le nom, mais les baies violet foncé qu'il portait paraissaient comestibles. Elle en cueillit une qui semblait mûre et l'examina. Comment déterminer si elle était consommable ou non ? Elle se concentra sur cette question, s'efforça de faire le vide dans son esprit et, à sa grande surprise, un souvenir resurgit. Une règle élémentaire, probablement récitée maintes fois jusqu'à devenir un automatisme. En cas de doute sur la toxicité d'un végétal, on respecte une procédure simple. On commence par l'écraser au creux du bras ; si après dix minutes ça ne gratte pas, on répète le même geste à la commissure des lèvres. On laisse passer à nouveau dix minutes. En l'absence de réaction particulière, on dépose un petit morceau sur la langue, sans l'avaler. Encore dix minutes plus tard, s'il ne s'est toujours rien passé, on tente d'en ingérer une petite quantité. Au bout d'une heure, si l'on ne présente pas de symptôme inquiétant, on peut enfin considérer l'aliment comme consommable.

Ruzena commença la procédure aussitôt. Si celle-ci s'avérait concluante, elle pourrait se nourrir sans trop de difficultés, car cet arbre paraissait assez répandu dans le coin. Et, surtout, elle n'aurait pas à en faire une réserve dont il lui faudrait se charger, puisqu'il lui serait possible d'en cueillir n'importe où. *Règle importante*, sut-elle aussitôt, sans même avoir besoin de se concentrer, *se comporter en opportuniste, trouver sa nourriture en chemin.*

L'étape suivante consistait à localiser l'épave. L'avion en perdition s'était écrasé soit au bas de la falaise cyclopéenne entrevue un peu plus tôt – il serait alors hors d'atteinte pour elle –, soit sur le plateau lui-même. Dans ce cas, se trouver en bordure de celui-ci réduisait de facto la zone de recherches. C'était toujours ça de pris, même si elle se doutait bien que cette exploration allait s'avérer longue et hasardeuse. Elle décida de s'enfoncer dans la jungle parallèlement aux falaises, d'avancer environ une heure puis de revenir à la clairière. Ensuite, elle réitérerait l'opération en décalant sa trajectoire d'une dizaine de degrés vers le nord. Ainsi, en retournant systématiquement à son point de départ, elle minimisait les risques de repasser plusieurs fois dans le même secteur, et sa montre l'aiderait à segmenter ses parcours avec précision. Si vraiment, comme le pensait Chris, elle avait sauté de l'avion in extremis, la carcasse ne devait pas se trouver trop loin. Avant de partir, elle prit la peine de déchirer un large pan de toile de ce qui restait de son parachute qu'elle replia puis glissa sous son sweat-shirt afin d'avoir les mains libres. Au cas où elle ne retrouverait pas son chemin, elle disposerait au moins d'un semblant de couverture pour la nuit.

Progresser dans cette végétation se révéla bien plus difficile que Ruz ne l'avait imaginé. Parfois, branches, feuilles, racines et lianes étaient si imbriquées qu'elle n'avait d'autre choix que de les escalader. Plutôt qu'une pierre pointue pour marquer les troncs, c'était une machette qu'il lui aurait fallu. Son premier aller-retour – infructueux – la laissa épuisée à son retour à la clairière. Elle se reposa une dizaine de minutes puis reprit l'exploration. Lorsque le soleil atteignit le zénith, elle avait bouclé deux allers-retours supplémentaires. Cette fois, elle s'accorda une véritable pause et en profita pour prendre un semblant de repas constitué de baies violettes. La procédure de test n'avait rien provoqué d'alarmant. Nulle plaque rouge, démangeaison, nausée ni vertige ; ces baies, bien qu'amères et râpeuses sur la langue, lui permettraient de ne pas trop s'affaiblir, au moins dans les prochains jours. Après, il faudrait trouver autre chose.

Dès qu'elle se sentit de nouveau d'attaque, elle se relança à l'assaut du labyrinthe de verdure. Par moments, des mouvements furtifs sous les racines ou dans les feuillages denses trahissaient une présence animale. Intuitivement, Ruz se doutait que le plateau ne recelait pas d'espèces de grande taille, potentiellement dangereuses ; des insectes ou des serpents venimeux, en revanche, c'était moins sûr. Elle tenta de se rappeler ce qu'il convenait de faire en cas de morsure de serpent, mais rien ne vint. Soit elle l'ignorait, soit les réminiscences de ses connaissances ne se produisaient que lorsqu'elle en avait vraiment besoin.

Les heures s'écoulaient, et l'avion se dérobait toujours à ses recherches. Le moral de Ruzena était en chute libre. L'effort continu lui faisait tourner la tête ; ses contusions, et surtout l'estafilade de son bras, étaient douloureuses ; ses vêtements déchirés, trempés par la transpiration et l'humidité ambiante, lui collaient à la peau. Quant aux baies violettes, bien que comestibles, elles n'en étaient pas pour autant faciles à digérer.

Soudain, un éclat de lumière attira son attention.

15 h 24

Un point brillant, sur une large feuille plate, renvoyait la lumière du soleil. En s'approchant, elle constata qu'il s'agissait d'un morceau de métal tordu. Son état suggérait qu'il n'était pas là depuis longtemps. Le cœur de Ruzena accéléra, il s'agissait forcément d'un débris de l'avion. Et d'ailleurs, quelques minutes plus tard, elle découvrit un autre fragment métallique, portant des traces de peinture rouge, puis d'autres encore. L'ensemble paraissait tracer une trajectoire, que la jeune femme s'efforça de suivre jusqu'à ce qu'une profonde ravine, encombrée de rocs aux arêtes coupantes, lui barre la route. Elle hésita. Il lui fallait franchir cet obstacle pour continuer, mais la dépense d'énergie serait importante, sans pour autant avoir la garantie de trouver la carcasse après. Son timing d'aller-retour lui imposait en principe de rebrousser chemin maintenant. Cependant, la tentation de continuer après avoir trouvé ces débris était trop forte. Elle décida de tenter le coup, sachant fort bien que si elle ne trouvait rien au-delà, il serait trop tard pour retourner à la clairière avant la nuit. Se félicitant d'avoir pris la peine d'emporter un morceau de toile de parachute, elle s'engagea dans le ravin.

Les rocs aux formes lunaires, rugueux comme du granite, lui blessaient les mains et l'obligeaient à prendre des risques pour sauter de l'un à l'autre, ou à se laisser glisser jusqu'au suivant. Elle percevait nettement les échos d'un ruisseau coulant dessous, sans pour autant le voir. Si la descente ne posa pas trop de difficultés, remonter de l'autre côté s'avéra plus compliqué que prévu. Se hisser sur les blocs massifs et glissants, envahis de racines, demanda à Ruz une mobilisation de ses ressources disproportionnée. Elle savait que sa gestion de l'effort était mauvaise, qu'elle aurait dû s'économiser en cherchant une voie pour contourner la ravine plutôt que de traverser bêtement en ligne droite, mais son désir de retrouver cette damnée carcasse était trop fort. Enfin parvenue en haut, elle dut souffler pendant de longues minutes. La faim, additionnée à la fatigue, lui troublait la vue. Lorsqu'elle se sentit de nouveau d'attaque, elle reprit sa quête des débris.

Et, en effet, il sembla au début qu'elle avait eu raison de s'entêter, car la densité de fragments métalliques augmentait à mesure qu'elle avançait. Pourtant, au bout d'une heure de ratissage systématique, l'épave se dérobait toujours. Prise d'un subit accès de colère, contre elle-même et contre le sort qui s'acharnait, elle voulut crier pour expulser sa rage lorsqu'un bruit lui fit relever la tête, un bruit qui n'appartenait pas à cette jungle. D'abord, il lui fut impossible de l'identifier. Ce son n'était pas d'origine naturelle, aucun doute là-dessus, mais il ne ressemblait à rien de connu. Bien que le bruit se rapprochât, il demeurait étrangement faible puis, d'un coup, il devint assourdissant.

Un hélicoptère !

Nom de Dieu, des secours !

Un brusque espoir s'empara d'elle. Des recherches avaient été organisées, elle était sauvée ! Levant la tête, elle chercha compulsivement l'engin aérien des yeux, scrutant le ciel à travers la voûte de verdure. Soudain, dans un fracas infernal, l'appareil passa en trombe juste au-dessus d'elle, au ras de la canopée, déclenchant une tempête de feuilles et de branches cassées virevoltant de toute part. Ruzena sauta sur place et cria autant qu'elle put. En pure perte. L'hélico s'éloigna aussi vite qu'il était arrivé, la laissant seule et désemparée, comme avant. L'espoir qu'il avait apporté menaçait de se muer en consternation, voire en abattement, lorsque Ruzena *la* vit.

L'épave de l'avion était là, suspendue en hauteur dans les arbres.

5

Chris

15 h 53

Chris en bavait. En se mettant en route le matin, après la discussion avec Ruz, il avait décidé de choisir une direction au hasard. Il s'était dit qu'en avançant suffisamment longtemps il finirait bien par apercevoir un signe quelconque de l'équipe d'Edward. Toutefois, maintenant qu'il marchait depuis des heures, il prenait conscience de l'absurdité de sa démarche. Ce foutu plateau mesurait dans les trente kilomètres sur vingt. Mieux valait ne pas songer à la probabilité de tomber par simple coup de chance sur un minuscule camp perdu au milieu d'une telle étendue.

Son problème numéro un était l'orientation. Pas de jungle ici, mais de grandes étendues rocailleuses, hérissées de blocs aux formes effrayantes. Le paysage était parfaitement uniforme, sans le moindre point de repère exploitable. Il avait essayé de se guider au soleil, au moins pour éviter de tourner en rond, avant de se rendre compte que c'était plus difficile qu'il n'y paraissait. Si, comme tout le monde, il savait que celui-ci était supposé indiquer le sud, il savait aussi qu'il se levait à l'est. Cela signifiait-il que le matin il indiquait le sud-est ? Et à midi, lorsqu'il se trouvait à la verticale, comment être sûr que l'on marchait bien dans sa direction ? C'était plus facile à dire qu'à faire, bordel !

Toutes ces règles à la con ont été inventées par des crétins sans logique !

Sa jambe le faisait affreusement souffrir. À l'aide d'une branche morte trouvée au milieu des rochers, il parvenait à marcher en boitillant, mais il ne progressait pas bien vite. Il n'ignorait rien des processus infectieux déjà à l'œuvre dans sa plaie et essayait de ne pas y penser. Sans grand succès.

Sans parler de la faim, qui commençait à le tenailler sérieusement. Malheureusement, rien, dans son environnement immédiat, ne semblait comestible. Quelques plantes grasses se développant dans les anfractuosités de la rocaille, pas d'arbres, et encore moins de fruits. Il ne savait plus du tout dans quelle direction se trouvait le rideau de verdure aperçu dans la matinée. Non contents de constituer un véritable dédale, ces rocs lui bouchaient la vue. Il avait bien tenté de mâchouiller quelques-unes de ces plantes minables en espérant qu'elles s'avéreraient mangeables, avant de tout recracher tant leur goût était amer. Depuis, tout l'intérieur de sa bouche était devenu insensible. Il enrageait de se montrer aussi peu dégourdi dans cette situation. Pourquoi s'était-il fourré dans cette galère ?

Tu sais très bien pourquoi, alors ferme-la.

Il avait soif aussi. Le sol était constellé de flaques, parfois de la taille de mares. Il n'était pas stupide au point d'ignorer qu'il ne fallait pas boire d'eau stagnante. Toutefois, il pleuvait tout le temps dans cette région, alors peut-être pouvait-il tenter le coup ? Pour l'instant, il n'avait pas encore franchi le pas, se contentant de se rincer la bouche après son expérience infructueuse avec les plantes.

D'étranges petites grenouilles noires sautillaient d'une flaque à l'autre, sans produire de coassement. Comestibles ou venimeuses ? Encore une question à laquelle il était incapable de répondre. De toute façon, même si la faim lui contractait l'estomac, Chris ne se sentait pas encore réduit à bouffer crue une foutue bestiole.

Depuis un moment, la couverture nuageuse s'était épaissie au point de masquer le soleil. Sans celui-ci, à cette altitude, la température chutait rapidement. Chris recommença à avoir froid. Quelle malchance d'être habillé en tenue de ville ! Si seulement il avait eu le temps de se préparer pour cette expédition, il aurait prévu des vêtements techniques. Là, en jean, baskets et veston léger, sa tenue était parfaitement adaptée à Atlanta, beaucoup moins à un tepuy au fin fond du Venezuela. S'il y avait pensé, il aurait récupéré l'un des pans déchirés de son parachute pour se faire une sorte de poncho, comme Stallone dans *Rambo*, mais, maintenant, il ne saurait même plus retourner là-bas.

Soudain, il s'immobilisa. Il avait cru entendre un bruit. Après de longues secondes sans bouger, il s'apprêtait à se remettre en route, croyant avoir été victime d'une hallucination auditive, lorsque le bruit revint, plus fort.

Un putain d'hélico !

Parcourant désespérément des yeux le plafond nuageux très bas, il parvint à distinguer la silhouette d'un appareil au loin. Un sentiment d'exaltation s'empara de Chris, submergeant sa raison. Il se mit à crier, gesticuler, rire, siffler ; tout en même temps.

Bizarre, même avec cette mauvaise visibilité, ils n'ont pas allumé leurs feux de position.

Chris cessa de s'agiter. L'équipe d'Edward n'était pas supposée avoir d'hélico, encore moins un gros comme celui-ci. On aurait dit un Black Hawk, mais il n'en était pas sûr ; ses connaissances en matière militaire étaient limitées et l'engin n'était pas encore bien visible. En revanche, à l'inverse d'Ed, la guérilla régionale pouvait très bien être équipée de tels appareils… Alors que l'hélico était désormais tout proche, emplissant l'espace du vacarme de ses rotors, Chris se précipita à l'abri d'un bloc rocheux. Dans le doute, il valait mieux ne pas se montrer. Un Américain représenterait une belle prise pour ces groupes armés.

Le cœur battant, il se dissimula du mieux qu'il put sous un surplomb tandis que l'engin massif passait en trombe au-dessus de sa tête. Comme celui-ci continua sans dévier de sa trajectoire, Chris comprit qu'il n'avait pas été repéré. Néanmoins, ce soulagement fut de courte durée, car il avait eu le temps d'apercevoir les passagers par les portes arrière grandes ouvertes. Vêtus de treillis, armés et dotés de gueules de types qui ne plaisantent pas. Tout sauf des scientifiques à lunettes du genre d'Edward…

6

Skaff

10 h 31

Sur la dalle brillante du moniteur de son ordinateur en veille, Jim Skaff contemplait son reflet. Alors qu'il venait à peine de franchir la quarantaine, son front commençait déjà à s'allonger à mesure que la lisière des cheveux reculait. D'ici quelques années, en principe, il ressemblerait à son père, que lui et sa sœur appelaient « crâne d'œuf » dès qu'il avait le dos tourné. Mais cela n'arriverait pas, car, à la différence de son père, Jim n'était pas un raté. Lui avait les moyens de se payer une implantation. Et dans la meilleure clinique d'Atlanta, qui plus est.

Se rappelant l'urgence de la situation, il remua la souris de l'ordinateur et l'écran se ralluma. Jim préparait le point matinal que son chef, Carl Benkovic, directeur exécutif aux affaires externes de Dervac Pharmaceutics, attendait de lui. Celui-ci ne tarderait pas à revenir dans son bureau, contigu au sien, et n'attendrait pas moins qu'un rapport détaillé. Aussi, Jim reprit la lecture des différents comptes-rendus de ses subalternes afin d'en réaliser une synthèse, concise et précise. Toutefois, la tâche était tellement fastidieuse qu'il lui était difficile de ne pas laisser son esprit dériver un peu. Notamment vers l'une de ses contrariétés récurrentes, son ex-femme et le gamin qu'il lui avait fait.

Depuis le temps que le mioche réclamait une sortie digne de ce nom avec son père, Jim avait eu la faiblesse de lui promettre un week-end dans les Everglades à débusquer des alligators sur des *airboats*, petits bateaux propulsés par une hélice d'avion, volant littéralement sur les marais dans un vacarme assourdissant. Il avait eu cette idée en se rappelant la série télévisée sobrement intitulée *Everglades* qu'il lui arrivait de regarder lorsqu'il était petit, sans se douter que son fils n'en avait jamais entendu parler. Pourtant, cela n'avait pas eu l'air de déranger Jim junior qui avait bondi de joie à la proposition. Piégé par sa promesse, Jim senior voyait désormais arriver l'échéance de cette petite sortie à l'un des moments les plus critiques de sa carrière. Si le problème chez Dervac se prolongeait un peu trop, il serait contraint d'annuler le week-end, ce qui, une fois de plus, donnerait une raison à son ex-femme de le traiter de père indigne.

Pourquoi diable l'avait-il épousée, celle-là ? Aujourd'hui, cela lui apparaissait comme l'acte le plus stupide de toute sa vie. Lorsqu'il l'avait connue, elle était plutôt sexy et les hormones mâles avaient fait le reste. Douze ans plus tard, il ne restait qu'un divorce, une pension alimentaire ruineuse, et un gosse qui l'appelait « papa ». Désormais, il lui fallait bien préserver les apparences sociales et s'occuper du petit un week-end sur deux, afin de ne pas passer pour un monstre. Pire, en dépit des efforts qu'il déployait pour se montrer froid et impitoyable, il devait bien admettre qu'il l'aimait un peu, ce mioche. Et, à ses yeux, c'était une faiblesse.

Pour la énième fois, Jim se força à canaliser son attention sur la tâche qui lui incombait. Cette crise chez Dervac le rendait nerveux. La situation était délicate et tout le monde était tendu. Particulièrement en haut lieu où cette histoire au Venezuela provoquait de sacrés remous. Benkovic était sous pression et le lui faisait bien sentir. D'ailleurs, voilà que du bruit se faisait entendre à côté. Son chef venait de redescendre de sa réunion avec le grand patron. Sans perdre un instant, Jim imprima son rapport, rajusta sa tenue, puis sortit dans le couloir. Au lieu d'utiliser la porte communicante entre son bureau et celui de Benkovic, il choisit de passer par l'antichambre de la secrétaire.

Susan réunissait à elle seule tous les clichés de la secrétaire de séries télé. Grande, blonde et belle. Jim ignorait si Benkovic se l'était déjà envoyée. À sa place, il ne se serait pas gêné. Mais, avant tout, c'était une solide professionnelle, qui connaissait son patron sur le bout des doigts.

« Comment est-il ce matin ? » demanda-t-il en la saluant d'un signe de tête.

Susan eut une moue négative qui semblait signifier « pas facile ». Devant la mine renfrognée de Skaff, elle dit : « Je vais préparer des cafés, ça le détendra un peu. »

Jim la remercia d'un sourire. Cependant, si Carl Benkovic était de mauvaise humeur, il faudrait plus qu'un *latte* pour l'amadouer.

Il toqua à la porte puis entra sans attendre la réponse. Privilège de bras droit.

Au premier coup d'œil, il était évident que Benkovic n'était pas dans un bon jour. Ses larges épaules et son cou de taureau semblaient encore plus raides que d'habitude, et son crâne chauve était dressé comme un point sur un I. Carl n'avait plus un cheveu depuis belle lurette, mais personne ne se serait aventuré à le traiter de « crâne d'œuf ». Directeur exécutif du deuxième groupe pharmaceutique mondial, douzième capitalisation du Dow Jones, cela imposait le respect. Et surtout, avec son physique de *quarterback*, Benkovic aurait pu écraser à mains nues la tête d'à peu près n'importe qui.

Skaff s'installa dans le fauteuil face au bureau, alors que son patron consultait quelque chose sur l'écran de son ordinateur sans lui prêter la moindre attention.

« Bonjour, Jim, finit-il par lâcher après un moment en se renversant dans son fauteuil. Quelles sont les nouvelles ?

— Bonjour, monsieur. Selon les derniers rapports qui me sont parvenus très tôt ce matin, l'opération de reprise en main sur le plateau semble en bonne voie. L'équipe de Dewlinger est toujours assignée à son camp de base et paraît accepter les nouveaux ordres sans poser trop de problèmes. L'équipe d'intervention, quant à elle, continue son travail sur le site ; les hommes mettent la dernière main à un camp correctement sécurisé qui permettra au petit contingent de scientifiques qui les a rejoints de prendre la relève de Dewlinger et de poursuivre son travail dans de bonnes conditions. »

Derrière lui, la porte s'ouvrit presque sans un bruit et Susan entra, un plateau à la main. Skaff s'interrompit pour la laisser s'affairer. Tandis qu'elle déposait les tasses, le pot de lait et le sucrier, Jim scrutait le visage de son chef. Il eut la nette impression que Benkovic n'ignorait rien de ce qu'il était en train de lui exposer. À quoi bon lui demander de superviser la cellule de crise si certaines informations arrivaient directement en haut lieu, bon sang ? Jim s'appliqua à masquer son agacement, et reprit son exposé avec application dès que la secrétaire fut sortie.

« C'est le docteur Van Hoven qui dirige le contingent scientifique. Outre ses compétences, appropriées dans le cas qui nous occupe, il a l'habitude des opérations en milieu difficile, notamment sur le théâtre des crises épidémiques de…

— Ce n'est pas une épidémie qui nous amène là-bas, coupa Benkovic.

— Non, bien sûr. Mais il y a des aspects qui…

— Peu importe, Van Hoven fera l'affaire. Tout ce que je demande, c'est que personne ne commette d'erreur irréparable. »

Jim approuva d'un hochement de tête.

« D'ailleurs, à ce sujet, ajouta-t-il, je suggère de rapatrier sans attendre Dewlinger et son équipe.

— Non, ce ne sera pas nécessaire, répliqua le directeur exécutif en changeant de position dans son fauteuil.

— Pourtant, ils n'ont plus rien à faire là-bas. Ils ne feront que gêner les…

— Comme je viens de vous le dire, ce ne sera pas nécessaire. »

Le ton de Benkovic était définitif. Skaff se tut et entreprit de verser un nuage de lait dans sa tasse pour se donner une contenance. Si son chef était en droit d'exercer sur lui une autorité arbitraire, son contrat ne l'obligeait pas à se recroqueviller dans son siège en tremblant.

« À partir de maintenant, Jim, ne vous préoccupez plus du docteur Dewlinger ni de son équipe. »

Jim avala tranquillement une gorgée de café en faisant mine de ne pas s'apercevoir que quelqu'un lui écrasait les orteils à coups de talon.

« Bien, monsieur. Je suppose qu'il a finalement été décidé de les réintégrer à l'opération ? Leur expertise est en effet…

— Non. Leur cas a simplement été confié à un autre service. »

À ces mots, la belle assurance de Skaff se fissura.

Un autre service ?

À sa connaissance, il n'y avait pas de « service » de Dervac au Venezuela. S'il avait existé une extension du bureau des ressources humaines plantée en pleine jungle sur un tepuy, il était probable qu'il l'aurait su. Non, Benkovic venait d'employer un euphémisme pour désigner Deep River. La très puissante société de sécurité privée employant d'anciens militaires des forces spéciales avait été envoyée là-bas pour sécuriser le site après le message de Dewlinger.

Leur cas a simplement été confié à un autre service…

Jim croyait entrevoir le problème derrière la formule évasive ; des membres de l'équipe initiale se montraient peut-être moins dociles que la situation ne l'exigeait. Or, dans un tel cas, les hommes de Deep River sauraient sans aucun doute rappeler leurs priorités aux récalcitrants. Il y aurait quelques bobos, mais, après tout, ces gens se trouvaient fort loin des tribunaux américains. À leur retour, ils toucheraient de quoi panser leurs blessures tant morales que physiques. Le bras droit de Carl Benkovic s'abstint donc de tout commentaire. Ce n'étaient pas ses affaires. Si en haut lieu on avait estimé qu'il fallait en passer par là, alors toutes les précautions avaient probablement été prises. Ce ne serait pas la première fois que la compagnie sortirait un peu des clous… L'important n'était pas de commettre une faute, c'était de ne pas se faire siffler par l'arbitre.

Un tintement de glockenspiel s'échappa de la poche de Benkovic. Il attrapa son téléphone et consulta le message qu'il venait de recevoir.

« Autre chose ? fit-il sans relever le nez.

— Oui. À propos de Dos Santos, le membre de la cellule de crise ici, à Atlanta, dont je vous avais parlé et qui m'avait confié, dans les premiers jours, ses scrupules éthiques concernant l'opération en cours. Je dois vous signaler qu'il ne s'est pas présenté au travail depuis quarante-huit heures. »

Le directeur exécutif avait commencé à pianoter sur son téléphone et fit mine de répondre sur un ton détaché, sans quitter son écran du regard. Mais son embarras crevait les yeux.

« Ne vous inquiétez pas de cela non plus. J'ai demandé au, euh… service approprié de, euh… le prendre en charge lui aussi… »

Skaff accusa le coup. Lâchant son téléphone, Benkovic fixa sur lui un regard pénétrant dans lequel toute trace d'embarras avait disparu.

« Nous ne pouvons courir aucun risque, Jim. *Aucun.* Les enjeux sont immenses. »

Un frisson traversa les épaules de Skaff. En apprenant que Deep River avait été commissionnée en territoire américain, il comprenait que Dervac Pharmaceutics venait de changer de braquet. Envoyer des barbouzes exécuter quelques ordres douteux à l'autre bout du Venezuela, passe encore ; mais la même chose dans les rues d'Atlanta, ce n'était plus la même musique.

En quittant le bureau de son directeur exécutif, Jim Skaff ne se sentait plus aussi sûr de lui qu'en y entrant. Il lui semblait que tous les ingrédients d'un cocktail explosif s'accumulaient dans un shaker ; qu'un rigolo s'amuse à secouer l'ensemble un peu trop fort et toute personne à proximité risquait d'être éclaboussée…

Cependant, là où l'on risquait gros, il y avait parfois moyen de *gagner* gros…

7

Ruzena

17 h 54

Levant la main droite avec prudence tandis que, de la gauche, elle se tenait au tronc, Ruzena attrapa la branche suivante et put déporter son poids afin de libérer son autre bras. L'escalade de l'arbre dans lequel l'avion s'était écrasé n'était pas une partie de plaisir. Pour autant qu'elle soit capable d'en juger, il lui semblait qu'il s'agissait d'une sorte de manguier. Bien qu'il ne fût pas aussi haut que ses congénères de basse altitude et qu'il ne portât aucun fruit, l'arbre possédait des branches épaisses ayant résisté sans peine à la collision. En plaine, grimper à son sommet n'eût pas présenté de difficulté particulière ; ici, en revanche, les bancs de brume qui défilaient en permanence déposaient partout un voile d'humidité qui rendait les branches glissantes. Ruzena mesurait chacun de ses gestes, s'assurant toujours trois points d'appui avant de tenter de chercher la prise suivante.

Après avoir survécu à un crash, il ne manquerait plus que je me rompe le cou en tombant d'un arbre.

Après de longues minutes d'efforts, elle arriva enfin au niveau de l'épave, juste sous la queue. Impossible d'atteindre la cabine de cet endroit. Pour se déplacer et être en mesure de se hisser dans l'avion par la porte latérale, il lui fallait sauter dans le vide sur une grosse branche située à environ un mètre cinquante sur le côté. Distance ridicule au sol, impressionnante à huit mètres de hauteur. Ruz repéra les prises à sa disposition en face : elle allait devoir empoigner une branche de taille moyenne qui se déployait presque parallèlement, à hauteur d'épaule, au-dessus de celle qui recevrait ses pieds.

Et, surtout, faire comme si je me trouvais sur le plancher des vaches, oublier que je suis au troisième étage.

Sans réfléchir davantage, elle affermit ses appuis, inspira un coup et s'élança.

Si ses mains agrippèrent les prises comme prévu, ses pieds, en revanche, dérapèrent brusquement sur la grosse branche et ses jambes partirent dans le vide. Avec un cri d'effroi, la jeune femme enroula ses bras de toutes ses forces autour de la branche qu'elle tenait, ce qui lui évita de basculer pour de bon. Malheureusement, elle ne put empêcher son bassin de pivoter et ses jambes de heurter violemment le tronc. Un nouveau cri s'échappa de sa gorge, de douleur cette fois, mais elle tint bon. Serrant la branche du haut avec l'énergie du désespoir, elle parvint à ramener les jambes sur celle du dessous, puis, lorsqu'elle fut certaine que sa position le lui permettait, se hissa sur celle du dessus, au niveau de l'épave. Là, elle s'assit à califourchon sur la branche et reprit son souffle en se massant les genoux, durement écorchés. Ensuite, elle put enfin observer ce qui restait de l'avion.

Seule la partie centrale demeurait à peu près intacte, littéralement plantée dans l'arbre selon un angle d'une trentaine de degrés. Les ailes, ainsi que l'empennage, avaient été arrachés, et la carlingue était tordue. Pourtant, le plus spectaculaire restait les dégâts subis par la cabine. Encastrée entre deux branches massives, elle était écrasée en totalité, broyée. Même si Ruz ne se souvenait pas du crash, elle supposa qu'elle avait dû continuer à piloter l'avion jusqu'au bout et n'avait décidé de sauter qu'après avoir compris que l'atterrissage d'urgence ne serait pas contrôlable. La distance au sol était déjà bien trop faible et le saut s'était mal terminé ; pourtant, à voir l'état du poste de pilotage, Ruz sut qu'elle serait morte si elle n'avait pas pris cette décision.

Sur le fuselage rouge, à l'arrière, se lisait en lettres jaunes *Pilatus aircraft*, au centre, écrit en grand et en blanc, l'indicatif *HDU34*, et en petit, au niveau de la porte passager, *Cape Coral Airfield*. La lecture de ces mots réveilla quelque chose de familier en elle, des sensations de plaisir et de joie partagés, sans pour autant qu'une quelconque image précise lui revienne.

Tandis qu'elle s'approchait en rampant sur la branche, elle songea que si l'hélicoptère ne lui avait pas fait lever la tête, elle n'aurait peut-être jamais pensé à regarder en l'air. Une fois au niveau de la porte latérale arrière, grande ouverte, elle s'agrippa à l'embrasure et se redressa d'un coup d'épaule pour se hisser à l'intérieur. Si ce mouvement lui permit de prendre pied dans la carlingue, cette soudaine traction déséquilibra l'ensemble et l'épave glissa brusquement de trente centimètres avec un affreux grincement métallique, avant de s'immobiliser dans un choc sonore. Ruzena crut que son cœur allait s'arrêter. L'avion continua de tanguer pendant de longues secondes, durant lesquelles la jeune femme n'osa même pas respirer, puis il se stabilisa enfin.

Comme le laissait supposer l'aspect de l'appareil vu de l'extérieur, la cabine de pilotage n'existait plus. La branche de cinquante centimètres de diamètre sur laquelle elle s'était encastrée avait plaqué ce qui restait du cockpit sur le dossier du siège, pulvérisant les instruments de bord et la porte avant, et projetant des éclats de verre dans tout l'habitacle. Ruz réprima une moue de dégoût en imaginant l'état de son corps si elle avait tenté l'atterrissage. Derrière, elle dénombra cinq sièges passagers sur deux rangées. Des sièges légers, simples coussins de toile fixés sur des tubulures métalliques.

Le PC-6 n'est pas un engin de tourisme, songea-t-elle spontanément. *Plutôt un tout-terrain de l'aviation.*

Tout était concassé, tordu ou déchiré. Au fond de la cabine passagers, plusieurs jerrycans étaient encore maintenus par une sangle. L'un d'eux, percé par une branche, avait laissé échapper un liquide transparent dont l'odeur trahissait la nature.

J'avais prévu du carburant pour repartir.

Sous les sièges, elle trouva trois sacs de sport, dont l'un était éventré et un autre carrément écrasé entre la paroi et une branche qui avait traversé le fuselage à cet endroit. Le sac intact contenait des vêtements : sweat-shirts, pantalons de toile, vestes techniques, légères et imperméables, chapeaux, etc. Visiblement, elle s'attendait à embarquer plusieurs personnes qui n'auraient pas forcément eu le temps de préparer leurs affaires. Dans le sac déchiré, Ruzena découvrit – à son grand soulagement – des rations alimentaires et du matériel de survie. Sans attendre, elle ouvrit une ration et commença à manger un biscuit, en prenant soin de mâcher lentement. Au moins, l'alimentation ne lui poserait-elle pas de problème dans les prochains jours.

Elle vida aussitôt le sac de vêtements, en gardant l'une des vestes techniques et un chapeau, puis elle entreprit de le remplir avec le matériel dont elle avait besoin. Il lui était inutile de réfléchir pour sélectionner le minimum indispensable, ses automatismes s'en chargeaient à sa place. Gourde, quart et réchaud, couteau pliable à lame crantée, machette, ficelle (pas de corde, trop lourd), fil de pêche et hameçons, rations, trousse de secours, boussole et, enfin, lampe frontale (avec piles de rechange). Quelques cartes, attachées entre elles par un élastique, reposaient également dans le fond du sac. Elle les prit sans les regarder, ce serait pour plus tard.

C'était un bon début, le moral de Ruz commençait à remonter. À l'examen du sac écrasé, par contre, il redescendit en flèche. Celui-ci contenait le matériel électronique… réduit en miettes. Sans se faire d'illusion, elle examina chaque instrument dans l'espoir d'en trouver un encore fonctionnel. Tous ces objets, elle eut l'impression étrange de les voir pour la première fois de sa vie, tout en sachant parfaitement de quoi il s'agissait. GPS (*Garmin 62s, efficace*) ; téléphone satellite (*Iridium, ne pas se déplacer pendant la communication*) ; un autre talkie (*Vertex, portée limitée à une dizaine de kilomètres dans la jungle ou dans les creux*) ; stock de batteries, et chargeur solaire.

Autant d'équipements indispensables, qui avaient été emballés avec soin dans des sacs étanches (*l'humidité est l'ennemie des dispositifs électroniques*) et que le crash avait détruits. Pas un qui fût encore en état de marche. Ruzena enrageait. Dans sa situation, ces appareils lui auraient été précieux. Comme le reste, les batteries de rechange étaient hors d'usage, mais, en ouvrant le talkie cassé, elle eut la bonne surprise de constater que celle qu'il contenait n'avait pas été atteinte.

Soudain, sans le moindre signe avant-coureur, une forte nausée lui fit venir le cœur au bord des lèvres. Contenant avec peine un spasme, elle s'assit tant bien que mal sur le sol pentu de la cabine et cala son dos contre le renfort métallique de l'arrière du siège pilote.

Merde, ce n'est pas le moment de vomir et de s'affaiblir !

Le contact froid du métal sur sa nuque lui fit du bien, la nausée commença à refluer. Finalement, les baies violettes n'étaient pas comestibles ! Et si la procédure de test qui lui était revenue n'était qu'une fumisterie ? Peut-être même ne la connaissait-elle que pour enseigner aux autres de ne pas l'appliquer ! Comment savoir ? S'astreignant à réguler sa respiration le temps que le malaise se dissipe, elle en profita pour intervertir la batterie vide de son Vertex avec celle récupérée dans le sac.

Quand elle tourna le bouton de mise en route, l'écran s'alluma.

Ouf !

Aussitôt, elle tenta de contacter Chris. Les trilles stridents s'égrenèrent. L'écran affichait 19 h 04. Dehors, la lumière du jour déclinait tandis que l'après-midi touchait à sa fin.

Un *clic*.

« *Allô, Ruz ?* »

La jeune femme pressa le bouton de prise de ligne.

« Oui, Chris, ici Ruz !

— *Ah, Dieu du ciel ! J'ai bien cru que j'allais crever seul ici ! Tu as vu l'hélico tout à l'heure ?*

— Oui, j'ai essayé de lui faire signe, mais j'étais sous les arbres. Ils ne m'ont pas vue.

— *Eh bien, estime-toi heureuse ! Planque-toi si tu le revois, ou si tu croises quelqu'un sur le plateau. Ils ont toutes les chances de faire partie de la guérilla séparatiste. Et crois-moi, ces types ne plaisantent pas !* »

Ruzena soupesa cette remarque. Maintenant qu'elle y réfléchissait, il lui semblait peu probable qu'une opération de secours se soit montée aussi rapidement, et encore plus improbable que l'équipe du plateau dont lui avait parlé Chris dispose d'un hélico.

« En tout cas, cet engin m'a permis de repérer la carcasse de l'avion ! J'ai eu un mal de chien à l'atteindre, mais, du coup, j'ai dégoté une autre batterie pour le Vertex.

— *Le quoi ?*

— Le Vertex. C'est le talkie que tu as dans la main.

— *Ah, euh, OK. Tu as retrouvé l'avion, donc ? Tu as récupéré du matériel et des vivres ?*

— Oui. Je n'ai pas pu tout sauver, mais il y a assez de vivres pour assurer notre survie, au moins pour quelques jours. Après, il faudra chasser.

— *Chasser ? Sérieusement ? Tu as déjà tué et vidé un animal ?* »

À vrai dire, Ruzena n'en avait aucune idée. Toutefois, elle voyait à peu près comment faire.

« *De toute façon, inutile de dire "nous". Je ne suis pas avec toi, et je ne vois pas comment on va faire pour se retrouver. Pourtant, je peux te dire que j'ai les crocs, putain de merde !*

— Calme-toi. La panique est mauvaise conseillère. La nuit va bientôt tomber, et la température va chuter. Tu dois chercher un abri où tu ne perdras pas trop de chaleur. Trouve l'un de ces arbres dont les racines forment des contreforts, certains présenteront des creux à ta taille. Bourres-en un de fougères et blottis-toi dedans. Ce ne sera pas l'idéal, mais ça limitera ta déperdition de chaleur.

— *Comment veux-tu que je trouve ça, bon sang ? Il n'y a pas de vrais arbres ici, juste des plantes à peine plus grandes que moi ! Et encore, c'est nouveau, parce que j'ai passé le plus clair de la journée à marcher dans de la rocaille !* »

La jeune femme songea qu'il avait dû atterrir sur les immenses affleurements rocheux qu'elle avait aperçus au loin à deux ou trois reprises durant son périple. Ils étaient donc séparés de plusieurs kilomètres.

Elle rouvrit son canal : « Demain, nous ferons le point sur nos positions et je tâcherai de t'aider à t'orienter. Nous devrions finir par réussir à nous retrouver, ne t'inquiète pas.

— *Bien sûr que si, je m'inquiète ! Et j'ai des putains de bonnes raisons de m'inquiéter vu mon état de… Ahhh !* »

Ruz entendit un cri, puis plus rien.

« Chris ? Ça a coupé, je ne t'entends plus ! Est-ce que tout va bien ? »

Elle tenta de reprendre le contact à plusieurs reprises, en vain. Le talkie restait désespérément silencieux. Qu'était-il arrivé à Chris ? Elle espérait que ce n'était pas trop grave.

Pas le temps de se monter la tête, il fallait redescendre sans tarder. Comme elle l'avait dit à l'instant, la nuit allait bientôt tomber et elle aussi devait se trouver un abri. En pareille situation, bien dormir était essentiel, afin de reprendre des forces et de ne pas perdre d'énergie corporelle à cause du froid.

La nausée s'était dissipée. Elle se releva avec des gestes lents, inquiète à l'idée de provoquer un nouveau déplacement de la carcasse. À l'aide du couteau, elle découpa les coussins des sièges pour en extraire toute la bourre puis la fourra dans le sac éventré, en nouant un morceau de ficelle autour pour éviter qu'il ne se vide par la déchirure. Durant l'opération, elle aperçut une bretelle beige dépasser de sous la porte en tôle froissée du poste de pilotage. Elle ne l'avait pas remarquée jusqu'à présent, car la porte, carrément repliée dessus, la masquait presque entièrement. En tirant plusieurs fois sur la bretelle, Ruzena parvint à extraire un petit sac à dos de la cavité de métal.

Ce sac était *à elle*. Elle le sut sans même avoir besoin de regarder ce qu'il contenait.

Ne l'ouvre pas maintenant ! s'ordonna-t-elle. *Il est plus que temps de redescendre, tu feras ça plus tard.*

Sans tergiverser davantage, elle le chargea sur son dos et rejoignit la porte latérale. Assise sur le bord, elle jeta au pied de l'arbre le sac de bourre, puis celui contenant les vivres et le matériel. Ensuite, elle rampa sur la branche qui lui avait sauvé la vie une demi-heure plus tôt et entreprit de redescendre.

Dans une répétition inversée de l'acrobatie qui lui avait permis de grimper les deux derniers mètres, elle enroula ses bras autour de la branche puis laissa ses jambes pendre dans le vide, battant des pieds jusqu'à atteindre celle du dessous. Avec toutes les peines du monde, elle réussit à y prendre appui. À ce moment, elle prit conscience que là-haut, juste sous la canopée, elle n'avait pas réalisé à quel point la lumière avait diminué. La pénombre avait déjà envahi les branches inférieures et le sol n'était presque plus visible. Ruz se maudit de ne pas avoir pensé à garder la frontale avec elle avant de balancer le sac.

Il lui fallut descendre presque à tâtons, craignant sans cesse de déraper ou de mal estimer une prise. Le bois glissant, couvert de mousse, semblait plus traître que jamais. Par moments, dans cette demi-lumière, il semblait à Ruz qu'elle agrippait le corps d'un serpent, squameux et humide, qui allait bientôt s'éveiller et, dans un spasme, la faire tomber avant de fondre sur elle. Tout à coup, un grand bruit de battements d'ailes la fit sursauter ; un oiseau, surpris, venait de s'envoler bruyamment. La jeune femme expirait longuement en pensant « *Plus de peur que de mal* », lorsque, avec un craquement affreux, la branche sur laquelle elle se tenait se brisa.

Par réflexe, elle voulut se rattraper aux branches qui l'environnaient, mais ses mains ne rencontrèrent que du vide tandis que le décor basculait cul par-dessus tête. L'événement se déroula si vite qu'elle n'eut même pas le temps de crier. Après une chute de deux mètres, elle heurta violemment la grosse branche suivante à plat ventre. Le souffle coupé, la cage thoracique en feu, elle s'agrippa compulsivement à cette poutre naturelle, responsable à la fois de sa survie et de la douleur qui venait d'exploser dans son corps. Des étoiles dansant devant les yeux, plusieurs minutes lui furent nécessaires pour trouver la force de se redresser et de s'asseoir à califourchon. Plus de temps encore s'écoula avant qu'elle ne cesse de trembler comme une feuille, pliée en deux par la douleur. Lorsque, enfin, elle redevint à peu près maîtresse d'elle-même, elle se massa les tibias, les côtes et les coudes, à la recherche d'une éventuelle fracture. Soulagée de constater qu'elle n'en était quitte que pour de nouvelles contusions, elle termina sa descente en grimaçant de douleur à chaque mouvement. Le crépuscule était déjà là quand elle atteignit la terre ferme. Heureusement, les sacs, de couleur claire, se distinguaient facilement dans la pénombre.

Une fois remise de ses émotions, les jambes toujours flageolantes et le plexus douloureux, Ruzena récupéra la lampe frontale, puis, chargée de son matériel, s'éloigna de l'épave de l'avion. Si vraiment des guérilleros hostiles patrouillaient dans cet hélicoptère, ils avaient sûrement repéré la carcasse et ce n'était qu'une question de temps avant qu'ils viennent jeter un œil dans le coin.

En chemin, elle découvrit d'autres baies violettes. Après une brève hésitation, elle renonça à en cueillir. Même s'il fallait économiser les vivres, prendre le risque de s'affaiblir à cause de problèmes digestifs n'était pas raisonnable.

Après un quart d'heure de progression précédée du rayon de la lampe frontale, Ruzena trouva enfin ce qu'elle cherchait : un large bosquet d'arbustes et de plantes grimpantes formant une sorte de tente naturelle, dont l'intérieur était dissimulé par l'épaisseur des frondaisons. Là, elle pourrait installer un hamac en toute discrétion. À l'aide de sa machette, elle entreprit de taillader le rideau de tiges imbriquées afin de s'ouvrir un passage, lorsque, soudain, quelque chose surgit dans le faisceau de sa lampe. Ruz sursauta violemment en poussant un cri. Un monstre de cauchemar se tenait devant elle, ses bras aux appendices griffus tendus dans sa direction, ouvrant une gueule hérissée de crocs délabrés. La jeune femme eut un mouvement de recul et porta une main à sa bouche afin de prévenir un nouveau cri, avant de comprendre qu'elle contemplait une statue de pierre.

Haute d'environ deux mètres, la sculpture, érodée et couverte de mousse, représentait une sorte de démon figé dans une posture menaçante. Au bout de ses bras levés, les mains pourvues de griffes semblaient prêtes à déchiqueter toute personne osant s'aventurer ici. La tête possédait trois grands yeux écarquillés, une bouche garnie de dents autrefois effilées et deux paires de cornes, l'une plus petite que l'autre. Le bas du corps était plus difficile à cerner ; les mousses y proliféraient davantage et la statue était enfouie dans la végétation, donnant l'impression que le nombre de jambes – ou de pattes – était anormalement élevé.

Ruz n'aurait su dire ce que représentait cette silhouette de pierre, et encore moins qui l'avait érigée, mais si l'objectif avait été d'effrayer les visiteurs importuns, c'était réussi.

8

Fisher

18 h 33

Renversé dans son fauteuil, les pieds croisés sur le bureau, le téléphone rivé à l'oreille tout en observant la rue à travers les stores vénitiens de ses fenêtres, Clinton Fisher avait parfaitement conscience d'incarner le stéréotype ridicule du détective privé. Il ne put d'ailleurs s'empêcher de ricaner à cette idée tandis que dans son tympan se déversait une insupportable musique d'attente, assemblage de notes sans la moindre saveur, échantillon représentatif du style *easy listening* qui fit les heures de gloire de certains ascenseurs.

Dehors, sur le Ivan Allen Jr. Boulevard, c'était l'heure de pointe. Les quatre voies de cet axe qui permettait de rejoindre les autoroutes du centre-ville étaient saturées, tout comme la contre-allée menant à la station Exxon, obstruée par la file d'attente, et le parking du supermarché King Kullen se trouvait déjà plein à craquer, au point que certains se contentaient de déposer leur conjoint puis tournaient dans les allées en attendant son retour. Avec les vélos qui filaient sur les trottoirs, il n'était pas un mètre carré de l'espace public qui ne fût occupé par un véhicule à roues. Même avec le double vitrage, Fisher percevait sans peine le concert de klaxons et moteurs qui se donnait à l'extérieur.

Drôle de monde, songea-t-il.

Si elle n'avait rien révélé de fracassant, sa première journée d'enquête n'était pas restée infructueuse pour autant. Se renseigner sur cette Ruzena Iskovna n'avait pas présenté de difficulté particulière. Bien qu'elle fût peu connue du grand public, sa notoriété était importante dans le petit monde des sports extrêmes. Âgée de trente et un ans aujourd'hui, elle avait été la première femme à pratiquer le *BASE jump* équipée d'une *wingsuit* en réalisant notamment un saut – illégal – depuis la tour Eiffel, à Paris, qui lui avait valu quelques jours de détention, une amende respectable et une belle couverture médiatique. Alpiniste chevronnée, elle pratiquait le raid et le trek extrêmes sur toutes les chaînes de montagnes du globe et s'alignait tous les ans au départ de la course *Ironman*, consistant à enchaîner 3,8 kilomètres de natation, 180 kilomètres de cyclisme et un marathon de 42 kilomètres. De nombreuses marques d'équipements sportifs et de caméras la sponsorisaient, et elle concourait dans toutes sortes de championnats, dont ceux de triathlon. Pour clore le tableau, elle avait participé à plusieurs reprises aux entraînements des SEAL, réputés les plus difficiles de l'U.S. Army, par simple bravade, et peut-être un peu aussi pour sa communication personnelle.

Au souvenir des récits de tous ces exploits sportifs qu'il avait lus dans la matinée, Clinton se sentit fatigué. Il s'étira paresseusement en s'enfonçant davantage dans son fauteuil. Arrivée à son terme, la musique d'attente du téléphone repartit du début.

Concernant l'état civil, Ruzena était née américaine de parents d'origine ukrainienne, dans le Wisconsin. Avant d'entamer sa carrière sportive, ses études l'avaient menée jusqu'à une licence de biologie. Là, elle avait rencontré un certain Edward Dewlinger, biochimiste reconnu, auquel elle s'était fiancée quelques années plus tard.

Pour les détails plus intimes, le détective avait ensuite procédé à une enquête classique de voisinage. Bien que la jeune femme ait opté pour la liste rouge, cela n'avait pas empêché Clinton d'obtenir son adresse grâce à un contact au bureau des permis de conduire. Il avait ensuite occupé une partie de son après-midi à interroger les voisins en se faisant passer pour un journaliste préparant un portrait de la sportive fameuse.

La maison qu'elle partageait avec Dewlinger dans Buckhead, la banlieue jeune et branchée (un peu trop, au goût de Fisher) d'Atlanta, ne révélait rien de particulier vue de l'extérieur, si ce n'est que tous les volets en étaient fermés. Rien d'anormal en soi. Certains n'ouvraient pas leurs volets avant de partir au travail le matin. Toutefois, les voisins interrogés affirmèrent qu'ils n'avaient aperçu ni Ruzena ni Edward depuis plusieurs jours. En creusant un peu, Fisher n'avait pas obtenu la moindre anecdote intéressante, potentiellement révélatrice d'un comportement trouble. Rien, ni dans les habitudes ni dans les fréquentations du couple, n'était de nature à attirer l'attention d'un détective privé. En dehors du fait que tous leurs voisins semblaient les trouver plutôt sympathiques, constat hautement suspect en soi.

Faute de piste concrète sur Ruzena, Clinton avait ensuite creusé un peu sur son compagnon, Edward Dewlinger. À part une célébrité certaine dans sa spécialité, à peu près tout séparait le biochimiste de la sportive. Les photos disponibles sur Internet montraient, d'un côté, une femme assez belle, énergique et plutôt extravertie, offrant un sourire éclatant aux objectifs, et, de l'autre, un homme réservé, moins à l'aise lorsqu'il était photographié dans les soirées qu'en plein travail dans son laboratoire. Cela dit, même sans être particulièrement séduisant, Edward dégageait un charme indéniable et Fisher n'avait pas de peine à croire qu'il plaise à la gent féminine (quoiqu'il ne se sentît pas très bon juge lui-même du sex-appeal masculin). Cependant, au-delà du contraste de leurs personnalités, c'était surtout dans le domaine professionnel que les différences frappaient le plus. Comment faire plus éloigné des sports extrêmes que la recherche médicale de pointe ?

Après tout, les contraires s'entendent parfois mieux que les semblables.

S'il ne brillait guère par son magnétisme dans les médias, Edward Dewlinger, en revanche, éblouissait par ses qualités scientifiques. Recruté à grands frais par le trust pharmaceutique Dervac dès sa sortie de l'université, il avait depuis prouvé que l'investissement en valait la peine. Avec plusieurs découvertes notables, suivies d'applications médicales prometteuses, le jeune chercheur avait déjà publié de nombreux articles très remarqués et participé à maintes conférences. Dans la presse spécialisée, certains, un brin excessifs, lui prédisaient déjà un prix Nobel un jour ou l'autre.

En fin d'après-midi, Fisher avait décidé qu'il était temps d'avoir une discussion avec ce jeune homme.

Le plus naturellement du monde, il avait donc composé le numéro public de Dervac Pharmaceutics et demandé à parler à Edward Dewlinger.

Sur un ton aussi professionnel que mécanique, la standardiste avait répondu « Un instant, s'il vous plaît » avant de le mettre en attente, ouvrant aussitôt les vannes de la mélasse supposément musicale qui se déversait dans son oreille depuis un moment. L'*instant* durait depuis plus de huit minutes déjà. Les effets de la fatigue d'une longue journée de recherches commençant à se faire sentir, Clinton venait de se résoudre à tenter de nouveau sa chance le lendemain lorsque la standardiste reprit la ligne.

« *Monsieur ? Désolée pour l'attente. Puis-je reprendre votre nom, s'il vous plaît ?* »

Cette fois, le ton n'avait plus rien de mécanique mais sonnait très concerné. Fisher leva un sourcil.

« Clinton Fisher, détective privé. Je désirerais m'entretenir avec M. Dewlinger.

— *C'est à quel sujet ?* »

Il n'y avait aucune raison de ne pas dire la vérité.

« Je suis actuellement à la recherche de Mlle Ruzena Iskovna, la fiancée de M. Dewlinger. Je souhaiterais donc lui poser une ou deux questions, s'il est d'accord. Ce ne sera pas long. »

Court silence.

« *Navrée, monsieur Fisher, mais monsieur Dewlinger n'est pas là.* »

À sa façon de répondre, Clinton comprit que la standardiste n'était pas seule. Quelqu'un se trouvait certainement à ses côtés et lui soufflait questions et réponses. Le détective privé se redressa dans son fauteuil.

« Savez-vous quand il sera de retour, mademoiselle ?

— *Il est actuellement en déplacement dans le cadre de son travail pour la compagnie. J'ignore quand son retour est prévu.*

— Pouvez-vous me dire où il se trouve en ce moment ? »

Nouveau silence.

« *Désolée, monsieur Fisher, cette information est confidentielle.*

— Je ne vous demande pas de me révéler ce qu'il fait, mais de me dire où je peux le joindre. Ce ne sont que quelques questions, qui ne gaspilleront pas plus de deux ou trois minutes de son temps.

— *Désolée, monsieur Fisher, c'est impossible. Veuillez me laisser vos coordonnées et nous les lui transmettrons afin qu'il vous recontacte dès son retour.* »

Comprenant qu'il était inutile d'insister, le détective laissa son numéro de téléphone puis raccrocha.

Il y avait de nombreuses choses pour lesquelles Clinton Fisher savait qu'il était nul. Comme le bowling, choisir s'il fallait voter démocrate ou républicain, ou encore ranger son bureau. Mais il en était bien une pour laquelle il était doué, c'était savoir quand on essayait de le mener en bateau.

Un grand sourire s'étala sur son visage. L'affaire venait soudain de devenir nettement plus intéressante.

9

Chris

21 h 43

Désormais, la nuit était d'un noir profond. Autour de Chris résonnait un incroyable assortiment de bruits dont il n'arrivait pas à identifier la moitié. Grattements de pattes d'insectes, bourdonnements de créatures volantes, cris d'oiseaux ou autres bestioles inconnues, bruissements des arbres dans le vent mêlés à l'insupportable goutte à goutte tombant des feuilles en permanence dans cette atmosphère humide. Chris se serait volontiers bouché les oreilles si ses mains n'avaient pas été occupées à serrer contre lui avec force les longues fougères qu'il avait récoltées pour se tenir chaud. Depuis le crépuscule, la température baissait à toute vitesse, et il avait beau se coller le dos à la paroi de pierre en espérant qu'elle finirait par se réchauffer, il grelottait de froid. Ou de faim. Ou de peur. Ou les trois à la fois.

Quelques heures plus tôt, alors qu'il était occupé à parler avec Ruz, il n'avait pas vu le trou masqué par les arbres. Après avoir marché une bonne partie de la journée dans un environnement dénué de toute végétation, il ne s'était pas méfié lorsque celle-ci avait fait son apparition. Le demi-jour du sous-bois, additionné à la lumière déclinante de la fin d'après-midi, rendait pourtant les zones d'ombre un peu trop denses, dissimulant d'éventuels dangers. Il aurait dû rester sur ses gardes.

Lorsqu'il avait basculé dans le vide, il avait lâché le talkie en criant et en agitant désespérément les mains pour essayer d'agripper une branche, en vain. Une première corniche fonça sur lui deux mètres plus bas, qu'il heurta de biais, se tordant le bras au passage, puis la chute se poursuivit sur ce qui lui sembla être une sorte de toboggan avant de s'arrêter net contre un roc qui lui percuta l'estomac. Pendant un long moment, il fut incapable de bouger, plié en deux par la douleur. Celle de son ventre, et surtout celle de sa jambe dont la blessure venait de se rouvrir. Il en pleura et hurla en même temps, le visage plaqué au sol, de la terre lui rentrant dans les narines et dans la bouche.

Puis, peu à peu, la raison remplaça la souffrance dans son esprit et il ouvrit lentement les yeux, tout en tâchant de réguler sa respiration. Lorsqu'il fut à nouveau en état de penser, il comprit – en dépit de la douleur – qu'il avait été chanceux de buter sur ce rocher dans une partie molle comme le ventre, sans quoi il se serait cassé quelque chose. Chris se redressa sur les coudes avec peine et regarda où il était tombé.

Un large trou, de forme circulaire et d'environ vingt mètres de diamètre, percé dans le roc du plateau. La hauteur des parois atteignait environ six mètres. Largement de quoi se tuer dans une chute, si la légère inclinaison des parois, surtout en bas, n'avait pas ralenti la dégringolade. Au centre s'élevait un amoncellement de rocs sur lequel la végétation parvenait à pousser. Chris savait que le tepuy était constellé de ce genre de cavités à ciel ouvert.

Il faisait déjà bien trop sombre pour espérer remonter sans risque là-haut. Vu l'état de sa jambe, il n'était même pas sûr d'y arriver en plein jour. Mais le pire, c'était la perte du talkie. Au milieu des rocs épars et des fougères qui tapissaient le fond de ce trou, il n'avait aucune chance de mettre la main dessus maintenant. Il allait devoir passer la nuit ici.

Qu'avait dit Ruz, déjà ?

Trouver un arbre avec des racines contreforts, choisir un creux entre elles, le bourrer de fougères et s'y blottir.

Aucun arbre dans le fond de ce fichu trou. En revanche, les fougères ne manquaient pas. Et, sur les parois rocheuses de la dépression, probablement creusées par les remous d'une ancienne rivière souterraine, Chris voyait de nombreuses cavités, semblables à des alvéoles, dont certaines paraissaient à sa taille. Au moins serait-il à l'abri de la pluie. Et comme ces cavités se situaient un peu en hauteur, il subirait peut-être moins les assauts des insectes qu'en dormant à même le sol.

Grimaçant de douleur à chaque déplacement, il entreprit d'arracher le plus de fougères possible. Une fois qu'il en eut une pleine brassée, il les déposa dans l'alvéole en une sorte de matelas et en tâchant de les faire remonter sur la paroi du fond, puis il réitéra l'opération afin d'en avoir assez pour s'en faire une pseudo-couverture. Se hisser dans la cavité avec les fougères dans les bras ne fut pas une mince affaire.

Lorsqu'il y parvint, il s'allongea sur le dos avec un soupir de soulagement. Jamais une telle fatigue ne l'avait accablé de la sorte. Conscient qu'il conserverait mieux sa chaleur corporelle en position fœtale, il se recroquevilla en s'efforçant de répartir les fougères au-dessus de lui. Comme elles ne cessaient de glisser, il se résolut à les maintenir en place avec les mains, tout en sachant qu'elles retomberaient dès qu'il s'endormirait.

S'il s'endormait. Car il se doutait bien qu'entre la douleur aiguë qui lacérait sa jambe en continu, l'inconfort de sa couche de pierre et l'angoisse terrible qui le taraudait, il était bien parti pour ne pas fermer l'œil de la nuit. Et du coup, sans sommeil réparateur, la journée du lendemain serait encore plus difficile, et la suivante, encore davantage. Ainsi s'enclencherait un cycle infernal menant droit à l'épuisement total.

Chris enrageait de se retrouver dans le rôle du parfait incapable. Lui qui réussissait si bien dans le monde civilisé, qui jonglait avec les millions à longueur de journée, qui maîtrisait tous les rouages du milieu des affaires où il était respecté, et même craint, ici, il n'était plus qu'une créature faible dont l'existence dépendait d'une éventuelle intervention extérieure. Il ne pensait même plus au camp des chercheurs, qu'il ne localiserait jamais sans carte et atteindrait encore moins avec sa jambe ; il pensait à Ruzena. Elle seule pouvait désormais assurer sa survie. S'il retrouvait la jeune femme – ou, plus vraisemblable, si *elle* le retrouvait –, il s'en sortirait peut-être. Sinon, il allait crever ici, dans le trou du cul du monde. *Quelle ironie !*

Tout en ruminant ces sombres pensées, Chris perçut un tremblement sourd dans la roche. Surpris, il cessa de respirer et demeura immobile, tous les sens en alerte, attentif à son environnement immédiat. Alors qu'il commençait à se demander s'il n'avait pas rêvé, un étrange phénomène lumineux se matérialisa devant lui, tels les motifs multicolores qui apparaissent sur la rétine lorsque l'on serre trop fort les paupières dans le noir. Croyant à une hallucination due à la fatigue, il ferma les yeux puis les rouvrit plusieurs fois. La forme floue était toujours là, flottant devant lui. Curieux assemblage de points dérivant lentement dans un halo rosâtre.

Nom de Dieu, qu'est-ce que c'est que cette connerie ? Un genre de lucioles ? Ou bien des…

Soudain, la chimère éthérée changea. Les points se démultiplièrent et dansèrent une sarabande absurde durant plusieurs secondes avant de converger de nouveau en une sorte de nuage translucide dont les contours flous évoquaient de plus en plus une silhouette peu rassurante. Puis, d'un coup, comme si quelqu'un venait brusquement de faire la mise au point, l'apparition prit la forme d'une créature effrayante, munie de plusieurs yeux morts et froids et dotée de longs appendices s'agitant frénétiquement. Et cette chose le regardait, *lui*.

Instantanément, une terreur profonde s'empara de Chris, une peur primitive qui tordit ses entrailles et le poussa à crier aussi fort qu'il put. Et ce cri se mua en hurlement tandis que le monstre hideux s'élançait vers lui, tendant deux paires de bras anormaux terminés par des doigts griffus agités de spasmes. Mais, au moment où elle arrivait au niveau de Chris, la créature lumineuse se dissipa d'un coup, ne laissant pour seules traces qu'une rémanence floue au fond de ses yeux révulsés.

Dans le trou, tout était redevenu calme. Sauf le cœur de Chris, qui cognait contre ses côtes comme s'il voulait s'en échapper.

10

Ruzena

21 h 58

Passé le bref effroi éprouvé à la vue de l'horrible statue surgissant dans le faisceau de sa frontale, Ruz avait hésité à s'installer là. Ceux qui s'étaient donné la peine d'ériger cette figure de pierre ne voulaient pas d'intrus dans le coin. Peut-être ferait-elle mieux d'aller passer la nuit ailleurs ? Puis elle s'était raisonnée. Ce n'était qu'un bloc minéral inerte dont elle n'avait rien à craindre. De plus, cela semblait très ancien. Les auteurs de cette petite farce sinistre étaient morts et enterrés depuis des siècles.

« Désolée, mon vieux, fit-elle finalement en passant à côté du démon figé, mais on va passer la nuit ensemble. Que ça te plaise ou non. »

Une fois sous l'épaisse végétation du bosquet, la jeune femme constata qu'elle ne s'était pas trompée. Les branches étaient si imbriquées qu'elles formaient un toit naturel dont la protection serait la bienvenue en cas de pluie. Après avoir déposé son chargement, elle choisit avec soin deux troncs, suffisamment solides pour supporter son poids et assez fins pour qu'elle puisse réussir à nouer la toile de parachute autour. Une fois cette opération réalisée, un hamac convenable s'étirait à un mètre du sol, pourvu d'un rabat de toile pendant sur le côté. Avec la bourre extraite des fauteuils du Pilatus, Ruz tapissa le fond de manière à obtenir une meilleure isolation contre le froid nocturne. Ensuite, comme si elle s'apprêtait à se coucher dans des circonstances parfaitement normales, elle songea qu'il serait préférable de se vider la vessie maintenant afin de ne pas être obligée de se relever en pleine nuit. Elle prit soin de s'éloigner pour s'exécuter, l'odeur risquant d'attirer des animaux indésirables. Ceci fait, elle revint s'installer dans le hamac, munie du petit sac à dos, du couteau, de la lampe et d'une gourde. Les gros sacs restaient par terre, une lourde pierre sur eux. Ruzena rabattit le surplus de toile sur elle comme le toit d'une tente, s'isolant ainsi du monde extérieur. Là, elle s'autorisa enfin à se détendre. Elle avait fait de son mieux pour aborder cette seconde nuit de survie dans des conditions acceptables.

Pour commencer, elle mangea les biscuits d'une des rations alimentaires, préférant garder les barres énergétiques pour la journée. Une fois rassasiée, elle ralluma la frontale, coupée le temps d'avaler son dîner frugal afin d'en économiser les piles, puis ouvrit le petit sac à dos trouvé dans l'avion. La bouche sèche à l'idée de ce qu'elle allait découvrir, elle en inspecta le contenu. Peut-être allait-elle enfin en savoir plus sur elle-même.

Au fond du sac gisaient pêle-mêle un portefeuille, un trousseau de clés, un sachet de pastilles à la menthe à moitié vide, un paquet de mouchoirs, un crayon noir pour les yeux, un petit miroir – brisé –, quelques vieux tickets de caisse, un magazine roulé sur lui-même, un stylo à bille et un smartphone. Elle essaya immédiatement de mettre ce dernier en marche. En dépit d'une longue fissure, dont il lui était impossible de savoir si elle datait du crash ou non, l'écran s'alluma et afficha la demande de code.

« Et merde ! » lâcha Ruz, contrariée.

Car, bien sûr, elle ne s'en souvenait pas.

Elle éteignit l'appareil pour ne pas le décharger. Il n'était pas exclu que la mémoire lui revienne à un moment ou à un autre.

Le portefeuille ne lui donna que des informations factuelles. Le permis de conduire était au nom de Ruzena Iskovna.

Iskovna… Au moins connaissait-elle son nom complet désormais.

Domiciliée à Atlanta, Géorgie. Taille 1 mètre 75, yeux bleus, poids 69 kilos. Le permis expirait cette année. Au dos était indiqué son groupe sanguin, A positif, et sa qualité de donneuse d'organes. La petite photo était trop mauvaise pour se faire une bonne idée de son visage. En dehors du permis, seules quelques cartes de crédit ou de fidélité se trouvaient dans le portefeuille.

Le reste des objets du sac ne présentaient pas le moindre intérêt pour elle. La déception était sévère. Alors que, de dépit, elle s'apprêtait à jeter celui-ci en dehors du hamac, une intuition arrêta son geste.

Le magazine.

Il était écorné et usé, comme s'il avait passé du temps dans ce sac. Ruz le sortit et le déplia.

Le nom *US X-Sports* barrait le haut de la couverture en lettres rouges agressives, surmontant une photo aux couleurs vives : une moto tout-terrain qui dévalait une dune de sable dans un nuage de silice. Divers titres, tous plus tapageurs les uns que les autres, occupaient le reste du papier glacé.

Commençant à comprendre, la jeune femme le feuilleta fébrilement et, après une trentaine de pages, finit par trouver ce qu'elle cherchait. Une double page où s'étalait, sur toute la largeur, le titre : « *Ruzena Iskovna, l'étoile montante des sports extrêmes* ». Le magazine avait publié un dossier sur elle. Voilà pourquoi ce numéro traînait dans son sac depuis longtemps.

L'article retraçait sa carrière sportive, narrant dans le détail ses différents exploits, illustrés de nombreuses photos. Ruz sut enfin à quoi elle ressemblait. Élancée, brune aux yeux bleus, quelques taches de rousseur, un nez busqué qui lui donnait un peu de personnalité. Elle ne se trouva pas trop mal.

Pas beaucoup de poitrine, mais ça, je l'avais déjà remarqué.

Les photos la montraient dans toutes sortes de situations sportives. Sur des skis, sur un surf, suspendue à des cordes de spéléo, en chute libre, les joues déformées par la pression de l'air, au volant d'un gros tout-terrain, et même dans son atelier, où, d'après le texte, elle préparait son matériel, parfois en le bricolant elle-même.

À la lecture de l'article, elle apparaissait comme une femme énergique, courant après la performance, ne reculant jamais devant le risque, n'aimant rien tant que l'exploit inédit. Peu à peu, une impression désagréable s'insinua en Ruz, car, si elle comprenait l'attrait de la performance sportive, il lui semblait qu'une certaine futilité se dégageait du portrait dressé par le journaliste. Le plus frappant fut de se découvrir en civière sur l'une des photos, dans un sale état après une chute lors de l'escalade d'une falaise sans corde. D'après la date du cliché, l'événement remontait à plusieurs années. On voyait parfaitement les multiples contusions et blessures, dont la plus impressionnante était celle du bras droit, tordu et enflé à l'intérieur d'une attelle. Ruz inspecta alors ce même bras en le retournant et aperçut une énorme cicatrice derrière le biceps, partant du coude jusqu'à l'aisselle, comme celles que laissent les structures en métal externes destinées aux fractures sévères. Elle ne put s'empêcher de se demander quel était l'intérêt d'escalader une falaise sans corde.

En quoi le fait de risquer sa vie améliore-t-il la qualité d'une performance ?

Cette simple question plongea Ruz dans un grand trouble. De toute évidence, elle ne se la posait pas avant sa perte de mémoire. Cette fois, il ne s'agissait plus seulement de l'accès à ses souvenirs ; il semblait que son traumatisme à la tête avait perturbé aussi certains aspects de son tempérament, de ses motivations profondes. Des motivations qui structuraient sa vie. Une amnésie pouvait-elle modifier la personnalité ?

Des larmes lui montèrent aux yeux.

Si je ne suis plus la même qu'avant, vais-je encore l'aimer lorsque je le retrouverai ? Va-t-il seulement me reconnaître ?

Et justement, voilà qu'en tournant la dernière page du dossier qui lui était consacré, Ruzena tomba sur une photo où elle enlaçait un jeune homme tout sourires. Tignasse blonde ébouriffée, yeux clairs, un peu maigre et, pour autant qu'elle puisse en juger sur une photo, assez grand. En voyant le visage ouvert et l'air manifestement ravi pour elle de cet homme – quoiqu'il parût un peu gêné de poser devant l'objectif –, ce regard bienveillant et intelligent à la fois, tout son amour pour Edward lui revint d'un coup et la submergea. Alors qu'elle ne se souvenait de rien de concret concernant cet homme, ni sa voix, ni sa personnalité, ni son odeur, ni ses habitudes, elle se rappela les sentiments qu'elle éprouvait pour lui avec une acuité infinie. Il était comme un étranger, et pourtant elle l'aimait de toutes ses forces, elle en était certaine ! Cette situation paradoxale la fit pleurer pour de bon.

Et elle ne pleurait pas seulement d'avoir retrouvé la trace de ses sentiments envers Edward, mais aussi de se souvenir qu'elle était venue le chercher jusqu'ici parce qu'elle craignait pour sa vie.

11

Skaff

22 h 17

« *Je ne sais pas pourquoi, je ne suis même pas surprise.* »

Le ton de Karen était tranchant, sa voix, glaciale. Pourquoi fallait-il toujours qu'elle complique tout ?

Jim résista à l'envie subite d'arracher l'oreillette Bluetooth pour la jeter dans l'eau qui bouillonnait devant lui. La bouteille d'huile d'olive dans la main droite, il s'appliqua à ne verser que quelques gouttes dans l'impeccable casserole chromée. S'il en mettait trop, le parfum des olives ruinerait le goût subtil des *fusillis*.

« Ne commence pas, maugréa-t-il, partagé entre la culpabilité et l'envie de voler dans les plumes de son ex-femme. Tu connais mon travail, tu sais à quel point il peut être imprévisible et comporter des impératifs auxquels je dois me plier…

— *Laisse tomber ton boniment*, le coupa-t-elle sèchement. *Nous ne sommes plus mariés, je te rappelle : tu n'as plus besoin de me baratiner comme si j'étais un de tes clients…*

— Kary, je t'ai déjà dit que je ne suis pas au contact des clients…

— *Et ne m'appelle plus Kary ! Ça a l'air d'impliquer que nous sommes toujours proches.* »

Jim grimaça, il venait de saupoudrer bien trop d'herbes à la surface de l'eau agitée de soubresauts chaotiques. Il allait devoir en retirer à la cuiller. Quelle idée de se préparer à dîner en passant ce coup de fil ! Cela dit, il n'avait pas eu le choix ; il lui faudrait peut-être partir d'ici peu et il était affamé.

« *De toute façon, tu n'en as jamais rien eu à fou… à faire de nous, n'est-ce pas ?* »

À la façon dont Karen tentait – sans grand succès – de surveiller son langage, Skaff sut que Jim junior devait être à portée d'oreille.

« S'il te plaît, ne faisons pas une scène devant lui. Il n'a pas besoin de ça.

— *Oh, parce que tu sais de quoi il a besoin, maintenant ? Je vais te dire de quoi on a besoin lorsqu'on a son âge : on a besoin d'avoir un père. Un vrai ! Pas un substitut qui fait garde d'enfant deux ou trois fois par mois et trois semaines l'été ! Seulement, ça, c'était trop demander à Jim Skaff dont les rêves de grandeur n'étaient pas compatibles avec la petite vie minable que sa femme et son fils avaient à lui offrir.* »

Jim soupira en silence et tâcha d'intérioriser les remarques acerbes qui lui venaient afin de ne pas entrer dans cette danse délétère. Il ne savait que trop bien où Karen voulait l'emmener. Des scènes telles que celle-ci, ils en avaient joué des dizaines. Dans le fond, c'était presque un mode de communication entre eux. Mais ce soir, il ne pouvait se permettre de perdre un temps précieux en disputes. Les prochaines heures seraient sans doute les plus importantes de sa vie, alors il ne se sentait pas disposé à endurer le flot habituel de récriminations.

Pour la vingtième fois en dix minutes, il lança un coup d'œil anxieux au *darkphone* posé un peu plus loin, sur le plan de travail. Le téléphone ultrasécurisé, crypté de bout en bout, que lui avait fourni Alberto, un ami habitué à flirter avec les limites de la loi, n'avait encore jamais sonné. Et pour cause, c'était toujours Skaff qui appelait. Or, cette fois, Alberto avait eu besoin d'un délai avant de pouvoir donner une réponse à sa demande un peu spéciale. Il ignorait donc si le volume sonore de l'appareil serait assez élevé pour se faire entendre en dépit de la hotte qui ronflait pour évacuer la vapeur d'eau. Un modèle grand luxe, supposément silencieux, mais qui, ce soir, lui semblait aussi bruyant qu'un jet au décollage. Cela dit, il préférait la laisser tourner, sans quoi toute cette vapeur d'eau risquait de ruiner son plafond tendu.

« Je n'ai pas le choix, Karen. Il se passe des choses très importantes chez Dervac. Certains événements pourraient, euh… mettre en péril la société. On ne comprendrait pas que je m'absente tout un week-end à…

— *L'opinion de tes patrons est plus importante que celle de ton fils ?*

— Cela n'a rien à voir, ne mélange pas tout !

— *Je te laisse lui expliquer toi-même !* »

Les épaules de Skaff s'affaissèrent. Ces disputes étaient épuisantes et chaque fois qu'elles se produisaient, il détestait un peu plus son ex-femme. Et en même temps, il savait parfaitement qu'il n'avait jamais laissé de véritables chances à leur couple. Selon lui, elle était tombée enceinte trop vite après le mariage ; à l'époque, il avait eu le sentiment qu'elle lui forçait la main, qu'il n'était pas prêt pour un enfant. Leur relation ne s'en était pas relevée. Plus tard, il n'en avait été que plus surpris en s'apercevant que, contrairement à ce qu'il croyait, l'enfant ne le laissait pas indifférent.

« *Allô ?* »

La voix était traînante. Jim tâcha d'insuffler un peu d'entrain dans la sienne.

« Salut, mon grand !

— *Bonjour, papa.*

— Comment vas-tu ? Ça se passe bien, ta nouvelle école ? Tu t'es fait des copains ?

— *Oui, ça va.*

— Et les devoirs ? Ils ne te donnent pas trop de travail ?

— *Non, ça va.* »

Le gamin était embarrassé. Ce n'était jamais agréable de se retrouver au milieu d'une querelle entre ses parents.

Skaff jeta de nouveau un regard au *darkphone*. Le petit parallélépipède noir aux reflets brillants demeurait inerte.

« Écoute, mon grand, reprit-il. Je t'appelle pour une mauvaise nouvelle. Ce week-end qu'on devait passer aux Everglades, on va devoir le reporter.

— *Hmm. OK.* »

Le garçon avait déjà compris en entendant la dispute, bien sûr, et il refusait de montrer sa déception. Jim sentit son estomac se nouer.

Tout ça sera oublié au prochain week-end, et, si je réussis mon coup, il n'aura plus jamais à se soucier de rien !

« Tu sais que mon travail est compliqué et que, parfois, il m'oblige à annuler d'autres engagements, même si ce n'est pas ce que je souhaite. »

Jim s'aperçut qu'il lui tenait exactement le même discours qu'à sa femme, tentant hypocritement de minimiser ses actes en se cachant derrière ses obligations professionnelles. Du *boniment*, comme elle disait. Dans le fond, elle avait raison, il le savait et c'était précisément ce qui le faisait enrager.

« Je suis désolé, mon grand. Je te promets que ça n'arrivera plus et que je me rattraperai ! »

Jim junior soupira : « *Laisse tomber, papa. C'est pas grave, j'ai l'habitude.* »

Laisse tomber ? Voilà tout le vocabulaire qu'on apprenait à des gosses de dix ans dans cette école ruineuse où il venait de l'inscrire ? Néanmoins, son esprit ne releva la familiarité de l'expression que par réflexe ; la partie la plus importante de la phrase était « j'ai l'habitude ». Quatre mots qui claquèrent comme une gifle dans le téléphone en dépit du timbre enfantin de celui qui les avait prononcés.

Était-il donc un si mauvais père que cela ?

Ah, nom de Dieu, ce n'est vraiment pas le moment de se prendre la tête avec ces conneries ! se sermonna-t-il intérieurement.

« Écoute, champion, je t'ai promis que je me rattraperai, ce ne sont pas des paroles en l'air. D'ici peu de temps, je pourrai prendre autant de vacances que je voudrai et je t'emmènerai dans tous les endroits les plus dingues auxquels tu peux penser. Tu voulais visiter Animal Kingdom ? Je le réserverai pour nous seuls toute une journée ! Tu sais quoi ? Pendant ce week-end que je suis obligé d'annuler, réfléchis à tous les trucs qui te font envie, et je te promets que d'ici quelques semaines, même des trucs qui te paraissent impossibles, je serai en mesure de te les payer !

— *L'argent n'achète pas tout, monsieur le businessman !* » fit une voix lointaine dans le téléphone.

Putain, Karen avait mis le haut-parleur avant de lui passer son fils ! Skaff déborda aussitôt de colère de savoir qu'elle n'avait rien perdu de son soudain élan de sincérité. Il lui fallut faire un violent effort sur lui-même pour réfréner le torrent d'insultes qui se bousculaient à ses lèvres.

« *Ce n'est pas grave, papa, je sais que ce n'est pas de ta faute.* »

Plus encore que les récriminations de Kary, cette résignation culpabilisa Skaff. Il expira d'un coup sans savoir quoi répondre, plus embarrassé que jamais.

« Je… Si, mon grand, c'était important pour… Je sais que… »

Il fixait stupidement la casserole désormais couverte d'une mousse blanche indiquant que les pâtes avaient trop cuit, cherchant ses mots en vain, lorsqu'un rire affreux éclata soudain à côté de lui. L'œil attiré par un éclat lumineux en périphérie de son champ de vision, Skaff tourna la tête vers le *darkphone* dont l'écran venait de s'allumer pour afficher l'image d'une tête de clown-alien affreux. Cet imbécile d'Alberto avait changé la sonnerie pour le rire monstrueux d'un des *Clowns tueurs venus d'ailleurs* !

« Désolé, mon grand, je dois te laisser ; un appel important ! Je te rappelle demain, promis ! Je t'embrasse ! »

Puis, sans laisser le temps à son ex-femme de lancer une remarque sarcastique, il raccrocha avant de se jeter sur le *darkphone*. D'un doigt tremblant, il appuya sur le bouton de prise de ligne qui clignotait sur l'écran, juste en dessous du sourire aux dents déchiquetées du clown grimaçant, puis il porta l'appareil à son oreille.

« Allô ?

— *Alors, coco, t'en mets du temps à décrocher !*

— J'étais déjà en ligne.

— *C'est bon pour le matos que tu m'as demandé, tu peux passer le prendre.* »

Deuxième jour

12

Chris

8 h 07

Ce fut un oiseau qui réveilla Chris. Une curieuse petite créature à plumes bariolées, posée juste au bord de l'alvéole de pierre dans lequel il s'était réfugié et qui poussait des cris perçants aussi désagréables qu'une sonnerie de réveil. Chris sursauta et ouvrit les yeux. Le jour s'était levé, même si le soleil n'était pas encore visible. D'un geste rageur, il allongea sa jambe valide pour chasser l'importun qui décolla en un éclair.

Son sommeil n'avait pas duré assez longtemps pour qu'il se sente reposé, mais, dans le fond, ce n'était déjà pas si mal d'être parvenu à fermer l'œil quelques heures. Il avait bien cru qu'il n'y arriverait jamais, surtout après sa frayeur de la veille.

S'extraire de l'alvéole ne fut pas une mince affaire ; ses membres raides refusaient de lui obéir et ses articulations émettaient des craquements sonores inquiétants. Entre le matelas de pierre pendant la nuit et les blessures récoltées lors de l'atterrissage raté, son corps entier n'était que douleur. Une fois debout, il examina sa cuisse droite avec appréhension. Elle avait nettement enflé depuis la veille et s'était parée d'une teinte violacée. La plaie s'ornait maintenant d'affreuses boursouflures sur les côtés et suppurait un peu au centre.

« Putain, que c'est moche », ne put-il s'empêcher de gémir.

Tremblant de froid et affligé d'une migraine terrible, seul dans ce trou au bout du monde, à la merci des bactéries s'en donnant à cœur joie dans sa jambe, Chris se sentait misérable. Heureusement, les quelques heures de sommeil qu'il avait grappillées par miracle lui permettaient de tenir debout sans défaillir.

Dès qu'il se sentit en état de le faire, il entreprit de chercher le talkie parmi les fougères qui tapissaient le fond de la cavité. Entreprise longue et fastidieuse, surtout en boitillant. Le soleil, qui venait de franchir le rebord des parois, additionné à l'effort fourni, Chris fut rapidement en nage.

« Foutu pays ! maugréa-t-il. Soit tu crèves de froid, soit tu crèves de chaud ! »

Il faillit ajouter « Dans tous les cas, tu crèves », mais une sorte de superstition primitive l'en dissuada.

Le talkie n'était pas tombé très loin de son propre point de chute. Le choc avait brisé l'arrière de l'appareil et éjecté la batterie. Chris la réinséra dans son logement et, faute de pouvoir remettre le capot de plastique qui s'étalait devant lui en miettes, dut la tenir d'une main tandis que, de l'autre, il tournait le bouton de mise en route. Anxieux à l'idée d'être privé de ce moyen de communication, il expira de soulagement en entendant des grésillements dans le petit haut-parleur.

Il tenta aussitôt de contacter Ruz ; seuls des parasites lui répondirent. Les flancs de la cavité gênaient probablement la diffusion des ondes. Toutefois, s'il ne recevait rien, au moins le Vertex était-il en état de fonctionnement. Sans cela, c'en eût été fini de lui.

Des plantes grasses poussant au ras du sol dont les larges feuilles retenaient de petites flaques de rosée lui permirent d'étancher sa soif en partie. Ensuite, il balaya du regard la paroi circulaire qui se dressait entre lui et la surface. Des lianes et des racines en descendaient, mais pas assez bas pour lui permettre de s'y accrocher. Excepté à un endroit, où un éboulement avait provoqué un entassement de rocs et de terre, qui lui permettrait de les atteindre. Grimper là-haut dans son état de fatigue, et surtout avec une jambe quasi inutilisable, ne fut pas une partie de plaisir. Il dut s'y reprendre à plusieurs fois, procédant par de petits mouvements successifs entre lesquels il lui fallait souffler de longues minutes, rampant sur le monticule et s'accrochant aux racines glissantes dans des positions humiliantes. Lorsque enfin il rejoignit le sol en bordure de la cavité, il avait l'impression d'avoir couru un marathon et sa cuisse lui causait de telles souffrances que des points blancs virevoltaient devant ses yeux.

Baignée d'une radieuse lumière matinale, la forêt autour du trou ressemblait à la couverture d'un *pulp* d'autrefois dépeignant une énième aventure de Tarzan. Chris s'attendait presque à voir un explorateur coiffé d'un casque colonial surgir des fourrés et pointer d'un doigt triomphant une cité oubliée s'élevant dans le lointain au-dessus de la végétation.

Il fit une nouvelle tentative pour contacter Ruzena. Le talkie ne sonna que trois fois avant qu'elle réponde.

« *Ici Ruz, c'est toi, Chris ?* »

Celui-ci dut se retenir pour ne pas crier de joie.

« Oh bon Dieu, Ruz, tu ne peux pas savoir ce que je suis content de t'entendre !

— *Que t'est-il arrivé hier ? Je me suis inquiétée quand ça a coupé.*

— Je suis tombé dans un trou et je n'ai retrouvé le Vertex que ce matin. La nuit a été difficile.

— *Tu dois faire attention. Lorsqu'on est blessé et mal nourri, la vigilance diminue et des accidents se produisent.* »

Sans blague, songea Chris.

« Il n'y a pas que cela.

— *Que veux-tu dire ?*

— J'ai, euh… je crois que j'ai des hallucinations, par moments. Je me demande si ce n'est pas l'infection qui me bouffe la jambe qui me fait délirer.

— *En si peu de temps ? Quels sont tes symptômes ?*

— J'ai vu des trucs, hier soir. Des trucs… absurdes.

— *Quel genre ?*

— Une apparition. Une sorte de… monstre lumineux, qui s'est jeté sur moi.

— *Un monstre lumineux ? Curieux, ça...*

— Pourquoi ?

— *Ta langue est-elle gonflée ? As-tu de la fièvre ?*

— Non, je ne crois pas.

— *C'est probablement l'hypoglycémie, il faut juste que tu manges. Tu trouveras facilement des baies violettes sur un arbuste assez fréquent dans le coin. Elles m'ont donné quelques nausées, mais pas de vomissements. Ce sera probablement mieux pour toi que de rester à jeun.* »

En entendant cela, Chris ressentit un brusque accès de jalousie ; il imaginait la jeune femme s'empiffrant de biscuits et de barres de chocolat trouvées dans l'avion tandis que lui crevait de faim. Ce n'était pas avec quelques baies à la con qu'il allait s'en sortir.

« Qu'as-tu trouvé d'autre dans l'épave ? demanda-t-il sur un ton qu'il espérait plus neutre que ses pensées.

— *Pas mal de matériel qui nous sera utile. Notamment des cartes de la région.*

— Du tepuy ?

— *Non, je suppose que je n'ai pas eu le temps de m'en procurer si, comme tu me l'as dit, nous sommes partis précipitamment. Mais il semble que j'aie pris la peine d'imprimer des relevés topographiques récupérés sur Internet. Ce n'est pas d'une grande précision, mais c'est mieux que rien. D'autant que j'avais noté un emplacement dessus. Il s'agit probablement du camp d'Edward.*

— C'est bien joli, mais ça ne te sert à rien si tu ne sais pas où tu te trouves.

— *Sur ce point, il semble que tu avais raison hier en me conseillant de me fier à mon instinct. Une fois la carte et la boussole en main, j'ai tout de suite su comment m'orienter. Je suis déjà en route depuis une heure vers l'emplacement noté sur la carte.*

— Et moi dans tout ça ? »

Il regretta aussitôt d'avoir geint de cette manière. Mais bon sang, il avait tellement faim, et si mal à la jambe !

« *Il faut que tu cherches un point de vue élevé. Une fois en haut, tu me décriras ton environnement.*

Avec ma carte, je parviendrai peut-être à te localiser approximativement. »

Monter sur un point élevé ? Avait-elle la moindre idée de ce que cela lui avait déjà coûté de sortir de ce trou ? Il se résigna néanmoins : « OK, je te rappelle plus tard. »

Alors qu'il s'attendait à errer dans ce labyrinthe de verdure pendant des heures sans trouver la moindre zone en hauteur accessible, Chris eut l'heureuse surprise d'en découvrir une en moins de dix minutes. Une sorte de gros tertre aux pentes douces qui se dressait paresseusement au-dessus de la canopée. Rejoindre son sommet ne lui demanda pas un effort exagéré. En haut, la vue était dégagée.

Peut-être que ma chance commence à tourner ? Il serait temps !

Dès qu'il eut Ruz de nouveau en ligne, elle lui demanda de décrire ce qu'il voyait.

« Putain, je ne sais même pas par quoi commencer. C'est une foutue jungle, il y a des arbres partout !

— *Tourne-toi face au soleil et dis-moi ce que tu vois au loin.* »

Tôt le matin, le soleil était bas, c'était facile de trouver sa direction.

« Il y a une crête assez haute, qui remonte loin vers ma droite…

— Vers le sud.

— Ah, si tu le dis. Cette crête est bien plus élevée que le point où je me trouve. À droite, euh… au sud donc, c'est le contraire, le relief est plus bas. Je crois même que je vois le bord du plateau et, au loin, l'horizon. »

Il se tourna de cent quatre-vingts degrés.

« Au nord, c'est complètement bouché, la forêt grimpe sur une pente et finit par laisser place à de la rocaille…

— *De quelle couleur, ces rochers ?*

— Leur couleur ? Qu'est-ce que ça peut… ?

— *Mets-y un peu du tien, Chris. En plus de la carte, j'observe mon propre environnement au cas où je reconnaîtrais quelque chose. Nous sommes peut-être plus près l'un de l'autre que nous le croyons. De là où je suis, par exemple, je vois un dôme rocheux très gris.*

— Hmm, non. Je dirais plutôt que c'est beige. Sur ma gauche, enfin, euh… à l'ouest, on dirait qu'il y a un creux sombre et tout en longueur, peut-être une gorge qui trace une ligne du sud au nord. Juste au-dessus, elle est longée par une autre crête. Contrairement à la première, elle n'est pas recouverte de végétation. On voit des stries de couleur dans la roche, des strates minérales ou quelque chose de ce genre…

— *Ces stries forment-elles des courbes aplaties, un peu comme une série de parenthèses à l'horizontale ?*

— Oui, c'est tout à fait ça ! » Un fol espoir s'empara de Chris. Ruz était peut-être à portée de main ! « Tu les vois toi aussi ?

— *Je les vois, mais ce n'est pas tout près. Six ou sept kilomètres, à vue de nez.* »

Douche froide pour Chris ; ils n'étaient pas près de se rejoindre.

« *D'après ce que je lis sur la carte, j'ai l'impression que tu te trouves un peu plus près du camp d'Edward que moi-même. Voilà ce que nous allons faire : plutôt que d'essayer de nous retrouver dans cette jungle, nous allons converger vers le camp. Je vais tâcher de te guider.*

— D'accord. Tout ce que tu veux, du moment qu'au bout du chemin il y a des antibiotiques et de quoi bouffer.

— *Très bien. Le camp se situe à environ huit kilomètres à l'est-nord-est de ta position.*

— Où ça ?

— *Est-nord-est. Cela signifie que tu dois te diriger globalement vers l'est, mais en décalant un peu ta trajectoire vers le nord. Imagine une horloge sur laquelle l'est serait à trois heures, il faut que tu t'orientes à peu près vers deux heures.*

— C'est vachement précis, je ne suis pas sûr d'y arriver.

— *Ce n'est pas grave, on relèvera ta position aussi souvent que possible et je te corrigerai le cas échéant. Mémorise soigneusement les points de repère du paysage avant de te mettre en route.* »

Chris débordait d'envie de l'envoyer balader, elle et tous ses conseils de scout, mais il se contenta de dire : « Entendu, merci. Je coupe le talkie pour économiser la batterie.

— *Attends !* »

Le ton était nettement moins assuré tout à coup. Alors qu'il s'apprêtait à tourner le bouton du Vertex, Chris suspendit son geste.

« *Je… C'est assez difficile d'être dans le noir complet, de tout ignorer sur ma propre personne… Je voulais juste te poser quelques questions à mon sujet…*

— Euh, comme quoi ?

— *Eh bien, par exemple, depuis combien de temps sommes-nous ensemble, Edward et moi ?*

— Écoute, je ne sais pas si…

— *J'en ai besoin, Chris ! J'ai besoin d'en savoir un peu plus sur moi-même. Je suis peut-être une super sportive, une pro de la survie et je ne sais quoi encore, mais ce n'est pas ça qui m'aidera à tenir moralement !*

— OK, OK. Pour autant que je me souvienne, vous vous êtes rencontrés il y a une dizaine d'années, à l'université. Le courant est tout de suite passé entre vous. De vrais inséparables ! Il t'a même rapidement présentée à nos parents, ce qu'il n'avait jamais fait pour ses copines précédentes. Vous vous êtes fiancés juste après son diplôme, avant qu'il entre à Stanford.

— *Fiancés ? Ce n'est pas un peu vieux jeu ?*

— En fait, je crois que ça vous amusait plus qu'autre chose. Ce n'était pas une question de tradition, ou je ne sais quoi.

— *Et, euh… ça se passait bien entre nous ? Enfin, je veux dire, ça se* passe *bien ?*

— Bon sang, comment veux-tu que je te réponde, Ruz ? Je n'habite pas chez vous !

— *Je ne sais pas, en apparence au moins.*

— Vu de l'extérieur, oui, ça se passe bien, pour autant que je puisse en juger. Quand tu n'es pas là, tu es même son sujet de conversation favori. Au point que ça finit par en être casse-c… Enfin, tu m'as compris.

— *Excuse-moi, tu as raison, ces questions sont stupides.*

— Ce n'est pas ce que je voulais dire…

— *Et pourquoi est-il venu sur ce tepuy ?*

— Il est chercheur pour un groupe pharmaceutique, Dervac. L'entreprise a accepté de financer une mission d'étude sur le Sarisariñama, parce que Ed est parvenu à les convaincre qu'on peut trouver ici des molécules encore inconnues, utilisables pour mettre au point de nouveaux médicaments. D'autres ont essayé avant eux et ont obtenu de bons résultats, alors pourquoi pas Dervac ? Comme aucune recherche scientifique n'avait encore été conduite sur ce tepuy-là, tous les espoirs étaient permis. Ils sont donc partis et ont commencé leur travail il y a deux semaines environ. Grâce à une liaison satellite, ils pouvaient communiquer facilement par Skype avec Dervac et même avec leurs proches.

— *Alors, pourquoi sommes-nous venus ?* »

À bout de patience, Chris leva les yeux au ciel.

« Tu ne crois pas qu'on pourrait parler de ça plus tard, non ? Il faut économiser la batterie de mon talkie si je veux avoir une chance de te retrouver !

— *Oui, oui, tu as raison, désolée. Dis-moi juste pourquoi nous sommes venus et on coupe, promis !* »

Avant de reprendre, Chris poussa un long et profond soupir en s'assurant que son canal ouvert permettait à Ruzena de l'entendre.

« Tout allait bien jusqu'au moment où une guérilla séparatiste a éclaté dans le coin. Du jour au lendemain, on a perdu les communications avec l'équipe. Les représentants du gouvernement vénézuélien nous assuraient qu'ils allaient reprendre le contrôle de la situation, mais tu ne leur faisais pas confiance. Au bout de deux jours sans nouvelles, tu as pété les plombs. Tu as dit que tu ne resterais pas les bras croisés à attendre que le pire arrive. Quand j'ai compris que tu allais te rendre ici par tes propres moyens, en dépit de l'interdiction des autorités, je me suis tout de suite proposé pour t'accompagner. Je n'allais pas laisser mon frère se faire descendre par des culs-terreux sud-américains ! Allez, Ruz, assez parlé, maintenant nous devons nous mettre en route ! »

Chris relâcha le bouton pour laisser la jeune femme répondre.

Silence.

« Ruz, tu es là ? »

Silence.

Il essaya de rappeler plusieurs fois, puis utilisa même le bouton pour déclencher la sonnerie, en vain.

Elle avait dit que sa batterie était neuve, et Chris voyait sur l'écran du Vertex que la sienne fonctionnait encore. Donc ce soudain silence n'était pas dû à un problème de talkie. Il venait d'arriver quelque chose à Ruzena. Chris déglutit lentement en songeant qu'il était peut-être désormais livré à lui-même. En tâchant d'ignorer la boule d'angoisse qui venait de se reformer dans son ventre, il redescendit le tertre en se dirigeant autant que possible vers ce fameux est-nord-est. Il tenterait de rappeler Ruz plus tard ; pour le moment, il s'agissait de garder son sang-froid et de faire ce qu'ils avaient convenu avant que ça ne coupe.

13

Ruzena

9 h 12

Alors qu'elle écoutait le récit de Chris en gravant une marque au couteau sur un tronc comme elle s'y astreignait tous les cent mètres environ, Ruz crut entendre l'écho d'une voix au loin. Elle coupa aussitôt le talkie, l'éteignant même par précaution afin d'éviter que la sonnerie la trahisse, puis resta aux aguets, concentrée sur les bruits de la forêt. Elle se trouvait sur le flanc d'une large ravine envahie d'une végétation dense qui lui bouchait la vue de tous les côtés. Tous les sens en alerte, son attention était maximale. Soudain, un mouvement en périphérie de son champ de vision attira son regard et elle les vit.

Une colonne de types en treillis !

Plusieurs soldats progressaient en file dans sa direction, armes à la main. Au moins six ou sept hommes, elle n'eut pas le temps de les compter : dès qu'elle les entrevit, la jeune femme se laissa glisser sur la pente couverte de feuilles mortes jusqu'à un buisson derrière lequel elle s'immobilisa, le souffle court.

Ces gars n'étaient pas des amateurs. Ils se déplaçaient en silence et avec l'aisance de ceux accoutumés aux terrains difficiles. Si Ruzena les avait aperçus, c'était uniquement parce qu'elle avait eu la chance d'être positionnée pile dans l'axe d'une trouée de végétation, sur le versant opposé. Il y avait fort à parier qu'ils avaient trouvé l'épave du Pilatus et qu'après avoir constaté l'absence de corps ils ratissaient maintenant les environs à la recherche de survivants éventuels.

Ruzena hésitait sur la conduite à tenir. Fallait-il prendre le risque de se signaler à eux ? À ses yeux, un guérillero rebelle était impossible à différencier d'un soldat de l'armée régulière du Venezuela. Toutefois, la différence était de taille. Alors que les seconds lui sauveraient peut-être la vie en la recueillant, quitte à l'arrêter pour être entrée illégalement dans le pays, les premiers en revanche chercheraient à la capturer pour faire d'elle un otage utile à leur cause. Or, une fois prisonnière, il lui serait impossible de venir en aide à Edward. Perspective insupportable !

Se redressant de quelques centimètres pour jeter un coup d'œil par-dessus le buisson, elle ne décela aucun mouvement. La forêt les cachait de nouveau, mais lorsque Ruz les avait remarqués, ils venaient dans sa direction. La colonne ne devait plus être loin maintenant. Si elle continuait sa route, le risque de se faire repérer était grand tant il était difficile de se déplacer discrètement dans une végétation aussi dense. Une branche qui craque, un oiseau qui s'envole à votre passage, ou Dieu sait quoi d'autre. Si cela arrivait, il faudrait fuir et elle n'était pas sûre d'avoir l'avantage. Ces gars-là connaissaient le terrain. La meilleure solution était de se cacher.

Estimant au jugé le chemin que la colonne avait le plus de chances d'emprunter, Ruzena s'en écarta de plusieurs mètres. Avec mille précautions pour éviter tout bruit, elle marcha à reculons, brouillant ses traces à l'aide d'un bâton, et s'arrêta au niveau d'un fourré dense. Plutôt que d'essayer de s'introduire entre les branches serrées avec ses sacs, elle opta pour les dissimuler sous des feuilles mortes. Elle n'en portait plus que deux, puisque, avant de se remettre en route ce matin, elle avait transféré le contenu du petit dans l'un des grands. La toile de parachute était également restée sur place, car Ruz pensait pouvoir atteindre le camp d'Edward dans la journée. Ceci fait, elle baissa les manches de son sweat-shirt et se badigeonna le visage d'un peu de boue trouvée dans un creux. *La peau claire attire énormément l'attention dans ce genre d'environnement.* Elle aurait pu se contenter de se cacher le visage, mais elle voulait pouvoir observer.

Ensuite, elle se faufila en rampant dans le fourré. De l'extérieur, elle n'avait pas remarqué que les branches présentaient des épines. Comme il ne restait plus assez de temps pour choisir un autre buisson, Ruz se força à ignorer les coupures que sa reptation lui infligeait. Une fois en place, elle forma un petit monticule de feuilles au ras du sol afin que seuls ses yeux dépassent, puis elle cessa de bouger.

Depuis cette position, la vue était relativement dégagée sur la zone où elle estimait que les soldats allaient passer. Entre une corniche de roc haute de cinq ou six mètres et un bosquet d'arbres impossible à traverser en ligne droite, le passage était évident. Pour l'instant, la jungle était calme et silencieuse. Il n'y avait plus rien à faire d'autre qu'attendre. Et cogiter.

Tendue et nerveuse comme elle était, Ruz nc pouvait s'empêcher de tourner et retourner la situation dans sa tête. Même s'il était évident que ce voyage avait été organisé précipitamment, elle ne comprenait pas pourquoi elle avait accepté que Chris l'accompagne alors qu'il était de toute évidence bien trop inexpérimenté pour une telle opération. Cela dit, comment lui refuser de tenter de venir en aide à son frère alors qu'il le savait en danger ? Et quelle surprise pour elle lorsqu'il lui avait raconté son hallucination de la veille ! La description collait un peu trop à la vision trouble qu'elle-même avait eue lors de ses multiples phases de réveil la nuit suivant son atterrissage forcé. Là, l'esprit troublé, en état de choc, il lui semblait avoir vu elle aussi une étrange créature lumineuse. Impossible d'en être sûre, évidemment, mais l'antique statue découverte la veille au soir était venue renforcer ce souvenir confus. Était-ce une simple coïncidence ? En dépit de la brume obscure qu'était devenue sa mémoire, il lui semblait bien que les légendes concernant les esprits pullulaient en Amérique du Sud. D'anciennes tribus de la région, croyant le plateau hanté par des fantômes, avaient-elles dressé cette statue ? Et dans quel but ? Rendre un culte à ces esprits ou, au contraire, *prévenir* les gens de ne pas s'aventurer en ces lieux ?

Bah, on peut tricoter ce genre de supputation à l'infini ! La créature floue entrevue durant la nuit du crash n'était probablement rien d'autre qu'une fabrication de son esprit à la dérive, et, si la description de la vision de Chris collait aussi bien à la statue, c'était sûrement que l'image de celle-ci était présente à l'esprit de Ruz au moment où il en parlait, voilà tout.

L'attention de la jeune femme remonta d'un cran et ses cogitations cessèrent d'un coup : un léger bruit venait de se faire entendre sur la droite. Des brindilles bruissèrent tandis qu'un petit animal prenait la fuite dans les racines. Ruz remobilisa son attention, ce n'était pas le moment de se laisser distraire. La forêt alentour était toujours aussi calme. La température avait notablement augmenté depuis le matin et elle commençait à transpirer. Une goutte de sueur roula sur son front puis descendit sur l'arête de son nez avant de perler au bout. Elle fut tentée de l'enlever du doigt, mais se ravisa. Bien lui en prit, car, précisément à cet instant, la colonne déboucha juste en face d'elle, à trente mètres à peine. Huit hommes équipés en commando, treillis et maquillage de camouflage, fusil d'assaut à la main. Les deux premiers taillaient la végétation à coups de machette, les autres suivaient. Leurs visages exprimaient de la concentration, mais ils ne paraissaient pas en alerte. Elle n'avait donc pas été repérée, ils ne la cherchaient pas.

Le temps qu'ils montent la pente dans sa direction, Ruzena eut tout le loisir de détailler leur équipement. Que ce soient leurs puissants talkies, les larges couteaux de combat noir mat à leur ceinture ou les fusils d'assaut surmontés de toutes sortes d'équipements électroniques dont la fonction lui était inconnue, Ruz se douta qu'il ne s'agissait pas de guérilleros. Ceux-là auraient plutôt été armés de vieilles kalachnikovs, et leurs treillis n'auraient pas tous été identiques. D'un autre côté, même sans sous-estimer le Venezuela, ce genre d'équipement ne lui semblait pas non plus compatible avec le niveau de modernisation attendu d'une armée d'un pays en développement.

La colonne n'était plus qu'à une dizaine de mètres. La fréquence cardiaque de Ruz accéléra. Le moindre bruit, le plus petit mouvement pouvait la trahir. *La peur émet des vibrations que les autres peuvent sentir !* D'où lui venait cette idée ? Cela ressemblait à une connerie pseudo-new age. Cela dit, la situation ne se prêtait pas vraiment à la rationalisation. *Pour être invisible, il faut se fondre dans la nature, percevoir le « chant vert » et s'y accorder, devenir un arbre, une pierre.* Peut-être un truc appris lors d'un stage de survie ? Ruzena s'efforça de ralentir les battements de son cœur, respirant le plus lentement possible, laissant le poids de son corps la plaquer au maximum contre le sol, comme si elle voulait s'y enfoncer, y disparaître. La verdure l'encerclait, elle devait s'ouvrir à elle, entrer en résonance avec le *chant vert* pour être acceptée en son sein, ne faire plus qu'un avec elle. Étrangement, il lui sembla que ses perceptions s'amélioraient, sa vision perçait mieux les branchages et les sons lui parvenaient avec davantage d'acuité. La peur refluait.

Arrivés à son niveau, les deux éclaireurs, armés de leurs machettes, bifurquèrent à un mètre à peine du fourré dans lequel elle se terrait. En les détaillant de près, Ruz s'étonna de leur stature. Ils étaient étonnamment grands et musclés. S'il était facile d'imaginer que des soldats soient soucieux de leur condition physique, ceux-ci avaient poussé le principe un peu loin. Elle remarqua aussi que leurs yeux étaient rougis, injectés de sang comme s'ils n'avaient pas dormi depuis longtemps. Pourtant, rien dans leur gestuelle ne trahissait une quelconque fatigue.

Les éclaireurs se dirigèrent vers la corniche. Curieusement, alors que le chemin le plus évident pour eux consistait à contourner le bosquet pour remonter la pente située derrière l'affleurement rocheux, les hommes avancèrent droit vers le pied de la corniche. Là, en attendant leurs camarades, l'un d'eux s'approcha d'un arbre sur le tronc duquel montait avec précaution un petit lézard vert puis, sans raison, le trancha en deux d'un coup de machette qui produisit un son mat. Satisfait de son exploit, le soldat ricana stupidement tandis que les autres – tout aussi impressionnants physiquement – les rejoignaient. Le dernier arrivé se déporta alors jusqu'à l'éclaireur et lui lança : « Sorenson, t'as rien de mieux à foutre ? »

Ruzena sentit tout son corps s'électriser. Il venait de s'exprimer en anglais avec un accent américain ! Ce n'étaient pas des rebelles, ni même des soldats vénézuéliens, mais des compatriotes ! Elle était sauvée !

Alors qu'elle prenait déjà appui sur ses bras, prête à se relever et s'extraire du fourré pour se signaler, ce qu'elle vit la figea sur place.

L'autre éclaireur, arrivé le premier au pied de la corniche, venait de sauter à son sommet sans la moindre difficulté ! Un bond impossible de plus de cinq mètres ! Il avait à peine fléchi les jambes afin de prendre un peu d'élan, comme s'il s'apprêtait à franchir un muret de quatre-vingts centimètres, et s'était réceptionné en souplesse sur le bord de la corniche. Stupéfaite, les yeux écarquillés, aussi immobile qu'une statue de pierre, Ruz vit les sept autres réaliser le même exploit avec une facilité déconcertante. Une fois tous en haut, ils reprirent leur marche et disparurent de sa vue. La jeune femme se laissa alors retomber par terre, les mains tremblantes, la respiration hachée. Alors que la température continuait de monter, elle se sentait glacée.

Nom de Dieu, qui sont ces types ?

14

Skaff

10 h 27

L'immense salle de réunion du dernier étage de la tour Dervac était loin d'être comble. Une dizaine de sièges tout au plus étaient occupés. Toutefois, les personnes présentes constituaient à elles seules l'essentiel du pouvoir au sein du trust pharmaceutique. Jim Skaff n'y avait été admis qu'au titre de superviseur de la cellule de crise à Atlanta. Il était assis à côté de son chef, le directeur exécutif aux affaires externes, Carl Benkovic, tandis qu'en bout de table siégeait le directeur général, Sean Barkham. Le reste de l'assemblée était constituée de divers vice-directeurs exécutifs, de membres du conseil d'administration et d'un représentant de Deep River, un Asiatique du nom de Desmond Takamori.

Un tel aréopage de personnes influentes impressionnait Jim. Il n'était pas sûr d'avoir déjà vu autant d'huiles de Dervac en même temps. Pourtant, aucun de ces pontes ne paraissait à son aise. Il ne s'agissait pas d'une de ces réunions feutrées où des décisions stratégiques sc prenaient entre deux commentaires sur telle partie de golf ou tel match de polo. Pas de pâtisseries ou de cappuccino fumant sur la table, les assistantes et hôtesses de direction avaient été priées de quitter la salle. À travers les larges baies vitrées, le soleil matinal montait à l'assaut de cette journée au-dessus d'Atlanta, déversant tant de lumière dans la salle exposée au sud que la couche de cristaux liquides contenue entre les deux immenses panneaux de verre trempé s'était en partie opacifiée. Jusqu'à présent, seuls Barkham, Benkovic et Takamori s'étaient exprimés. Au début, Jim avait, par habitude, commencé à prendre des notes, mais quelqu'un – le vice-directeur exécutif vaccins, si sa mémoire ne le trompait pas – lui avait demandé de cesser. Depuis, il écoutait sans rien dire.

Desmond Takamori présentait un compte-rendu complet de la situation sur le tepuy, fondé sur les divers rapports qui lui parvenaient de ses hommes sur place. Fidèle à l'image que les Occidentaux se font des Asiatiques, il s'exprimait d'une manière froide et mesurée.

Après avoir gagné le plateau lors d'une opération d'infiltration nocturne parfaitement menée, par voie aérienne, au-dessus des immenses forêts du Venezuela, expliquait-il, le premier contingent de Deep River avait rejoint le site, sécurisé son périmètre et pris le contrôle du camp de l'équipe de Dewlinger. Cette première phase s'était déroulée sans le moindre accroc. Ensuite, il avait fallu attendre vingt-quatre heures qu'un deuxième contingent d'hommes soit dépêché sur place, accompagné d'un binôme de scientifiques dont la spécialité était plus adaptée à la situation que celle des gens de Dewlinger.

« Grâce aux Stealth Hawk dont nous disposons, le survol de l'espace aérien vénézuélien s'est à nouveau effectué sans problème. La seconde équipe a rejoint la première sur le site, et, tandis que les contractuels terminaient d'installer un camp avec des moyens de défense appropriés, un premier groupe est descendu dans la cavité. »

Des contractuels…

Skaff retint un ricanement. Les euphémismes employés par les sociétés de sécurité privées lui semblaient toujours ridicules. D'anciens soldats sous contrat avec un employeur civil, chez Deep River ou ailleurs, ça s'appelait des *mercenaires*.

Takamori continuait : « Or, depuis cette première approche, il semble que les hommes subissent d'étranges répercussions physiques. Les symptômes décrits nous ont paru assez… extravagants, aussi nous avons envisagé l'hypothèse qu'ils soient victimes d'hallucinations. Quoi qu'il en soit, ces personnels s'inquiètent. Ils demandent qu'on leur garantisse qu'ils ne courent aucun risque quant à leur santé. »

Benkovic tapota la longue table d'acajou d'une cadence vaguement agacée avant de répondre.

« Je pense que les sommes que nous versons à votre société prennent largement en compte les risques inhérents à ce genre d'opération. »

L'absence d'accent, ainsi que le prénom anglo-saxon, laissaient supposer que Takamori était né sur le sol américain. Néanmoins, Jim trouvait que le masque imperturbable qu'il arborait continuellement aurait convenu sans difficulté à un authentique shogun.

« Les contractuels assument sans rechigner les risques conventionnels, cela va de soi, admit-il. Mais il semble qu'ils soient confrontés là-bas à des aléas bien différents des blessures que l'on peut subir dans une opération standard. Aucun d'eux ne se plaindra jamais d'avoir reçu une balle, ou un coup de couteau. Toutefois, il n'est pas question de cela ici… Avec tout le respect que je vous dois, monsieur Benkovic, je vous repose donc ma question : le site présente-t-il un danger *non conventionnel* pour nos contractuels ? »

Le directeur exécutif aux affaires externes de Dervac regarda le représentant de Deep River droit dans les yeux avant de répondre : « Ces hommes portaient-ils les masques que nous leur avons fournis avant de descendre dans le gouffre ? »

Takamori hocha la tête.

« Dans ce cas, ils ne risquent absolument rien, je vous le garantis. »

Jim Skaff ne put s'empêcher d'admirer l'aplomb impeccable de la réponse alors que son chef n'avait pas la moindre idée de ce qui se passait réellement sur le tepuy.

« Bien entendu, des études plus poussées sont nécessaires avant d'être certains que ce… euh, ce que nous avons trouvé là-bas est absolument inoffensif – c'est pourquoi des masques respiratoires capables de filtrer jusqu'aux plus petites des molécules ont été fournis à vos équipes –, mais, compte tenu des premiers éléments dont nous disposons, il n'y a aucune raison de penser que le site présente le moindre danger pour la santé. Vos hommes doivent souffrir du climat local, très agressif, ou peut-être même abusent-ils de *go-pills* ? »

Desmond Takamori tiqua en entendant le professionnalisme des contractuels de Deep River mis en doute. Avant qu'il n'ait eu le temps de formuler une réponse, Sean Barkham intervint dans l'échange :

« Cher Desmond, vos inquiétudes à l'égard de vos équipes sont tout à fait louables. Cependant, j'aimerais être sûr que vous appréhendez pleinement les enjeux considérables auxquels nous faisons face actuellement. »

Barkham était à la tête de Dervac depuis vingt-huit ans. Lorsqu'il en avait pris les rênes, ce n'était qu'une grosse entreprise de Géorgie, vivant paresseusement de l'exploitation des quelques brevets lucratifs dans le traitement des maladies articulaires et des affections du foie. D'une main de fer, Barkham l'avait réorganisée, restructurée et fusionnée avec des concurrents plus petits. En moins d'une décennie, grâce à un réseau de lobbyistes digne de l'industrie des armes, il avait transformé Dervac en un trust mondial avec lequel il fallait compter. L'heure de la retraite avait sonné pour lui depuis fort longtemps, mais nul n'imaginait ce capitaine d'industrie ailleurs que dans un fauteuil de CEO. À quatre-vingt-dix ans révolus, il paraissait encore si alerte que Skaff se demandait parfois si une branche secrète de Dervac n'avait pas découvert un remède miracle contre le vieillissement. Idée amusante, mais grotesque, bien entendu. Si une entreprise pharmaceutique détenait un tel produit, elle ne renoncerait certainement pas aux bénéfices colossaux qu'elle pourrait en tirer juste pour en faire profiter quelques élites, aussi fortunées soient-elles.

Tel un automate, Takamori avait détourné le regard de Benkovic pour le diriger vers Barkham. Ce dernier n'avait pas terminé : « Je serais ravi que vos employés n'aient pas à subir le moindre désagrément, mais je vous rappelle que ce n'est pas dans cette optique que Deep River les appointe. En revanche, j'aimerais être sûr que la mission pour laquelle ils ont *effectivement* été engagés se déroule correctement. »

Tenir tête à Carl Benkovic était sans conteste la marque d'une grande force de caractère ; en faire autant avec Sean Barkham relevait pratiquement de l'impossible. Bien qu'arborant toujours un masque impassible, Takamori avait perdu un peu de sa superbe au ton acerbe de la dernière réplique du grand patron de Dervac Pharmaceutics.

« Je puis vous assurer, monsieur, que depuis l'arrivée de nos hommes sur le plateau tout y est sous contrôle.

— Y compris l'équipe du docteur Dewlinger ?

— Cela va de soi, monsieur.

— Je ne parle pas de les confiner dans leur camp de base.

— Je ne parlais pas de cela non plus, monsieur. Comme vos dernières instructions le stipulaient, ils ont été neutralisés. »

À ces dernières paroles, Jim se sentit soudain glacé.

C'était exactement ce qu'il craignait d'entendre en se rendant à cette réunion. Car, dans la langue détournée de ces gens, qui, par une pudeur hypocrite, n'employaient jamais de termes explicites, « neutralisés » ne signifiait rien d'autre qu'« éliminés ».

Alors, on y est.

Si Skaff savait que ce genre de chose risquait d'arriver, l'entendre de ses propres oreilles faisait tout de même un drôle d'effet. Non pas qu'il éprouvât une quelconque empathie à l'égard de ces gens qui venaient de mourir. Après tout, lorsque des soldats perdaient la vie dans une bataille, aucun officier ne ressentait le moindre petit scrupule, et pour lui, cette situation n'était pas tellement différente. C'était plutôt l'idée que Dervac venait de franchir un palier. Une sorte de point de non-retour. Désormais, il fallait réussir à tout prix, car, en cas d'échec, ils n'allaient pas juste rentrer chez eux la queue entre les jambes, ni même se contenter de perdre leur boulot. Cette fois, s'ils se faisaient siffler par l'arbitre, c'était la prison à vie. Ou peut-être même la chaise électrique. Machinalement, Jim essaya de se souvenir quelle méthode la Géorgie appliquait pour la peine capitale.

Toutefois, le frisson qui venait de lui parcourir le dos n'était pas dû qu'à l'appréhension. C'était aussi un frisson d'excitation. Car Jim était une personne prévoyante, et, avant de venir, il avait pris ses précautions.

Nul n'avait remarqué le gros grain de beauté sur la partie droite de son front, près de la racine des cheveux. Un aléa dermatologique comme un autre, auquel personne ne prêtait attention. Pourtant, la veille, ce grain de beauté n'était pas là. Dans la petite boule de silicone collée à même la peau se dissimulait une minuscule caméra qui ne perdait pas une parole de cette réunion confidentielle. Il lui avait fallu faire appel à quelques amis très spécialisés – « amis » qui avaient néanmoins demandé des sommes indécentes pour rendre ce service – afin d'obtenir dans un délai aussi court un gadget suffisamment sophistiqué pour tromper les détecteurs dont le dernier étage de la tour était truffé. Une heure plus tôt, en sortant de l'ascenseur sous les yeux des agents de sécurité, Jim avait failli faire demi-tour et se précipiter dans les toilettes dans l'intention de se débarrasser du mouchard. Mais il avait tenu bon, en dépit des risques. Et cela en valait le coup, car non seulement il n'avait pas été pris la main dans le sac, mais, en plus, il venait de décrocher le gros lot ! Détenir un tel enregistrement, c'était comme gagner au Powerball !

Alors que, depuis la réponse de Takamori, il avait semblé à Jim que le film auquel il assistait avait été mis en pause, il se remit à défiler brusquement tandis que Sean Barkham rétorquait : « Neutralisés ? Tous, sans exception ? »

Le représentant de Deep River se tortilla dans son fauteuil de cuir. De toute évidence, il y avait une nuance.

« À ce stade, monsieur, mes informations sont encore trop parcellaires pour que je sois en mesure de vous affirmer que…

— Monsieur Takamori, j'ai pour habitude d'obtenir des réponses claires et concises à mes questions.

— Hum… il est possible que certains membres de l'équipe soient parvenus à prendre la fuite dans la forêt…

— Je vous demande pardon ?

— … mais je peux vous assurer, monsieur, que ce n'est qu'une question de temps avant que nos contractuels ne les retrouvent, eux et les autres. »

Barkham se redressa dans son siège.

« Les *autres* ? »

Bien que Desmond Takamori se soit laissé déstabiliser un court instant par l'autorité naturelle émanant du patron de Dervac, il avait déjà recouvré l'impassibilité qui le caractérisait.

« D'après les derniers rapports qui me sont parvenus, un petit monomoteur a tenté de se poser sur le plateau, il y a une quarantaine d'heures environ. Comme il faisait nuit, nos équipes ne l'ont pas vu directement, mais elles l'ont repéré au radar. Dès le lendemain, un Stealth Hawk a ratissé la zone jusqu'à localiser la carcasse, puis une escouade a été dépêchée sur place. Aucun corps n'a été découvert, ce qui signifie qu'il y a un ou plusieurs survivants. Nos hommes sont à leur recherche également. »

Si les yeux de Barkham étincelaient de colère, le ton qu'il employa pour répondre resta étonnamment neutre : « J'ai la fâcheuse impression que les choses dérapent là-bas, Desmond. Il va falloir faire le ménage une fois pour toutes !

— L'avion était certainement celui de Ruzena Iskovna. »

Tous les regards convergèrent soudain vers Jim Skaff. D'instinct, celui-ci recula dans son fauteuil. Il prit alors conscience que c'était lui qui venait de s'exprimer. Quelle idée d'intervenir dans un tel échange ! La phrase était sortie toute seule. L'habitude de ne pas perdre une occasion de briller auprès de ses supérieurs, peut-être. Quoi qu'il en soit, maintenant, il ne fallait pas se démonter.

À demi tourné vers lui, Carl Benkovic haussa les sourcils pour l'inviter à poursuivre.

« Ruzena Iskovna, la fiancée du docteur Dewlinger. Une spécialiste des sports extrêmes, qui détient une licence de pilote. Elle est soupçonnée d'avoir volé un Pilatus PC-6, il y a trois jours de cela, sur un aérodrome du comté de Lee, en Floride. »

Sean Barkham lança un coup d'œil interrogateur au représentant de Deep River.

« Le PC-6 est un monomoteur, confirma Takamori. Cela peut correspondre, en effet.

— Mlle Iskovna a dû s'inquiéter de la coupure des communications avec le plateau, après la déclaration officielle des guérilleros séparatistes, enchaîna Skaff. On peut supposer qu'elle a décidé de rejoindre Dewlinger là-bas, afin de tenter de l'exfiltrer.

— Comment avez-vous appris le vol de cet avion ? interrogea Barkham.

— Un détective privé a été engagé pour le retrouver. Ses recherches l'ont mené à Dervac, et il a tenté d'entrer en contact avec Dewlinger. Bien évidemment, nous l'avons tenu à distance. »

Le directeur général poussa un long soupir. Ses sourcils broussailleux étaient si bas qu'ils cachaient presque entièrement ses prunelles. Il reporta son attention vers Takamori, semblant hésiter sur l'attitude à adopter. Son interlocuteur devança la question : « Deep River préconise de ne pas employer les mêmes méthodes sur le territoire américain que pour les opérations extérieures, monsieur. Surtout avec un détective privé. Peut-être s'agit-il d'un ancien policier, qui a conservé des liens avec…

— D'accord, d'accord, lâcha Barkham, irrité. Faites-lui seulement un peu peur, qu'il comprenne qu'il doit abandonner son enquête. »

Takamori acquiesça du menton.

« Quand M. Barkham dit “seulement faire peur”, ajouta Carl Benkovic, cela signifie que ce détective ne doit pas finir comme Dos Santos. Nous avons eu toutes les peines du monde à nettoyer votre bordel, la semaine dernière. Il serait souhaitable de ne pas avoir à recommencer. »

L'Asiatique rendit son regard au directeur des affaires externes.

« Bien que nous nous efforcions d'obtenir la plus grande efficacité, fit-il en détachant ses mots, les activités d'une compagnie comme la nôtre comprennent toujours un facteur aléatoire. Là où l'on coupe le bois, il y a toujours un peu de sciure. »

15

Ruzena

18 h 23

Allongée sous des branches basses, Ruzena scrutait le camp d'Edward depuis un bon moment déjà. Elle n'avait encore remarqué aucune activité. Rien ne bougeait là-bas.

Depuis son dernier échange avec Chris, sept heures lui avaient été nécessaires pour atteindre ce point, une simple croix sur un relevé satellite Google qu'elle avait notée avant de s'envoler pour le Venezuela, quelques jours plus tôt, avec la mention « camp d'Ed ». Sept heures d'une progression difficile et épuisante au cœur d'un enchevêtrement de racines glissantes, de lianes chargées d'épiphytes et de rochers aux formes bizarres, presque aussi dérangeantes que celle de la statue qui lui avait tenu compagnie durant la nuit. Toutefois, c'étaient les crevasses qui la ralentissaient le plus. Longues, profondes et sombres ; si elle pouvait parfois les franchir d'un simple saut ou en grimpant sur les nombreux arbres s'élevant au-dessus, le plus souvent, il lui fallait les contourner, ce qui impliquait, outre un effort supplémentaire, une perte de temps exaspérante. Or, le temps était un facteur essentiel en situation de survie. Un ennemi qu'il ne fallait pas sous-estimer.

Mais le pire était la peur. La peur qui ne la quittait plus depuis qu'elle avait croisé ces types capables de performances physiques aussi contre nature qu'effrayantes. Que ferait-elle si par malheur elle croisait de nouveau leur route sans avoir eu la chance de les repérer avant ? Elle n'aurait aucun moyen de leur échapper. Qui étaient-ils ? Que lui feraient-ils ?

Et qu'ont-ils fait à l'équipe d'Edward ? songea-t-elle en constatant qu'il n'y avait toujours pas le moindre signe de vie dans le village de toile qu'elle observait depuis une vingtaine de minutes.

Du sommet de l'affleurement rocheux où elle était dissimulée sous des buissons, le camp paraissait calme et normal. Sans les événements récents, on aurait pu penser que les scientifiques n'étaient simplement pas encore revenus de leur journée de travail. Dans la lumière rasante de cette fin d'après-midi, Ruzena dénombrait cinq tentes beiges. Trois de grande taille, environ six mètres sur six, et deux plus modestes de quatre par quatre. Abris typiques conçus sur le modèle militaire comme on en voyait dans tous les camps de réfugiés, solidement ancrés dans le sol et installés en haut d'une pente douce qui rejoignait une petite rivière en contrebas. Le même cours d'eau, circulant au fond d'une gorge, que la jeune femme avait remonté pour arriver là.

Quinze minutes supplémentaires s'écoulèrent sans qu'aucune activité ne soit perceptible. Ruz avait acquis la conviction que le camp était désert. Il était temps d'aller voir de plus près.

Abandonnant ses sacs sous le buisson, elle sortit de sa cachette et descendit en s'efforçant de rester à couvert autant que possible. Elle gagna le cercle de tentes et s'avança parmi elles sans oser appeler, le cœur battant, craignant à chaque instant de voir une horde de guérilleros sanguinaires surgissant des fourrés pour se ruer sur elle avec des hurlements sauvages.

Elle atteignit enfin la première des grandes tentes et, passant sous les rabats de toile des portes, roulés et attachés sur les montants, elle y pénétra sans attendre, pressée de se dérober à d'éventuels regards. L'intérieur était essentiellement occupé par une longue table constituée de plusieurs planches posées sur des tréteaux. Au fond se trouvait une petite cuisine de campagne ; deux gros réchauds à gaz placés sous une bouche de ventilation en aluminium, une dizaine de cantines de fer pleines de provisions et d'ustensiles, des jerrycans d'eau. Sur la table, Ruzena dénombra sept assiettes contenant encore les reliefs d'un repas manifestement interrompu. Deux d'entre elles n'avaient même pas été entamées : des pâtes dans une sauce que le temps passé à l'air avait rendue noirâtre, indéfinissable. D'après le durcissement des aliments, il était évident que ce déjeuner ne datait pas de quelques heures. Au moins deux jours, estima Ruz. Elle ressortit prudemment puis se hâta vers la tente suivante.

Il s'agissait d'un lieu de travail. Des tables couvertes de matériel et de documents, des étagères sur lesquelles s'empilaient des dizaines de boîtes d'échantillons en plastique transparent, certaines contenant des fragments de végétaux, des caisses pleincs d'outils ou d'instruments scientifiques. Rien d'alarmant ici non plus, hormis une table et une chaise renversées, pouvant éventuellement faire penser à une brève lutte, sans que ce soit probant. Pourtant, quelque chose chiffonnait Ruz sans qu'elle parvienne à déterminer quoi. Soudain, elle comprit. Il n'y avait aucun ordinateur. Sur le lieu de travail d'une équipe de scientifiques, on se serait attendu à en voir au moins quelques-uns. Or, dans cette tente, des câbles réseau ou d'alimentation circulaient bien au sol, des écrans reposaient bien sur les tables, mais aucune trace de la moindre unité centrale ni même d'un portable. Tout avait été emporté. D'ailleurs, les câbles avaient même été coupés avec quelque chose de tranchant plutôt que débranchés un à un. Ceux qui avaient fait cela n'avaient pas de temps à perdre.

Ruz vérifia ensuite les deux abris de taille moyenne. Le premier ne contenait qu'un générateur avec une réserve d'essence ; le second, des caisses de matériel. Rien d'intéressant. Tandis qu'elle se dirigeait vers la troisième grande tente, l'attention de la jeune femme fut attirée par une série de marques suspectes dans la terre.

De nombreuses empreintes de pas entremêlées, comme si un grand nombre de personnes s'étaient pressées dans la même direction. En les suivant, elle atteignit la périphérie du camp et découvrit de larges traces brunes espacées de manière régulière. Ruz sentit sa gorge se nouer en comprenant qu'il s'agissait de flaques de sang. Bien qu'il ait noirci en séchant, il n'y avait guère de doute possible sur la nature du liquide répandu là.

L'évidence la frappa comme un coup de poing à l'estomac : on avait conduit des gens ici de force pour les abattre froidement, puis les corps avaient été emportés. Des larmes roulèrent sur ses joues et elle tomba à genoux, secouée de sanglots. Ed était mort, ils l'avaient tué ! Une douleur atroce la submergea sans qu'elle parvienne à la réfréner. À cet instant, plus rien ne comptait pour elle. Cet homme qu'elle était venue sauver jusqu'ici, au péril de sa vie, et dont elle avait perdu tout souvenir, elle n'aurait plus jamais l'occasion de réapprendre à le connaître. Les larmes coulèrent sans discontinuer pendant de longues minutes, entrecoupées de gémissements de douleur. Elle avait échoué, elle était arrivée trop tard !

Puis, peu à peu, son esprit se remit à fonctionner, sa force de caractère reprit le dessus.

Il n'y a pas de corps.

Ces traces de sang pouvaient provenir de n'importe qui, peut-être même des soldats – quels qu'ils soient – qui avaient attaqué le camp. Si, en son for intérieur, elle savait que c'était peu probable, ce n'était pas à exclure non plus. Elle ne pouvait se permettre de baisser les bras ! Peut-être Edward était-il simplement blessé, ou même prisonnier quelque part ? Peut-être avait-il encore besoin d'elle ?

Tant que je n'aurai pas vu son corps, je dois considérer qu'il est vivant ! Je ne dois pas abandonner !

Formuler ainsi une ferme résolution permit à Ruzena de reprendre un peu le dessus sur le désespoir qui l'avait envahie. Elle se releva et se dirigea vers la dernière tente d'un pas mécanique, les mains encore tremblantes.

Il s'agissait du dortoir. Sept lits de camp disposés sur deux rangées. À côté de chacun, deux, parfois trois bacs de plastique contenant des effets personnels. Là encore régnait un certain désordre, pouvant laisser penser à un départ précipité sans que cela soit absolument évident. Des ficelles avaient été tendues le long des parois de toile, au-dessus des têtes de lit, auxquelles les membres de l'équipe avaient accroché des photos de leurs proches ou des dessins d'enfants. Ruzena les passa toutes en revue fébrilement jusqu'à trouver ce qu'elle cherchait : une photo d'elle-même. Un simple tirage jet d'encre d'un selfie. C'était Ed qui tenait l'appareil à bout de bras tandis qu'il se contorsionnait pour l'embrasser sur la joue sans perdre de vue l'écran afin de continuer à cadrer. Sur le tirage, Ruzena riait aux éclats, mais à cet instant, assise sur le rebord du lit de camp, la photo entre les mains, elle pleurait de nouveau.

Se ressaisissant enfin, elle sécha ses larmes du revers de la manche puis examina les bacs de plastique sur le côté du lit. Le premier contenait les vêtements et affaires de toilette que l'on peut s'attendre à trouver dans les bagages d'une personne loin de chez elle. Ruzena ne put se retenir de prendre un tee-shirt et de le porter à son visage ; plus que n'importe quelle photo, l'odeur qu'elle y respira fit revenir des souvenirs d'Edward instantanément. La sensation d'une caresse légère au matin, une main passant dans les cheveux, un baiser à la fois doux et râpeux à cause d'une barbe de trois jours perpétuelle, des mots tendres chuchotés au creux de l'oreille ; rien de précis, mais autant de moments forts partagés qu'aucune photo au monde ne saurait restituer.

Sur le dessus du second bac reposait un livre élimé, à la couverture si abîmée qu'elle avait été scotchée à plusieurs reprises : *Dune*, de Frank Herbert.

Son livre de chevet.

Une petite foule de souvenirs se bousculèrent dans la mémoire endormie de Ruz : ce livre ne quittait jamais Edward ; pour lui, c'était devenu davantage un fétiche qu'un véritable sujet de lecture ; il avait même réussi à en obtenir un exemplaire signé par l'auteur.

Il l'a tant parcouru qu'il le connaît presque par cœur, songea-t-elle en souriant. *Il peut en réciter des passages entiers.*

Apparemment, explorer les affaires de son fiancé constituait un moyen très efficace de remettre en route sa mémoire défaillante. Toutefois, il y avait une chose que Ruzena n'avait pas oubliée, c'était le danger qui la guettait. Il ne fallait pas s'attarder ici.

Elle posa le livre sur le lit et ouvrit le bac. À l'intérieur s'entassait un fouillis de petit matériel, du plus insignifiant, comme un porte-clés à l'effigie de Bart Simpson ou un Rubik's Cube à cinq rangées, au plus sérieux, comme les derniers numéros de la revue scientifique *Nature*. Dans tout un fatras composé de souris de portable, de webcams ou de lecteurs de cartes mémoire entremêlés de câbles USB en vrac qui traînait au fond du bac, Ruzena identifia aussitôt un petit étui allongé estampillé Olympus. Une marque de Dictaphone. Si l'étui était encore là, le Dictaphone en revanche était introuvable. En outre, après avoir noté l'absence d'ordinateurs dans la tente de travail, Ruzena n'avait remarqué aucun appareil photo, ni caméra ni même smartphone.

Ils ont fouillé partout. Ils ne voulaient rien laisser permettant de comprendre ce qui s'est passé. Pourquoi ? Les membres de l'équipe avaient-ils filmé sans le vouloir ces soldats étranges ? En savaient-ils trop ? Quoi qu'il en soit, tout a été emporté par ceux qui les ont…

Elle n'osait pas le dire, même en pensée.

… ceux qui les ont tués.

Brusquement, une image s'imposa à elle. Des carnets noirs…

De la bouillie de souvenirs confus qui lui revenaient depuis quelques minutes émergea celui de carnets recouverts de similicuir. Même à l'ère du tout numérique, Ed n'avait jamais perdu l'habitude de prendre des notes manuscrites.

Cela l'aide à se concentrer, à rassembler ses idées…

Ruzena remua de nouveau le contenu du bac, puis, agacée, retourna d'un coup l'ensemble pour renverser tout ce bric-à-brac sur la bâche du sol. Elle les aperçut aussitôt. Deux petits carnets noirs, liés par un gros élastique. Elle s'apprêtait à ôter la bande de caoutchouc dans l'intention de commencer à les examiner avant de se rappeler qu'elle était là depuis longtemps déjà. Un coup d'œil à sa montre lui apprit qu'il était 19 h 30. *Trop* longtemps, il ne fallait pas traîner. Quoi qu'il se fût passé ici, quoi qu'il fût advenu d'Edward et de son équipe, ce n'était pas en s'exposant elle-même qu'elle arrangerait les choses. Elle fourra les carnets dans la poche de son pantalon de treillis puis quitta le dortoir.

Dehors, la lumière diminuait rapidement. Il semblait que le soleil se couchait plus vite sous ces latitudes qu'en Amérique du Nord. Même s'il était risqué de s'attarder plus longtemps, Ruzena estima que ce serait une erreur de ne pas profiter des réserves du camp pour compléter les siennes. D'un pas rapide, elle se rendit dans la tente de stockage et en ouvrit les différentes cantines de fer une à une. La priorité, c'était le ravitaillement, bien sûr. Elle vida un sac contenant des centaines de gobelets en plastique et le remplit de boîtes de conserve, d'aliments lyophilisés ou sous vide, de barres vitaminées, de paquets de biscottes, etc. Elle s'efforça de choisir le plus approprié à la survie en tâchant toutefois de se dépêcher. Ce n'était pas le moment d'évaluer les avantages comparés de tel ou tel aliment, en fonction de leurs qualités nutritives. L'image des larges taches noirâtres en bordure du camp flottait constamment à la lisière de ses pensées. Ceci fait, elle récupéra quelques paquets de piles, des couvertures de survie (*usages multiples pour un encombrement et un poids négligeables*), un petit réchaud, des tablettes de décontamination de l'eau (*essentiel en cas de doute sur la qualité de celle qu'on trouve*), un rouleau de bande adhésive, ainsi que quelques médicaments pour soigner Chris si jamais elle parvenait à le retrouver.

Alors qu'elle enroulait fébrilement un morceau de ficelle autour du sac pour le fermer, un éclat lumineux en périphérie de son champ de vision lui fit tourner la tête. La jeune femme se figea aussitôt. Par l'ouverture de la tente, elle voyait le centre du camp. Rien ne bougeait. Elle attendit une minute entière durant laquelle un animal indéterminé poussa plusieurs cris brefs dans le lointain, mais le phénomène ne se reproduisit pas. L'apparition fugace entrevue quarante-huit heures plus tôt lui revint en mémoire. À pas mesurés, elle quitta la réserve et se posta au milieu des tentes, les sens aux aguets. Pas d'autre manifestation lumineuse. En revanche, à force de tendre l'oreille, Ruz crut discerner des bruissements et quelques craquements non loin, à l'est. Des gens approchaient par là !

Elle hésita un instant à retourner au dortoir récupérer la photo d'Edward, mais, la mort dans l'âme, elle comprit qu'il était trop tard. Il fallait fuir sur-le-champ. De frustration, elle tapa du pied sur le sol, puis partit en courant vers l'affleurement rocheux sur lequel elle s'était cachée en arrivant. Au bout de quelques pas à peine, une nouvelle nausée la frappa de plein fouet, provoquant un haut-le-cœur qui la contraignit à s'arrêter, pliée en deux. Bon sang, pourquoi avait-il fallu qu'elle mange ces foutues baies ? Un filet de fiel lui échappa qui s'écoula lentement de sa bouche ouverte. La tête lui tourna si fort qu'il lui fallut caler ses mains sur ses genoux pour éviter de perdre l'équilibre. Les bruissements se rapprochaient dangereusement, il n'y avait plus un instant à perdre ! Mobilisant toutes les ressources de sa volonté, la jeune femme se remit en marche, en s'hyperventilant afin de tenir à distance l'envie de vomir, et parvint enfin à rejoindre sa cachette, en sueur et les tempes palpitantes. Elle rangea son sac de plastique aux côtés des deux autres, se plaqua au sol sous les branches, puis cessa de bouger.

À peine une minute plus tard, une colonne de soldats en treillis émergea en bordure du camp. Dans la faible lumière vespérale, il était très difficile de les voir. De toute évidence, il s'agissait d'hommes entraînés à se déplacer très discrètement, capables de se fondre dans la jungle comme seuls les natifs savent le faire. Ruzena ne devait qu'à ses sens en alerte d'avoir décelé leur approche. Et encore, cela s'était joué à quelques secondes.

La colonne de soldats – *ou de mercenaires plutôt*, songea-t-elle – se sépara en deux et fouilla le campement avec promptitude, à la recherche de quelque chose. Il ne faisait aucun doute qu'ils étaient en terrain connu. Il s'agissait de ceux qui s'étaient occupés de l'équipe d'Ed, quel que soit le sens que le terme « occupés » puisse recouvrir dans le cas présent… Que cherchaient-ils ? Soudain, un brusque espoir enflamma le cœur de Ruz, car il était évident que s'ils ratissaient la zone, c'était qu'une ou plusieurs personnes leur avaient échappé ! Edward était peut-être du nombre !

À cet instant, Ruzena aperçut du mouvement sur sa droite, en contrebas du camp. Quelqu'un approchait d'elle par l'autre côté de la crête !

16

Chris

19 h 48

Chris se sentait à bout de forces et sa jambe était en feu. S'il existait un classement des pires journées de sa vie, celle-ci trônerait au sommet. L'effort qu'il avait dû fournir pour se déplacer pendant des heures, épuisé et blessé, lui avait paru surhumain. Conformément aux instructions de Ruzena, il avait marché vers l'est-nord-est en profitant de la moindre trouée dans les arbres pour essayer de garder en vue les points de repère aperçus le matin. Cela s'était révélé moins difficile qu'il ne l'avait craint et il espérait ne pas avoir trop dévié, en dépit de cette connerie de plateau, tellement fissuré qu'on se demandait comment il tenait encore debout ! Ces crevasses étaient parfois si bien masquées par la végétation qu'il avait manqué de tomber dans certaines d'entre elles à plusieurs reprises.

La faim lui tenaillait l'estomac au point qu'il ne parvenait plus à penser à autre chose. Comme Ruz supposait que certaines baies violettes étaient comestibles, il avait tenté d'en trouver, sans succès. En désespoir de cause, même s'il savait que c'était imprudent, il avait craqué et tenté d'en manger d'autres qui ressemblaient à sa description. De petites baies noires qui, si elles n'étaient pas violettes, présentaient tout de même des reflets rouges. Violets ou rouges, quelle importance ? Mauvaise idée, il avait été pris de vomissements quelques minutes plus tard. Cela l'avait fait enrager. Comme s'il ne se sentait pas déjà assez faible comme ça ! Tout était de la faute de Ruzena, avec ses indications à la con ! Elle n'aurait jamais dû lui parler de ces saloperies de baies, il n'aurait pas tenté d'en ingérer d'autres au hasard ! Heureusement, les nombreux cours d'eau qui jalonnaient son parcours l'avaient empêché de se déshydrater.

L'état de sa jambe lui paraissait de plus en plus préoccupant. La plaie avait viré au rouge sombre, avec des marbrures jaunâtres, et l'élançait au-delà du supportable. Il avait de la fièvre et, la dernière fois qu'il avait regardé de près, il aurait juré avoir aperçu de minuscules asticots dans les replis de chair. Révulsé, il avait aussitôt détourné le regard et n'avait plus osé s'examiner depuis, de peur de tourner de l'œil.

Le soir était tombé depuis un moment déjà et la nuit suivrait bientôt. Il n'avait aucune idée de sa position. Le camp pouvait aussi bien se trouver derrière cette crête distante d'une cinquantaine de mètres ou à plusieurs kilomètres s'il avait infléchi sa course sans s'en rendre compte. Chris craignait par-dessus tout de passer une troisième nuit à la belle étoile. Il n'était pas certain de le supporter. Le manque de sommeil cumulé à l'affaiblissement dû au froid nocturne, il ne savait pas s'il serait en mesure de se relever le lendemain. Seule cette perspective lui permettait de mettre encore un pied devant l'autre. Il ne fallait pas s'arrêter. Il avançait comme un robot sur cette pente couverte de buissons épineux, espérant que rejoindre la crête lui permettrait de jeter un ultime coup d'œil à son environnement avant que la lumière disparaisse pour de bon. Chaque pas était une souffrance et il trébuchait souvent, se retrouvant à genoux dans la terre sans même plus se soucier de garder sa blessure propre.

Et pourquoi Ruz n'avait-elle pas répondu à ses appels de toute la journée ? Il avait tenté à de nombreuses reprises de la joindre pour « corriger sa trajectoire » comme elle avait dit, mais n'avait jamais obtenu la moindre réponse. Faisait-elle la sourde oreille exprès ? Essayait-elle de se débarrasser de lui ? D'un geste hargneux, Chris sortit le Vertex de sa poche pour essayer de nouveau et se rendit compte que l'appareil était déchargé. Ses épaules s'affaissèrent de découragement. Peut-être même que la batterie était à plat depuis longtemps et qu'il avait fait toutes ses tentatives d'appel avec un putain de talkie inerte ! Soudain vidé de toute énergie, comme privé de volonté, Chris se laissa tomber dans les fougères en haut de la pente qu'il avait presque achevé de gravir et se mit à sangloter.

Voilà que je chiale comme un môme !

Il savait qu'il donnait un triste spectacle, mais comme il n'avait pas de public, il s'en fichait royalement. La conviction qu'il allait mourir ici grandissait inexorablement en lui.

Après tout, cela vaut peut-être mieux que ce qui allait se passer…

Soudain, il se sentit agrippé dans le dos d'une poigne ferme et une main crasseuse se plaqua sur sa bouche pour l'empêcher de crier. Avant qu'il ait pu esquisser le moindre geste, on le tira sans ménagement en arrière. Il voulut réagir, mais il se sentait si faible qu'il ne parvint qu'à se débattre mollement. Des branches couvertes d'épines lui égratignèrent le visage tandis qu'on le traînait sous un arbuste, puis griffèrent sa blessure à la cuisse, lui arrachant un cri aussitôt étouffé par la main sur sa bouche. Là, son agresseur s'immobilisa puis bascula par-dessus lui d'un mouvement leste pour se retrouver à califourchon sur sa poitrine. Dans la quasi-obscurité, il distingua nettement le reflet métallique d'une lame de couteau près de sa gorge. Chris se contracta, s'attendant au pire.

« Qui êtes-vous ? » fit une voix féminine en chuchotant.

La tension extrême qui raidissait le corps de Chris disparut en un instant.

« Ruz ? Nom de Dieu, lâche-moi !

— Moins de bruit ! » souffla l'autre rageusement, à voix basse.

La lame se plaqua pour de bon sur sa gorge. Chris se tut.

« J'ai dit : *qui êtes-vous ?*

— Mais bordel, c'est moi ! Chris ! » coassa-t-il en chuchotant à son tour.

La lame ne bougea pas.

« Prouve-le-moi.

— Quoi ?

— De quoi a-t-on parlé la dernière fois ?

— Mais enfin, je…

— Réponds !

— OK, OK ! On a, euh… cherché à déterminer ma position. Tu m'as fait relever des points de repère dans le paysage, puis tu m'as conseillé de marcher est-nord-est. »

La jeune femme dressée sur lui se détendit à son tour et se laissa glisser sur le côté.

« Je me doutais que c'était toi, souffla-t-elle, mais je ne pouvais pas en être certaine. »

Chris se massa la base de la gorge. En tirant aussi fort sur son col, Ruz l'avait à moitié étranglé.

« Tu ne me reconnais vraiment pas ? fit-il, d'une voix rauque.

— Non. Enfin, je ne crois pas. Peut-être quand il fera jour… »

Pour autant qu'il pût en juger dans la pénombre vespérale, la compagne de son frère était méconnaissable. Son corps présentait des dizaines d'égratignures ou d'hématomes, ainsi que quelques plaies plus sérieuses dont une sacrée entaille au front, doublée d'un œdème ; elle était crasseuse, les cheveux emmêlés et remplis de brindilles, et ses yeux dégageaient une lueur un peu folle ; ses vêtements, quant à eux, étaient bons pour la poubelle. On était loin de la Ruzena Iskovna au charme magnétique des publicités pour équipements sportifs. Néanmoins, même diminuée et amnésique, elle semblait toujours déborder d'énergie. Chris envia cette force vitale.

« C'est incroyable de perdre tous ses souvenirs d'un coup. Ça doit être flippant…

— Ça revient par bribes, suivant les moments. Mais ce ne sont que des images ou des impressions confuses… Bref, on parlera de ça plus tard. Il faut filer rapidement et, surtout, sans bruit. Il y a toute une escouade de types louches juste derrière cette crête.

— Des guérilleros ?

— Non, je ne crois pas. On dirait plutôt des forces spéciales. Certains sont américains.

— Des soldats US ? On est sauvés alors !

— Moins fort, bon sang ! Ces gars sont américains, mais ils n'ont rien de soldats réguliers. On dirait plutôt des mercenaires, et crois-moi, si tu avais vu ce que j'ai vu, tu n'aurais pas envie d'aller leur taper sur l'épaule.

— Tu débloques ? Si c'est des gars de chez nous, il faut aller les trouver !

— Je viens de te dire de parler moins fort ! Si tu ne sais pas contrôler tes nerfs, contente-toi de la fermer ! »

Une vague de colère traversa Chris. Qui était-elle pour lui parler sur ce ton ? Elle méritait bien une paire de claques, mais, dans son état, il ne serait même pas capable de lever le bras jusqu'à son visage.

« Ils ont tué une partie de l'équipe d'Edward, expliqua-t-elle en chuchotant rageusement. Ils les ont *butés*, nom de Dieu ! Le camp est juste derrière, je l'ai fouillé avant qu'ils n'arrivent. Il n'y avait plus personne, mais j'ai trouvé des traces de sang. Je pense que ces mercenaires sont revenus parce que quelqu'un a dû leur échapper et qu'ils le cherchent encore. Donc, il ne faut pas traîner dans le coin. »

Chris voulut parler, mais seul un bredouillement ridicule franchit ses lèvres. Des mercenaires américains avaient assassiné l'équipe d'Ed ? Ruzena était en plein délire. Les baies qu'elle mangeait étaient-elles hallucinogènes ? Le coup qu'elle avait reçu sur le crâne l'avait-il rendue folle ? Quoi qu'il en soit, si vraiment il y avait des soldats derrière cette crête, il y avait plus de chances que ce soient des guérilleros que des GI, alors autant faire ce qu'elle disait.

Il se résolut à obéir sans faire d'histoires et suivit Ruzena. Ils longèrent la crête en silence sans jamais la franchir, marchant à croupetons entre les buissons, position particulièrement douloureuse pour sa blessure. Après une quinzaine de minutes à ce régime, ils bifurquèrent pour s'engager dans un corridor perpendiculaire à la crête et encombré de rocs. La nuit étant presque là, Chris trébuchait sans arrêt, mais Ruz refusa de se servir de sa lampe. Le corridor s'avéra être une faille assez large, dont le fond en pente les éloignait progressivement de la crête. Les contours sombres de rochers aux formes intimidantes se détachaient sur l'ultime clarté du ciel, comme des créatures figées scrutant des intrus pénétrant leur domaine. Vingt minutes plus tard, Ruz estima qu'ils s'étaient assez éloignés et que le danger était écarté. De toute façon, il n'était plus possible d'avancer, l'obscurité était désormais complète.

Presque à tâtons, la jeune femme inspecta les lieux à la recherche d'un abri. Un large rocher plat renversé à quarante-cinq degrés contre la paroi de l'étroite gorge lui parut constituer une cachette acceptable. Elle y pénétra en baissant la tête, déposa ses sacs puis alluma enfin sa lampe en prenant soin de la régler au minimum. Mais même ainsi, la lumière paraissait trop repérable. Elle l'enveloppa alors dans une feuille de fougère et le cône lumineux diminua drastiquement, tout en prenant une curieuse teinte verte.

Chris, peinant toujours, essoufflé, la rejoignit et se laissa tomber par terre. Lorsqu'il la vit sortir une boîte de ratatouille et des biscottes, il lui fallut se retenir pour ne pas pleurer de joie.

« Désolée, fit-elle, on va devoir manger froid.

— Rien à foutre ! » s'exclama-t-il en lui arrachant presque la boîte des mains.

Bien qu'ils fussent affreusement sales, Chris plongea ses doigts dans les légumes précuits et engouffra autant de bouchées qu'il le put en un temps record. Bon sang que c'était bon de sentir la nourriture descendre dans son estomac ! Il lui sembla qu'il mangeait pour la première fois de sa vie. Pendant qu'il expédiait ce modeste repas avec une joie primitive, Ruzena déplia deux couvertures de survie argentées et entreprit de les scotcher ensemble de manière à constituer une sorte de sac. Chris nota qu'elle prenait soin de garder le côté doré à l'extérieur.

« La face argentée réfléchit le rayonnement infrarouge, lui expliqua-t-elle en croisant son regard. Si tu as besoin de conserver ta chaleur corporelle, il faut la mettre à l'intérieur. Si tu as besoin de te protéger de la chaleur, c'est le contraire.

— On va dormir à deux dans ce truc ?

— C'est le meilleur moyen de ne pas se refroidir cette nuit. On sera au sec, au chaud et protégés des insectes. Par contre, il faudra bien garder la tête à l'extérieur, sans quoi la condensation de nos respirations trempera tout dedans. »

Les ondes de plaisir que procurait la nourriture à Chris lui faisaient autant d'effet qu'un rail de coke. Il hocha la tête en souriant de béatitude comme si elle venait de lui révéler le secret de l'univers.

Une fois l'abri de fortune confectionné, la jeune femme s'approcha de lui afin d'examiner sa blessure. La moue de dégoût qui lui passa sur le visage dégrisa Chris en un instant.

« Je ne vais pas te mentir, lâcha-t-elle en fouillant dans l'un des sacs, ce n'est pas très joli. »

Elle ouvrit un flacon d'antiseptique et, sans prévenir, en déversa une partie droit dans la plaie. Chris sursauta, s'attendant à souffrir. Pourtant, nulle douleur ne fusa dans sa jambe. Il n'était pas médecin, mais il savait que ce n'était pas très bon signe.

« J'ai récupéré des antibiotiques au camp, reprit Ruzena en ouvrant une petite boîte de plastique blanc. Je ne connais pas le dosage exact, mais tu n'as qu'à commencer par deux comprimés et demain nous…

— File-m'en quatre. »

Elle le dévisagea un instant, comme prête à le sermonner, puis haussa les épaules en lui tendant la boîte. Chris avala les comprimés dans une longue rasade d'eau bue à la gourde.

Une fois que Ruz se fut sustentée à son tour, elle entreprit de récolter des mousses et des fougères dont elle tapissa le fond de l'abri. Ils n'échangèrent pas d'autres paroles. Lorsqu'ils se couchèrent, la température avait largement chuté, mais le sac de couchage improvisé les garda au chaud. Chris s'endormit comme une masse et sombra dans un sommeil sans rêves.

17

Fisher

20 h 13

« … Je suis un bûcheron de haute volée, moi. »

Ils allaient entre deux rangées d'arbres. Jim ôta son chapeau et le porta à la main.

« Ça ne vous a rien rapporté, dit-il. Ils vous ont foutu à la porte quand vous avez été trop vieux. »

La grosse main de Dan prit le bras de Jim, au-dessus du coude, et le serra jusqu'à ce que Jim eût mal.

« J'ai eu bien des satisfactions, dit le vieux. Je grimpais à un grand arbre, et je savais que le contremaître, le propriétaire de la forêt, le président de la société n'avaient pas le cran de faire ce que je faisais. C'était MOI. *Je regardais tout le monde de haut, de très haut. Tout me paraissait petit ; les hommes étaient petits, mais j'étais là-haut, grandeur naturelle. J'ai eu bien des satisfactions.*

— Ils ont bénéficié de votre travail, dit Jim ; ils se sont enrichis ; lorsque vous n'avez plus pu grimper au haut des arbres, ils vous ont renvoyé.

— Oui, dit Dan ; ça, ils l'ont fait, bien sûr. Mais, peut-être parce que je vieillis, je me moque de ce qu'ils ont fait. »

Fisher tourna la page et, comme chaque fois, en profita pour jeter un coup d'œil vers le trottoir d'en face. Une bonne heure qu'il était garé là, à guetter le retour de Mme Dos Santos, affalé sur le siège de sa voiture en tentant de continuer son livre dans la lumière déclinante du soir. Comme il se refusait à utiliser le plafonnier pour ne pas attirer l'attention, il ne pourrait plus lire très longtemps ; à moins que les lampadaires ne se décident à s'allumer.

En un combat douteux représentait un résumé métaphorique complet de l'Amérique. Une nation qui n'apprenait rien de ses erreurs, les répétant *ad nauseam* au fil des décennies, et qui, paradoxalement, excellait à les identifier, les critiquer, les mettre en lumière. Comment ne pas être frappé, soixante-dix ans après sa rédaction, de la parfaite adéquation des situations décrites dans ce récit d'une lutte syndicale violente avec celle de l'immense cohorte des défavorisés que comptait encore ce pays de nos jours ? Comment ne pas être révolté, hier, par ces grands propriétaires terriens des années trente obsédés par la rentabilité de leurs exploitations au point de sacrifier – parfois au sens littéral – la vie de ceux qu'ils employaient, tout comme par ces patrons multimilliardaires d'aujourd'hui mettant au chômage sans état d'âme des dizaines de milliers d'ouvriers tandis qu'ils augmentaient leurs propres salaires, poussant même parfois le cynisme de leur insolente réussite jusqu'à la Maison Blanche ?

Le monde changeait, les hommes, non. Ceux qui donnaient leur vie pour leurs idéaux n'étaient, selon

Fisher, que les dindons d'une farce obscène qui ne prenait jamais fin. Et, en même temps, pouvait-on leur reprocher d'essayer ?

Depuis qu'il avait entamé l'œuvre de Steinbeck, le détective privé avait été séduit par la poésie insolite qui se dégageait de ses premiers romans, comme *Tortilla Flat*. Avec *En un combat douteux*, il comprenait qu'il entrait dans un autre monde littéraire, âpre, désabusé et dérangeant comme seuls les récits sans manichéisme savent l'être. Une perspective de lecture peu engageante et qui, pourtant, l'enthousiasmait.

Nouvelle page tournée, nouveau coup d'œil dans la rue. Toujours rien. Alors qu'il allait se plonger dans la page suivante, les réverbères s'illuminèrent soudain. Une petite silhouette portant avec peine plusieurs sacs de courses se révéla au carrefour, avançant d'un pas lourd. Clinton la suivit du regard tandis qu'elle approchait du numéro 52. Lorsqu'il la vit s'y arrêter et entreprendre de fouiller son sac pour en extraire des clés, il inséra la photo de son père, qui lui servait de marque-page, dans le Steinbeck et le posa sur le tableau de bord. Dès que la femme eut refermé la porte, il sortit de sa voiture et traversa la rue sans se presser. Il valait mieux lui laisser le temps de poser ses sacs et d'ôter son manteau.

La sonnette émit un carillonnement électronique bon marché désagréable, qui collait parfaitement à cette petite maison mal entretenue de l'East Atlanta. Comparé à d'autres coins de la ville, notamment le sud, ce quartier n'était pas considéré comme pauvre, mais ceux qui vivaient là n'avaient pas non plus tout à fait le niveau de la classe moyenne.

Après son entretien téléphonique de la veille avec la standardiste – téléguidée – de Dervac, Fisher avait compris que quelque chose ne tournait pas rond dans cette histoire. D'un côté, cet énorme trust pharmaceutique pouvait très bien refuser par principe de répondre aux questions d'un détective privé – après tout, personne n'aime être interrogé par un détective, qu'il soit privé ou non –, d'un autre, il était possible qu'ils lui aient servi ce baratin parce qu'ils avaient quelque chose d'embarrassant à cacher. Il était tout de même difficile, pour un esprit soupçonneux comme celui de Fisher, de ne pas faire le rapprochement entre l'absence d'Edward Dewlinger et le vol d'un avion par sa fiancée. Tout ceci finirait peut-être par trouver une explication simple et banale, mais, en attendant, il se devait de considérer ces deux faits comme liés.

Clinton Fisher avait donc occupé sa journée à creuser la question de toutes les manières possibles. Entre autres, il avait passé la matinée dans le bureau de Stan à traquer le Pilatus grâce aux diverses bases de données auxquelles le patron du Cape Coral Airfield avait accès. Malheureusement, étant donné que, pour ce type d'appareil, il n'existait pas d'obligation d'enregistrer les allées et venues sur le fichier centralisé de l'aviation civile, il avait fallu consulter les listings de dizaines d'aérodromes. Afin de diminuer la charge de travail, le détective avait suggéré de restreindre les recherches aux installations situées aux limites de l'autonomie en carburant du monomoteur. L'idée s'était avérée payante puisque, après seulement une trentaine de fichiers fastidieusement épluchés, ils avaient trouvé la trace d'un PC-6 ravitaillé d'environ six cents litres de kérosène à six heures du matin, trois jours plus tôt, sur l'aéroport Rohlsen des îles Vierges américaines. D'après Stan, la durée de vol correspondait bien à celle d'un avion de ce type au départ de chez lui. Pour quelle raison la jeune femme s'était-elle rendue sur ce minuscule territoire perdu au milieu des Caraïbes ? Son fiancé se trouvait-il là-bas ? Cherchait-elle à le rejoindre ? Après réflexion, Clinton avait émis l'idée que cette île n'était peut-être pas sa destination finale, mais un simple point de ravitaillement sur une route plus longue. D'après la trajectoire empruntée et la quantité de carburant embarquée, il était possible que Ruzena Iskovna ait cherché à rejoindre le nord de l'Amérique latine. À partir des îles Vierges, ils tentèrent une nouvelle fois de traquer le PC-6 selon la même méthode, sans succès. Le Pilatus ne s'était présenté sur aucun autre aéroport. Faute d'éléments suffisants pour continuer à creuser dans cette direction, Clinton avait tenté une autre approche.

Il avait appelé le service des ressources humaines de Dervac en se faisant passer pour le contrôleur d'une assurance santé bidon (il en existait tellement que personne ne pouvait toutes les connaître) vérifiant les déclarations de ses cotisants. Il prétendit avoir constaté récemment une augmentation anormale des arrêts de travail chez certains employés de la compagnie et, en conséquence, réclama une liste de ceux qui s'étaient fait porter pâle depuis une semaine, afin de vérifier certaines déclarations. La personne qui lui répondit répliqua bien entendu qu'il lui faudrait pour cela déposer une requête officielle, selon la procédure en vigueur. Fisher se servit alors de sa botte secrète : bien sûr, il pourrait passer par la procédure officielle, toutefois, celle-ci était longue et sa société perdait beaucoup d'argent avec les employés malades de Dervac. Comme les listes d'employés en arrêt de travail n'étaient pas, à proprement parler, un document confidentiel, sa compagnie se réservait le droit d'attaquer Dervac afin d'obtenir le remboursement des sommes indûment perçues par les employés indélicats, et, bien sûr, des dommages et intérêts. Tout ceci pouvait être facilement évité en communiquant ce listing immédiatement.

La culture du procès était tellement développée en Amérique que cette menace portait presque à tous les coups. Il valait mieux risquer de subir les réclamations d'un employé mécontent qu'on communique le relevé de ses absences à son assurance plutôt que risquer d'être poursuivi par une autre compagnie. Le fichier en question atterrit quelques minutes plus tard dans la boîte mail créée pour l'occasion. D'un simple coup d'œil au milieu des rhinopharyngites et des lumbagos, Fisher repéra immédiatement une entrée intéressante : l'hospitalisation dans un état grave, suite à un accident de la circulation, d'un employé au service de gestion de crise ; le matin du jour où Ruzena avait mis les voiles… Un certain Jesùs Dos Santos.

Le détective privé tenta aussitôt de rendre visite à l'infortuné conducteur à l'Emory Hospital où il avait été admis, mais il se heurta à un refus catégorique du bureau des visites : M. Dos Santos se trouvait encore au service de réanimation, dans le coma. Les visites étaient interdites et, de toute manière, il était dans l'incapacité de parler. À défaut de pouvoir s'adresser à monsieur, Fisher opta pour madame.

D'où sa présence sur le perron de cette maison à une heure où il était supposé boire tranquillement une bière devant sa télé, en regardant une chaîne quelconque pendant que le micro-ondes terminait de réchauffer un surgelé tout aussi quelconque.

Le carillon synthétique égrena son insupportable ritournelle quatre fois avant que la porte ne s'ouvre. Une femme d'une quarantaine d'années, traits fatigués et embonpoint marqué, le dévisagea avec méfiance.

« *Señora* Irena Dos Santos ? » fit courtoisement Fisher.

Le visage de son interlocutrice afficha une moue agacée.

« Ce n'est pas parce que je porte un nom hispanique que je parle espagnol », répliqua-t-elle sèchement.

Fisher usa alors de son gros rire de nounours dont il savait qu'il déridait pratiquement tout le monde.

« Vous avez raison, madame, et je vous prie de m'excuser. Je ne suis vraiment qu'un lourdaud ! »

Si le visage d'Irena Dos Santos exprimait toujours autant de réserve, son ton se radoucit un peu : « Que voulez-vous ?

— Clinton Fisher, détective privé. Navré de vous déranger aussi tard, madame, surtout dans un moment aussi difficile pour vous, mais j'ai quelques questions à vous poser et cela ne pouvait vraiment pas attendre.

— Détective privé ? C'est au sujet de l'accident de mon mari ? »

Clinton nota que la relation s'était établie spontanément dans l'esprit d'Irena. Il sauta sur l'occasion sans s'embarrasser de préambule.

« Oui et non, madame. Je m'occupe actuellement d'une affaire de, euh… disparition (il était préférable de présenter les choses ainsi plutôt que parler de vol) et j'ai quelques raisons de penser que Dervac

Pharmaceutics pourrait détenir des renseignements à ce sujet sans vouloir les communiquer. Or, lorsque j'ai appris que votre mari, qui travaille au service de gestion de crise, avait eu ce regrettable accident, j'ai songé…

— Une disparition ? C'est impossible… Mon mari n'a rien à voir avec ça ! Bien au contraire, c'est un homme parfaitement intègre… »

Fisher leva les mains en signe d'apaisement.

« Bien entendu, madame. Je n'insinuais rien de ce genre. Je suis juste à la recherche de la moindre information, même indirecte, qui permettrait de faire progresser mon investigation et… » Une intuition le poussa à tenter une ouverture : « … et peut-être que mon enquête pourrait également aider à répondre à certaines questions que vous vous posez sur l'accident de votre mari. »

Alors que, jusqu'à présent, Irena Dos Santos se tenait un peu avachie, elle se redressa d'un coup.

« Ce sont *eux* qui vous ont parlé de mes réclamations ? Je n'ai fait que m'interroger, c'est tout, et… »

Oh, oh !

Sans se démonter, Fisher embraya : « Non, madame. Je puis vous assurer que je ne viens pas de *leur* part. Bien au contraire. Si vous faites allusion, comme je le crois, aux gens de Dervac, mon affaire de disparition les concerne peut-être directement. Donc, dans cette histoire, croyez-moi, je suis plutôt de *votre* côté. »

Elle le regarda droit dans les yeux. Ce n'était pas le genre de femme qui s'en laissait conter.

« Montrez-moi votre carte professionnelle. »

Le détective privé s'exécuta de bonne grâce. Une fois l'examen de sa licence passé avec succès,

Mme Dos Santos accepta de le laisser entrer. L'intérieur de la maison était aussi modeste que l'extérieur, mais mieux entretenu. Elle l'invita à s'asseoir dans l'un des fauteuils du salon, sans aller jusqu'à lui offrir à boire, puis elle s'installa sur le canapé, en face de lui.

« En principe, je n'ai pas le droit de parler de tout ça, maugréa-t-elle. Mais après tout, je n'ai rien à me reprocher, moi !

— Et d'après vous, ce n'est pas leur cas, n'est-ce pas ?

— Ils l'ont surmené, voilà tout ! Jesùs était épuisé nerveusement par le rythme qu'ils lui imposaient depuis une dizaine de jours. Son moral s'était tellement dégradé qu'il en avait perdu le sommeil, son anxiété grandissait chaque jour. Lui qui était habituellement si calme, un rien le faisait sursauter ! Alors quand j'ai appris qu'il avait eu cet accident, je me suis effondrée, bien sûr, et pourtant c'est à peine si j'ai été surprise… »

L'évocation du drame provoqua une émotion trop forte. Irena dut s'interrompre et se tamponna le coin des yeux du revers de la main.

« Cette augmentation de la charge de travail était donc récente ? » relança Fisher.

Elle hésita. Le détective savait qu'elle livrait une bataille intérieure, partagée entre le désir de vider ce qu'elle avait sur le cœur et la crainte que certaines pressions semblaient avoir suscitée en elle.

« Des gens de Dervac sont venus me voir peu après l'accident. Très prévenants au début, demandant si j'avais besoin de quoi que ce soit. J'ai répondu que j'avais besoin de mon mari et rien d'autre. Ils ont soudain semblé moins compréhensifs et m'ont rappelé que le contrat de confidentialité que Jesùs avait signé me concernait aussi, par rebond. Que si mon mari m'avait raconté quoi que ce soit, je devais le garder pour moi, sans quoi il aurait de gros ennuis ! Quelle honte de dire une chose pareille ! Que pourrait-il lui arriver de plus grave que se trouver dans le coma ? Je vous le demande ! »

Fisher hocha la tête de la façon la plus compatissante possible, mais il se garda bien de l'interrompre.

« La vérité, c'est que depuis la semaine dernière, il passait presque tout son temps au bureau, des journées de travail de seize heures ! Il ne rentrait que pour dormir quelques heures puis repartait à l'aube. Je ne l'avais jamais vu aussi inquiet. Ils avaient… »

Elle s'interrompit et croisa les mains nerveusement. Ses yeux passaient de Fisher aux napperons posés sur les accoudoirs sans parvenir à se fixer pour de bon.

« Oh, et puis merde à la fin ! » Elle avait presque crié. « Ils n'avaient pas à venir me voir comme ça, me faire des menaces voilées dans un tel moment ! »

Elle laissa passer encore un instant avant de reprendre : « Jesùs ne m'a pas dit grand-chose, mais je le connais mieux que personne et j'ai compris entre les lignes que Dervac avait un problème sérieux. Il a fait plusieurs fois référence à un pays étranger, le Venezuela. Je craignais par-dessus tout qu'on l'y envoie. Jesùs supporte très mal l'avion, voyez-vous. »

Le détective privé se raidit soudain. Le Venezuela se trouvait pile sur la trajectoire du PC-6.

« Jesùs était très préoccupé à l'idée de ce qui se passait là-bas. Il refusait de m'en parler en détail, mais j'ai saisi que la compagnie avait monté une expédition de recherche scientifique ou je ne sais quoi d'autre dans ce pays, et que cela ne se déroulait pas comme prévu. Plus les jours passaient et plus Jesùs était agité à ce sujet. Il a toujours refusé de me dire ce qui se passait, mais je vais vous dire le fond de ma pensée. Mon mari est une personne très intègre et si on lui avait demandé de faire quoi que ce soit de, euh… mal, alors il n'aurait pas réagi autrement. Voilà ce que je crois, et ils peuvent m'envoyer tous les types en costume-cravate qu'ils veulent, je n'en démordrai pas ! »

Fisher sentit le sang palpiter dans ses tempes. Des éléments jusqu'alors disparates venaient soudain de trouver leur place. Chaque fois qu'il examinait cette affaire sous un angle nouveau, elle paraissait plus importante et plus grave qu'avant. Par politesse, il s'obligea à faire encore la conversation à la malheureuse Irena Dos Santos, sans rien apprendre d'autre d'intéressant. Lorsqu'il prit congé, il l'assura qu'il ne manquerait pas de la tenir informée de tout ce qu'il apprendrait concernant son mari.

De retour dans sa voiture garée en face, Fisher prit une minute pour réfléchir aux implications de ce qu'il venait d'apprendre. Depuis quelques jours, tous les journaux parlaient de cette soudaine rébellion survenue au Venezuela. Des tas d'experts défilaient devant les micros des JT pour expliquer à quel point ils avaient été surpris de la déclaration sécessionniste. N'ayant pas prêté une oreille très attentive à ces événements, Clinton ignorait dans quelle partie du Venezuela ils avaient lieu, et encore moins si l'expédition de Dervac se trouvait à proximité. Mme Dos Santos avait expliqué que son mari était très inquiet à l'idée de ce qui se passait là-bas. Or, si une équipe de chercheurs sous la responsabilité de celui-ci se trouvait prise au milieu de soubresauts militaro-politiques en pays étranger, cela n'avait rien de surprenant. Pourtant, Fisher ne parvenait pas à se départir de l'idée que si la situation était vraiment celle-ci, Dervac ne réagirait pas de cette manière.

Se jugeant trop peu informé de ces questions, le détective décida de demander de l'aide à l'un de ses amis, Saul Hames, journaliste à l'*Atlanta Mail*, plus au fait que lui des questions internationales. Sélectionnant son numéro dans la liste de son téléphone, il l'appela aussitôt. Alors que la première sonnerie se faisait entendre, Clinton songea que l'heure n'était peut-être pas appropriée pour un appel. Un coup d'œil à son tableau de bord lui apprit qu'il était 21 h 30.

« Hames, j'écoute, fit une voix dans l'écouteur.

— Saul, ici Fisher ! J'espère que je ne te dérange pas ?

— Salut, Clinton. Je suis encore au bureau. Tu connais le métier, hein ? Je vis pratiquement ici.

— Je connais ça, en effet. Moi aussi, d'une certaine manière, je suis encore au bureau.

— Ce n'est pas à nos âges que nous allons changer de vie, n'est-ce pas ?

— Tu l'as dit, Saul ! Dis-moi, mon coup de fil est odieusement intéressé. J'aurais besoin de tes lumières.

— Je t'écoute. »

En choisissant ses mots avec soin afin d'être aussi concis que clair, Fisher expliqua en quoi consistait son enquête et les ramifications inattendues qu'il lui découvrait peu à peu.

« C'est une drôle d'histoire que tu me racontes là, finit par dire Hames, après quelques instants de réflexion. Il y aurait peut-être même matière à un papier. Il faudrait qu'on se voie pour que tu me dresses un topo plus précis.

— Une fois que j'aurai retrouvé cette demoiselle et son avion, tu pourras écrire tout ce que tu veux. En attendant, parle-moi un peu de cette rébellion latino. »

Fisher entendit le bruit d'un briquet, puis une inspiration suivie d'une expiration. Cela lui remit en mémoire le cubain qu'il avait barboté à Stanley le matin même. Il enfonça l'allume-cigare du tableau de bord tout en écoutant son ami.

« Je n'ai pas suivi ces événements en détail, mais d'après ce que j'ai lu, la rébellion sud-vénézuélienne paraît suspecte à plus d'un titre. Il semble qu'il ne s'agisse pas, comme en Colombie par exemple, d'une guérilla ancienne, avec des revendications claires et des actions paramilitaires assumées, mais plutôt d'un mouvement coordonné de plusieurs groupes de narcotrafiquants.

— Comment ça ?

— Plusieurs cartels sévissent dans cette partie de la forêt amazonienne située à cheval sur le Venezuela, le Brésil, le Guyana et la Colombie. Le trafic de produits stupéfiants s'accommode bien de la discrétion que procure un immense territoire sauvage. Toutefois, jusqu'à présent, aucune de ces mafias n'avait jamais manifesté la moindre velléité politique. Or, il y a un peu plus d'une semaine, une sorte de front commun agglomérant plusieurs d'entre elles ainsi que quelques microgroupes de révolutionnaires que personne ne prenait vraiment au sérieux jusqu'alors s'est mis à diffuser des vidéos sur Internet dans lesquelles ils annonçaient la formation d'une fumeuse armée de libération populaire et décrétaient la sécession d'une immense partie de ces territoires, inhabités pour la plupart.

— Un coup façon État islamique, par des types en sombreros ? »

Saul émit un petit rire bref : « Tu devrais cesser de te figurer tout ce qui se trouve au sud de la Californie comme faisant partie d'un épisode de Zorro.

— J'aimais bien le sergent Garcia.

— Ces types n'ont rien de moustachus bedonnants, crois-moi. Ce sont des salopards sanguinaires prêts à tout pour préserver les millions de dollars que leur rapporte le trafic de drogue.

— Et l'armée vénézuélienne ?

— Elle a été aussi surprise que tout le monde, j'imagine. Dans les jours à venir, le gouvernement voudra sûrement montrer qu'il prend les choses en main et fera un peu de com' en montant une ou deux opérations militaires médiatisées. Mais la vérité, c'est que l'armée vénézuélienne n'a pas le moins du monde les moyens de maintenir l'ordre sur un territoire aussi grand. La Colombie s'est cassé les dents sur les FARC pendant des décennies. Et le gouvernement a d'autres chats à fouetter avec la contestation populaire qui gronde à cause des pénuries endémiques dans le pays. À mon avis, ils parieront sur la démobilisation progressive de ces révolutionnaires improvisés. »

L'allume-cigare claqua. Fisher le saisit et s'en servit pour allumer le cubain qu'il mâchonnait depuis le début de la conversation.

« Et l'équipe de Dervac, dans tout ça ? Ils ont juste eu la malchance de tomber au milieu d'une poussée d'urticaire rebelle ?

— Je peux me renseigner, mais, pour autant que je sache, cette compagnie n'a pas de liens particuliers avec le Venezuela. Cela dit, un trust de cette importance possède nécessairement des intérêts partout dans le monde.

— Un groupe pharmaceutique et le trafic de cocaïne, rien à creuser de ce côté-là ?

— Pour des complotistes, peut-être. Pas pour un journaliste sérieux.

— OK, OK, Albert Londres, j'ai pigé.

— Je te charrie, mais ton histoire m'intéresse, Clint. Voyons-nous pour parler de tout ça.

— D'accord. Déjeuner demain, au Dominick's ?

— L'italien, près de Renaissance Park ? Entendu, à demain ! »

Fisher reposa le téléphone et resta plongé dans ses pensées un moment, tirant sur son cigare. S'il avait appris beaucoup en quelques heures, il n'avait toujours rien de concret lui permettant de retrouver la trace de cette petite, et encore moins du zinc qu'elle avait emprunté. Le détective secoua la tête ; l'image de son canapé et d'une bière revint le hanter, signe qu'il était temps de rentrer. La suite attendrait demain. Il tourna la clé de contact et le moteur ronronna.

Ce fut à ce moment que sa vitre explosa.

Des éclats de verre jaillirent sur sa gauche, l'obligeant à détourner la tête tandis que le cigare dégringolait de sa bouche sur ses cuisses. Juste avant de fermer les yeux par réflexe, Fisher eut le temps de discerner une main équipée d'un poing américain. Il sentit celle-ci attraper son col de chemise et le tirer vers le montant de la portière, lui plaquant douloureusement la tempe gauche sur l'accroche de la ceinture de sécurité. Alors qu'il rouvrait les yeux, une autre main entra dans son champ de vision, armée d'un revolver. Un S&W modèle 36, lui sembla-t-il. Le canon de l'arme se retrouva aussitôt collé sur sa poitrine. La main du détective privé était déjà descendue jusqu'à sa ceinture, là où une bosse sous sa chemise trahissait la présence de son arme.

« Bouge pas, connard », fit une voix à l'extérieur.

La main de Fisher s'immobilisa. Le cigare, tombé dans un pli de pantalon, commença à lui brûler la jambe. Coincé comme il l'était, il ne pouvait pas voir son agresseur, mais le reflet du rétroviseur extérieur lui montrait un type cagoulé.

« Tu vas cesser de fouiner partout, fouille-merde, ou bien tu… »

La menace contenue dans la voix était convaincante et Fisher estima que, sur le quidam moyen, elle devait faire merveille pour instiller la peur. Mais il n'était pas le quidam moyen. Derrière ses dehors de gars bedonnant sympa, Clinton Fisher était avant tout un ancien agent de sécurité de la Maison Blanche, membre du *Secret Service* chargé de la protection des présidents. S'il avait raccroché une dizaine d'années plus tôt, pour des raisons diverses, le long entraînement auquel il avait été astreint durant son service l'avait conditionné à réagir vite et sans se poser de question. Avant même que le type au flingue n'ait achevé sa phrase, Fisher lui attrapa le bras et détourna l'arme d'un geste brusque, en lui tordant le poignet. L'autre cria de douleur et un coup de feu claqua. Détonation assourdissante dans l'habitacle. La balle traversa le siège passager, propulsant quelques flocons de mousse synthétique dans l'air. L'agresseur tenta de ramener le canon du S&W vers le détective, mais la poigne de celui-ci était de fer.

Fisher se rappela alors que le moteur tournait déjà. Il enfonça l'accélérateur et la voiture fit un bond en avant dans un crissement de pneus. Son agresseur perdit l'équilibre et se retrouva obligé de courir pour suivre le véhicule, tandis que Clinton le tenait toujours fermement par le bras.

« Excuse-moi, cria celui-ci, je n'ai pas entendu la fin de ta phrase ! Tu disais ? »

Mais le gars à la cagoule ne parut pas goûter la plaisanterie et, alors que la voiture accélérait et qu'il en serait bientôt réduit à se laisser traîner, il commença à vider son arme. Au bout du troisième coup de feu, Fisher lâcha prise en donnant un bon coup d'accélérateur. Ce fut comme si son agresseur était brusquement happé vers l'arrière. Avant que le bras armé quitte l'habitacle définitivement, un dernier coup de feu fit exploser la vitre côté passager. Sans attendre que le type se relève et tire ses ultimes balles, Fisher s'éloigna en trombe.

Au bout de cinq cents mètres, il put enfin ôter le cigare qui lui brûlait la cuisse et le caler de nouveau entre ses lèvres.

Troisième jour

18

Ruzena

6 h 06

En contemplant le lever de soleil sur le Sarisariñama, Ruzena avait le sentiment de vivre un moment unique.

Dès son réveil, attirée par la lueur naissante, elle avait remonté le corridor de roc sur une cinquantaine de mètres, jusqu'à déboucher sur une corniche surplombant la forêt du plateau. Au moment où l'astre surgit par-dessus l'horizon, ses feux rasants enflammèrent la canopée puis montèrent rapidement à l'assaut des hauteurs rocheuses, obligeant la jeune femme à se protéger les yeux de la main. Sur sa droite, la longue ligne de crête qu'ils avaient suivie la veille accrocha ces premiers rayons, renvoyant une partie de la lumière éblouissante vers les bancs de brume blanche qui dérivaient lentement en contrebas. Un frémissement sonore s'éleva de toute part, se propageant rapidement jusqu'à Ruzena, pleinement attentive à l'infinie variation des bruits de la jungle s'éveillant peu à peu. Ce spectacle magnifique constituait une expérience sensorielle à la fois exaltante et apaisante.

Il était difficile de croire que des événements aussi tragiques se fussent déroulés à peine à quelques centaines de mètres de là.

La nuit que Ruz venait de passer n'avait pas été bonne. La faute en incombait à Chris qui n'avait cessé de faire du bruit, soit en ronflant, soit en geignant à cause de sa blessure. Ruz le trouvait extrêmement agaçant. Lorsqu'elle l'avait rencontré la veille, elle ne l'avait bien sûr pas reconnu, comme si elle le voyait pour la première fois, ce qui, d'une certaine manière, était le cas. Et la première impression qu'il lui avait faite n'avait pas été très favorable.

À peine plus âgé qu'Edward, il ne lui ressemblait guère. Taille moyenne, plutôt trapu, cheveux châtain foncé et barbe fournie – hirsute suite à son séjour dans la jungle, mais probablement impeccablement entretenue auparavant –, seuls ses yeux clairs semblaient partager quelques gènes avec son frère. Néanmoins, la réserve dont Ruzena avait fait preuve à son égard n'était liée en rien à son physique, mais plutôt à son caractère. Alors même que la jeune femme ne conservait aucun souvenir de leurs rapports passés, elle se doutait déjà qu'ils ne devaient guère s'entendre. Elle tempéra cependant cette mauvaise impression en se rappelant qu'il avait eu beaucoup moins de chance qu'elle durant le crash, puisqu'il s'était blessé sérieusement, et qu'en outre il n'avait pu profiter des réserves de l'épave. Comment paraîtrait-elle aux yeux des autres avec une jambe dans cet état et sans avoir rien mangé durant deux jours ?

Avant de s'éloigner de leur campement improvisé, Ruz s'était munie du réchaud, de thé, de biscottes et de barres énergétiques. Après avoir calé le réchaud au sol, elle l'entoura de pierres plates afin de protéger la flamme du léger vent d'est qui soufflait. Bien que celui-ci ne fût pas assez fort pour l'éteindre, il diminuerait son efficacité et augmenterait la consommation de gaz. Elle posa ensuite son quart sur le foyer puis, tandis que l'eau montait en température, garda les mains près de la flamme bleue comme s'il s'agissait d'un véritable feu. Après les nausées de ces dernières quarante-huit heures, elle appréhendait d'ingérer quoi que ce soit. Pourtant, il lui faudrait bien s'y résoudre pour être en mesure d'affronter cette nouvelle journée. Une fois le thé prêt, elle serra ses mains autour du quart en fer-blanc afin de profiter de sa chaleur en attendant que les rayons du soleil soient en mesure de lui transmettre la leur, puis, en respirant bien à fond, elle mordit dans une barre de céréales.

Tandis qu'elle mâchait avec application chaque bouchée, Ruzena sortit les deux petits carnets noirs qui n'avaient pas quitté la poche latérale de son treillis et commença à les feuilleter. Rapidement, elle comprit qu'ils allaient s'avérer difficiles à déchiffrer. De toute évidence, ces notes constituaient davantage pour Ed un aide-mémoire qu'un véritable journal de bord. Il y consignait un peu tout, de simples idées aux événements marquants, de croquis de plantes à des schémas moléculaires, écrivant dans un style télégraphique parfois obscur, faisant souvent référence à d'autres notes, plus complètes, voire à des vidéos ou des enregistrements sur Dictaphone. Les informations que la jeune femme espérait trouver dans ces pages se révélèrent donc au mieux laconiques, au pire totalement absconses, puisque Edward n'avait pas prévu qu'elles seraient lues par quelqu'un d'autre que lui.

Malgré tout, Ruzena parvint à repérer quelques passages datés permettant de retracer les grandes lignes de l'expédition. D'après ce qu'elle déchiffra, elle comprit que les premiers moments de l'installation et le début des travaux scientifiques s'étaient déroulés à peu près comme prévu, une quinzaine de jours plus tôt. Il semblait que l'objectif de l'équipe ait été d'explorer des « dolines », sorte de larges trous circulaires dans la roche du plateau, crut-elle deviner. Ainsi, de nombreux passages décrivaient ces formations géologiques particulières, répertoriant les diverses espèces végétales ou animales qui y vivaient, le tout accompagné de croquis et de plans. Si les notes d'Edward montraient qu'il était satisfait de l'avancée des recherches, Ruz percevait les accents de la déception entre les lignes. La tonalité générale laissait supposer que le jeune chercheur ne trouvait pas ce qu'il espérait.

Puis, une semaine après leur installation, le ton changeait radicalement. Une grande excitation se dégageait de ses mots, de son écriture même. Les notes devenaient aussi plus confuses et Ruzena éprouvait les plus grandes peines du monde à les décrypter. Il semblait que l'équipe ait fait une « découverte stupéfiante » au fond d'une certaine doline. La nature exacte de cette découverte échappait à Ruz, ou, plutôt, ce qu'elle comprenait lui paraissait très extravagant. Elle comprenait juste qu'il était question d'une sorte de « structure très ancienne » sans parvenir à déterminer ce que cela signifiait exactement. Elle eut beau relire les passages à plusieurs reprises, Edward ne se montrait jamais plus explicite. Toutefois, s'il paraissait très enthousiaste au début, son ton changeait nettement les jours suivants, au fur et à mesure du « déblaiement ». Le trouble du scientifique était perceptible. Il sous-entendait que cette structure recelait des « choses extraordinaires », mais qu'il faudrait du temps pour bien les cerner.

Un peu plus loin, Ed signalait qu'il avait prévenu « la maison mère » de cette découverte inattendue et que le « grand patron » en personne les avait félicités. On leur avait aussitôt annoncé l'envoi d'une équipe de spécialistes, supposés les rejoindre sous quelques jours pour leur prêter main-forte. « Après tout, nous ne sommes que des biochimistes ! » ajoutait-il avec beaucoup de points d'exclamation. Durant les quarante-huit heures suivantes, son équipe avait procédé à des examens plus approfondis, mais Ruzena percevait que la lenteur qu'impliquait la nécessité de se montrer aussi rigoureux que minutieux frustrait les chercheurs. Edward faisait à peine mention du début des troubles militaires dans la région, qui ne semblaient pas l'inquiéter outre mesure. « Dervac a les moyens de nous rapatrier en urgence en cas de besoin. »

Puis la nouvelle équipe les avait finalement rejoints. À partir de là, les notes s'interrompaient brutalement. La dernière ligne écrite était laconique : « Sommes cantonnés au camp de base. Problème de sécurité ? »

Les pages suivantes étaient restées vierges. Ruzena feuilleta de nouveau les deux carnets sans trouver d'élément supplémentaire qui lui permette d'éclaircir le mystère. Son attention fut juste attirée par une note en marge, sans lien apparent avec le reste : « Penser à jeter un coup d'œil au dossier envoyé par Chris avant qu'il ne s'attire à nouveau des ennuis… »

Soudain, une voix s'éleva derrière elle : « Qu'est-ce que tu lis ? »

19

Chris

7 h 11

Ruzena était tellement absorbée par sa lecture qu'elle n'avait pas entendu Chris approcher. Elle sursauta lorsqu'il lui adressa la parole, puis ferma les petits carnets qu'elle tenait avec un claquement sec.

« Ah, tu es réveillé… », fit-elle en se relevant.

À ce moment, Chris remarqua le réchaud et la nourriture devant elle. Il saliva aussitôt. Contournant la jeune femme, il s'assit par terre, en grimaçant à l'étirement de sa blessure.

« Si tu as fini, je peux prendre ton quart ? »

Sans attendre de réponse, il but d'un trait plusieurs gorgées de liquide chaud, puis s'attaqua dans la foulée aux barres de céréales. La satisfaction que procurait le fait de manger lorsqu'on en avait été privé pendant des jours atteignait un degré qu'il n'aurait jamais soupçonné auparavant. Il s'aperçut qu'il avait même fermé les yeux le temps d'avaler les premières bouchées. En les rouvrant, il croisa le regard de Ruz qui le dévisageait, de toute évidence irritée par son comportement.

Rien à foutre de ce que tu penses, j'ai la dalle.

Lorsqu'il avait émergé du sommeil, ses nombreuses douleurs s'étaient, comme les jours précédents, rappelées à lui sans délai. Mais au moins, ce matin-là, ne se sentait-il pas frigorifié par une nuit en plein air ni affaibli par le manque de nourriture. Si la couche n'avait pas été confortable – loin de là –, elle lui avait au moins permis de trouver quelque repos. Après s'être péniblement extrait du sac moite de couvertures de survie, il avait cherché sa compagne d'infortune dans les environs immédiats. Ne la trouvant pas, il s'était hissé sur le large rocher plat qui leur avait servi d'abri et l'avait aperçue à l'extrémité du corridor, prenant le soleil sur une corniche, absorbée par la lecture de quelque chose.

« Alors, tu lisais quoi ? » répéta-t-il en s'attaquant aux biscottes.

Ruzena ne répondit pas tout de suite. Elle semblait réfléchir à ce qu'elle allait dire. Au bout d'une minute, elle s'installa en tailleur face à lui.

« Des carnets de notes appartenant à Edward. Je les ai récupérés au camp, hier. J'y ai trouvé pas mal d'infos. »

L'intérêt de Chris s'éveilla : « Comme quoi ?

— Ces mercenaires américains que j'ai croisés et qui sont peut-être responsables du massacre…

— *Supposé* massacre. On n'en sait rien pour le moment.

— Supposé, si ça te fait plaisir. Eh bien, je crois que ces gars ont été envoyés par Dervac. »

Il cessa soudain de mâcher.

« Quoi ?

— Edward a écrit que Dervac devait leur envoyer une autre équipe de scientifiques pour les épauler sur leur découverte…

— Quelle découverte ?

— Attends, chaque chose en son temps. »

Chris ne put s'empêcher de lever les yeux au ciel. Ce qu'elle pouvait parfois lui taper sur les nerfs !

La jeune femme parut remarquer son geste, mais s'abstint de tout commentaire.

« Peu après l'arrivée de cette seconde équipe, poursuivit-elle, les notes d'Ed s'interrompent d'un coup, et il précise qu'il a été cantonné dans son camp. Je ne crois pas que de simples confrères chercheurs auraient pu le contraindre, lui et ses hommes, à rester confiné à son camp de base. Pour une raison ou pour une autre, Dervac leur a envoyé des mercenaires, et les choses ont mal tourné. »

Après avoir ouvert le sachet d'une troisième barre de céréales, Chris commença à mâchonner en soupesant ce qu'il venait d'entendre. Il ne savait rien à propos de cette opération, mais il n'ignorait pas que, par le passé, il était déjà arrivé que Dervac fasse appel à des contractuels chez l'une des nombreuses entreprises de sécurité privées qui prospéraient aux États-Unis. Normalement, ces types étaient des professionnels, payés des fortunes ; néanmoins, nul n'était jamais à l'abri d'un dérapage.

« Ou alors, nuança-t-il, il se peut que des guérilleros aient attaqué le camp et que ces “mercenaires”, comme tu les appelles, se soient chargés de mettre à l'abri les…

— Quel était ce dossier qu'Edward devait regarder pour toi ? » demanda Ruz abruptement.

Chris faillit lâcher la biscotte qu'il tenait : « Euh… quel dossier ?

— Ne te fous pas de moi, Chris ! Je suis sûre que tu sais très bien de quoi je parle. Ed mentionne un dossier qui pourrait te valoir des ennuis.

— Oh, ça ! C'est une étude de faisabilité sur un médicament potentiellement très lucratif, mais aussi très coûteux à produire. Donc, le rapport bénéfice/risque, d'un point de vue financier, n'est pas évident. Je lui demandais donc un avis technique, vu ses compétences en…

— Un médicament ? »

La bouche de la jeune femme s'était arrondie de surprise.

« Tu travailles aussi pour Dervac ?

— Eh bien, euh… oui…

— Pourquoi ne pas me l'avoir dit ? Pourquoi me l'avoir caché ?

— Bon sang, Ruz, cesse d'employer ce petit ton supérieur avec moi ! Je ne t'ai rien caché du tout. Tu ne l'as tout simplement pas demandé, et ça ne m'est pas venu à l'idée de te le dire ! Nom de Dieu, je te rappelle qu'on se connaît déjà depuis des années, même si tu l'as oublié ! Pourquoi t'aurais-je sauté dessus en t'annonçant : "Ah, au fait, je bosse dans la même boîte que ton mec !" ? Tu voulais que je te donne mon numéro de sécu, tant qu'on y était ? Crois-moi, j'avais d'autres choses à penser que de savoir si tu te souvenais de mon putain de job ! »

Ruzena ouvrit la bouche pour répondre, puis se ravisa en croisant les bras.

Jamais agréable de se faire moucher, n'est-ce pas ? songea Chris.

Elle revint cependant à la charge : « Pourquoi Edward pense-t-il que tu vas avoir des ennuis ?

— Je suppose qu'il craignait que ce médicament ne soit un gouffre financier et que la direction me sanctionne. Je m'occupe du lancement de nouveaux produits chez Dervac. Si c'est un carton, on me félicite et je me fais un joli bonus. En revanche, si c'est un four, on ne me tape pas dans le dos en disant : “Pas grave, tu feras mieux la prochaine fois !” On me fout à la porte sans préavis ! C'est un métier à risque… »

Ruz, sourcils froncés, resta silencieuse un moment. Elle semblait soupeser la crédibilité de ses réponses. Finalement, elle embraya de nouveau sur sa thèse du massacre.

« Quoi qu'il en soit, il s'est passé quelque chose avec ces types envoyés par Dervac. Massacre ou pas, ce camp est vide. Tu es sûr que tu n'étais au courant de rien ?

— Bien sûr que oui, je t'assure ! Depuis le début de l'expédition, tu étais restée en contact Skype avec Ed grâce à la liaison satellite fournie par la compagnie. Lorsque les troubles politiques ont commencé dans le coin, la liaison a été rompue et nous étions sans nouvelles. Tout le monde s'inquiétait, mais toi, tu n'as pas supporté de rester à attendre sans rien faire. Quand tu as proposé de tenter de venir ici en avion pour les rapatrier, j'ai tout de suite accepté de t'accompagner. Tu te doutes bien que si j'avais eu le moindre soupçon sur un, euh… complot de ce genre, je t'aurais prévenue ! »

Et c'était la vérité. Chris n'en revenait pas de ne pas avoir eu vent de cette histoire, même de manière détournée. En général, il était plutôt doué pour obtenir des informations internes supposément confidentielles.

Mais là, rien n'était revenu à ses oreilles. Tout juste savait-il que son petit génie de frère était parti dans la jungle pour récolter des plantes. D'ailleurs, cette sincérité parut convaincre la jeune femme dont l'expression se détendit quelque peu.

Tout de même, Chris peinait à croire que la direction de Dervac ait pu prendre des décisions aussi extrêmes. Certes, on n'atteignait pas une telle position dans la féroce compétition internationale en se comportant comme des enfants de chœur, mais de là à liquider ses propres équipes. Et surtout, il ne voyait absolument pas l'intérêt d'en arriver là.

D'un autre côté, même s'il avait honte de se l'avouer, Chris ne pouvait s'empêcher de se sentir soulagé à l'idée que son problème personnel s'était peut-être réglé tout seul…

20

Skaff

8 h 38

Bon Dieu, les uniformes des serveurs doivent coûter aussi cher que mes costumes sur mesure, songeait Jim Skaff tandis qu'il patientait dans le hall d'entrée du Georgia Union Club.

Ce club pour gentlemen n'accueillait pratiquement que des hommes d'affaires et des politiciens (à condition qu'ils ne soient pas démocrates), triés sur le volet et pourvus d'une fortune confortable. Pour être admis, chaque postulant était nécessairement coopté par plusieurs membres, et, bien entendu, les femmes n'étaient pas tolérées entre ces murs.

Depuis sa création, le club n'avait jamais changé d'adresse, un prestigieux bâtiment du centre-ville d'Atlanta construit en 1896 par ses fondateurs. Skaff admirait les larges colonnes en pierre de taille de style néoclassique qui dominaient l'élégante rosace de marbre déployée au sol, tout en songeant qu'il ne serait bientôt plus obligé d'attendre dans le lobby pour entrer. D'ici peu, il serait en mesure de payer la cotisation annuelle, absurdement élevée, et, surtout, certaines personnes n'auraient d'autre choix que de le recommander.

Lorsqu'il avait visionné les images filmées clandestinement la veille, durant la réunion au sommet chez Dervac, Jim avait eu l'excellente surprise de constater que, en dépit de la piètre qualité d'image due à la miniaturisation extrême de la caméra, on y reconnaissait sans problème les différents protagonistes de la scène, et que les dialogues se comprenaient parfaitement. Cet enregistrement avait dépassé toutes ses espérances et, vu la tournure que les événements avaient prise, il se félicitait d'avoir eu le cran de s'équiper de cette microcaméra. La même qui se dissimulait à nouveau sur son front aujourd'hui. Il hésitait encore sur le montant qu'il allait soutirer à la direction, mais ce serait énorme. Bien sûr, il lui faudrait prendre quelques précautions pour préserver sa sécurité, sans toutefois s'en inquiéter outre mesure. Il était facile de s'assurer qu'au cas où l'on attenterait à son intégrité physique, l'enregistrement serait aussitôt divulgué. Ceux qui étaient concernés par cette transaction le comprendraient fort bien et, ainsi, l'équilibre des forces serait préservé.

Skaff se demandait s'il devait l'annoncer aujourd'hui. L'occasion était belle et ne se représenterait peut-être pas tout de suite. Sean Barkham avait convoqué Benkovic à la première heure au Georgia, et celui-ci avait demandé à son bras droit d'être présent. Skaff aurait préféré négocier en tête à tête avec le *big boss*, mais obtenir un tel rendez-vous seul, sans que son chef en soit informé, pouvait s'avérer délicat. Toutefois, le timing était important dans ce genre de négociation. Peut-être était-il un peu trop tôt. Peut-être même que ce qui allait se dire aujourd'hui vaudrait autant que ce qu'il avait capté la veille et que cela lui permettrait de renforcer encore sa position ! Skaff opta pour décider en cours de réunion. Il improviserait en fonction de ce qu'il entendrait.

Derrière le comptoir du lobby, le concierge fit un signe à un voiturier qui trottina avec diligence vers le perron tandis qu'une Jaguar s'immobilisait à l'extérieur. Jim reconnut la large carrure et le crâne chauve qui en émergeait. Benkovic tendit les clés au garçon puis monta les marches jusqu'au hall. Skaff vint à sa rencontre en s'agaçant intérieurement de la similitude qu'il entrevoyait entre lui et ce voiturier, tous deux accourant vers Carl Benkovic.

Bientôt, ce sera différent.

Bientôt, il ne serait plus le larbin de quiconque. Bientôt, avec la quantité d'argent qu'il allait récupérer, il allait investir dans des fonds de placement très rentables ou des start-up prometteuses comme il en poussait cent tous les jours en Amérique et, en application d'un principe vieux comme le capitalisme, selon lequel l'argent attire l'argent, il serait en quelques années à la tête d'une fortune considérable. Tout ce qui lui avait manqué jusqu'à présent, c'était un levier ; grâce à l'habile opération qu'il était en train de mener, le levier lui tomberait du ciel directement dans les mains. Un levier en or massif. Il savait déjà qu'il ne ressemblait pas à son loser de père, mais une fois cette histoire terminée, ce serait évident aux yeux de tous. Même son fils serait fier de lui. Peut-être même finirait-il par passer pour un bon père aux yeux des autres.

Dès qu'il le vit dans le hall, le directeur exécutif aux affaires externes salua son assistant personnel avec raideur, sans même tenter de faire preuve d'une amabilité de façade. En temps normal, Benkovic n'était guère chaleureux ; en période de crise, il devenait glacial.

« Pas de nouvelles depuis hier soir ? demanda-t-il. Rien que je doive savoir avant cette entrevue ? »

Jim secoua la tête : « Rien en rapport direct avec le plateau. Toutefois, on m'a communiqué une information intéressante juste avant que je vienne ici. Chris Dewlinger, le frère d'Edward, ne s'est pas montré au bureau depuis trois jours. Il ne répond sur aucun de ses téléphones, ni aux e-mails. »

Le visage de Carl exprima son irritation.

« Chris Dewlinger ? C'est le directeur commercial de la branche des veinotoniques, c'est ça ?

— Exactement. C'est un cadre très efficace, qui a un sens des affaires acéré. »

C'est-à-dire qui prend parfois quelques libertés avec la réglementation, traduisit mentalement Skaff.

Mais Dervac fermait les yeux sur ce genre de pratiques tant que la rentabilité était là… et que vous ne vous faisiez pas pincer. Sans quoi vous deveniez le proverbial bébé partant avec l'eau du bain…

« Et alors ? lâcha Benkovic avec humeur. Sauf erreur de ma part, il a un mode de vie plutôt dissolu. Il a dû trop forcer sur la coke et les escort-girls, et il reviendra d'ici quelques jours avec une sacrée gueule de bois. Vous lui passerez un savon à ce moment-là, mais pour le moment, nous avons d'autres chats à fouetter, non ?

— C'est ce que j'ai pensé aussi au premier abord. Néanmoins, trois jours, cela coïncide avec le départ clandestin de Ruzena Iskovna. »

Benkovic marqua une pause avant de répondre.

« Il serait parti avec elle pour secourir son frère ? »

Le ton était sceptique. Jim lui-même n'ignorait pas la froideur des relations entre ces deux-là.

« Nous tirerons cela au clair plus tard, conclut Carl. Pour le moment, pas un mot à Barkham, la situation est déjà assez compliquée comme ça. Et d'ailleurs, ne parlez pas pendant cette réunion. Je vous ai demandé de venir au cas où j'aurais besoin de fournir une réponse précise à une question précise, c'est tout. »

Skaff acquiesça en feignant de ne pas remarquer la vexation, puis lui emboîta le pas tandis qu'il se dirigeait vers le grand salon. Le concierge souleva la chaîne de cuivre qui en barrait symboliquement l'entrée, puis s'inclina avec déférence à leur passage. En dépit de son amour-propre meurtri, Jim sentit l'excitation monter. C'était la première fois qu'il entrait dans le Saint des Saints.

Le grand salon, qui constituait la partie la plus emblématique du club, ressemblait à certains restaurants de luxe ou lobbies de grands palaces. L'espace était harmonieusement distribué entre les tables hautes ou basses, les fauteuils hors de prix ou les paravents d'acajou, et agrémenté de plantes grasses ou de bustes d'anciens membres éminents. Tout était fait pour que les gens se croisent sans toutefois nuire à la discrétion nécessaire à certaines discussions. En dépit de l'heure matinale, de nombreux gentlemen se trouvaient déjà là, prenant leur petit déjeuner en lisant la presse financière ou concluant des affaires avec d'autres membres. L'atmosphère était calme et feutrée, même si les conversations des uns et des autres généraient un bruit de fond diffus. Benkovic traversa cette concentration de pouvoir et d'argent avec l'assurance de l'habitué, pour rejoindre le fond de la salle où une table occupait une place de choix, à l'écart des autres, face aux baies vitrées donnant sur le parc.

Assis seul, droit comme un I malgré son âge avancé, Sean Barkham buvait un thé à petites gorgées, un exemplaire du *Wall Street Journal* à la main.

La lumière est encore meilleure ici que dans la salle de réunion hier, jubila intérieurement Skaff. *Les images vont être sensass !*

Le CEO de Dervac Pharmaceutics releva la tête à leur approche et les invita à prendre place de part et d'autre de la table. Un serveur s'approcha aussitôt. Barkham le congédia d'un geste sans se soucier de savoir si ses invités avaient déjà déjeuné. Le grand patron avait la tête des mauvais jours.

« Bonjour, Carl, j'espère que les nouvelles sont meilleures ce matin.

— Bonjour, monsieur. Je dirais que le tableau est nuancé.

— Je vous préviens, je ne suis pas grand amateur de peinture. »

Sans trop savoir s'il s'agissait d'un trait d'humour ou d'une réplique acerbe, Benkovic esquissa un demi-sourire. Jim éprouva une joie mesquine à voir son propre chef dans ses petits souliers à son tour.

« Hum, je crains que les choses ne se déroulent toujours pas idéalement là-bas, poursuivit celui-ci, mais pas pour les mêmes raisons que les jours précédents.

— C'est-à-dire ?

— Jusqu'à présent, les problèmes que nous rencontrions provenaient plutôt de l'attitude de l'équipe de Dewlinger après l'arrivée des merce… des *contractuels* de Deep River. Or, notre principal sujet de préoccupation s'est déplacé. Désormais, il se situerait plutôt dans les *réactions* des contractuels à ce qui se trouve sur le plateau.

— J'avais cru comprendre que les effets bénéfiques étaient… comment dire, spectaculaires.

— C'est le cas, monsieur. Le phénomène qui touche ces hommes recèle un potentiel énorme – et je n'emploie pas ce mot à la légère – si l'on parvient à le canaliser et à l'exploiter. Cependant, il est… possible que des effets secondaires commencent à se manifester. »

Barkham s'agaçait de ces précautions oratoires : « Venez-en au fait, je vous prie.

— Oui, monsieur. Les rapports indiquent qu'une partie de ces hommes montrent des signes d'agitation et de grande nervosité qui les rendent difficiles à commander. Certains semblent par moments en proie à des peurs irraisonnées, d'autres deviennent irascibles au point de rechigner à exécuter les ordres ou se plaignent de douleurs…

— Ils perdent les pédales ?

— Euh… nous n'en sommes pas encore là. À l'heure où nous parlons, la situation est toujours sous contrôle. Nous n'en saurons plus que lorsque nous aurons mené une étude sur place avec un protocole de test rigoureux, afin d'isoler l'agent responsable des modifications du métabolisme…

— Nous avons déjà envoyé une équipe précisément dans ce but, non ?

— Oui, monsieur. Toutefois, les contractuels affectés se montrent de moins en moins coopératifs et refusent la plupart des tests. De plus, la seconde équipe scientifique n'est arrivée que depuis trois jours. C'est trop peu pour obtenir des résultats prob…

— Mon cher Carl, lorsque nous en aurons l'opportunité, je vous assure que nous mènerons une étude épidémiologique en bonne et due forme, mais pour le moment, c'est le cadet de mes soucis ! »

Benkovic resta coi à ce haussement de ton. Voir ce colosse se faire rabrouer par un vieillard qui devait peser moitié moins que lui avait un côté presque comique.

« Pour le moment, continuait le grand patron, il s'agit d'aller vite. Je veux savoir en quelques jours si les risques considérables que nous avons pris et les sommes folles engagées en valaient la peine. J'ignore s'il est encore possible de faire machine arrière sans trop de casse, mais ce dont je suis certain, c'est que d'ici très peu de temps il sera trop tard. Il faudra boire la coupe jusqu'à la lie. À ce moment-là, croyez-moi, si nous nous apercevons que le jeu n'en valait pas la chandelle, nous aurons des comptes à rendre à des gens qui se moquent éperdument de mener des études dans les règles ! Me comprenez-vous ? »

Pour Skaff, le moment était venu d'entrer dans la danse. Le grand patron était sous pression, Benkovic était dans les cordes, il fallait en profiter pour enfoncer un peu le clou. Carl le démolirait pour avoir parlé sans son aval, mais il pourrait toujours prétexter que son intention était de lui prêter main-forte alors qu'il se trouvait en difficulté.

« Si je peux me permettre, intervint-il, je crains que les hommes de Deep River ne soient pas notre seul problème. »

Si Jim sentit l'attention de Benkovic se porter sur lui, ce fut surtout le regard de Barkham se tournant dans sa direction qui le frappa. Les yeux du CEO le fixèrent comme ceux d'un prédateur repérant une proie. Cela lui rappela une visite au zoo avec Jim junior au cours de laquelle un lion, apparemment assoupi, avait relevé la tête à son approche et planté ses yeux dans les siens. À ce moment, il s'était senti redevenir la proie que les humains étaient autrefois. La sensation – désagréable – avait été la même qu'à présent, dans ce salon huppé, face à cet homme du monde.

Se concentrant pour ne pas déglutir, Skaff poursuivit comme si on l'avait autorisé à donner son avis.

« Le détective privé commissionné par l'aérodrome de Cape Coral, un certain Clinton Fisher, semble s'entêter dans ses investigations. Par un biais qui nous échappe encore, il a eu vent de l'incident Dos Santos et a été interroger son épouse. Nous ne savons pas ce qu'elle lui a dit.

— Je croyais que Deep River devait s'occuper de lui ! gronda Barkham qui paraissait avoir de plus en plus de mal à se contenir.

— Ils ont essayé de lui faire peur, toutefois… l'homme semble avoir du répondant. Il y a même eu des coups de feu tirés en pleine rue. »

Le grand patron écarquilla les yeux.

« Et ce n'est pas tout, enchaîna Skaff qui, sentant son ventre se contracter à l'expression qu'affichait le visage de son interlocuteur, n'était plus tout à fait aussi sûr de lui. Nous savons, euh… que Fisher est entré en contact avec un journaliste à l'*Atlanta Mail*, un grand reporter qui… »

Cette fois, c'en était trop pour Barkham.

« BORDEL DE MERDE ! » cria-t-il en frappant du plat de la main devant lui.

Puis, d'un geste rageur, il projeta le plateau à thé hors de la table, envoyant se fracasser sur le parquet tasse, théière, corbeille à pain et pot de confiture.

Jim se figea de stupeur.

L'éclat de voix et le vacarme du plateau avaient été suivis d'un silence de mort dans la grande salle. Personne n'osait regarder dans leur direction. Sean Barkham était un puissant parmi les puissants. Tous ici l'admiraient ou le redoutaient, voire les deux. Un garçon se hâta jusqu'à eux et entreprit de balayer avec célérité les débris. Durant toute l'opération, le CEO resta silencieux, tâchant manifestement de retrouver assez de maîtrise de lui-même pour ne pas recommencer.

Skaff était statufié. Il comprenait maintenant qu'il avait sous-estimé sa propre capacité à affronter ce genre de personnage. Le lion du zoo lui parut soudain insignifiant en comparaison de la créature terrifiante qu'il avait en face de lui. Barkham ressemblait plutôt à un squale. Et Skaff se sentait dans la peau d'un plongeur qui, après s'être aventuré trop profondément, se retrouvait face à un grand requin blanc, à la peau laiteuse, au regard mort. Impossible de fuir ; en un coup de queue, le monstre serait sur lui pour le déchiqueter. Quant à le combattre…

Dès que le sol fut débarrassé des éclats de porcelaine, le garçon détala sans demander son reste.

Sean Barkham reprit, les dents serrées et la voix encore grondante de la colère qui bouillait en lui, mais avec toute la discrétion requise : « Cette histoire commence à sentir la charogne. Nous sommes peut-être assis sur la plus grande mine d'or de toute l'histoire du business, mais elle a été bourrée de dynamite par tant d'amateurisme. Il va falloir que ça change si on ne veut pas qu'elle nous explose à la gueule ! Et je ne paierai pas pour les conneries des autres, je vous le garantis ! »

Il parut se rappeler qu'il se trouvait dans un club de gentlemen. Même si personne ne pouvait l'entendre, un tel langage n'était guère approprié.

« À partir de maintenant, fini les demi-mesures. Je veux que Deep River s'assure que ses hommes cessent de pleurnicher et qu'ils suivent scrupuleusement nos instructions, quel qu'en soit le prix. Quant à ces importuns qui menacent le secret de l'opération, je veux que le ménage soit fait une fois pour toutes. Que Deep River finisse le travail pour de bon avec Dos Santos et ce Fisher, sans oublier ce putain de gratte-papier qui vient de s'inviter sur nos plates-bandes ! »

Un serveur apporta un nouveau plateau de thé et le déposa devant Barkham. Celui-ci reprit le *Wall Street Journal* en main avec un laconique : « Bonne journée, messieurs. »

Carl Benkovic se leva et Skaff l'imita mécaniquement, la nuque raide et la bouche en carton. Tandis qu'ils quittaient les lieux, Jim éprouva la plus grande peine à réprimer l'onde de panique qui montait en lui.

Il n'avait pas rêvé, le patron de la deuxième firme pharmaceutique mondiale venait de commanditer trois meurtres sur le territoire des États-Unis ? Cette fois, il ne s'agissait plus de petites barbouzeries dans un pays que personne ne savait situer sur une carte…

En principe, tout avait été enregistré par la microcaméra dissimulée dans son faux grain de beauté. Cependant, il n'était plus question de faire chanter cet homme-là, ni qui que ce soit chez Dervac d'ailleurs. Skaff comprenait que tous les espoirs qu'il avait nourris ces dernières heures n'étaient que des chimères ; il n'était tout simplement pas de taille. S'il s'avisait de tenter de manœuvrer de telles créatures, il se ferait dévorer comme un dompteur de lions amateur.

Monnayer son silence n'était plus une option. La façon dont tout ceci allait se terminer lui apparaissait avec une douloureuse clarté et il ne voulait pas le moins du monde être emporté par le raz-de-marée qui se déchaînerait si jamais quoi que ce soit tournait mal.

21

Ruzena

8 h 54

« Si je résume, lâcha Chris, tu proposes de nous jeter dans la gueule du loup ? »

Ruz soupira ostensiblement.

Depuis dix minutes, elle s'appliquait à nettoyer sa blessure en pressant la plaie pour en extraire le pus, puis en la badigeonnant d'antiseptique. Une fois que l'opération serait terminée, elle pourrait lui bander la cuisse. L'ensemble n'était pas beau à voir. Même avec la pénicilline qu'elle avait récupérée au camp, l'infection allait gagner du terrain. Normalement, avec le traitement qu'elle faisait subir à la plaie, Chris aurait dû pleurer de douleur. Au lieu de cela, il jacassait sans paraître souffrir. Cela semblait encore plus inquiétant à Ruzena que l'aspect repoussant de la blessure. Il était évident que son état nécessitait une hospitalisation rapide, mais comme il était impossible de rejoindre un établissement de soins dans un délai raisonnable, elle préférait garder ses inquiétudes pour elle.

Tout en s'occupant de soigner son compagnon d'infortune, la jeune femme lui avait proposé un plan d'action pour la suite. Initiative qu'il s'ingéniait à contredire.

« Ne caricature pas mes propos, répondit-elle. Je dis simplement que tant que nous ne savons pas combien de membres de l'équipe d'Edward ont été tués ou juste blessés et capturés, nous devons tenter de venir en aide à d'éventuels survivants. D'après les notes des carnets, je pense que je peux trouver le site de cette fameuse doline. Ils y avaient établi un second camp, sommaire à mon avis, juste de quoi travailler sur place dans de bonnes conditions, à deux kilomètres environ au nord-ouest du camp de base. Il y a fort à parier que celui-ci a été investi par les forces de sécurité de Dervac. Or, si, comme je le crois, ils ont attaqué le camp de base, les corps des victimes ou les éventuels prisonniers ont nécessairement été emmenés là-bas.

— Si vraiment ils ont fait ce que tu dis, répliqua Chris, alors les corps peuvent se trouver n'importe où. Peut-être enterrés non loin d'ici, peut-être même balancés dans le vide du haut des falaises ! L'idée qu'ils n'ont pas tué tout le monde et qu'on trouvera des survivants là-bas n'est que pure spéculation. Par contre, le risque de se pointer dans un camp rempli de types armés qui n'ont aucune envie de laisser des témoins derrière eux est bien réel ! »

Ruzena n'appréciait guère cette manière désinvolte de parler des victimes.

« C'est possible, en effet. Néanmoins, il y a une chance qu'ils aient capturé Ed sans le tuer. Après tout, il était le chef de la première équipe, la tête pensante. Il y a des raisons objectives pour le laisser en vie. Je suis d'avis d'aller là-bas nous rendre compte de la situation et, le cas échéant, de tenter de libérer d'éventuels prisonniers.

— Écoute, Ruz, si, par malheur, tu as raison sur l'attaque, alors Ed est mort. C'est dur à admettre, mais cela ne fait aucun doute. »

Cela n'a pas l'air trop dur à admettre pour toi, songea la jeune femme.

« Et même si tu as raison sur toute la ligne et qu'il est retenu là-bas contre son gré, conclut-il, que ferons-nous à deux et sans armes face à des mercenaires équipés et entraînés ?

— Si Ed est là-bas, vivant, et qu'il a besoin d'aide, ce n'est pas ça qui m'arrêtera !

— Tu réalises ce que tu dis ? Tu crois vraiment que ta détermination t'immunise contre les balles ? Je pense qu'on devrait plutôt trouver une voie de descente pour quitter ce foutu plateau et tenter notre chance dans la jungle en bas. On finira bien par croiser une route et trouver de l'aide. Là, on pourra toujours alerter les autorités et envoyer des secours ici.

— C'est toi qui ne te rends pas compte de ce que tu dis, bon sang ! Descendre de telles falaises sans équipement, et surtout dans ton état, ce n'est même pas la peine d'y penser ! Quant à nos chances dans une jungle hostile et immense, peut-être sous contrôle d'une guérilla rebelle, elles ne sont pas meilleures que ma proposition ! »

Plus Ruz apprenait à connaître Chris, moins elle l'appréciait. D'ailleurs, même si aucun souvenir précis ne lui était revenu, elle ne pouvait se départir de l'idée qu'une certaine tension devait exister entre eux avant ces malheureux événements. Peut-être même de l'animosité. S'agissait-il d'une rivalité mal placée, Chris lui en voulant de lui avoir pris son frère ? Pourtant, pour autant qu'elle puisse en juger, ils n'avaient pas l'air très proches.

Brusquement, Ruzena en eut assez de ces palabres sans fin. Elle jeta le flacon antiseptique aux pieds de Chris et se leva d'un coup.

« Assez discuté ! s'emporta-t-elle. Tu feras ce que tu voudras ; en ce qui me concerne, je retourne au camp de base pour me ravitailler une dernière fois, et ensuite je prendrai la direction du site de recherches. Avec ou sans toi ! »

Pour me ravitailler et aussi pour prendre les photos d'Edward, songea-t-elle sans oser l'avouer.

Surpris par une telle saute d'humeur, Chris ramassa à la hâte le flacon qui se vidait dans la mousse tapissant le sol, puis leva la main en signe d'apaisement.

« Allons, Ruz, du calme. Je pesais simplement le pour et le contre de ton idée. Mais si pour toi c'est la meilleure chose à faire, alors je te suis, bien sûr. Après tout, si je suis encore en vie à l'heure qu'il est, c'est grâce à toi ! »

Après avoir rangé leurs affaires, en pliant soigneusement les couvertures de survie afin de ne pas les abîmer, et effacé au maximum les traces de leur camp de fortune, les deux rescapés du Pilatus remontèrent le corridor puis s'engagèrent sur la pente caillouteuse dépourvue de végétation qu'ils avaient descendue de nuit la veille. La distance à parcourir à découvert jusqu'à la crête qui dominait le camp de base d'Edward était importante, et progresser sans trop s'exposer n'était guère aisé. Heureusement, le plateau était tellement humide qu'ils ne soulevaient pas de poussière en se déplaçant. Ils se hâtaient d'un bosquet de buissons à un autre, puis patientaient quelques minutes avant de recommencer. Au terme de trois quarts d'heure à ce rythme, ils atteignirent enfin la crête et passèrent sur l'autre versant, où la forêt reprenait ses droits et leur procurait une couverture suffisante pour cesser les sauts de puce.

Vingt minutes plus tard, ils observaient le camp à une distance prudente, embusqués sous les larges feuilles d'un philodendron géant déployant ses lianes sur le tronc d'un arbre mort. L'endroit était tel que Ruzena l'avait découvert la veille. En apparence, tout était normal. Dans les rayons de ce chaud soleil matinal, il était difficile de croire qu'un drame avait eu lieu ici, que le danger rôdait, peut-être tout proche. D'ailleurs, trompé par cette quiétude apparente, Chris ne tenait pas en place, changeant constamment de position ou tentant de chuchoter quelques mots à la jeune femme. À chaque fois, celle-ci lui intimait de se taire ou de demeurer immobile le temps qu'ils soient certains que personne ne les attendait.

Après une heure sans bouger, Ruz jugea qu'ils pouvaient s'approcher pour de bon. Avec mille précautions, ils reprirent leur progression, demeurant à couvert autant que possible, attentifs à la moindre branche morte susceptible de craquer, à la moindre pierre prête à rouler sur la pente. Alors que le camp ne se trouvait plus qu'à une cinquantaine de mètres et que Ruzena commençait à se détendre, elle crut soudain entendre quelque chose. Elle fit aussitôt un signe impérieux à Chris pour qu'il s'immobilise. Figés, les sens en alerte, ils attendirent. Après plusieurs minutes, n'entendant plus rien de suspect, Ruz s'apprêtait à se remettre en marche, lorsqu'elle les vit.

Deux hommes, une centaine de mètres sur leur droite, plus bas sur la pente. À l'image de leur propre façon de progresser depuis tout à l'heure, ils avançaient par courts déplacements successifs entre lesquels ils restaient cachés. La jeune femme ne les repéra que lorsqu'ils se remirent en mouvement. Ils se dirigeaient vers le camp eux aussi. À cette distance, seule leur silhouette se distinguait à travers les branches ; impossible de savoir s'il y en avait d'autres qu'elle ne voyait pas. D'après leur trajectoire, Ruzena estima qu'ils allaient passer tout près de leur position, un peu en contrebas. Elle prit sa décision sans la moindre hésitation.

Avec une infinie lenteur, elle ouvrit l'un de ses sacs pour en sortir le couteau pliable à lame crantée qu'elle avait trouvé dans l'épave de l'avion. Le visage de Chris exprimait la plus grande incompréhension en l'observant.

Elle se pencha vers lui et chuchota, au ras de son oreille : « On va attendre qu'ils passent à notre niveau, puis on leur sautera dessus. Une fois qu'ils seront neutralisés, on les fera parler. »

Chris la regarda comme si elle avait perdu la raison : « Tu es complètement folle ! fit-il en plaquant sa bouche sur l'oreille de Ruz à son tour. On n'a aucune arme à feu, juste ce couteau ridicule ! »

Elle déplia la lame devant lui. Douze centimètres d'acier trempé au tranchant acéré.

« Ce couteau n'a rien de ridicule », chuchota-t-elle en le lui tendant.

Il refusa de le prendre, mais elle lui saisit la main et le lui fourra dedans.

« T'es barjo, putain ! glapit-il. Je suis bien incapable de faire ça ! Je ne suis pas un foutu merce... »

Un brusque accès de fureur secoua Ruzena, qui attrapa Chris par le col et l'attira à elle. Surpris par ce geste, et par la force physique inattendue dont elle faisait preuve, celui-ci n'essaya pas de résister. Il sentit le souffle brûlant de la jeune femme dans le creux de son oreille.

« Arrête tes conneries, ou je ne réponds de rien ! gronda-t-elle. La vie de ton frère est en jeu, tu t'en souviens ? Alors, tu seras lâche plus tard, et pour le moment, tu vas faire ce que je te dis. Et si tu refuses, j'irai toute seule et j'aurai toutes les chances d'y passer. Et qui crois-tu qu'ils choperont, après ? » Elle laissa passer un instant de silence afin qu'il mesure bien ses paroles, puis reprit : « Lorsqu'ils seront juste en dessous, je sauterai sur le premier. Avec l'effet de surprise, tu pourras approcher de l'autre dans son dos et lui plaquer la lame sur la gorge, ça le fera tenir tranquille tandis que je m'occuperai de son camarade.

— Qu'est-ce qui te fait croire que tu sauras maîtriser ce type, bon sang ? »

En fait, elle ne se posait déjà plus cette question. Avec l'approche du danger, quelque part dans son esprit privé de souvenirs venait de s'activer une zone de purs réflexes. Elle le sentait avec une grande acuité. Parmi la large variété de disciplines sportives qu'elle pratiquait à haut niveau, peut-être se trouvait-il un art martial ? La longue et patiente répétition d'enchaînement d'attaques ou de parades, l'excitation avant le combat, autant de sensations qui lui semblaient soudain familières. Un nom étrange flottait dans son esprit embrumé, comme un goût qui s'attarde sur le palais sans qu'on parvienne à le reconnaître : Systema…

« J'y arriverai, répondit-elle, les dents serrées. Contente-toi de neutraliser le second. »

Chris était devenu blême. Ruzena craignit que la panique ne le frappe de sidération au moment d'agir. Si c'était le cas, elle serait morte dans une minute. Toutefois, il n'y avait plus le temps de tergiverser. Elle lui fit signe de se calmer, de souffler profondément, puis elle se tourna dans la direction des bruits, désormais bien audibles, qui approchaient et focalisa toute sa concentration sur ce qui allait suivre.

D'abord, une série d'apnées complètes, puis passer en respiration explosive pendant trente secondes…

Son instinct la guidait, lui montrait comment se préparer au combat… Il fallait laisser celui-ci s'exprimer et cesser de réfléchir. Elle commença par fermer les yeux, puis souffla le plus longtemps possible afin de vider ses poumons, tout en se retenant de reprendre sa respiration (*mettre le corps en condition en induisant du stress, comme si le combat était déjà engagé*). Lorsque la suffocation menaça, elle inspira de nouveau puis réitéra l'opération plusieurs fois. Ensuite, elle exécuta une série très rapide d'inspirations par le nez et d'expirations par la bouche (*accélérer le cœur, suroxygéner l'organisme, le rendre plus performant*). La tête commença à lui tourner, mais la peur reflua et la douleur de ses contusions parut s'éloigner. Des images fugaces d'hommes à l'entraînement tournaient dans sa mémoire engourdie. Ils ne portaient pas de kimono, et les combats n'étaient pas codifiés comme au karaté, mais il s'agissait bien d'art martial.

Un craquement à quelques mètres !

Ruzena rouvrit les yeux et vit aussitôt un homme deux mètres plus bas. Son corps se détendit comme un arc bandé au maximum et elle se jeta sur lui en hurlant. En dessous, sa cible leva la tête par réflexe, ses yeux s'arrondirent de surprise. Durant la demi-seconde que dura son saut, Ruzena eut le temps de s'apercevoir qu'il était de type sud-américain. *Un guérillero ?* Aurait-elle commis une erreur de jugement ? Le choc fut rude lorsqu'elle le percuta. L'épaule de l'homme cogna douloureusement dans son flanc, mais elle parvint à agripper sa tête dans le creux de son bras gauche. L'instant d'après, elle roulait avec lui dans la boue. Il ne fallait à aucun prix perdre l'avantage que lui avait conféré l'effet de surprise. Avant que sa cible ne se reprenne, elle raffermit sa prise autour de sa tête et bascula en arrière afin de dégager son bassin et refermer ses jambes autour du torse. L'homme poussa un cri de douleur tandis que, dans l'étreinte, son cou se tordait un peu trop loin sur le côté. Ruzena arma son bras libre, prête à frapper du poing. Un coup à la tempe, vif et précis. Mais elle savait que l'autre était juste derrière, qu'il devait déjà être en train de mettre son fusil en joue ou de sortir son couteau. Si Chris n'avait pas bougé, s'il ne faisait rien, d'ici une seconde, elle serait…

« *Ruz ?* s'exclama une voix stupéfaite derrière elle. Nom de Dieu, c'est toi ? »

22

Fisher

10 h 04

Fisher avait passé la nuit à l'hôtel. Pas question de rentrer chez lui après les événements de la veille.

Comme il n'avait pas franchement eu l'opportunité de chercher l'établissement le plus économique, il avait opté pour le premier qu'il avait avisé en centre-ville. Un hôtel de bon standing qui allait faire mal à son portefeuille. Au moins pour ce prix élevé avait-il profité d'une chambre spacieuse, propre et décorée avec goût. Il avait même le wifi et le minibar. Pourtant, en dépit des qualités de l'endroit, le sommeil l'avait fui une bonne partie de la nuit. L'adrénaline dont son organisme s'était trouvé saturé après l'agression avait mis du temps à s'évacuer. En quarante-huit heures, le détective privé un peu paresseux qu'il était, celui qui préférait lire un bouquin dans un rocking-chair plutôt que courir après le client, était devenu, à ce qu'il semblait, la cible d'hommes de main d'une multinationale du médicament. C'était moins ennuyeux, mais nettement plus dangereux.

Le lendemain matin, alors qu'il réfléchissait à la situation en profitant du petit déjeuner dans la chambre auquel lui donnait droit la somme conséquente qu'il lui faudrait débourser à son départ, il décrocha le téléphone fixe et composa le numéro de la ligne directe de Saul. Celui-ci décrocha presque aussitôt.

« Saul ! Ici Fisher, il faut que je te parle.

— *Clinton ? Tu tombes bien. J'ai essayé de t'appeler plusieurs fois.*

— J'ai dû me débarrasser de mon portable. Je vais t'expliquer…

— *Plus tard, on n'a pas le temps. Il y a du nouveau.* »

Alors qu'il portait la grande tasse de café à ses lèvres, Fisher suspendit son geste.

« Que se passe-t-il ?

— *Il y a une demi-heure, un type a téléphoné à l'*Atlanta Mail *et demandé à me parler. Je n'étais pas encore au bureau, mais il a insisté en affirmant que c'était important, et la standardiste a accepté de lui donner mon numéro de portable. Il m'a appelé alors que je sortais à peine de chez moi. Un certain Hal Holbrook, d'après le nom qu'il m'a donné. Il a dit qu'il détenait des informations explosives sur Dervac Pharmaceutics qui pouvaient m'intéresser. Dis donc, Fisher, pourquoi ce type se tourne-t-il vers moi à propos de Dervac alors que tu m'en as parlé pour la première fois hier soir ?*

— La situation a, euh… brusquement évolué après mon coup de fil… Je pense que les membres de l'équipe d'en face, quels qu'ils soient, jouent avec de gros moyens et sont très déterminés. Ma ligne était vraisemblablement écoutée et…

— *Désolé, Clint, il faut que je t'interrompe, tu m'expliqueras plus tard. Le temps est compté. Cet Holbrook a proposé une rencontre tout de suite. J'ai prétendu que ce n'était pas possible dans un tel délai, mais il ne m'a pas laissé le choix. Même si ce type faisait tout pour paraître calme, il avait l'air aux abois. Or, s'il y a une chance que ce qu'il prétend soit vrai, je ne vais pas courir le risque de passer à côté. Il a dit qu'il serait à 10 h 40 au* Old Country Steak, *un* diner *à la sortie 98 de l'Interstate 20, trente kilomètres à l'est de la ville.* »

Le détective privé ne put retenir un gloussement. Hal Holbrook était le nom de l'interprète du fameux « Gorge profonde », l'informateur de Bernstein et Woodward dans le film *Les Hommes du président* qui reconstituait l'enquête journalistique sur la monumentale affaire du Watergate. Ce gars avait le sens du mélodrame, ou bien, dans la panique du moment, c'était le premier nom qui lui était venu.

« Je ne peux pas te laisser y aller, Saul. Lorsque je t'aurai raconté ce qui m'est arrivé hier soir, tu comprendras pourquoi.

— *Ah ? C'était si moche que ça ?*

— Disons qu'il vaut mieux que j'ouvre la voie.

— *Entendu, je te laisse juge.*

— Je te rappellerai après le rendez-vous, dès que je me serai acheté un téléphone prépayé. En attendant, sois méfiant avec les gens que tu ne connais pas, et ne rentre pas chez toi tant qu'on n'y verra pas plus clair.

— *Tu m'inquiètes, Clint…*

— Désolé, vieux, mais, d'après ce que tu viens de me dire, je n'ai que trente minutes pour arriver au *diner*, alors il faut que je fonce ! »

Par un miracle de la circulation, seulement vingt minutes s'avérèrent nécessaires pour couvrir la distance. Fisher gara sa voiture – dont les vitres brisées attiraient un peu trop l'attention selon lui – sur le parking poussiéreux du *diner* avant d'en gagner les portes aux longues poignées chromées. Sur le chemin, il dénombra trois autres voitures.

Pas trop miteux, songea-t-il en découvrant l'intérieur.

Avant de s'installer, il promena un long regard circulaire sur la salle où une dizaine de clients étaient attablés. L'endroit semblait plutôt familial. Par acquit de conscience, en ancien agent du *Secret Service* qu'il était, il se rendit aux toilettes afin de vérifier les issues arrière ; une simple sortie de secours, non verrouillée. Ceci fait, il revint en salle, commanda un café et deux parts de tarte aux pommes, sur deux assiettes, puis il se choisit une table près des baies vitrées. De là, les allées et venues sur le parking ne pouvaient lui échapper.

Bien que les lieux ne fussent pas vraiment bondés, il y avait déjà du monde dans le *diner*. S'il s'agissait d'un traquenard, les témoins ne manqueraient pas. De plus, juste de l'autre côté de l'*interstate*, à deux cents mètres à peine, se trouvait un poste de la police de la route, bien visible, même d'ici. Ce n'était donc pas l'endroit idéal pour un piège. Au contraire, ce choix suggérait qu'Holbrook se souciait plutôt de sa propre sécurité, ce qui était bon signe.

Durant le quart d'heure qui suivit, la part de tarte diminua de moitié, deux voitures quittèrent le parking et deux autres s'y rangèrent. Trois personnes s'extirpèrent de la première en s'étirant longuement, avec la tête de ceux qui ont roulé toute la nuit. Un gros bonhomme sortit de la seconde, qui commanda une part de la même tarte dès son entrée dans la salle, avant de s'installer à l'opposé du détective et de se plonger dans sa tablette. Fisher ne put se retenir de froncer le nez en s'apercevant qu'il devait donner aux autres, peu ou prou, la même image que ce type qui mangeait trop. Ce constat lui coupa l'envie de continuer à piocher dans sa tarte et, dépité, il posa sa fourchette.

Vingt-cinq minutes que l'heure du rendez-vous était passée et toujours personne n'était venu à lui. Dehors, des trois voitures déjà présentes à son arrivée, il n'en restait qu'une. Un gros SUV Lincoln bleu nuit aux vitres fumées. Fisher se demandait à qui il appartenait dans la salle lorsque la portière s'ouvrit et qu'un homme en descendit.

Voilà donc où tu te cachais…

La trentaine passée, tenue impeccable, costume hors de prix, cheveux gominés : l'image même du cadre dynamique d'une grosse société. Se rendre à un rendez-vous secret dans une voiture aussi voyante, voilà qui en disait long sur la mentalité de cet homme, qui n'était pas prêt à renoncer à ses symboles de réussite sociale pour sa sécurité. Il paraissait calme, voire froid, et pourtant, durant le bref trajet de la voiture à la porte du restaurant, Clinton décela sans peine les signes d'une grande nervosité. Il pénétra dans le *diner* et, comme Fisher une demi-heure plus tôt, balaya la salle du regard. Lorsque ses yeux tombèrent sur l'exemplaire, daté de la veille, de l'*Atlanta Mail*, signe de reconnaissance convenu à l'avance avec Hames, il s'approcha. Tout dans son attitude dénotait une grande réticence. Ce type n'avait visiblement qu'une envie : être ailleurs.

« Monsieur Hames ? » fit-il sur un ton méfiant.

Fisher composa son meilleur sourire et répondit : « Dans un délai aussi court, il n'a pas pu se libérer. J'ai pris le relais. »

L'autre eut un mouvement de recul.

« C'est lui que je voulais voir… »

Craignant qu'il ne tourne les talons, Fisher ne lui laissa pas le temps de terminer.

« Compte tenu des circonstances, monsieur… Holbrook, il n'a pas semblé prudent que Saul vienne lui-même. Ne craignez rien, dans cette affaire, je suis un interlocuteur de premier choix ! »

Holbrook se renfrogna, sans toutefois s'en aller.

« Je sais qui vous êtes, lâcha-t-il.

— Ce qui vous donne un avantage sur moi. Pourquoi ne pas vous asseoir et discuter tranquillement ? Je vous ai pris une part de tarte (il poussa la seconde assiette dans sa direction). Elle est excellente, vous pouvez me faire confiance. »

L'autre hésita encore un instant, se dandinant un peu sur place, puis il se décida enfin à s'installer de l'autre côté de la table.

« Je prends un énorme risque en venant ici, vous savez. Je ne peux pas vous dire qui je suis. Pas pour l'instant, en tout cas… J'imagine qu'à un moment, quand tout cela va éclater, il faudra bien… »

Il ne savait pas comment se lancer. Fisher vint à son secours.

« Vous travaillez à Dervac Pharmaceutics, je suppose.

— Au siège, répondit-il avec un hochement de tête. Je suis plutôt… haut placé dans l'organigramme. J'ai donc accès à presque toutes les données internes.

— Haut placé comment ? »

Holbrook continua sans répondre à la question : « Depuis quelque temps… les choses vont de travers, et euh… ma conscience me dicte de… Enfin, ça ne peut plus durer, il faut que j'en parle à quelqu'un. Il faut qu'une personne se dresse pour… euh, dénoncer ces actes immoraux qui mettent en danger… les fondements mêmes de notre société… »

Fisher ne perdait pas un seul des mouvements, pas un seul des tiraillements du visage de son interlocuteur. Et, en dépit de la posture, il ne s'y trompait pas. Le pseudonyme de ce gars avait beau être celui d'un acteur, il jouait la comédie comme un pied ; son interprétation du lanceur d'alerte, sorte de Snowden pharmaceutique, était bien peu convaincante. Il semblait plutôt qu'il paniquait et cherchait à se couvrir. Cependant, ses motivations ne comptaient guère aux yeux de Fisher s'il était vraiment en mesure de lui fournir des informations sur ceux qui avaient tenté de le tuer la veille au soir.

« C'est tout à votre honneur, monsieur Holbrook. » L'autre leva un sourcil ; il n'avait pas eu le temps de s'habituer au nom d'emprunt. Tout ceci était improvisé. « Et je vous prie de croire que je suis animé par les mêmes intentions. Vous pouvez compter sur moi pour vous fournir toute l'aide nécessaire. Mais avant tout, je crois qu'il est temps de m'expliquer de quoi il retourne. »

Le cadre de Dervac lui lança un regard ambigu, dans lequel une lueur de défi étincela une seconde. Fisher savait très bien ce qui lui traversait l'esprit : pour qui se prenait-il, ce gros lard ? Lui, le businessman de stature internationale, n'avait en rien besoin d'un détective privé de seconde zone ! Puis, après quelques instants d'une ultime réflexion, ses épaules s'affaissèrent, un soupir s'échappa de ses lèvres, et il commença le récit le plus extraordinaire que Clinton Fisher eût jamais entendu.

« Je crois savoir que vous cherchez Ruzena Iskovna. Vous connaissez donc son fiancé, Edward Dewlinger. Il est un élément important chez Dervac. Un chercheur de premier plan parmi toutes les équipes de haut niveau dont nous disposons, qui a déjà participé à la mise au point de plusieurs molécules et lancé des pistes de travail pour des dizaines de produits potentiels. Il est donc choyé et tout est fait pour l'inciter à rester chez nous, car il est évident que beaucoup de nos concurrents cherchent à le débaucher. Aussi, lorsqu'il s'est présenté devant le comité d'orientation scientifique avec un projet d'expédition dans la forêt vénézuélienne, il a bénéficié d'une écoute très bienveillante. Découvrir de nouvelles molécules parmi les spécimens encore inconnus dont les hauts plateaux regorgent, c'est un rêve que beaucoup de biochimistes caressent. Les huiles du comité ricanaient dans le dos de Dewlinger, mais, dans le fond, l'opération ne coûtait pas grand-chose à mettre sur pied et, après tout, on n'était pas à l'abri d'une bonne surprise. Alors son caprice a été satisfait et quelques semaines plus tard, c'est-à-dire il y a quinze jours, il partait là-bas avec une équipe de six personnes. L'idée était que, une fois sa lubie passée, il rentrerait pour se remettre au travail avec d'autant plus de motivation qu'il aurait évacué cette marotte une fois pour toutes. »

Holbrook s'interrompit pour remplir d'eau l'un des verres posés à l'envers sur la table.

« Et finalement, ils ont trouvé quelque chose, n'est-ce pas ? » fit Clinton.

L'autre porta le verre à ses lèvres, but d'un trait comme un cowboy s'enverrait un verre de whisky, puis le reposa avec un claquement sec.

« Oui, mais ce n'était pas une nouvelle espèce de plante grasse… »

23

Ruzena

10 h 09

« *Ruz ?* Nom de Dieu, c'est toi ? »

Cette voix qui venait de se faire entendre derrière elle, Ruzena la connaissait. Déstabilisée, elle relâcha son étreinte ; celui qu'elle avait attaqué en profita pour lui assener un coup de coude douloureux qui la repoussa, puis il roula sur le côté d'un mouvement rapide afin de se dégager complètement. Reprenant ses esprits, Ruz se releva d'un bond, muscles tendus et poings levés, prête à vendre sa peau, et se retrouva face à… Ed !

Joues creusées et barbe drue, son visage était marqué par la fatigue et ses yeux, alourdis de cernes, exprimaient une intense stupéfaction, mais c'était lui ! Celui pour lequel la jeune femme avait fait des milliers de kilomètres en avion avant de se crasher au milieu de la jungle. Pour lequel elle avait perdu la mémoire. Son fiancé ! Cette vision fit l'effet d'une déflagration dans son esprit embrumé. Ses poings se desserrèrent, ses bras descendirent. Elle ne s'aperçut même pas que l'autre homme sur le côté venait de dégainer un couteau de chasse.

« Non, Javier, arrête ! » s'exclama Edward, les mains levées en signe d'apaisement.

Mais il n'eut pas le temps d'en dire davantage, Ruz, en deux enjambées, lui avait sauté au cou et l'enlaçait de toutes ses forces, pleurant et riant à la fois. Edward, les larmes aux yeux, l'embrassa en retour.

« Mon amour ! fit-il, la voix rauque. Je n'en reviens pas que tu sois là ! Je pensais ne plus jamais te revoir !

— Et moi je n'arrive pas à croire que tu sois vivant ! » s'exclama Ruz. Elle s'écarta pour mieux l'observer. « Est-ce que tu vas bien ? Es-tu blessé ?

— C'est plutôt moi qui devrais te poser cette question ! répliqua-t-il en riant. On dirait que tu es passée sous un camion !

— Tu n'es pas loin de la vérité, en effet. Je te raconterai. Mais toi, explique-moi ce qui t'est arrivé, que s'est-il passé au camp ? »

Cette question parut ramener Ed à la raison. Il jeta un coup d'œil nerveux alentour, une soudaine anxiété sur le visage.

« Pas maintenant, fit-il sur un ton grave. C'est dangereux de rester ici, les mercenaires peuvent revenir à tout moment. Voici Javier (il désigna son compagnon), je lui dois la vie. »

D'un signe de tête, Ruz adressa à celui qu'elle venait d'attaquer un salut embarrassé, tandis que l'autre rangeait son large couteau dans le fourreau à sa ceinture. Il lui rendit son salut, sur la réserve.

« Nous venions pour tenter de récupérer un peu de ravitaillement, continua Ed, mais il ne faut pas traîner dans le coin, sans quoi… »

À cet instant, Chris émergea des fourrés et s'approcha d'eux, l'air penaud.

Pour la seconde fois en quelques minutes, les yeux d'Edward s'écarquillèrent de surprise.

« Chris ? Toi aussi, tu… Mais comment… combien êtes-vous donc ? » balbutia-t-il.

Ruzena, quant à elle, fusilla Chris du regard. Ce couard n'avait pas bougé pendant l'attaque ! Il était resté caché jusqu'à ce qu'il entende la voix de son frère. S'il s'était agi de véritables mercenaires, elle serait morte à l'heure qu'il était !

Comme si, au-delà d'un tel contingent d'événements extraordinaires, on ne pouvait s'étonner davantage, Edward enchaîna sans attendre : « Peu importe ! Nous verrons plus tard pour les questions, il ne faut pas perdre de temps ! Suivez-moi ! »

En se hâtant autant que la prudence le permettait, la petite troupe se rendit au camp de base.

Même si elle savait qu'aucun corps ne se trouvait là, Ruzena eut l'impression de pénétrer dans un cimetière tandis qu'elle avançait parmi les tentes vides. Au moment où ils arrivèrent devant le réfectoire, plusieurs oiseaux affairés à picorer les restes desséchés des assiettes s'envolèrent à tire-d'aile. Cela permit à la jeune femme de se détendre un peu ; si des mercenaires avaient été embusqués dans le camp, ces oiseaux auraient déjà fui.

« Prenez tout ce dont vous… *nous* avons besoin, fit-elle en chuchotant. Je vais faire le guet. »

Durant les minutes qui suivirent, Ed et Javier se dépêchèrent de récupérer des vivres et du petit matériel, complétant leur choix au besoin selon les demandes de Ruzena. Cette dernière, bien que le destin les ait de nouveau réunis, ne put résister au désir d'aller prendre les photos de son fiancé dont l'urgence l'avait privée la veille. Au passage, elle remarqua que Javier semblait savoir au moins aussi bien qu'elle ce qu'il convenait de prendre en pareille circonstance. À quatre, ils purent emporter nettement plus de réserves qu'elle ne l'avait fait lors de son passage précédent. Moins d'un quart d'heure plus tard, ils quittaient le camp pour retrouver le couvert de la végétation dense environnante.

« Nous avons passé les dernières quarante-huit heures dans une grotte à l'ouest d'ici, dit Javier avec un fort accent espagnol. C'est à un quart d'heure de marche environ, en passant par la crête. Il est plus prudent d'y retourner avant de décider quoi faire.

— Entendu, acquiesça Ruzena. Mais je propose que nous marchions au fond de la gorge de la petite rivière qui longe le camp. Ce sera plus long, mais plus discret. Les mercenaires auront tendance à rester sur les parties élevées du terrain. »

Javier, qui semblait avoir pour habitude d'économiser ses paroles, approuva d'un hochement de tête et ils s'engagèrent entre les rochers, les pieds dans l'eau, à l'abri des couches de végétation qui ne laissaient qu'une maigre lumière parvenir jusqu'à eux.

Durant leur marche, Ruzena, tout à sa joie de l'avoir retrouvé, voulut prendre la main d'Edward, mais ils constatèrent bien vite que cela rendait leur progression malaisée. Elle se tint néanmoins au plus près de lui. Il en profita pour lui expliquer à voix basse comment il avait survécu.

« C'est grâce à Javier si je suis toujours de ce monde. Ils ont lancé leur attaque à l'heure du déjeuner.

À ce moment, contrairement aux autres qui se trouvaient déjà au réfectoire, lui et moi étions encore dans la tente de travail, à examiner un point de détail sur la carte. Javier a tout de suite compris ce qui se passait. C'est un natif du pays, que nous avions engagé pour nous guider et organiser la vie pratique sur place. Il a grandi dans une région où les cartels se livrent une guerre féroce entre eux ou contre les détachements du MI6 qui tentent d'endiguer le trafic à destination de l'Angleterre. Dès les premiers coups de feu, au lieu de nous faire sortir par l'entrée, il a eu la présence d'esprit de découper au couteau l'arrière de la tente, ce qui nous a permis de fuir directement dans la jungle. Sans lui, je n'aurais pas su comment m'y prendre, j'aurais couru le plus vite possible au lieu de rester à couvert et de… Mais je n'ai pas besoin de t'expliquer puisque si tu es arrivée jusqu'ici, c'est que *toi*, tu as réussi à leur échapper. »

Il esquissa un sourire, mais le cœur n'y était pas.

« Ces salauds…, souffla-t-il. Comment ont-ils pu ? Ils étaient censés nous protéger… »

Il resta silencieux un moment, puis reprit son récit : « Nous avons avancé avec la plus grande prudence pendant des heures, guettant le moindre bruit suspect. Je ne sais combien de fois des groupes de mercenaires nous sont passés à côté, mais Javier les entendait toujours venir et nous avions le temps de nous embusquer. Finalement, il est parvenu à nous mener jusqu'à une grotte qu'il connaissait, difficile à repérer si l'on ne sait pas qu'elle est là. Nous y sommes restés planqués jusqu'à présent, avec pour seule nourriture quelques fruits cueillis à proximité. Mais ce matin, la faim nous tenaillait trop, et il nous fallait un peu de matériel si nous voulions avoir une chance de survivre aux prochains jours. Alors, nous sommes retournés au camp et tu connais la suite… »

Émue par le désarroi de son fiancé, Ruz lui prit de nouveau la main. Depuis leur rencontre fortuite, Ed lui apparaissait comme une personne tourmentée à l'humeur sombre, mais elle se doutait qu'il s'agissait d'une conséquence – bien naturelle – des événements récents plutôt que de sa nature profonde.

Après une demi-heure de marche dans l'eau, Javier les fit obliquer sur la gauche pour gravir une pente envahie de plantes râpeuses et malodorantes, qu'il fallait couper à la machette. Quinze minutes plus tard, alors que Ruzena s'apprêtait à lui proposer de le remplacer en tête de colonne, Javier s'immobilisa en montrant un rideau de végétation qui couvrait un à-pic rocheux.

« Nous sommes arrivés », fit Ed en soulevant les lianes.

Derrière la cascade de lianes entremêlées, une ouverture dans la paroi de pierre donnait sur une galerie obscure.

« Impossible à repérer si l'on ne sait pas qu'elle est là », répéta-t-il en les invitant à le précéder à l'intérieur.

Par contraste avec la chaleur moite que dispensait déjà le soleil sur le plateau, Ruzena eut l'impression d'être happée par la fraîcheur de la grotte. Le tunnel ne mesurait guère plus de deux mètres de large et pénétrait dans la roche à l'horizontale suivant un tracé irrégulier. Le courant d'air perceptible depuis l'entrée suggérait qu'il existait d'autres accès. Ils avancèrent sur une trentaine de mètres avant d'atteindre une partie plus large formant comme une salle. Une faille en hauteur apportait quelque lumière à travers des draperies de feuillage et de racines pendantes. Il n'était donc pas nécessaire d'allumer les lampes. Chacun déposa son sac, la nourriture fut distribuée, et la troupe put enfin se restaurer.

Ruzena, la moins affamée de tous, s'attela la première aux explications. Elle raconta, d'après le récit que Chris lui avait fait, comment et pourquoi ils avaient organisé cette expédition clandestine qui s'était soldée tragiquement par l'accident d'avion. Durant les passages où Chris intervenait pour corriger ses imprécisions, Ruz crut déceler des échanges de regards peu amènes avec son frère. Contrairement à ce que l'on aurait pu imaginer, ces deux-là n'avaient pas l'air ravis de se revoir.

La partie de l'histoire la plus stupéfiante pour Ed fut, bien évidemment, celle de son réveil comateux, trois jours plus tôt, sonnée et – surtout – amnésique. Sur le visage du jeune scientifique alternaient l'incrédulité et la peine. Ruzena comprit que les craintes qui l'avaient elle-même taraudée concernant sa propre personnalité et la continuité de ses sentiments traversaient aussi l'esprit de son fiancé.

La jeune femme décrivit ensuite comment, en se fiant à son instinct, elle avait survécu à ces trois jours, depuis la recherche de l'épave du Pilatus jusqu'à ses retrouvailles avec Chris, sans omettre sa troublante rencontre avec les mercenaires aux étranges performances physiques. Sur la fin, sentant revenir la lancinante nausée qu'elle avait déjà éprouvée à plusieurs reprises, elle survola les détails pour accélérer son récit. Finalement, les tempes palpitantes et couverte d'une pellicule de sueur froide, elle dut s'interrompre et s'allonger sur le sol dur tandis qu'Ed lui donnait à boire, le front barré d'un pli soucieux.

« Tu dis que ces nausées ont commencé après que tu as mangé des baies violettes ?

— C'est ce qu'il me semble, répondit-elle, mais la première journée a été plutôt confuse pour moi. »

Alors qu'Edward l'interrogeait du regard, Javier dit : « Je vois de quelles baies elle parle et, bien qu'elles soient comestibles, elles provoquent de sévères problèmes digestifs, en effet. »

Ed reporta son attention sur elle.

« J'espère que ce n'est que cela, et non une séquelle du coup que tu as reçu sur la tête. Certains traumas crâniens peuvent causer vertiges et nausées… »

Lisant l'inquiétude sur le visage de son fiancé, Ruz se redressa pour s'asseoir en tailleur, inspira profondément, puis tâcha de sourire de façon rassurante.

« Allons, ce n'est probablement rien d'autre qu'une conséquence des épreuves de ces derniers jours. Maintenant que j'ai satisfait ta curiosité, à ton tour de nous fournir quelques explications. Que se passe-t-il sur ce damné plateau, Ed ? »

Celui-ci se releva et fit quelques pas, comme s'il ressentait le besoin de réunir ses pensées avant de se lancer. À le voir se tenir ainsi, les mains dans les poches de son bermuda déchiré, cheveux ébouriffés, une barbe négligée couvrant ses joues, Ruzena éprouva un soudain élan envers lui. Elle aurait voulu crier que ses sentiments étaient toujours intacts, qu'il ne devait pas s'inquiéter pour leur amour, mais elle répugnait à étaler ainsi ses émotions devant les autres.

Ed se racla la gorge plusieurs fois ; manifestement, il rechignait à commencer.

« Autant vous prévenir, il va vous falloir faire preuve d'ouverture d'esprit pour entendre ce que je vais vous dire. Mais, après tout, la situation étant déjà extraordinaire – au sens exact du terme –, je suppose qu'il vous sera plus facile d'accepter certains faits… »

Sur le côté, Javier, qui avait achevé son repas le premier, entreprit de préparer du café sur le petit réchaud emprunté aux réserves du camp.

« Avant toute chose, commença Edward sur un ton presque doctoral, quelques précisions sur le plateau où nous nous trouvons. Ces curiosités géologiques sont uniques au monde ; les spécialistes ne savent pas précisément comment ils sont apparus, mais, de tout temps, ils n'ont cessé de fasciner les hommes. D'abord les Amérindiens, qui ont forgé d'innombrables légendes à leur sujet, puis les Européens, puisque les récits des premiers colons espagnols et britanniques en font déjà mention au XVIe siècle. Il faudra attendre 1838 pour la découverte formelle du premier d'entre eux par Sir Schomburgk. Cette fascination découle naturellement du caractère exceptionnel de ces formations tabulaires. Certains sont gigantesques, comme l'Auyan tepuy dont la surface dépasse les sept cents kilomètres carrés, ou si hauts que les cascades qui se jettent de leur sommet tombent dans le vide sur près de mille mètres ; d'autres sont si abrupts que toute escalade en est impossible ; d'autres encore, comme le Pico da Neblina, sont couverts d'une couche de nuages perpétuelle ; l'un d'eux, le mont Roraima, a même inspiré à Conan Doyle son célèbre roman *Le Monde perdu*. »

Ruzena songea que ce long propos liminaire semblait n'être qu'une digression destinée à repousser le moment d'aborder le cœur du sujet. Elle remarqua d'ailleurs qu'Edward ne cessait de se gratter la nuque ; tic d'orateur, ou signe de nervosité ?

« Toutefois, il est une catégorie de gens pour lesquels tout ceci n'est que folklore : les gens comme moi, les biologistes. Ceux-là, un seul aspect des tepuys les intéresse, leur inaccessibilité presque absolue. L'isolement total dans lequel leur sommet est maintenu depuis des millions d'années. Car, du fait de cette absence d'échanges avec la forêt environnante, les espèces présentes sur les tepuys ont évolué séparément, comme sur les fameuses Galápagos visitées par Darwin en son temps. Ainsi, près de soixante-quinze pour cent des espèces que l'on y trouve sont endémiques, c'est-à-dire qu'elles n'existent nulle part ailleurs sur Terre. Or, dans l'histoire de la pharmacologie, des progrès impressionnants ont souvent été accomplis grâce à des substances provenant directement d'espèces animales ou végétales. Comme le paclitaxel, par exemple, une molécule anticancéreuse très efficace découverte dans l'écorce de l'if. Un peu comme si mère nature, en dépit de tous nos efforts, voulait nous prouver qu'elle reste encore le meilleur des ingénieurs en biotechnologies ! Des endroits recelant des centaines d'espèces inconnues comme le sont les tepuys représentent donc un terrain de jeu fabuleux pour les biologistes. Je ne suis d'ailleurs pas le premier à avoir essayé. Cependant, mon approche était plus ciblée que celle de mes prédécesseurs : j'ai choisi de concentrer mes recherches spécifiquement dans les dolines, qui pullulent sur le Sarisariñama, car elles ajoutent un degré supplémentaire d'isolement à celui, déjà élevé, du reste du plateau.

— Je confirme qu'une fois tombé au fond d'un de ces foutus trous, on n'en sort pas comme ça ! » coupa Chris grossièrement, en enfournant un morceau de viande indéfinissable – peut-être du bœuf ? – sortant d'une boîte de rations. Compte tenu de leurs réserves, il mangeait trop, c'était évident pour Ruzena, mais elle s'abstint de le faire remarquer.

« Pourquoi ces trous sont-ils si nombreux ici ? demanda-t-elle.

— Le processus de leur formation est mal connu, mais Shane Parris, le géologue de notre équipe, m'a expliqué… » Ed s'interrompit un instant avant de reprendre, la voix rauque, le regard assombri : « … m'*avait* expliqué qu'ils sont typiques de l'érosion des reliefs calcaires, où l'action continue des cours d'eau souterrains creuse des cavités, parfois énormes, dont les plafonds finissent par s'effondrer, créant ces gouffres spectaculaires. On en trouve dans beaucoup d'endroits du monde, mais ceux de cette région sont exceptionnels du fait de leur nombre, de leur taille et de la régularité de leur forme. Lorsqu'ils sont très profonds, un microclimat spécifique s'y installe, ombreux et humide, à mi-chemin entre celui d'une forêt et celui d'une caverne. Ce sont donc des lieux uniques pour la biodiversité. Bref, après notre arrivée et une fois passé l'enthousiasme de l'installation du camp, les premiers jours se sont révélés décevants. Plusieurs dolines ratissées ne nous ont pas permis de découvrir la moindre espèce inconnue. Pas même une sous-espèce. Mon idée géniale menaçait de se transformer en pétard mouillé. C'est là que Javier a proposé de changer de zone. Il connaissait un endroit bien plus isolé, selon lui. Très difficile d'accès, donc potentiellement plus prometteur. Nous avons suivi son conseil et, durant les jours suivants, nous avons mené plusieurs explorations loin de notre camp de base. Les dolines de cette zone nous ont en effet rapidement semblé plus prometteuses, mais elles demeuraient trop petites et trop peu profondes pour répondre à nos besoins. Jusqu'à ce qu'on en découvre une *vraiment* profonde. »

Le jeune chercheur s'interrompit de nouveau. Remuer ces souvenirs récents ne semblait pas très agréable. Javier avait commencé à rouler une cigarette pendant que l'eau pour le café achevait de chauffer.

« Lors de la première descente au fond de ce gouffre parfaitement circulaire, nous avons atterri sur un grand amoncellement de rocs, envahi par la végétation. Ce n'était pas une surprise ; il y en a dans toutes les dolines, justement à cause de l'effondrement de leur voûte. En revanche, ce qui se trouvait sous ces rocs constitua une surprise de taille ! À la lumière de nos lampes, nous avons tout de suite remarqué une structure dépassant sur les côtés de l'entassement rocheux. Les formes géométriques ne laissaient aucune place au doute : la structure était artificielle. Et, d'après les sédiments et les végétaux la recouvrant, elle était de toute évidence *très* ancienne. Shane estima son âge au jugé dans une fourchette comprise entre cinq cents et huit cents ans. »

Un tintement métallique sortit Ruzena de la stupéfaction dans laquelle les propos d'Edward venaient de la plonger. Elle tourna la tête. Javier lui tendait un quart plein de café. Elle accepta le récipient machinalement sans songer à y porter les lèvres. Sur le côté, Chris ne paraissait pas moins captivé.

« Qu'entends-tu par *structure artificielle* ? lança-t-il. Un genre de bâtiment, comme des ruines incas ?

— Les Incas, c'était de l'autre côté du continent, dans la cordillère des Andes, précisa Javier. Ici, c'était plutôt les Arawaks…

— Laisse-moi aller à mon rythme, rétorqua Ed, qui ne cachait pas son agacement devant les interruptions de son frère. Une fois la sidération initiale dissipée, nous nous sommes comportés en scientifiques. Faute de matériel approprié, nous avons entrepris de dégager les rocs les plus petits à la main. Après quelques heures de travail éreintant, la structure nous est apparue plus clairement. Cela n'avait pas l'allure d'un bâtiment, et le matériau utilisé pour sa fabrication semblait métallique, quoique aucun d'entre nous n'ait été en mesure de l'affirmer avec certitude. L'ensemble avait l'air assez endommagé et il était clairement impossible de le dégager en totalité avec les moyens dont nous disposions. Les parties qui émergeaient à différents endroits de l'éboulement permettaient d'en estimer la taille à une soixantaine de mètres, dans la plus grande longueur. D'étranges motifs encrassés de terre se devinaient par endroits. Shane, qui avait de bonnes notions d'archéologie, s'avoua dans l'incapacité de reconnaître à quelle culture ils appartenaient. Plus le temps passait, plus le dégagement progressait et plus il devenait évident que cette structure possédait un… euh, comment dire… un profil fuselé. À la fin de la journée, malgré les innombrables réserves que notre esprit critique formulait, il fallut bien nous rendre à l'évidence : l'aspect de l'ensemble indiquait qu'il s'agissait d'un objet mobile… Pour être clair : un véhicule. Mais, par-dessus tout, l'âge, la localisation et, euh… le style général n'aboutissaient qu'à une seule conclusion possible : cette structure n'était pas d'origine humaine. »

Chris expira d'un coup. Ruzena s'aperçut qu'elle aussi retenait sa respiration depuis de longues minutes.

« Je craignais que tu dises ça ! s'exclama le frère d'Edward. Un “véhicule au profil fuselé d'origine non humaine”. En d'autres termes : un vaisseau extraterrestre ! Vraiment ? Tu es sérieux ?

— Comment… ? balbutia Ruz. Comment peux-tu en être sûr ?

— Sur le moment, je ne l'étais absolument pas, répondit Ed, mal à l'aise, visiblement fâché d'avoir à assumer un récit qu'en d'autres circonstances il aurait rejeté. Disons que c'était évident pour ceux qui se trouvaient sur place. Mais ce sont nos explorations ultérieures qui l'ont démontré sans ambiguïté.

— Alors tu crois à ces histoires d'aliens qui nous rendent visite discrètement et qui se barrent sans dire bonjour ? » renchérit Chris, goguenard.

Ed se passa la main dans les cheveux en tirant dessus un peu nerveusement. Son état d'épuisement était évident ; toutefois, lorsqu'il répondit, sa voix était ferme.

« Tout ce que je sais, c'est que dans le fond de cette doline se trouve un artéfact, très ancien et manifestement conçu par et pour des entités non humaines. Si vous l'aviez vu, vous comprendriez ce que je veux dire. Après, libre à toi de tourner cela en dérision, mais les faits demeurent en dépit de tes sarcasmes ! »

Visiblement à court de repartie, Chris se renfrogna et plongea de nouveau sa fourchette dans le fond de la boîte de conserve.

Ruzena restait silencieuse, réfléchissant aux implications de ce qu'elle venait d'entendre. Comme la nausée était passée, elle tenta d'avaler un peu de café.

« Qu'avez-vous fait après ? » demanda-t-elle finalement.

Les sourcils toujours froncés de colère, Ed soupira longuement puis se résolut à reprendre son récit.

« Je te laisse imaginer notre excitation le soir, en rentrant au camp de base. Nous étions venus en espérant trouver une nouvelle espèce de chenille ou un tubercule non répertorié, et une découverte à peine croyable nous dégringolait dessus ! Évidemment, dès notre retour au camp, je contactais Dervac afin de leur annoncer l'incroyable nouvelle et leur faire une série de demandes : entre autres, nous envoyer du matériel adapté dans les plus brefs délais, faire venir des confrères spécialistes de ces questions, dont je leur dressai une liste complète sans attendre, préparer un communiqué de presse et – cela tombait sous le sens – prévenir le gouvernement. Comme vous vous en doutez, il leur fallut quelques heures pour surmonter leur incrédulité bien naturelle. Mais les photos que j'avais envoyées firent leur petit effet en haut lieu, et, au milieu de la nuit, la direction nous adressa enfin un message de félicitations tout en confirmant l'envoi rapide de matériel et d'une équipe de spécialistes. Bref, ils prenaient les choses en main ; tout ce que nous avions à faire était de patienter vingt-quatre heures. D'ici là, ils jugeaient préférable que nous ne poussions pas plus loin nos investigations sur l'objet.

J'acquiesçai par principe, car il s'agissait d'une recommandation de bon sens, tout en sachant que nous ne la respecterions pas. L'ensemble de l'équipe était comme électrisé. Chacun rongea son frein toute la nuit sans trouver le sommeil, et, lorsque le jour se leva, tout le monde était prêt à retourner sur le site examiner cette merveille.

« Une fois sur place, nous nous sommes mis au travail plus efficacement que la veille. Nous avions apporté tout le matériel dont nous disposions au camp et, en milieu d'après-midi, une grande partie de la structure était mise au jour. La forme générale de l'objet m'apparut assez simple : il était plutôt plat et doté d'une curieuse excroissance qui me fit penser à ces mange-disques des années soixante pourvus d'une large poignée à l'arrière. Je partageai mes réflexions avec Shane, et nous convînmes que sa position semblait indiquer qu'il avait lui-même provoqué l'éboulement. Si l'on admet qu'il s'agit d'un engin, euh… disons, volant…

— Un *vaisseau* ! » ne put s'empêcher de railler Chris de nouveau.

Cette fois, Ed paraissait avoir décidé de l'ignorer et poursuivit sans relever.

« … alors celui-ci avait dû se poser juste au-dessus de la cavité lorsque le plafond était encore intact, et son poids en avait fait céder la voûte. Dans ce cas, il n'aurait fait que déclencher prématurément un événement qui se serait produit de toute manière un jour ou l'autre. L'objet avait subi des dommages importants durant cette chute, mais ceux-ci ne semblaient pas structurels. Pourquoi les pilotes de ce véhicule – si vraiment c'en est un – n'ont-ils pas été capables de réparer puis de repartir, je l'ignore. Des recherches approfondies permettraient probablement de répondre à cette question. Toutefois, à ce moment, je ne m'en préoccupais pas vraiment, car le déblaiement avait mis au jour ce qui ressemblait à une porte… »

Cette fois, ce fut Ruzena qui ne put s'empêcher de lui couper la parole.

« Vous êtes entrés ? s'exclama-t-elle. N'était-ce pas très imprudent ? »

Ed secoua la tête.

« Nous étions équipés en conséquence. Nous portions des combinaisons stériles et des masques filtrants. En fait, c'était déjà dans cette tenue que nous avions exploré toutes les dolines à la recherche d'espèces inconnues. On ne contamine pas un site de recherche biologique avec ses propres bactéries, et, au passage, on évite aussi de se faire contaminer. Je disais donc que nous avions fini par découvrir une porte, sur l'un des flancs les plus abîmés de l'objet, gauchie et entrouverte. La déformation du panneau permettait de se faufiler de l'autre côté. Nous ne sommes pas restés longtemps à l'intérieur ; la journée touchait à sa fin et nous étions exténués. Il n'était donc pas question de procéder à un véritable examen des lieux, mais plutôt de se faire une idée de ce qui se trouvait derrière ces parois. De satisfaire notre curiosité immédiate.

— Et ? » fit Ruzena qui n'y tenait plus.

Le jeune homme écarta les mains, comme pour exprimer son impuissance à trouver les mots adéquats.

« Je ne sais pas trop comment décrire ce que j'ai vu. Cela m'a d'abord semblé complètement chaotique. Un entremêlement de formes incompréhensibles et d'ustensiles étranges. Sur le moment, j'ai même cru que tout avait été dévasté par l'accident, alors qu'en fait mon esprit humain ne parvenait pas à distinguer les équipements détruits de ceux en bon état, mais dont la forme m'était inintelligible. Puis j'ai fini par discerner une logique générale dans les aménagements, des zones dégagées pouvant faire penser à des espaces de travail, des axes de circulation, etc. Malheureusement, le temps nous a manqué pour nous faire une idée sérieuse. Comme la nuit approchait, nous nous sommes contentés de prendre un maximum de photos, puis nous avons repris le chemin du camp. J'aurais aimé vous montrer les clichés, mais tous nos appareils ont été confisqués par la suite. Toutefois, lorsque j'ai examiné les images le soir même, dans ma tente, une série d'objets rangés le long d'une paroi a attiré mon attention. Je ne pourrais évidemment pas en jurer, mais… »

Ruzena haussa les sourcils de manière interrogative afin de l'inviter à aller jusqu'au bout de sa phrase. Le regard de son fiancé se rembrunit.

« Sans que je sache trop pourquoi, certains de ces instruments éveillaient en moi un curieux sentiment de familiarité. Puis j'ai fini par comprendre. De par leur forme, leur aspect général… même si je ne peux en être sûr, il s'agissait manifestement d'armes… »

24

Skaff

11 h 12

Le gros privé goguenard ne rigolait plus du tout. Ce mélange comique d'incrédulité et de stupéfaction que son visage affichait désormais, Jim le connaissait bien pour l'avoir vu sur celui de toutes les personnes au sommet de Dervac à qui il avait fallu expliquer cette histoire depuis plus d'une semaine.

Une demi-heure plus tôt, en constatant que c'était le détective, et non le journaliste de l'*Atlanta Mail*, qui l'attendait dans le *diner*, Skaff avait bien failli tourner les talons. Pourtant, il était resté, s'était assis face à lui et avait entrepris de tout déballer. Même s'il venait de passer les dernières heures à changer d'avis sans arrêt sur la question, au fond de lui, il savait que c'était la meilleure chose à faire.

En effet, tout révéler lui donnait au moins une chance. Alors que ne rien faire signifiait assister, impuissant, à la catastrophe qui n'allait pas manquer de se produire – car Jim était intimement persuadé que toute cette histoire finirait mal – et que faire chanter

Dervac impliquait de tels risques qu'il ne s'en sentait tout simplement pas l'estomac. À quoi bon être multimillionnaire pour vivre avec la crainte perpétuelle d'être réveillé en pleine nuit par deux nervis cagoulés et finir au fond d'un lac, dans un sac lesté de briques ? Sans compter que ce risque, il le faisait courir par rebond à son ex-femme – qu'il ne pouvait plus supporter, certes, mais pas au point de se montrer indifférent à sa mort – et, surtout, à Jim junior. Cette perspective lui avait paru insoutenable. Le principe selon lequel l'attachement affectif constituait un point faible se vérifiait donc avec brutalité, mais c'était trop tard, le mal était fait : il aimait son fils, et l'idée que des sicaires de Deep River puissent s'en prendre à l'enfant lui donnait la nausée.

Alors il avait ravalé sa fierté et supporté le petit air faussement détendu qu'arborait le détective privé. Fisher voulait jouer le type blasé, revenu de tout, ne craignant rien parce que se croyant bien plus malin que tout le monde ? Très bien. Jim avait parié en son for intérieur que cette bonhomie à la con ne survivrait pas à leur conversation. Et il ne s'était pas trompé. Si l'autre paraissait un peu moins ému qu'il ne l'avait espéré, ces révélations étaient tout de même parvenues à fissurer sa fausse jovialité. Désormais, son gros visage n'exprimait rien d'autre que de la concentration.

Dans le seul but de le faire enrager un peu, Skaff avait interrompu son récit le temps de goûter à la tarte aux pommes. Fisher suivait stupidement du regard les allers-retours de la fourchette entre l'assiette et la bouche.

« Les photos ne laissaient vraiment aucune place au doute ? » finit-il par demander.

Jim secoua la tête en se tamponnant les lèvres avec la serviette en papier.

« C'était très impressionnant. Pas le genre de clichés foireux qu'on trouve à la pelle sur les sites de fanas de parasciences, toujours flous et obscurs. Là, c'étaient des photos prises au reflex, avec flash, et en haute définition. Croyez-moi, si c'était un trucage, alors l'équipe de Dewlinger avait emporté un studio d'effets spéciaux dans ses bagages. »

Il avala une gorgée d'eau, puis reprit son récit : « J'ai été le premier prévenu puisque la cellule de veille chargée de garder le contact avec l'expédition était sous ma responsabilité. Le rapport initial de Dewlinger est arrivé tard dans la nuit, mais mes attributions m'obligent à me tenir disponible pour ce genre d'imprévu. Je suis donc retourné au siège en urgence. Le permanent de la cellule de veille se trouvait dans un tel état d'excitation lorsque je suis arrivé que j'ai tout de suite compris qu'un événement hors du commun avait eu lieu. Dès que j'ai vu les photos, j'ai réveillé mon chef, Carl Benkovic, le directeur aux affaires externes, qui, à son tour, a battu le rappel des principaux exécutifs, et, bien sûr, du grand patron lui-même, Sean Barkham. Croyez-moi, c'était quelque chose d'assister à cette réunion au sommet en pleine nuit, dans le siège totalement désert, arpenté seulement par les gardes de sécurité. Tous ces puissants que je côtoyais au quotidien, toujours tirés à quatre épingles, ont déboulé mal rasés, dans des vêtements enfilés à la va-vite, des cernes sous les yeux. Mais ce que je leur ai montré les a réveillés aussi sûrement qu'un pack de

Redbull avalé cul sec. Une fois qu'ils ont accepté la réalité de ce que je leur exposais, ils ont immédiatement commencé à envisager toutes les implications de cette découverte fabuleuse. Détenir un accès exclusif à cet objet représentait la promesse d'une montagne de brevets potentiels. Et pas seulement en pharmacologie. Tous les secteurs technologiques pouvaient être impactés ! La rétro-ingénierie promettait d'être carabinée – cet engin ne livrerait certainement pas ses secrets sur un claquement de doigts –, mais un trust du calibre de Dervac avait les moyens de payer pour ça, même si cela devait prendre des années. En revanche, il était hors de question de partager avec qui que ce soit. Personne ne devait mettre son nez dans cette histoire. Et surtout pas les autorités.

— Oh, coupa Fisher avec cet insupportable air ironique qui semblait être la seule expression dont son visage soit capable. Je suppose donc que la proposition de Dewlinger de prévenir le gouvernement a dû être diversement appréciée…

— Autant agiter un chiffon rouge devant un taureau, acquiesça Jim. Barkham a pris la première décision en moins de dix minutes : une équipe de contractuels de Deep River devait être envoyée là-bas dans les prochaines heures afin de confiner Dewlinger et ses hommes et, surtout, les empêcher de commettre l'irréparable en prévenant quelqu'un d'autre. Nous avons d'ailleurs aussitôt coupé la liaison satellite que nous mettions à leur disposition. Un petit contingent de scientifiques en qui nous avions toute confiance rejoindrait ces hommes plus tard, mais les contractuels seraient à même de fournir une première évaluation de la réalité de la découverte en très peu de temps.

Ça, c'était le plus simple. Le reste, c'était d'un autre niveau…

— Le reste ? »

Skaff décida de manger de nouveau un peu de tarte. Si le détective en fut agacé, il le cacha bien. Cependant, pour Jim, ces pauses n'étaient pas que théâtrales. Révéler de tels secrets n'avait rien d'anodin. Il croyait deviner l'ombre du squale blanchâtre dont il avait eu un aperçu au Georgia Union Club flottant dans le *diner*, présence mortifère dont la menace n'était que trop palpable. Mais c'était trop tard pour reculer, le Rubicon était déjà loin derrière lui, il fallait aller jusqu'au bout.

« Comme je vous le disais, Barkham n'est pas du genre à tergiverser. Durant la projection des photos, son regard parlait pour lui : cette opportunité était unique dans toute l'histoire du business et il ne la laisserait pas passer. Il était prêt à mettre tout le poids de Dervac – qui est considérable, je peux vous l'assurer – dans la balance. La priorité était de couper les ponts entre cette région et le reste du monde. Hors de question qu'un groupe de touristes se pointe dans le coin et révèle le pot aux roses. Les exécutifs de Dervac, ainsi que les dirigeants de Deep River, ont donc activé tous les leviers à leur disposition, y compris ceux, hum… dont on ne se vante pas. »

Fisher plissa les paupières. Toute bonhomie avait quitté son visage. Jim avait gagné son pari, mais il n'était pas sûr d'aimer cela, car l'expression goguenarde avait cédé la place à une froide dureté nettement plus impressionnante.

« Le crime organisé, n'est-ce pas ? lâcha le détective entre ses dents. C'est curieux, le même journaliste avec lequel vous aviez rendez-vous m'a affirmé que les liens entre groupes pharmaceutiques et cartels de la drogue relevaient du fantasme pour complotistes primaires.

— Il a raison. Ces organisations n'ont aucun business en commun. Toutefois, ne vous leurrez pas, lorsqu'on atteint un poids financier comme celui de Barkham ou de certains exécutifs de Dervac, on fréquente des cercles où les frontières morales ne signifient plus rien. Les lois n'ont plus cours à ces altitudes, seule la réussite compte. Vous pouvez bafouer autant de règles que vous le voulez du moment que vos intérêts, et ceux de vos relations, prospèrent. Les directeurs de Dervac ne connaissent bien évidemment pas les patrons de la pègre des jungles vénézuéliennes, mais certaines de leurs relations, oui. Il n'a donc fallu que quelques heures et de *très* gros virements offshore pour que tous ces intérêts se mettent en rapport. Aussi, lorsque la première équipe de Deep River est arrivée sur le plateau, tout ce beau monde était prêt et n'attendait plus que le feu vert pour lancer l'opération. »

Le gros privé avait déjà compris de quoi il retournait, Skaff l'aurait juré. Néanmoins, comme le détective se garda de l'interrompre, il continua sur sa lancée.

« Une fois sur place, les contractuels ont cantonné l'équipe de l'expédition initiale dans leur camp de base. Étant donné la personnalité de Dewlinger, il y a eu quelques étincelles, mais on ne leur a pas laissé le choix. Puis le commando s'est rendu sur le site. Lorsque la confirmation de cette découverte impensable est arrivée, la machine s'est mise en route de manière implacable. »

Encore une fois, Jim s'interrompit. Il abordait la partie la plus grave du récit, celle qui pouvait vous envoyer dans le couloir de la mort. Après vérification, il avait appris que, depuis 1998, la Géorgie avait substitué l'injection létale à la chaise électrique. Il ressentit soudain comme des picotements dans le creux du bras.

« En vingt-quatre heures, grâce à une coordination parfaite des différents groupes criminels sur place, Dervac a accompli le tour de force de simuler un début de rébellion laissant penser à un mouvement séparatiste local. Quelques authentiques paramilitaires illuminés ont été poussés sur le devant de la scène afin de donner un vernis d'authenticité, mais le gros des troupes était fourni par les cartels. Quelques vidéos convaincantes ont été postées sur Internet, quelques coups de feu tirés près de villages et des camions pleins de guérilleros se sont mis à tourner ostensiblement sur les routes ; les médias du monde entier ont embrayé en un rien de temps.

— Attendez, attendez, coupa Fisher. Des groupes criminels concurrents et des rebelles ont accepté de collaborer ? C'est difficile à croire. »

Se laissant aller en arrière dans la banquette en Skaï, Skaff toisa un instant ce béotien.

« *Tout homme a son prix pour lequel il se livre.* Ce n'est qu'une question d'échelle. Si vous ne pouvez pas acheter quelqu'un avec un million de dollars, proposez-lui cent millions. Je vous assure que sa détermination fléchira. Si à cent, il est toujours réticent, proposez un milliard. À ce tarif, personne ne refuse. Personne.

— Vous n'êtes pas sérieux ?

— Les fonds d'un groupe comme Dervac, surtout si l'on ajoute ceux qui sont tenus secrets, sont insondables. Proposer quelques milliards à des trafiquants perdus dans la jungle ne pose aucun problème si l'on est sûr du retour sur investissement.

— Et les gens ont marché ? Les journalistes ont gobé cette manipulation ?

— Vous avez lu la presse comme moi, non ? Les articles sont bourrés de conditionnels, mais l'essentiel est que le monde entier se tient pour dit qu'il ne faut pas mettre les pieds là-bas en ce moment. Les spécialistes de la question enquêteront et finiront par comprendre qu'il ne s'agissait que de foutaises, c'est entendu ; d'ici là, l'opération sera terminée et Dervac contrôlera la plus grande découverte de tous les temps. »

Fisher garda le silence quelques instants. Cela faisait beaucoup d'informations à assimiler d'un coup.

« Qu'est-ce qui a foiré ? demanda-t-il enfin. Car si vous êtes là, cher monsieur Holbrook, c'est que tout ne s'est pas passé comme prévu, n'est-ce pas ? »

Le masque ironique était déjà de retour ! Seigneur, la capacité de ce type à encaisser était vraiment phénoménale. S'étreignant les mains nerveusement, Skaff se rendit compte qu'elles étaient moites. Par réflexe, il les essuya sur son pantalon en espérant que la table empêcherait son interlocuteur de s'en apercevoir.

« Vingt-quatre heures après l'arrivée du commando de Deep River, un binôme de scientifiques, sélectionné par Dervac, les a rejoints, avec le reste du matériel. L'équipe de Dewlinger ruait dans les brancards, mais la situation était sous contrôle. Puis, le lendemain, nos scientifiques ont envoyé un message à la fois inquiétant et, euh… intéressant. L'équipement que nous avions fourni aux contractuels pour les protéger d'éventuelles contaminations consistait en un masque pressurisé nez/bouche de niveau 3. Cette précaution nous avait paru suffisante. Or, même si nous ne l'avons appris que deux jours plus tard, d'étranges effets ont immédiatement commencé à se manifester. D'abord les yeux très rouges, comme pour une allergie sévère, puis des conséquences plus… spectaculaires. Ces hommes subissaient une modification profonde de leur métabolisme qui les rendait plus, euh… performants. Je ne parle pas d'un simple coup de *boost* comme peuvent en provoquer les amphétamines, par exemple. Là, il s'agissait de performances exceptionnelles. Certains d'entre eux s'étaient filmés en train d'accomplir leurs exploits et les vidéos tournaient en boucle sur les écrans de la salle de réunion de Dervac. Quel que soit l'agent responsable de ces modifications, il justifiait déjà les risques pris par le comité exécutif restreint ! L'entreprise qui détiendrait un tel brevet ferait des dizaines de milliards de profits. Et ce n'était qu'un début ! Alors, lorsque Barkham a appris que Dewlinger perdait les pédales, menaçait de tout révéler dans la presse et promettait des actions en justice contre la compagnie pour s'être approprié une découverte appartenant à l'humanité, enfin, ce genre de conneries, il a vu rouge… »

Nouvelle interruption. Nouvel essuyage de mains sur le pantalon. Fisher ne le quittait plus des yeux.

« Vous n'arrivez pas à le dire, n'est-ce pas ? » marmonna-t-il.

Sa voix n'était qu'un filet glacial. Jim aurait préféré qu'il reprenne son rôle de gros débonnaire sympa, mais ce personnage-là semblait parti pour de bon.

« La décision a été prise de, euh… d'écarter définitivement l'équipe de, euh…

— *D'assassiner*, coupa sèchement le détective. *D'assassiner* l'équipe de Dewlinger. Les mots ont un sens, monsieur Holbrook. »

Skaff déglutit péniblement, mais poursuivit néanmoins.

« Cette découverte et celles à venir pouvaient générer des profits incalculables ; alors, que valaient quelques vies en comparaison ? Enfin, c'était le point de vue des exécutifs, bien sûr. Je n'étais pas associé à cette décision, euh… impardonnable, et dès que je l'ai apprise, je me suis mis en relation avec M. Hames pour tout révéler… Vous devez comprendre que des perspectives aussi lucratives ont fait perdre tout sens de la mesure à ces gens. Les revenus potentiels permettaient d'envisager n'importe quelle action. Au moment où je vous parle, un plan est même en cours d'élaboration pour prendre le contrôle du Venezuela par une corruption massive à tous les échelons du pouvoir et installer définitivement le siège de Dervac là-bas. Les retombées financières de l'opération seront telles que le groupe rivalisera avec n'importe quel État de cette planète ! »

Fisher eut brusquement l'air effondré. Jim prit conscience qu'il s'était laissé aller à un peu trop d'enthousiasme pour quelqu'un supposément tiraillé par sa conscience.

« Je vous repose la question une nouvelle fois, gronda le détective. Qu'est-ce qui a foiré ? »

Jim tâcha de retrouver une voix plus neutre avant de répondre : « Au bout de trois jours de présence sur place des mercenaires, les nouvelles ont commencé à être moins bonnes… »

25

Chris

11 h 24

Calé dans un creux de rocher, l'estomac enfin plein, Chris écoutait l'histoire à peine croyable que racontait son frère. Cependant, en dépit des événements extraordinaires que celui-ci décrivait, il peinait à lui accorder sa pleine attention ; ses pensées revenaient toujours au problème qui le concernait *lui*, directement.

Il avait bien cru en être débarrassé lorsqu'il avait appris le massacre de l'équipe d'Edward, à travers les déductions de Ruzena, mais il avait fallu qu'il s'en sorte, ce petit connard prétentieux, ce donneur de leçons patenté. Certes, sur le moment, Chris n'avait pas été très fier du soulagement qu'il avait éprouvé à l'idée de la mort de son frère ; toutefois, depuis qu'il l'avait revu bien vivant, et toujours aussi poseur, il en regrettait presque que sa fiancée se soit trompée. Si, pour le moment, la joie d'avoir retrouvé celle-ci rendait Ed tout miel, cela ne durerait pas ; tôt ou tard, il faudrait qu'ils aient une discussion franche.

Et ces deux-là qui passaient leur temps à se manger des yeux comme des ados à leur premier rendez-vous ! C'en était écœurant au point que Chris préféra regarder ailleurs.

Il baissa la tête et s'aperçut qu'il triturait machinalement les bords du pansement rouge sombre qui enveloppait sa cuisse. Tapotant la plaie à travers la gaze, il constata que toute la zone était devenue insensible. Ni douleur ni même sensation de toucher… Une angoisse intolérable l'envahit brusquement, lui serrant le cœur et l'empêchant de respirer aussi sûrement que si des mains invisibles lui étreignaient la gorge. Il ne savait que trop bien ce que signifiait cette absence de sensibilité. S'il ne recevait pas des soins sérieux dans les prochaines heures, il faudrait amputer ; et s'il n'était pas hospitalisé dans les prochains jours, ce n'était pas la jambe qu'il perdrait, mais la vie. Il se força à respirer lentement afin de repousser la crise de panique.

Quel que soit l'angle sous lequel Chris examinait la situation, il était coincé. S'il restait avec les autres, il ne faudrait pas longtemps pour qu'ils recollent les morceaux et comprennent ce qui s'était passé entre lui et Ruz ; s'il leur faussait compagnie pour aller trouver les mercenaires de Dervac, il serait probablement abattu à vue puisque ces gars n'avaient aucun moyen de savoir qui il était. Au demeurant, pourquoi Dervac les avait-il envoyés, ceux-là ? Après tout, cela accréditait plutôt le récit d'Edward. Quoi qu'ils aient trouvé au fond de ce trou, cela semblait receler une si grande valeur aux yeux du comité exécutif que des décisions *très* radicales avaient été prises. Bref, il ne pouvait faire confiance à personne, et, diminué physiquement, il se trouvait bien incapable de se débrouiller par ses propres moyens. Il n'avait donc d'autre choix que de continuer à jouer le paumé docile qu'il campait depuis le début, sans avoir à se forcer d'ailleurs.

Putain, comment les choses ont-elles pu dégénérer à ce point ?

Chris releva la tête vers son frère ; mieux valait encore se concentrer sur la conversation plutôt que se tourmenter avec un problème sur lequel il n'avait aucune prise.

Ed parlait toujours de son engin tombé du ciel. Comment pouvait-il débiter de telles conneries, lui le grand-scientifique-nobélisable ? Dire que son avenir dépendait de l'avis d'un gars qui ânonnait ces fadaises !

Cependant, il venait de conclure son récit en lâchant une phrase qui ne manquait pas d'intérêt :

« Même si je ne peux en être sûr, il s'agissait manifestement d'armes… »

Ruzena ne cacha pas son étonnement : « Qu'est-ce qui te fait penser ça ?

— Rien de rationnel, je l'admets. Plutôt une impression. Déjà, la façon dont elles étaient rangées qui évoquait à s'y méprendre un râtelier, un peu comme s'il n'y avait qu'une seule manière de ranger des armes, que l'on soit humain ou pas. De plus, ces objets différaient notablement des autres équipements visibles dans le véhicule ; il s'en dégageait une certaine menace. Rien que de très subjectif, j'en ai conscience, mais, dans le fond, ce serait plutôt logique que des armes se trouvent à bord. Si cette structure est bien ce que je crois, ses occupants ne se seraient pas lancés dans l'exploration de mondes inconnus sans moyen de se défendre. Alors, avec Javier, on a pensé que ces armes représentaient peut-être une chance de nous en tirer. »

Cette fois, Ruzena sursauta carrément. Et Chris en aurait fait autant s'il ne s'était senti si faible.

« Vous ne songez pas sérieusement à retourner là-bas alors que ça grouille de mercenaires ? s'exclama-t-elle. Ces types me filent les jetons rien que d'y repenser. Des monstres de foire body-buildés capables de prouesses physiques franchement… euh, anormales. »

Edward sembla interpellé par ce détail.

« C'est curieux, fit-il pensivement, je n'ai rien remarqué de tel chez eux…

— Quoi qu'il en soit, continua Ruz, se jeter dans leurs bras ne me paraît pas une bonne idée. Il faut partir d'ici au plus vite, et pour ça, nous n'avons pas besoin d'armes ! D'autant que cela représenterait un sacré coup de poker ; on ne sait pas ce que sont réellement ces équipements, ni si nous saurons nous en servir, ni même s'ils fonctionneront encore après si longtemps !

— Chaque point que tu soulèves est exact, acquiesça Ed. Toutefois, nous en avons longuement discuté avec Javier et je pense que nous devons courir le risque.

— Pourquoi ? répliqua la jeune femme d'une voix aiguë. Alors qu'il nous suffit de quitter ce damné plateau et de tenter notre chance dans la jungle pour rallier le Brésil ! Là-bas, nous serons à l'abri des rebelles. Si j'en crois mes cartes, la frontière ne se trouve qu'à quarante kilomètres au sud du tepuy. Avec nos réserves, nous devrions nous en sortir sans trop de problèmes et couvrir cette distance en quelques jours si… »

Elle hésita un instant en jetant un coup d'œil rapide dans la direction de Chris. Bien que bref, le geste n'avait pas échappé à celui-ci.

– *Tu ne me donnes pas si longtemps, n'est-ce pas ? Non seulement un blessé ne serait qu'un boulet pour vous, mais en plus tu penses que le temps qu'on atteigne le Brésil, je serai mort !*

Une expression embarrassée passa sur le visage de Ruzena et Javier en profita pour intervenir.

« Contrairement à ce que tu sembles croire, ce n'est pas aussi simple de quitter le Sari, fit-il avec son accent qui mettait les "s" en valeur. Bien que le plateau soit immense, il n'existe qu'une seule voie d'accès. En tout cas, une seule répertoriée. Les mercenaires seraient stupides de ne pas la surveiller.

— Cherchons-en une autre, dans ce cas ! »

Ce matin, songea Chris, *tu disais exactement le contraire juste parce que tu voulais sauver ton bonhomme ! Pathétique.*

« *No*, fit Javier en secouant la tête, *no es posible*. Nous pourrions parcourir le contour du tepuy pendant des semaines sans trouver de voie de descente, et si, par chance, nous en découvrions une, il se pourrait très bien qu'elle ne soit pas praticable jusqu'en bas. Il faudrait alors remonter des centaines de mètres de falaise. Tout cela avec la menace permanente d'être repéré par les assassins de Dervac.

— Je comprends tes inquiétudes, Ruz, intervint Ed, mais nous avons déjà retourné le problème dans tous les sens. Nous ne pouvons pas jouer au chat et à la souris avec eux indéfiniment. Ce sont des professionnels : tôt ou tard, ils nous trouveront. Notre seule chance réside dans les moyens de communication dont ils disposent. Si nous mettons la main sur une radio longue portée ou, mieux, un téléphone satellite, nous pourrons prévenir l'extérieur. Pour cela, il faut nous infiltrer dans le camp de la doline, ce qui est bien entendu impossible en surface. C'est pourquoi Javier pense qu'il faut passer par en dessous.

— En dessous ? »

Tout en écrasant le mégot de la cigarette qu'il venait de terminer, Javier prit le relais.

« Le Sari est rongé de cavernes comme un gruyère. J'en connais beaucoup pour y avoir souvent mené des touristes. L'un de ces réseaux affleure à moins d'un kilomètre de la doline qui contient l'objet. Je ne peux pas l'affirmer, mais je parierais qu'il communique avec le fond du gouffre.

— Vous voulez entrer dans la doline par une caverne, puis remonter à l'intérieur du camp qui se trouve en haut ?

— *Exactamente*. Ils n'ont pas de raison de s'inquiéter de l'accès intérieur, alors que l'enceinte sera étroitement surveillée. Et au passage, nous pourrons tenter de récupérer les armes qu'Edward pense avoir vues. »

La jeune femme demeura pensive quelques instants, évaluant la qualité du plan.

« Pénétrer dans le camp de tels mercenaires me paraît toujours trop risqué, même de cette manière. »

Alors qu'Ed s'apprêtait à insister, elle leva la main pour qu'il la laisse terminer : « Cela dit, peut-être que la première partie du plan vaut la peine d'être tentée. Après tout, chercher un passage vers la doline dans ces cavernes ne mettra pas davantage nos vies en jeu que rester ici. Par contre, si vraiment nous mettons la main sur des armes, je propose que nous nous en servions plutôt pour coincer une patrouille dans la forêt, voire neutraliser ceux qui gardent la voie d'accès du tepuy. Ce sera bien moins dangereux que d'entrer dans le camp du site, et ces hommes ont tous des moyens de communication sur eux. Nous obtiendrons donc ce que nous cherchons. »

Javier et Edward se regardèrent en opinant de la tête.

« Ça peut marcher, admit le guide. De toute façon, on pourra toujours aviser lorsqu'on sera sur place.

— Chris, fit Ruzena en tournant la tête vers lui. Il faut que nous soyons tous d'accord avant de nous lancer. Qu'en penses-tu ? »

L'interpellé se redressa péniblement ; il avait presque oublié qu'il était acteur de la scène qui se déroulait devant lui.

« Euh… je n'ai pas vraiment d'avis sur la question… Si vous pensez que c'est la meilleure chose à faire, alors je vous suis… »

La moue qu'il vit se dessiner sur le visage de ses compagnons montrait clairement qu'ils interprétaient cette attitude comme une nouvelle preuve de son manque de caractère.

Rien à foutre ! Plus ils me mépriseront, plus ils m'oublieront, et moins ils se méfieront.

Car l'idée de récupérer des armes lui paraissait excellente. En l'état actuel des choses, quelle que soit l'hypothèse envisagée, il mourrait ; tandis qu'une fois armé, il aurait la possibilité de quitter ses compagnons embarrassants, d'intercepter des hommes de Dervac et, sous la menace, de se faire connaître. Une fois que les mercenaires auraient compris à qui ils avaient affaire, ils le prendraient en charge. Ce n'était pas sans risque, mais, au moins, c'était une chance…

26

Fisher

12 h 13

En sortant de Covington, la limitation de vitesse sur l'Interstate 20 passa en *rural* et Fisher put enfin monter à soixante-dix mph. S'il évitait soigneusement de dépasser le maximum autorisé – ce n'était pas le moment de se faire arrêter par l'impitoyable police de la route –, l'urgence de la situation lui imposait tout de même de perdre le moins de temps possible pour rejoindre Atlanta.

Le récit stupéfiant d'Holbrook hantait encore ses pensées comme un arrière-plan obsédant, plongeant son esprit dans une telle confusion qu'il avait presque l'impression d'être saoul.

Comment croire une histoire aussi extravagante ?

« Justement, ne put-il se retenir de dire tout haut, si je voulais inventer un bobard, j'en choisirais un plus vraisemblable. »

Pour la centième fois, le détective jeta un regard anxieux dans ses rétros, puis vérifia à travers les vitres brisées les voitures à proximité. Rien de suspect.

Depuis qu'il avait quitté le restaurant, il n'avait cessé de surveiller les autres véhicules, s'assurant de ne pas être suivi. Si cette histoire contenait une once de vérité, alors le danger était partout.

Tenant le volant d'une main, il fouilla dans le sac en plastique sur le siège passager et en sortit un téléphone sous blister. Dès la fin de leur entrevue, Fisher avait insisté pour se rendre avec Holbrook dans une boutique non loin du *diner* où il avait acheté deux téléphones prépayés. Après avoir noté leurs numéros respectifs, ils s'étaient séparés en convenant de reprendre contact le soir même. Clinton était aussitôt reparti vers Atlanta. Il voulait voir Saul sans attendre.

Après avoir eu le plus grand mal à ouvrir le blister d'une main, il alluma le petit appareil et attendit que la carte s'active. Le voyant de charge clignotait déjà. La barre était vide aux deux tiers.

Pas besoin de plus pour ce coup de fil. Je le rechargerai plus tard.

En attendant, Fisher alluma son propre téléphone pour y chercher le numéro de Saul, puis l'éteignit de nouveau aussitôt. Au bout d'une minute, quelques notes électroniques se firent entendre et le minuscule écran du jetable s'illumina. Fisher eut l'impression de revenir des années technologiques en arrière en tapant le numéro sur les petites touches en mauvais plastique.

Un filet de voix nasillarde jaillit de l'appareil qu'il tenait encore à la main : « Atlanta Mail*, bonjour.* »

Il ne s'attendait pas à ce qu'on décroche dès la première sonnerie, mais le son était si fort qu'il avait entendu la voix même sans avoir le prépayé sur l'oreille. Jetant à la hâte son smartphone inerte sur le siège passager, il porta l'autre appareil à son oreille.

« *Allô ? Allô ?* répétait la standardiste, avec agacement.

— Bonjour. Saul Hames, je vous prie.

— *Ne quittez pas.* »

Musique d'attente. Clinton en profita pour tâtonner sur le côté du téléphone à la recherche d'une touche pour régler le volume. Bien entendu, il n'y en avait pas. À 29,90 $, il ne fallait pas s'attendre à un tel raffinement.

« *Bureau de Saul Hames* », fit une nouvelle voix, masculine cette fois.

Pas celle de Saul.

« J'aimerais parler à Saul, demanda Fisher, soudain sur ses gardes.

— *Je, hum… Êtes-vous un ami ?*

— Oui. »

Le détective sentit comme une onde glacée lui descendre le long de la colonne vertébrale.

« Pourquoi cette question ?

— *Je suis désolé, monsieur, nous venons d'apprendre une nouvelle tragique : Saul Hames est décédé il y a une heure à peine…*

— Nom de Dieu ! » souffla Fisher.

Sans même réfléchir, il déclencha ses warnings et déboîta vers la droite. Un coup de klaxon éclata derrière lui, suivi d'un crissement de pneus. Sans s'en préoccuper, Clinton continua jusqu'à la bande d'arrêt d'urgence où il ralentit rapidement pour s'arrêter. L'auteur du coup de klaxon le dépassa avec de grands gestes furieux à son égard, mais Fisher n'y prêta aucune attention.

« *Monsieur, vous êtes toujours là ?*

— Oui… Qu'est-il arrivé ? Comment est-il… ? »

Il ne put se résoudre à terminer sa phrase.

« *Nous n'avons pas encore de détails précis, car tout cela vient de se produire. Il a quitté le bureau vers onze heures ce matin pour se rendre à un rendez-vous et il semble qu'il ait été renversé par un chauffard. C'est la police qui nous a prévenus. Tout ce que je sais c'est qu'il était déjà mort à l'arrivée des secours. Le choc a été extrêmement violent, d'après ce qu'on m'a dit.*

— Seigneur… Le chauffard… a-t-il été arrêté ?

— *Il a pris la fuite, mais la police nous a assuré qu'il serait retrouvé rapidement. Dès que les enregistrements des caméras de la zone seront visionnés, le numéro d'immatriculation livrera le nom du…* »

Fisher coupa la communication. Ce numéro ne mènerait les forces de l'ordre nulle part, bien sûr.

Il se pencha en avant et appuya son front sur le volant, les yeux fermés.

Saul, je suis tellement désolé.

Le sentiment très net d'avoir *lui-même* tué son ami obscurcissait son esprit. Il avait beau savoir que cette idée était fausse de bout en bout, qu'il inversait les rôles en oubliant que le responsable de cette mort n'était autre que le conducteur de la voiture et, indirectement, ses commanditaires chez Dervac, il ne pouvait s'empêcher de s'imaginer avec un pistolet braqué sur la nuque de son vieil ami. Un cri de colère jaillit de sa gorge et son gros poing s'abattit sur le tableau de bord qui se fissura avec un craquement.

Soudain, une pensée plus pressante encore se superposa au maelström qui tournoyait dans sa tête.

Il chercha fébrilement dans le sac en plastique le ticket de caisse sur lequel il avait noté le numéro du prépayé d'Holbrook. Dès qu'il l'eut en main, il le composa et s'apprêtait à enfoncer le bouton d'appel lorsqu'une sirène lui fit relever la tête : une voiture de police passa en trombe sur la voie d'en face.

Il ne fallait pas rester là. La police pouvait passer à tout moment et ne manquerait pas de le contrôler s'il restait sur la bande d'arrêt d'urgence. Les vitres brisées attireraient des questions.

Clinton redémarra. Sachant que le choc de la nouvelle de la mort brutale de son ami diminuait nécessairement ses facultés, il se concentra soigneusement pour prendre de la vitesse et s'insérer de nouveau dans la circulation. Une fois qu'il eut atteint cinquante mph, il cessa d'accélérer et resta sur la voie de droite. Le numéro d'Holbrook clignotait toujours sur le petit écran du téléphone. Il lança l'appel. Au bout de plusieurs longues sonneries, on décrocha.

« *Déjà ? On avait dit ce soir.*

— C'est Fisher, fit le détective, avant de songer que cela ne pouvait être que lui. Il s'est… passé quelque chose…

— *Quoi ?* »

Clint souffla longuement ; c'était vraiment dur.

« Saul Hames est mort. »

Silence.

Holbrook encaissait à son tour. Pas pour la perte d'un proche – Saul n'était rien pour lui –, mais en comprenant que la valeur de sa propre vie venait de s'effondrer au cours du jour.

« *Je suis le prochain sur la liste*, finit-il par dire d'une voix blanche.

— Je vais vous aider à vous mettre à l'abri, ne vous inquiétez pas…

— *Oh non !*

— Quoi ?

— *Mon fils ! Mon ex-femme ! Ils vont s'en prendre à eux ! Je dois les prévenir !*

— Attendez ! Ne faites rien de stupide ! Ceux d'en face n'attendent que ça. Si vraiment ils ont compris que vous vous êtes mis à table, ils ne peuvent pas savoir où vous vous trouvez en ce moment. Si vous avez une famille, c'est justement chez eux qu'ils vous attendront !

— *Chez eux ? Je dois y aller alors ! S'ils ont touché à un seul cheveu de mon…*

— NON ! ÉCOUTEZ-MOI, BON SANG ! Vous n'y allez certainement pas seul ! Où êtes-vous en ce moment ?

— *Je viens de sortir de Monticello et je vais prendre la 175. Comme convenu, j'ai pris une autre route pour rentrer à Atlanta.*

— Très bien. Retrouvons-nous à mi-chemin, à, euh… Vous connaissez le golf de Brown's Mill, dans le sud de la ville ?

— *Je vois où c'est.*

— Le premier arrivé là-bas attend l'autre sur le parking. Ne faites rien d'irréfléchi d'ici là, monsieur Holbrook. »

27

Ruzena

14 h 01

Comme Ruzena avait pu le constater depuis qu'elle se trouvait sur ce plateau, le brouillard le plus dense qui soit pouvait y tomber très vite. La brume légère qui les environnait encore quinze minutes plus tôt s'était subitement muée en un mur blanc opaque qui les empêchait de voir à plus de trente mètres. Cependant, si cette purée de pois compliquait leur progression, elle les dérobait aussi aux regards malveillants.

Deux heures auparavant, toute la petite troupe était retournée au camp de base afin de récupérer autant de matériel de spéléologie que nécessaire à l'exécution de leur plan. En dépit de leurs craintes permanentes de tomber dans une embuscade, ils n'avaient croisé personne et s'étaient mis en route sans encombre vers le réseau de grottes. D'après Javier, plusieurs heures seraient nécessaires pour atteindre l'entrée qu'il connaissait. Il leur faudrait en effet accomplir un long détour afin de contourner le site, dont les environs devaient être très surveillés. En plus des rondes fréquentes aux abords du camp de la doline, il se pouvait que les mercenaires aient disposé de petites caméras un peu partout.

Dans un brouillard aussi épais, se déplacer sur un relief accidenté devenait assez dangereux. Les crevasses ne se remarquaient qu'au dernier moment et la roche se transformait en une véritable patinoire ; faute de voir au loin, déterminer le bon itinéraire se révélait hasardeux et, souvent, il fallait rebrousser chemin face à un à-pic infranchissable. L'imagination aidant, chaque élément de l'environnement se métamorphosait en une forme vaporeuse sombre, aussi inquiétante qu'indéfinissable. Là, des rochers aux contours déchiquetés devenaient des monstres difformes de films d'horreur ; plus loin, un tronc à la silhouette torturée évoquait quelque énorme serpent, figé dans une contorsion menaçante ; partout ailleurs, les feuillages ou les lianes, agités par un léger souffle d'air, paraissaient prendre vie.

Ils avançaient en file indienne. Javier ouvrait la marche, Ruz cheminait en deuxième position, Edward juste derrière et Chris en dernier, clopinant plus loin sur des béquilles de fortune fabriquées à la hâte. Blessé comme il l'était, il n'avait pu se charger de quoi que ce soit. Les provisions et le matériel de spéléo avaient donc été répartis entre les trois personnes valides. Outre le poids non négligeable que cela représentait, ce genre d'équipement produisait une multitude de bruits fort peu discrets. Baudriers, casques, mousquetons, trousses à spits et bloqueurs s'entrechoquaient continuellement, produisant un véritable concert de cliquetis.

Pour Ruz, tout cela n'augurait rien de bon. La ravine au fond de laquelle ils progressaient n'était guère profonde et, surtout, un peu trop près du site principal à son goût. Tourmentée à l'idée d'être repérée, elle sentait chaque muscle de son corps se crisper, ajoutant à l'effort de porter une lourde charge celui d'une tension nerveuse inutile. Elle s'efforçait de rester attentive au moindre bruit suspect, révélateur d'une éventuelle présence hostile, mais Chris, ahanant et grognant en permanence, l'empêchait de se concentrer. À vingt mètres de distance, elle l'entendait comme s'il était sous son nez. Sachant pertinemment qu'elle perdrait son temps, elle ne s'avisa même pas de lui demander de faire moins de bruit.

Afin de détourner le cours de ses pensées négatives, elle ralentit un peu pour laisser Ed revenir à son niveau. Un beau sourire s'afficha sur le visage du jeune scientifique et il lui prit la main spontanément.

« Comment te sens-tu ? » chuchota-t-il.

Javier avait stipulé de ne parler qu'à voix basse dans cette zone.

« Comme une mule trop chargée, souffla-t-elle en lui rendant son sourire.

— Oui, moi aussi, j'en veux à Chris de nous laisser tout porter, acquiesça-t-il sur un ton de connivence. Mais on pouvait difficilement le lui imposer, je suppose.

— Vous êtes très froids l'un envers l'autre, s'étonna Ruzena. J'ai l'impression que sa présence ne t'enchante pas. C'est parce qu'il est blessé et que tu crains pour sa vie, ou bien… ? »

Elle laissa volontairement sa phrase en suspens. Edward demeura impassible ; pourtant, sa gêne était évidente.

« Nous n'avons jamais été très proches, tu sais… Enfin, pardon, tu ne sais pas, ou, plutôt, tu ne sais plus… Mais tout cela te reviendra rapidement.

— Je l'espère. »

Sa manière d'éluder la question n'avait pas échappé à Ruz. Elle s'abstint d'insister.

« Durant tout le début de l'expédition, fit-il, toi et moi échangions quotidiennement par la liaison vidéo. J'attendais avec impatience ce petit rituel, à la nuit tombée, où nous nous retrouvions par écrans interposés. En dépit de la froideur d'une conversation vidéo, il se recréait dans ces moments une intimité qui m'aurait sinon cruellement manqué. »

En l'écoutant, l'image d'une scène se forma dans l'esprit de Ruzena, vision fugace d'elle-même allongée dans son lit, un ordinateur portable posé sur l'oreiller d'à côté, affichant l'image d'Ed dans la même position sur un lit de camp à quatre mille kilomètres de là. Elle sentit son cœur accélérer et lui serra la main avec plus de force.

« De quoi parlions-nous ? souffla-t-elle.

— De tout et de rien. Nous nous racontions nos journées, échafaudions des projets d'avenir, ou tout simplement nos prochaines vacances. Nous rêvions de la maison que nous voulions acheter dans le Grand Nord. Mais pour être honnête, on s'échangeait surtout des mots doux… » Il lui sourit derechef. « La veille de la coupure des communications, tu m'avais prévenu que, la fois suivante, tu aurais peut-être une nouvelle à m'annoncer. Malheureusement, tu n'as jamais eu l'occasion de le faire. As-tu une idée de ce dont il s'agissait ? »

Ruz fronça les sourcils en tâchant de se souvenir.

« Je suppose que cela concernait le trek que tu organisais sur le mont McKinley, avança Ed. Tu m'en parlais presque tous les jours parce que la préparation avançait rapidement. Tu n'attendais plus que le feu vert de tes sponsors. »

La jeune femme cherchait de toutes ses forces dans sa mémoire engourdie, mais rien ne vint. Les larmes lui montèrent aux yeux aussitôt. Si le contact de son fiancé commençait à faire remonter certains souvenirs, l'essentiel demeurait caché, se dérobait à son esprit. Comment pourrait-il l'aimer encore si elle n'était plus elle-même ?

« Je… suis désolée, fit-elle, des sanglots dans la voix. Cela ne me dit rien. Je ne m'en souviens plus… »

S'apercevant de sa détresse, il s'efforça de la rassurer : « Ne t'inquiète pas, ma chérie ! Je suis sûr que ce n'est qu'un état passager. Et, si vraiment cela ne se dissipe pas rapidement, lorsque nous serons de retour chez nous, nous consulterons les meilleurs spécialistes ; je ne doute pas qu'ils sauront t'aider. » Il ajouta avec plus de force encore : « Et, au pire, même si tu ne devais jamais retrouver la mémoire, cela ne changera rien à mes sentiments ! Tes souvenirs ont disparu ? Très bien, alors il ne tient qu'à nous de t'en fabriquer de nouveaux ! »

La chaleur qui transparaissait dans sa voix fit du bien à Ruzena. Même si ce n'était ni le lieu ni le moment, ils s'arrêtèrent quelques secondes le temps d'échanger un bref baiser.

Alors qu'ils se séparaient, une étrange lueur passa fugacement devant les yeux de Ruz, comme un éblouissement passager. Surprise, elle s'arrêta, battit plusieurs fois des paupières, puis regarda autour d'elle ce qui avait pu causer ce phénomène.

« Que se passe-t… ? » commença Edward, alarmé par son expression.

Mais elle leva la main pour lui intimer le silence : elle venait d'entendre un bruit.

Un bruit lointain, à peine perceptible… Le frottement d'un *ranger* sur la roche. Elle avait dû l'imaginer : comment pourrait-elle percevoir un son aussi insignifiant ?

Pas le temps de cogiter !

« Javier ! » lança-t-elle au guide, en tâchant en même temps de chuchoter et d'élever suffisamment la voix pour qu'il s'arrête.

Le Vénézuélien s'immobilisa et fit volte-face, aussitôt sur le qui-vive.

Elle se tourna ensuite vers Chris, qui peinait vingt mètres derrière, et agita la main jusqu'à ce qu'il lève le regard dans sa direction. Par gestes, elle lui signifia de se hâter de les rejoindre en silence, puis, toujours sans un mot, indiqua au groupe de se mettre à couvert derrière une série de rochers distordus aux formes agressives. En dépit de leur perplexité, ils s'exécutèrent sans discuter.

Dans le fond de la ravine, plus un bruit ne s'élevait. Le brouillard nimbait tout d'une aura de mystère, noyant les environs dans une vapeur blanche d'une telle densité qu'elle en paraissait presque solide, transformant cet endroit en un monde hors du temps, hors de la réalité. Même les sons de la forêt semblaient mis en sourdine, comme si les animaux se méfiaient de cette couverture trompeuse. Ruzena, tendue à l'extrême, avait fermé les yeux afin de mieux écouter, tentant de se montrer aussi sensible que quelques instants plus tôt, lorsqu'elle avait perçu ce frottement lointain pourtant impossible à percevoir. Et en effet, d'autres bruits furtifs se firent entendre, plus près cette fois ! Un homme approchait. Avaient-ils été repérés ? Elle se sermonna d'avoir fait preuve d'imprudence en discutant, même à voix basse, avec Ed.

Le fond de la ravine dessinait une sorte de chemin naturel sur lequel ils avançaient depuis un moment. Celui qui les suivait l'emprunterait nécessairement. Sans se concerter, ils s'étaient tous cachés sur la gauche, derrière des blocs massifs. Mauvaise idée d'être tous du même côté. Silencieusement, Ruzena fit signe à ses compagnons en se désignant elle-même puis en pointant un autre rocher en face. Javier opina, mais Edward secoua vigoureusement la tête, d'un air de dire « Hors de question qu'on se sépare, beaucoup trop dangereux ». Ruz eut un geste apaisant de la main, essayant de lui faire comprendre qu'il ne devait pas s'inquiéter, qu'elle serait prudente. Bien que le jeune homme n'insistât pas, son visage exprimait clairement ses craintes ; encore une fois, le cœur de Ruz accéléra à l'idée qu'elle comptait autant pour lui.

Après un moment d'observation qui lui permit d'être sûre que personne n'était encore en vue, elle se déplaça avec souplesse et sans faire le moindre bruit, pour aller se poster derrière le bloc de l'autre côté du chemin, plus petit mais suffisant pour la masquer. Au passage, elle ramassa une solide branche morte. La voyant faire, Javier l'imita en s'équipant lui aussi d'un gourdin de fortune.

En atteignant son nouvel abri, Ruz eut la surprise de constater qu'une faille de plusieurs mètres de large s'ouvrait derrière, au fond de laquelle coulait un torrent puissant, résurgence d'un cours d'eau souterrain qui jaillissait d'un côté de la fissure, puis se ruait sur une dizaine de mètres à l'air libre pour mieux replonger dans les profondeurs calcaires par un autre conduit à l'extrémité opposée. La jeune femme lui tourna le dos pour se tapir derrière le rocher. *Tant mieux, au moins, personne ne me prendra à revers ici.*

Une fois embusquée, elle demeura parfaitement immobile, le corps plaqué contre la roche, tentant de s'y fondre au point de s'imaginer soudée à elle ; elle essaya de retrouver les sensations qui, quarante-huit heures plus tôt, lui avaient permis de percevoir le *chant vert* de la forêt et de se dissimuler aux yeux de la patrouille de mercenaires. En vain. Comme elle n'entendait plus le pas de leur suiveur, elle songea qu'il avait peut-être déjoué leur embuscade… ou simplement renoncé…

Soudain, une nouvelle nausée lui tordit l'estomac.

Saloperies de baies ! Quelle malchance d'en avoir mangé quelques heures à peine avant de trouver les rations !

Elle expira profondément, aussi lentement que possible, puis inspira de même. Entre deux spasmes, elle capta le regard de Javier – le seul de ses compagnons qu'elle pouvait voir depuis sa cachette – qui lui adressa une interrogation silencieuse d'un haussement de sourcils. Le souffle court, elle leva la main pour dire que ça allait, que cela passait déjà. Il était temps, du mouvement se manifestait dans le brouillard.

Entre deux bancs de brume dérivant avec lenteur, Ruzena aperçut un homme en treillis progressant en silence sur la sente du fond de la ravine. Le mercenaire tenait fermement son arme et, pourtant, il ne paraissait pas en alerte. Démarche calme, gestuelle mesurée ; il était attentif, mais ne se sentait pas menacé.

Il n'est sûrement pas seul, songea Ruzena. *Il a dû se séparer temporairement de son groupe. Mais s'il ne nous a pas repérés, pourquoi est-il venu par là ?*

L'homme s'arrêta à une trentaine de mètres et lança un regard circulaire. Puis, de toute évidence satisfait, il fit passer son arme dans son dos, se tourna face à un rocher, se campa sur ses jambes et ouvrit sa braguette.

Les épaules de la jeune femme s'affaissèrent de soulagement ; seul un besoin naturel avait poussé ce type à se séparer de son groupe. Un bruit aqueux se fit entendre tandis que le jet d'urine heurtait le rocher et dégoulinait au sol. La situation était si ridicule que Ruz craignit que l'un de ses compagnons ne pouffe nerveusement. Lorsqu'il eut terminé, le mercenaire remonta la fermeture d'un geste sec, puis reprit son arme. Alors qu'il esquissait déjà un pas pour repartir, il s'immobilisa soudain, aux aguets. Ruz manqua de faire une syncope. Quelque chose avait attiré son attention alors qu'aucun d'eux n'avait fait le moindre bruit !

L'homme se tourna de nouveau dans leur direction et fit quelques pas, les yeux rivés au sol.

Les traces ! Il avait remarqué leurs traces dans la maigre couche de terre qui tapissait le sol rocheux de la ravine !

Il releva la tête et fouilla les alentours du regard, fusil d'assaut épaulé, prêt à tirer. Alors que ses yeux dépassaient du rocher qui la dissimulait, Ruzena résista à la tentation de se baisser d'un coup et, au contraire, demeura parfaitement immobile. Le risque que l'homme la remarque dans cet environnement chaotique embrumé lui parut plus faible que celui de se faire repérer si elle baissait la tête. Le regard humain est conçu pour remarquer le mouvement ; le moindre geste attirerait le regard du mercenaire, alors que, sans bouger, elle avait une petite chance de passer inaperçue. Il entamait un pas supplémentaire lorsqu'une volute de brume plus dense que les autres le déroba subitement à la vue de Ruzena. Elle s'attendait à le voir réapparaître quelques mètres plus loin d'un instant à l'autre, pourtant les secondes s'écoulèrent et l'homme demeurait invisible.

Que faire ? Si ce type avait profité de la brume pour s'embusquer, il les tirerait comme des lapins dès qu'ils s'aviseraient de sortir de leurs cachettes. Et s'il ne s'était pas mis à couvert, pourquoi ne réapparaissait-il pas ? D'après sa trajectoire initiale, il aurait déjà dû passer devant Ruz. La paroi d'en face, qui s'élevait derrière ses compagnons, et la faille du torrent derrière elle formaient une sorte d'entonnoir : en marchant dans le fond de la ravine, le mercenaire ne pouvait faire autrement que de passer entre elle et Javier… D'ailleurs, la brume s'était tant épaissie que la jeune femme ne distinguait même plus le guide. Son cœur battant à tout rompre, elle raffermit sa prise sur la branche qu'elle serrait dans ses mains.

Tout à coup, Ruzena sut qu'elle avait commis une grave erreur.

En un éclair, elle fit volte-face et tomba nez à nez avec le mercenaire qui se trouvait juste derrière elle ! Il la fixait de ses yeux entièrement rouges en souriant d'un air mauvais. Comment avait-il pu franchir une telle faille ? Le temps infime nécessaire à se poser cette question, Ruz se souvint du saut impossible exécuté par ses comparses lorsqu'elle les avait observés, le lendemain de son arrivée. Elle aurait dû se méfier !

Trop tard pour les regrets. À peine eut-elle planté son regard dans celui du mercenaire qu'un coup de crosse de fusil l'atteignait en plein plexus. Un coup d'une violence inouïe qui la projeta à terre avec tant de force que son dos en fut meurtri par le sol. Sonnée, des étoiles dansant devant les yeux, une auréole de douleur s'épanouissant dans sa cage thoracique, elle cilla plusieurs fois avant de réussir à accommoder de nouveau sa vision. Instinctivement, sa main tâtonna à la recherche de la branche qu'elle avait lâchée. L'autre avança en épaulant son arme qu'il braqua sur le visage de la jeune femme. Tout le blanc de ses yeux était rouge vif, des yeux de démon.

« Qu'est-ce que tu croyais faire avec ta brindille, connasse ? »

Sa voix était bizarre, bien trop caverneuse, même pour quelqu'un de son gabarit. Comme les autres mercenaires que Ruz avait aperçus, toute sa morphologie était… excessive. Sa carrure paraissait anormalement développée, comme un culturiste qui se serait gavé de stéroïdes. En dépit du danger, elle ne put s'empêcher de se demander pourquoi il portait un treillis bien trop petit pour lui. Ses muscles distendaient le tissu au point d'en faire disparaître les plis. Même son visage semblait trop large, sa mâchoire trop saillante. Toutes ces réflexions défilèrent en un instant dans l'esprit de Ruz sans qu'elle y prête la moindre attention ; les yeux écarquillés, elle ne pouvait détacher son regard de la gueule du canon. Le mercenaire allait tirer. Elle se contracta dans l'attente de la balle qui allait l'atteindre d'un instant à l'autre, déchirer ses chairs, briser ses os et perforer ses organes.

Pourtant, aucune détonation ne retentit. Le mercenaire ne la regardait plus ; il fixait un curieux point lumineux qui venait d'apparaître juste au-dessus d'elle, flottant dans l'air à deux mètres du sol. Le point se dilata pour devenir un halo dont la lumière émettait d'étranges pulsations irisées, décomposées par les gouttelettes en suspension de la brume en une myriade de petits arcs-en-ciel.

« Qu'est-ce… que c'est que ce bordel ? » gronda le mercenaire.

Il n'eut pas le temps d'ajouter quoi que ce soit. Le halo se condensa d'un coup en une forme monstrueuse : des appendices griffus, une mâchoire pleine de crocs, des cornes effilées se précipitèrent sur lui. Avec un hurlement de terreur, le mercenaire recula d'un pas en tirant. Les rafales claquèrent, assourdissantes dans le silence du brouillard, sans autre résultat que d'envoyer des balles à travers le nuage lumineux.

Ruzena savait qu'elle n'aurait pas d'autre chance. Elle dégaina d'un geste rapide le couteau de survie attaché à sa jambe et, sans la moindre hésitation, le planta dans la cuisse de son agresseur. Celui-ci cria de douleur et cessa de tirer ; laissant tomber son arme en bandoulière sur le côté, il saisit le manche du couteau dans l'intention de le retirer.

D'un bond, Ruzena fut sur ses jambes et ramassa la branche. Pendant que l'autre, les traits déformés par un affreux rictus de souffrance, extrayait lentement la lame fichée dans ses chairs, elle se campa solidement sur ses jambes et arma son coup bien en arrière. D'une puissante torsion du buste, elle exécuta une frappe horizontale vers le mercenaire, comme un batteur à la réception, et l'atteignit en pleine tête. Une brume rouge aspergea le morceau de bois tandis que le nez éclatait, et le type en treillis fut projeté en arrière, comme elle-même quelques instants plus tôt. Sauf que lui se trouvait du côté de la faille et qu'au lieu de le faire chuter au sol, le choc le fit tituber plusieurs fois à reculons. Arrivé au bord de la large fissure, il partit à la renverse, battit désespérément des bras pendant une interminable seconde, puis bascula pour de bon dans le torrent furieux.

Ruzena se précipita au bord de la faille, mais, le temps qu'elle y arrive, le mercenaire avait déjà disparu, englouti par le courant puissant qui se déchaînait en bas. Le corps n'était plus visible, il avait été emporté en un instant dans les profondeurs calcaires. La jeune femme grimaça à l'idée de cette mort atroce, attiré par un courant irrésistible dans un boyau souterrain, battu contre des parois de pierre dans le noir complet, noyé sous terre sans avoir la moindre chance de remonter.

Ses compagnons la rejoignirent en courant ; ils s'étaient précipités en entendant les coups de feu, mais la suite s'était déroulée si vite que tout était déjà terminé. Avant même qu'ils n'ouvrent la bouche, Ruz leur lança :

« Il n'était certainement pas seul ! D'autres risquent d'arriver d'un instant à l'autre, il ne faut pas rester là ! »

28

Fisher

15 h 21

En ce milieu d'après-midi, les rues d'East Atlanta ne ressemblaient guère à l'idée que Fisher se faisait d'une grande métropole. Presque pas de circulation, peu de passants ; comme tout quartier résidentiel, l'endroit était un *no man's land* en journée.

Embusqué dans le SUV d'Holbrook garé en haut d'Anniston Avenue, le détective surveillait les environs depuis plus d'une heure. À ses côtés, le cadre de Dervac se tordait les mains d'inquiétude, résistant à grand-peine au violent désir de se ruer jusqu'à la maison de son ex-femme pour s'assurer que tout allait bien. Fisher le lui avait formellement interdit. Si vraiment des hommes de Deep River l'attendaient là-bas, ils ne feraient rien à sa famille tant qu'ils n'auraient pas mis la main sur lui. Si, à l'inverse, ils le guettaient à proximité de la maison, la dernière chose à faire était de se présenter devant la porte sans plan d'action.

Lorsqu'ils s'étaient retrouvés sur le parking du golf de Brown's Mill, Fisher avait abandonné sa voiture, trop reconnaissable, pour le Lincoln aux vitres fumées d'Holbrook. Il lui avait fait jurer de lui obéir, en lui expliquant que ses quinze années passées au *Secret Service* l'avaient préparé à ce genre de situation. Bien qu'il n'en fût pas lui-même absolument convaincu, l'argument avait paru suffire à calmer son compagnon.

L'avenue qu'ils gardaient à l'œil descendait en pente douce le long de Coan Park, un vaste jardin public équipé de nombreux jeux pour enfants. Si les rues alentour étaient peu animées, le parc, en revanche, bruissait des cris de bambins que les nounous amenaient là dans l'espoir d'avoir la paix quelques heures. Quoi qu'il arrive, des contractuels hésiteraient à faire usage de la violence juste devant les grilles du parc.

Sous le soleil qui venait à peine de dépasser le zénith, les ombres courtes écrasaient les perspectives et faussaient les distances. De là où ils se trouvaient, l'allée et l'entrée de la maison étaient bien visibles, alors que les arbres des jardins voisins occultaient le bâtiment lui-même. Quelques véhicules étaient garés dans l'avenue, mais aucun ne possédait de vitres teintées. Fisher savait donc qu'ils étaient tous vides.

« Essayez encore une fois », fit-il calmement.

D'une main tremblante, Hal Holbrook composa de nouveau le numéro de son ex-femme. L'expression hautaine vaguement méprisante qu'il s'était composée pour l'entretien au *diner* s'était envolée. Désormais, ses traits crispés, déformés par la peur, le faisaient ressembler à n'importe quelle victime en état de choc. Il porta le prépayé à son oreille et attendit. Clinton entendit les sonneries résonner à travers la coque en plastique, saturant le petit haut-parleur. Holbrook lui jeta un regard empreint de désespoir. Au bout d'une minute, il raccrocha.

« Ça sonne dans le vide… »

Fisher hocha la tête lentement. La voiture de l'ex était rangée dans l'allée de la maison et, pourtant, personne ne décrochait le téléphone. Cela ne signifiait pas nécessairement qu'elle courait un danger, mais la probabilité s'en trouvait accrue de manière alarmante. Après quelques instants de délibération intérieure, il décida qu'il était temps d'intervenir.

« Écoutez-moi bien, fit-il, les dents serrées. Vous allez approcher de la maison comme si vous rendiez une visite à l'improviste, mais en marchant au ralenti, le téléphone sur l'oreille, en simulant une conversation. Une fois devant l'allée, vous ferez du surplace de manière à laisser penser que vous terminez votre discussion avant d'aller sonner à la porte. Cela me laissera le temps de faire le tour par l'autre rue et de pénétrer dans les lieux par l'arrière. Surtout, ne faites rien d'autre tant que je ne vous enverrai pas le signal. C'est compris ? Et, quoi qu'il arrive, *n'entrez pas* dans la maison. »

Cinq minutes plus tard, Fisher parvenait au niveau de la demeure de l'ex-femme d'Holbrook dans l'avenue parallèle qui passait à l'arrière. Dans ce quartier, les habitations se dressaient en bordure de rue, tandis que les jardins s'étendaient en retrait. Aucun mur ni grille ne délimitait les parcelles, juste de petites palissades s'élevant à mi-hauteur.

Après s'être assuré que personne ne pouvait le voir, le détective privé enjamba la clôture de bois et traversa rapidement une pelouse bien entretenue. Une fois la barrière séparant les deux terrains atteinte, il observa l'arrière de l'ancienne maison d'Holbrook – ou quel que soit son véritable nom. Une longue façade de bois peinte dans une teinte olive, aux angles et encadrements de fenêtres blancs. Tout semblait calme, pas de mouvement visible derrière les vitres.

Fisher franchit la palissade et s'engagea dans le jardin en tâchant de rester à couvert des arbres autant que possible. Si quelqu'un de mal intentionné surveillait le terrain par une fenêtre, il offrait une cible facile. Son cœur s'emballa le temps d'atteindre la porte arrière, mais aucun coup de feu ne claqua. Le moment était venu de sortir son automatique .45 ; une arme un peu grande selon ses goûts, mais qui avait le mérite d'impressionner celui qui se retrouvait à l'autre bout du canon. Avec une infinie lenteur, il poussa le battant qui, à son grand soulagement, n'émit aucun grincement. La porte donnait sur la cuisine, d'une taille plutôt modeste vu le standing de la maison.

Sur le qui-vive, Fisher la traversa d'un pas rapide. Cette approche n'était pas idéale, mais il n'avait pas eu le temps d'en élaborer une meilleure. Si des « entités hostiles » – selon la terminologie employée au *Secret Service* – se trouvaient sur les lieux, il était probable qu'elles seraient postées dans le salon, avec vue sur l'entrée. La question était : combien d'*entités* ? Un ou deux hommes se contenteraient du salon ; au-delà, ils se placeraient aussi dans d'autres pièces. D'un geste vif, Clinton fit un pas dans le couloir en braquant son arme de part et d'autre. Toujours personne. La maison était plongée dans un silence lourd de menaces.

Plutôt que se diriger vers le salon, Fisher opta pour le côté opposé. Au bout du couloir s'ouvraient plusieurs portes. D'après les explications d'Holbrook, celle de droite donnait sur une chambre d'amis, celle du fond, sur le garage, et celle de gauche, sur le bureau. C'était la pièce qui intéressait Clint parce que ses fenêtres avaient vue sur la rue et l'allée devant la maison. La porte en était ouverte ; il s'approcha, accroupi, et jeta un coup d'œil. À côté d'un bureau encombré de papiers et de bibelots se tenait un homme, debout, embusqué dans l'angle du bow-window, le regard tourné vers l'extérieur. En jean, sweat-shirt et casquette, il affichait une banalité très professionnelle. Devant lui, un pistolet était bien visible sur la commode. Il l'avait posé là afin de fumer une cigarette, dont il jetait les cendres dans le pot d'une plante verte. Soudain, sa posture changea ; il se rencogna un peu plus sur le côté de la fenêtre et se redressa afin de mieux voir. Le détective comprit qu'Holbrook devait être arrivé au pied de l'allée, attirant aussitôt l'attention de l'homme à la casquette.

Cette fois, plus moyen de reculer.

Fisher ôta ses chaussures. Le sol avait beau être recouvert de moquette, on ne prenait jamais trop de précautions. Après avoir rangé son pistolet dans son holster, il expira longuement l'air de ses poumons puis franchit le seuil. Un pas après l'autre, le plus doucement possible. Le moindre frottement, le moindre craquement articulaire le trahirait. Casquette ne quittait pas Holbrook des yeux sans toutefois avoir repris son arme, probablement encore dubitatif sur l'identité de ce type qui se plantait devant l'allée pour tenir sa discussion téléphonique. C'était une chance, mais qui ne durerait pas. Tant qu'il gardait le regard dirigé vers l'extérieur, il ne pouvait voir, même en périphérie de son champ de vision, la silhouette du détective en train d'approcher avec une infinie lenteur. Une fois le bureau dépassé, il fallait encore contourner la chaise pivotante, en prenant soin de ne pas toucher les feuilles de la plante grasse qui vivotait dans l'angle de la commode.

Le plus dur est fait, plus qu'un mètre cinquante…

Clinton se prépara, ses doigts se crispèrent, ses muscles se contractèrent.

Soudain, Casquette se raidit et tourna à demi la tête tandis que son bras s'élançait vers son arme. Avant qu'il n'ait eu le temps de se retourner, Fisher franchit d'un bond la distance qui restait, abattit ses gros bras sur les épaules du type et les enroula en un éclair autour de son cou en une clé d'étranglement. Tirant d'un coup sec en arrière, il déséquilibra son adversaire de manière à l'éloigner de son revolver. Étant donné son poids, l'autre fut contraint de suivre le mouvement avec un gémissement rauque étouffé par le bras épais plaqué sur sa gorge. Les vertèbres émirent un bruit inquiétant. Casquette se débattit comme un beau diable, mais Fisher pesait trop lourd pour être renversé et sa prise était un étau. Son adversaire tenta alors d'expédier une série de coups de poing par au-dessus, sans parvenir à atteindre la tête du détective. Fisher serra davantage et Casquette, qui ne recevait déjà plus beaucoup d'air, cessa pour de bon de pouvoir respirer. En proie à la panique, il se mit à distribuer des coups de coude sur les côtés et Clinton, bien que généreusement rembourré, sentit un craquement douloureux. Une côte n'avait pas résisté aux impacts ; pourtant, il fallait se retenir de crier, ne pas émettre le moindre son. C'était déjà un miracle que leur lutte n'ait pas renversé de meuble ou brisé de lampe. Afin d'abréger le martèlement, Fisher décocha à Casquette un coup de genou dans le creux des jambes, qui se dérobèrent aussitôt sous lui. Les deux hommes chutèrent de concert sur le côté. Au sol, Fisher, transpirant sous l'effort, parvint à maintenir sa clé tandis que les coups de l'autre mollissaient. Bientôt, il le sentit se relâcher sous l'effet de la privation d'oxygène et, quelques secondes plus tard, Casquette sombrait pour de bon dans l'inconscience.

Hors d'haleine, trempé de sueur, Fisher relâcha sa prise et roula sur le côté, tâchant, pendant un temps qui lui parut interminable, de faire retrouver à son cœur un rythme acceptable.

OK, tu n'as pas trop perdu la main, mais il va falloir retourner un peu à la salle de sport.

Avec une grimace, il se tâta le flanc droit où il avait senti un craquement. Probablement juste une fêlure ; si une côte avait cassé pour de bon, la douleur serait bien pire.

Le détective se mit à genoux et chercha le pouls de Casquette sur sa gorge rougie par la clé. La pulsation était si faible qu'il éprouva quelques difficultés à la trouver. Il y avait un risque non négligeable que le cœur s'arrête ; en temps normal, il aurait fallu transporter cette personne aux urgences. Mais la situation ne le permettait pas. Et, de toute façon, ce type était probablement un assassin.

Désolé, mon vieux, tu as choisi ton camp.

Deux câbles derrière l'unité centrale de l'ordinateur sous le bureau fournirent des liens acceptables. Une fois les pieds et les mains de Casquette attachés dans son dos, Fisher récupéra le revolver sur la commode pour le glisser à sa ceinture et reprit le sien en main.

Un bref regard par la fenêtre : Holbrook jouait toujours la comédie devant la maison.

Continue, ne t'arrête surtout pas.

De retour dans le couloir, Fisher se dirigea vers le salon avec une prudence extrême, progressant accroupi le long d'un mur. Le bruissement urbain parvenait jusqu'à lui, mais la maison demeurait silencieuse. Au bout de dix pas, il atteignit la porte de la pièce principale, grande ouverte. Là, il se figea.

De cet endroit, il ne pouvait voir le salon en entier. Comme le couloir débouchait dans le fond de la pièce, le chambranle de la porte obstruait la vue sur le reste. En face de lui, en revanche, une haute étagère encombrée de livres et d'objets divers était bien visible, environnée de cadres photo suspendus au mur et de bacs en plastique transparent empilés, contenant un bric-à-brac indéfinissable.

À deux mètres de là, assis à même le sol, recroquevillé contre l'étagère, se trouvait un jeune garçon tremblant de tous ses membres, terrorisé. Ses yeux exorbités, jusqu'alors rivés devant lui, se tournèrent d'un coup vers le détective. Le menton tremblant, les joues trempées de larmes, le garçon ouvrit la bouche d'un air affolé. Craignant qu'il parle, ou même crie, Fisher leva la main pour poser son index sur ses lèvres en tâchant de se composer l'expression la plus apaisante possible. Le garçon hésita, puis referma la bouche. Son esprit s'efforçait de déterminer si ce gros homme constituait une nouvelle menace ou une aide potentielle, mais l'état de panique dans lequel il se trouvait ne lui permettait pas de rassembler ses pensées. Il garda les yeux fixés sur Fisher, les épaules toujours agitées de spasmes.

Le détective se releva sans faire de geste brusque, le dos plaqué contre le mur du couloir. Dans le reflet vitré des cadres accrochés en face, il distingua l'image floue et déformée du reste du salon. Parmi l'alternance de tâches sombres et claires que le mobilier et les fenêtres dessinaient sur les sous-verres, Clinton crut pouvoir identifier deux silhouettes humaines, sans en être certain. L'une était nécessairement une entité hostile ; l'autre avait de grandes chances d'être la mère du garçon, sous la menace d'une arme. Il y avait fort à parier que l'homme ne quittait pas Holbrook des yeux depuis l'une des fenêtres, mais il n'était pas exclu qu'il lance un regard ponctuel vers le gamin, afin de le garder à l'œil. Bien que sa tension nerveuse ne le lui permît pas vraiment, Clint tâcha de sourire à celui-ci pour le rassurer, puis lui fit signe de regarder ailleurs. Sans succès : le garçon gardait les yeux braqués sur lui.

Pas bon, ça.

Impossible de hasarder un coup d'œil dans la pièce, trop risqué. Fisher ne pouvait se permettre de tenter le diable comme dans le bureau : si l'homme de Deep River se mettait à tirer ici, la mère ou l'enfant pouvaient être touchés. Les mains moites, il se déporta lentement afin d'ouvrir davantage son champ de vision sur le salon. Tant qu'il ne franchissait pas le chambranle, il n'était pas visible depuis l'intérieur. Une autre partie de la pièce se révéla à lui ; de grands canapés au centre, des tables basses et une imposante télévision dont la masse noire lui bouchait la vue sur la gauche. En revanche, la porte d'entrée était bien visible. C'était peu, mais il fallait se faire à l'idée qu'il n'aurait pas de meilleur poste de tir.

OK, c'est le moment.

De sa main libre, il fouilla dans une poche à la recherche du petit téléphone. Le message texte sur l'écran avait été composé à l'avance : « *Go !* » Fisher se contenta de valider l'envoi, remit l'appareil à sa place, puis affermit sa prise sur la crosse de son .45 en tâchant de se détendre au maximum.

Les secondes s'égrenèrent, interminables. Un chuchotement se fit entendre, masculin. Holbrook avait dû cesser son manège et se dirigeait maintenant vers l'entrée. Un gémissement féminin étouffé s'ensuivit, qui ressemblait à un acquiescement sous la contrainte. D'ici un instant, trois personnes seraient assassinées, dont un enfant. L'ensemble serait maquillé en geste désespéré d'un ex-mari vindicatif, fou de rage d'avoir été rejeté. Prenant conscience de la gravité de son acte, celui-ci retournerait l'arme contre lui. Une scène dramatiquement banale, qui ferait à peine l'objet d'une brève sur le bandeau continu des chaînes d'info.

Le carillon retentit soudain, déchirant le silence. Fisher tressaillit. L'enfant sursauta. Fisher lui fit signe de se cacher les yeux derrière les mains. Cette fois, le gamin parut comprendre et s'exécuta. Nouveau chuchotement masculin, nouveau gémissement étouffé. Le carillon sonna encore. Clinton affermit sa prise sur la crosse du .45 et focalisa ses pensées sur ce qui allait suivre. Il ne faudrait pas hésiter, il n'y aurait pas de second essai.

Une femme entra dans son champ de vision. Grande, élancée, il ne la voyait que de dos mais la devinait belle. Elle tremblait autant que son fils. Fisher se redressa lentement, chaque muscle de son corps crispé. L'homme, sur la gauche, demeurait masqué par la télévision. L'ex-Mme Holbrook ouvrit enfin la porte et fit « Jim ! ».

Fisher jaillit dans le salon comme un ressort qui se détend, ajusta l'homme caché derrière le battant qui pointait son arme sur la tête de la femme et tira. Deux fois. Deux balles dans le thorax. Une constellation rouge apparut sur le mur couleur crème derrière l'homme qui s'effondra. La femme se mit à crier, l'enfant aussi.

29

Ruzena

20 h 58

Après l'attaque du mercenaire, Ruz et les autres s'étaient hâtés à travers la jungle brumeuse pour s'éloigner au plus vite. La jeune femme n'avait que trop conscience des innombrables traces que laissait derrière elle une telle troupe d'amateurs, et elle se retournait sans cesse dans la crainte d'apercevoir des silhouettes kaki équipées d'armes de guerre. Pourtant, après plusieurs heures d'une marche forcée épuisante, ils avaient atteint sans encombre la zone préconisée par Javier, une falaise de taille moyenne où le réseau souterrain du tepuy affleurait. Le guide vénézuélien la connaissait bien pour avoir l'habitude d'y emmener les touristes venus dans la région pratiquer la spéléo.

Plusieurs grottes et failles de tailles diverses s'ouvraient là, certaines recouvertes par la végétation, d'autres livrant passage à des cours d'eau qui tombaient en cascades dans les nombreuses piscines naturelles dont la surface agitée renvoyait des reflets ocre. En d'autres circonstances, Ruz eût trouvé l'endroit merveilleusement beau, mais, à peine arrivés, Javier était entré dans l'une des grottes et les autres avaient suivi sans s'attarder pour admirer les lieux. Des dizaines de salles et de boyaux rocheux s'entremêlaient à l'intérieur de la falaise, constituant un véritable dédale de pierre. Quiconque pénétrait ici sans un guide expérimenté avait de sérieuses chances de se perdre. Après de longues minutes passées à s'enfoncer dans les cavernes, précédés par les lumières de leurs lampes, Ruzena avait commencé à se détendre. Nul mercenaire ne pourrait les suivre ici.

Une demi-heure plus tard, ils atteignaient une salle suffisamment éloignée des cours d'eau souterrains pour leur offrir un refuge au sec.

« Nous resterons ici pour cette nuit, annonça Javier. Demain matin, nous reprendrons notre progression dans les boyaux vers le nord-ouest. C'est la direction de la doline. Ce serait bien le diable si aucune galerie n'y conduisait ! »

Éreintés, ils s'étaient tous effondrés, pressés de soulager leurs dos des lourds sacs et leurs jambes de la tâche d'avoir à les soutenir. Chris pleurnichait d'épuisement, comme un gamin. Vu sa blessure, Ruz s'en voulait de ne ressentir que du mépris à son égard, mais c'était plus fort qu'elle.

Contrairement à la première grotte dans laquelle ils avaient trouvé refuge, aucune ouverture ne laissait passer la lumière naturelle. Ruz savait que, de toute façon, à cette heure-ci, le jour avait déjà tellement décliné que l'obscurité envahissait peu à peu le plateau. Sentant qu'elle s'endormirait si elle restait allongée, la jeune femme se força à se relever et rejoignit Javier qui mettait les réchauds en place.

« Les garçons, lança-t-elle à Chris et Edward, si vous installiez le bivouac pendant qu'on prépare le dîner ? »

Ed se leva aussitôt tandis que Chris soupirait ostensiblement. Ruzena l'ignora, comme elle avait pris l'habitude de le faire à chacune de ses réactions. Pendant que Javier calait les deux réchauds sur des pierres plates, elle entreprit de fouiller l'un des sacs de provisions. Le choix était restreint ; afin de se débarrasser en priorité de ce qui pesait le plus lourd, elle opta pour des boîtes de conserve. Des haricots au chorizo.

« *¡Frijoles con chorizo!* s'exclama Javier avec un sourire fatigué. Excellent choix ! »

Ruz acquiesça : « Pas très digeste, mais ça nous requinquera. »

Tandis que le guide assemblait les casseroles, elle ouvrit deux grandes boîtes. Un peu juste pour quatre, mais il faudrait s'en contenter. Impossible de savoir quand ils auraient l'occasion de reconstituer leur stock. Alors que Javier vidait les haricots dans les récipients en fer-blanc, il lui lança un regard indéchiffrable. Ruzena s'accroupit près des réchauds pour en remuer le contenu afin d'éviter qu'il n'attache. Le Vénézuélien l'observait toujours.

« Tu peux montrer que tu es choquée, finit-il par dire.

— Pardon ? fit la jeune femme.

— Se retrouver sous la menace d'une arme, croire que l'on va mourir, ce n'est pas rien. Je le sais, cela m'est arrivé. »

Ruz le regarda sans savoir quoi répondre. Refoulait-elle vraiment un état de choc ?

« Tu préfères garder ça pour toi, *está bien*. Mais tu n'es pas obligée, personne ne te jugera. »

À la surprise de Ruz, ces paroles suscitèrent chez elle une émotion subite et une larme roula sur sa joue. Elle baissa la tête. Le visage du mercenaire, convulsé de terreur au moment de basculer dans le torrent en furie, venait de ressurgir dans son esprit.

« Je l'ai… tué, lâcha-t-elle d'une voix à peine audible. J'ai tué un homme. »

Le guide opina lentement : « C'est quelque chose d'ôter une vie. »

Ruz releva la tête et darda vers lui un regard plein de défiance.

« Tu n'essayes même pas de me dire qu'il l'avait cherché, que je n'ai fait que me défendre, ou quelque chose de ce genre ?

— C'est inutile, tu le sais déjà. »

Elle soupira. Se mettre en colère n'aidait pas.

« J'ai beau le savoir, cela ne rend pas les choses plus faciles.

— Je n'ai pas dit que ça l'était. Cela va te suivre quelque temps, puis tu apprendras à vivre avec. Et surtout…

— Surtout ?

— Cela risque de se reproduire dans les heures à venir. »

Ruzena ne trouva rien à répondre. Pour se donner une contenance, elle touilla les haricots. Au fond de la salle obscure, les deux frères mettaient la dernière main à l'installation des matelas de mousse et des sacs de couchage.

« Il s'est passé une chose *extraña*… euh, bizarre au moment où le mercenaire t'a attaqué, n'est-ce pas ? »

La main de Ruz cessa de tourner : « Que veux-tu dire ?

— Je ne sais pas, je n'ai pas bien vu de là où j'étais, à travers la brume. Une sorte de lumière… »

L'embarras dut se lire sur le visage de la jeune femme, car Javier enchaîna : « Tu l'as vue aussi, *¿verdad?*

— Je ne suis pas sûre, tout s'est passé tellement vite. Et j'ai reçu un coup sur la tête, rappelle-toi, alors je ne me fie plus vraiment à mes perceptions. Qui sait si je ne suis pas victime d'hallucinations à certains moments ? »

L'autre demeura impassible, comme perdu dans ses pensées, les yeux mi-clos.

« Là où j'ai grandi, sur les rives de l'Orénoque, fit-il au bout d'un moment, il existe beaucoup de légendes que les vieillards racontent à qui veut bien les écouter à propos des tepuys. Certains les considèrent comme des lieux sacrés, le domaine des dieux, d'autres en parlent comme d'endroits maudits, peuplés de démons. Les histoires qui en décrivent l'ascension par un guerrier en quête de gloire ou un amoureux éconduit cherchant une revanche magique sont trop nombreuses pour être toutes narrées. Mais toutes ont un point commun : leurs héros ne reviennent pas. Avant, personne n'allait là-haut. Il a fallu que de riches Occidentaux offrent des sommes indécentes pour que les autochtones commencent à accepter de les y mener. Et au fil des années, on a fini par oublier les récits d'autrefois. Pourtant, dans la jungle tout autour, les avertissements laissés par nos ancêtres ne manquent pas.

— En effet, confirma Ruzena, j'ai même dormi à côté de l'un d'eux.

— Je pourrais parler durant des heures de légendes amérindiennes décrivant des “chariots de feu et de lumière” descendant du ciel, des géoglyphes nazcas ou encore des hommes des étoiles que certains prétendent voir dans de nombreuses sculptures incas ou olmèques. J’ignore ce qui est vrai dans ces mythes, mais ce qui est sûr, c’est que ce qui est enseveli au fond de cette doline est là depuis très longtemps. Alors, à ta place, je prendrais au sérieux les choses étranges que mes yeux me montrent… »

Ruz garda un moment le regard fixé sur les iris sombres du guide vénézuélien, méditant ces paroles.

Au bout de quelques instants, celui-ci fit un signe du menton en direction des casseroles : « Ça ne sent pas le brûlé ?

— Oh, merde ! »

Le dîner fut pris dans le calme ; le cliquetis des cuillers sur les quarts était le seul bruit qui se faisait entendre. Le corps martyrisé par la marche forcée et l’esprit tourmenté par le danger qui rôdait, tout proche, nul n’avait le cœur à parler.

Edward brisa néanmoins le silence tandis qu’il semblait se rappeler quelque chose.

« Ruz, ce mercenaire qui t’a attaquée tout à l’heure, je ne l’ai pas bien vu, mais… as-tu remarqué quoi que ce soit d’inhabituel à son sujet ?

— Je ne sais pas… Comme les autres, il m’a semblé posséder des proportions, disons, euh… extrêmes, mais dans la panique du moment, je n’ai pas vraiment pris la peine de le détailler.

— Tu as déjà évoqué leurs caractéristiques singulières. Peux-tu m’en dire plus ?

— Les premiers que j'ai croisés dans la jungle possédaient eux aussi cette morphologie disproportionnée, comme des types qui auraient abusé de la salle de sport, et ils avaient tous une voix anormalement grave, caverneuse. Quant à leurs yeux, ils étaient très rouges. J'ai d'abord cru à de la fatigue, mais ceux du mercenaire qui m'a attaquée l'étaient tellement que cela ne pouvait être dû simplement au manque de sommeil. Tout le blanc de ses yeux était devenu rouge sang. Quant à leurs capacités physiques, j'ai vu ces gars sauter une barre rocheuse de cinq mètres. Cela m'a fichu un sacré choc. Et celui que j'ai... tué avait franchi la crevasse du torrent. Tu l'as vue comme moi, il ne s'agissait pas d'une petite fissure. »

Ed resta songeur un moment, assimilant ces informations.

« Ce qui est curieux, fit-il lentement, c'est que lorsque ces mercenaires nous ont confinés au camp de base, ils étaient tout ce qu'il y a de plus normal. Des types à forte carrure, certes, mais pas les monstres de foire que tu décris.

— Tu veux dire qu'ils sont devenus comme ça les jours suivants ? Ils se seraient bourrés de stéroïdes ?

— Je ne pense pas. Aucune substance connue ne permet d'obtenir de tels résultats, surtout en si peu de temps... »

Edward semblait tenir intérieurement un raisonnement, mais il s'abstint de livrer ses conclusions. Ils retombèrent dans la morne apathie qui régnait parmi eux depuis le début du repas.

Vingt minutes après la dernière bouchée, et une fois les ustensiles nettoyés au torrent le plus proche, chacun s'était faufilé dans son sac de couchage sans un mot.

Installés face à face, un peu à l'écart des deux autres dans la caverne désormais obscure, Ruz et Ed discutaient à voix basse, serrés l'un contre l'autre et enlacés, les visages faiblement éclairés par une frontale en mode veilleuse posée sur le côté.

« Comment te sens-tu, maintenant ? chuchota Ed.

— La tension est un peu retombée, mais j'ai toujours l'impression d'avoir un poids en fonte dans l'estomac depuis l'épisode du torrent. Je ne crois pas avoir déjà eu aussi peur, pour autant que… »

Ruzena s'interrompit. Elle s'apprêtait à dire : *pour autant que je me souvienne*, avant de prendre conscience que, justement, elle ne se souvenait pas.

Son fiancé lui caressa la joue, puis passa sa main dans ses cheveux avec une grande tendresse. La jeune femme inspira longuement, puis relâcha son souffle.

« Tu n'as jamais fui la peur, lui glissa Edward. Elle est présente dans toutes tes activités. Tu dis toujours qu'il vaut mieux apprendre à vivre avec plutôt que tenter de l'ignorer.

— Suis-je encore cette personne ? »

Ed se contenta de sourire. La chaleur de la main du jeune homme sur son visage la calmait. Une pensée se fit jour dans son esprit.

« Ai-je une… famille ? Des frères, des sœurs ?

— Oui, bien sûr. Tes parents sont âgés, mais encore en bonne santé. Ils habitent à Boston parce qu'ils aiment le côté européen de la Nouvelle-Angleterre. Tu as deux frères. Anton, plus vieux que toi, et Sasha, plus jeune. Le premier est contremaître dans la construction et l'autre termine des études de journalisme.

— Anton et Sasha... », répéta Ruz lentement, comme pour mieux s'imprégner de ces noms.

Tandis qu'elle écoutait son fiancé évoquer sa famille, des images se formaient dans son esprit. Des visages surgissaient de la brume de ses souvenirs endormis, des échos de voix et des bribes de scènes de la vie quotidienne lui parvenaient. Soudain, l'un de leurs compagnons toussa dans le fond de la grotte, interrompant ses réminiscences.

« Tu t'entends bien avec eux ? »

Edward étouffa un petit rire : « Très bien, ne t'en fais pas.

— Cela ne semble pas être le cas avec Chris. »

Le visage d'Ed se referma aussitôt. Ruzena regretta d'avoir mis le sujet sur le tapis de manière brutale.

Elle enchaîna pour dissiper la gêne : « Et moi, fit-elle d'un ton hésitant, est-ce que j'étais en bons termes avec ton frère ? Avant mon amnésie, je veux dire. »

Les sourcils d'Edward s'arquèrent de surprise.

« Je ressens comme une tension entre lui et moi, expliqua-t-elle, qui ne peut uniquement trouver sa cause dans les épreuves que nous avons subies après le crash.

— C'est pourtant une raison amplement suffisante pour provoquer des frictions entre les gens.

— Je sais, mais... par moments, j'ai le sentiment que cette tension préexistait entre nous. »

Ed eut une moue évasive : « Vous n'avez jamais été intimes, c'est certain. Chris est une personne en phase avec notre époque où seuls l'argent et la réussite comptent. Toi, tu ne t'accomplis vraiment qu'en pleine nature, perdue au milieu des grands espaces, loin du bourdonnement urbain. Cependant, je n'ai jamais remarqué de réelle hostilité entre vous. Tout au plus de l'indifférence, parfois peut-être de l'agacement. De toute façon, tu ne le voyais pas très souvent, car moi-même je… »

Il s'arrêta au milieu de sa phrase, alors elle termina à sa place : « Car tu n'es pas très proche de lui, n'est-ce pas ? »

Les réticences de son fiancé étaient évidentes.

« Je ne suis pas sûr que ce soit le moment de… »

La jeune femme l'interrompit en lui posant un doigt sur les lèvres.

« Edward, nous sommes tous à bord du même bateau, en pleine tempête de surcroît. S'il y a un problème sérieux entre toi et Chris, il vaut mieux que je le sache.

— Je n'essaye pas de me défiler. C'est juste sans rapport avec notre situation présente, et le sujet est… douloureux pour moi. »

Ruz garda le silence, mais son regard insistant était explicite.

« Très bien, lâcha finalement Ed en soupirant. Tu as peut-être raison, après tout. Tu as bien le droit de savoir. Peu avant mon départ pour le tepuy, Chris m'avait demandé de l'aide à propos d'un médicament commercialisé par Dervac depuis bientôt trois ans. Un veinotonique issu directement du service dont il est directeur commercial. Il m'avait simplement dit que des informations inquiétantes commençaient à remonter des différents professionnels de santé, faisant état de potentiels effets secondaires catastrophiques. Chris voulait que je jette un œil au rapport que son service se proposait d'envoyer aux autorités de régulation pour répondre à ces alertes. J'en ai donc emporté une copie avec moi afin de le lire ici dès que mon emploi du temps me le permettrait. Il m'appelait tous les jours pour me relancer, et j'ai fini par trouver le temps de le parcourir. Je n'ai même pas eu besoin d'aller jusqu'au bout pour comprendre qu'il était truqué. Tout était fait pour minimiser la responsabilité du médicament dans les accidents cardiaques qui se produisaient en grand nombre chez les patients traités. J'étais furieux. Lorsque j'en ai parlé à Chris, je m'attendais à ce qu'il tombe des nues, qu'il en soit effaré. Loin de là. Non seulement il était au courant de cette falsification honteuse, mais, par-dessus tout, il espérait que je l'aiderais à la rendre plus crédible, jugeant que mes talents permettraient de fournir un document d'apparence irréprochable aux autorités ! Il attendait de moi que je mette toutes ces années d'études et de recherches, tout mon engagement personnel à découvrir des moyens de mieux guérir les gens au service d'une basse manipulation uniquement destinée à lui faire gravir les échelons de Dervac plus rapidement ! Cela m'a mis dans une colère noire. Des gens allaient peut-être perdre la vie par la faute de ce médicament développé à la va-vite, et non seulement il n'envisageait pas de le retirer, mais en plus il s'apprêtait à mentir.

— Mon Dieu, fit Ruzena dans un souffle. C'est ignoble.

— Il a tout essayé pour me faire changer d'avis. Il a même joué sur la corde familiale en me rappelant que j'étais son frère, qu'il était de mon devoir de l'aider. J'ai refusé, bien sûr. Mais cela ne pouvait en rester là. J'étais confronté à un dilemme : soit je gardais le silence et je devenais complice de cette infamie, soit je rendais l'affaire publique et je trahissais mon propre frère. Cela m'a tourmenté plusieurs jours, puis j'ai pris ma décision.

— Tu allais tout révéler, bien sûr.

— Quel autre choix avais-je ? Par mon inaction, j'aurais mis des vies en danger. Comment vivre avec cela ? Les gens ne devaient plus prendre cette saleté, il fallait cesser de la commercialiser sur-le-champ et suivre l'évolution de ceux qui avaient déjà été traités. Sur le moment, Chris a paniqué. Je savais que ce serait très dur pour lui, qu'il aurait des comptes à rendre, mais quelle autre attitude adopter ? Puis, à la séance Skype suivante, il a semblé se calmer. Il avait eu le temps de réfléchir et reconnaissait lui-même avoir dérapé. Il a accepté de faire une annonce publique et m'a affirmé qu'il ne se déroberait pas devant ses responsabilités. Je t'avouerai que j'ai été surpris, mais cela m'a soulagé. Bien entendu, je l'ai assuré de mon soutien. Au cours des moments difficiles qu'il s'apprêtait à passer, je me tiendrais à ses côtés.

— Mais même en assumant ses responsabilités au final, il a quand même joué avec la santé des gens pour servir ses petites ambitions personnelles. Et ça, tu ne peux pas l'oublier, n'est-ce pas ? Je comprends mieux ton attitude. »

Le visage d'Ed était fermé, crispé : « Ce qu'il a fait, c'est le summum du dégueulasse. Je ne peux pas me comporter comme s'il ne s'était rien passé. »

Ruzena lui caressa le visage à son tour, pour lui montrer qu'elle avait compris, qu'il n'y avait rien à ajouter. Sa joue était râpeuse, son souffle rapide, mais, peu à peu, il sembla se détendre. Elle comprenait mieux pourquoi il s'était montré si réticent à évoquer cette histoire et changea délibérément de sujet.

« Parle-moi de chez nous, demanda-t-elle avec douceur. Comment est notre maison ? »

Il lui sourit, reconnaissant de son attention.

« Nous habitons Atlanta, dans Buckhead. Un quartier que tu aimes, car il s'étend sur plusieurs collines, avec beaucoup de verdure. Notre maison est plutôt classique, sur deux niveaux, en bois peint en blanc avec un soubassement en pierre. Comme elle est ancienne, il nous reste encore pas mal de travaux à faire, mais aucun de nous deux n'a le temps ni la patience de s'en occuper. Alors on y campe un peu. Dans le fond, je crois que ça ne nous déplaît pas. Au sous-sol, tu entreposes ton matériel lorsque tu n'es pas en expédition, et dans le garage, tu t'es aménagé un atelier pour y bricoler ton équipement. Une pro de la soudure ! À l'étage, il y a notre chambre ainsi que plusieurs pièces inutilisées. On pourrait y faire un bureau pour chacun sans problème, mais bizarrement on a tout entassé dans le grand salon du rez-de-chaussée, nos ordinateurs, nos livres, nos bibelots, etc. Finalement, nous vivons dans cette maison presque comme si c'était un petit appartement. »

Ruzena s'efforça de se représenter les lieux tels qu'Edward venait de les décrire. Il lui sembla que des bribes de souvenirs lui revenaient. La veilleuse découpait les contours du visage du jeune homme, laissant ses yeux dans le noir. Alors qu'il n'avait rien dit depuis quelques instants, il inspira, comme s'il se préparait à parler, mais garda finalement le silence.

Même si elle ne distinguait pas son regard, Ruz devina ses pensées aussi sûrement que s'il les avait exprimées.

« Tu t'inquiètes de… mes sentiments, murmura-t-elle, émue. Avec mon amnésie, t'aimerai-je comme avant ? C'est ça ? »

Edward expira lentement avant de répondre : « Ce n'est pas ce que…

— Ne t'inquiète pas, fit-elle en lui posant un doigt sur les lèvres. Je comprends. Moi-même je n'ai cessé d'y penser. » Sa voix flancha. Elle laissa passer plusieurs secondes avant de reprendre : « Ce qui est sûr, c'est que je t'aime. Est-ce de la même manière qu'avant ? Je n'en sais rien. Je crois même qu'on ne le saura jamais…

— Et on s'en moque, coupa-t-il dans un souffle. Après tout, peut-être même m'aimeras-tu mieux qu'avant ? Qui sait ? Quoi qu'il arrive, une chose n'a pas changé : mon désir de te rendre heureuse. Avec cela, le reste viendra tout seul. »

Ruz tendit la main pour caresser le visage de son fiancé. Sa joue était humide.

À contrecœur, ils se décidèrent à éteindre la veilleuse pour dormir. Il leur faudrait être en forme le lendemain pour affronter l'épreuve physique qui les attendait. Au bout de quelques minutes, Ruzena perçut le ralentissement de la respiration d'Edward. Davantage de temps lui fut nécessaire, mais elle finit par sentir le sommeil venir elle aussi. Son esprit s'engourdit peu à peu tandis qu'elle glissait sur la pente cotonneuse de l'oubli de soi. Les dernières paroles d'Ed tournaient encore dans sa tête, imprégnant ses pensées.

Ruz est devant chez elle. Sa maison se dresse dans la nuit, les fenêtres sont éclairées. Derrière les rideaux, une silhouette indécise se déplace à l'intérieur. C'est elle. Elle se voit. La rue est calme, rien ne bouge parmi les arbres du jardin.

Elle est dans son salon, derrière un long canapé encombré d'un fatras de livres et de magazines, tout comme la table basse sur laquelle est installé un ordinateur portable, parmi un désordre de vieilles canettes et de boîtes vides de nourriture à emporter. Il y a plusieurs jours qu'elle ne range plus. Trop inquiète pour se soucier de ce genre de détail.

Elle se voit faire les cent pas, martelant nerveusement le parquet de ses talons, se tordant les mains d'angoisse. Sur l'écran du portable, la fenêtre de communication est ouverte. En haut à droite, la vue réduite de sa propre caméra, comme un morceau de miroir incrusté, montre son salon et une petite chose anxieuse qui s'y agite. Sur la gauche, dans la liste de contacts, celui d'Edward est grisé. Indisponible.

L'inquiétude la ronge, la dévore de l'intérieur, prête à se muer en panique. Elle se jette dans le canapé et tente de rafraîchir la page une nouvelle fois. Comme les cent fois précédentes, cela ne change rien. Le nom d'Edward demeure désespérément grisé. Elle crie et, dans un geste de colère, envoie voler dans le décor tous les objets posés sur la table basse.

Soudain, son cœur se fige. La petite musique d'un appel entrant résonne sur l'ordinateur. Déception, ce n'est pas Ed, mais son frère. Elle tâche de se calmer un peu puis clique sur le bouton vert. Le visage de Chris apparaît, blafard dans la lumière de sa lampe de bureau. Il ressemble à un cadavre.

Il vient aux nouvelles. Ruzena s'énerve aussitôt. Comment pourrait-elle avoir plus de nouvelles que lui alors qu'il travaille chez Dervac ? Chris lui demande de se calmer, la colère n'arrange rien. Elle se sent un peu honteuse ; après tout, il doit s'inquiéter autant qu'elle puisque c'est son frère qui est en danger.

Non, ce n'est pas vrai ! Ruzena voudrait se crier à elle-même que Chris se moque de ce qui arrive à son frère. Il ne se préoccupe que de lui-même ! Ruz se voit prendre sa tête entre ses mains.

Le jour est levé. Elle se réveille dans son canapé, une lueur blême pénètre dans le salon à travers les voilages. L'endroit paraît plus grand, trop grand, trop haut de plafond. Elle se sent écrasée par le décor. Elle se voit prendre son téléphone et appeler la cellule de crise de Dervac. Il n'y a même pas de sonnerie, une voix désincarnée lui répète en boucle que tout va bien, qu'il ne faut pas s'inquiéter, que la situation est sous contrôle là-bas. Ruz rétorque qu'elle ne voit pas comment elle est censée ne pas s'inquiéter avec la rébellion qui vient d'éclater dans cette région, mais seul le silence lui répond. Elle se voit crier, insulter la voix. Rien n'y fait, l'écouteur du téléphone n'émet qu'un souffle d'air glacé.

Ruzena se voit passer la journée à tenter de joindre Dervac et tous les services fédéraux possibles et imaginables, sans succès. Chris l'appelle plusieurs fois pour tenter de la calmer et elle l'envoie balader de plus en plus sèchement. Elle ne compte pas attendre ici sans rien faire indéfiniment !

Soudain, c'est de nouveau la nuit. Elle est sur un tarmac d'aérodrome. Combien de temps a passé ?

Autour d'elle, de grands hangars déserts, pas âme qui vive. Au-delà des clôtures, les lumières de la ville sont à peine perceptibles. Elle se voit charger de lourds jerrycans dans la cabine d'un PC-6. Quelque chose bouge dans sa poche, comme un parasite indésirable. C'est son téléphone qui vibre. Chris l'appelle pour lui dire qu'il l'attend devant l'aérodrome. Ruzena est surprise qu'il soit là. Il explique qu'il a deviné ses intentions et est venu pour se joindre à elle, pour l'aider à sauver Ed. Elle rechigne à embarquer un amateur dans cette expédition, mais, après tout, il a bien le droit de vouloir porter secours à son frère.

Elle tente de mettre en garde la jeune femme qu'elle voit : il ne faut pas l'emmener, ça se passera mal pour lui et il n'en vaut pas la peine, il ne se soucie pas du sort d'Edward pour de bon ! Mais elle est prisonnière en elle-même, paralysée en son for intérieur, comme bâillonnée.

Ruz jette un parachute supplémentaire dans l'habitacle puis remonte dans sa voiture pour aller ouvrir à Chris.

Une série de visions défile, brumeuses et incompréhensibles, parmi lesquelles elle se voit piloter au-dessus de la mer, à faible altitude, puis faire une escale dans un endroit inconnu où on lui jette des regards soupçonneux. Une grande fatigue l'accable, lui raidit la nuque, lui écrase les tempes, mais elle n'abandonne pas.

Le soir tombe alors qu'elle vole depuis des heures. Sous le petit avion défile une forêt immense, qui éveille en elle un effroi primitif. Le temps se gâte, des éclairs illuminent les nuages de plus en plus souvent.

Derrière Ruzena, Chris ne bouge pas, livide, muré dans le silence.

30

Skaff

23 h 56

Assis sur l'un des deux lits simples de la chambre, Jim Skaff gardait les yeux dans le vide, les mains posées à plat sur ses cuisses, tâchant sans succès de reprendre le contrôle de ses pensées qui frôlaient la surchauffe. Dans la pièce à côté, Karen et Junior dormaient ensemble dans un grand lit double, recroquevillés l'un contre l'autre. Il lui avait fallu beaucoup de temps avant de réussir à les calmer et encore plus avant qu'ils ne s'assoupissent.

Jim avait ensuite rejoint Fisher dans la première des deux chambres communicantes de ce motel quelconque de la grande banlieue d'Atlanta. Bien qu'il se soit assis sur son lit, il ne songeait pas un instant à se coucher, et encore moins à dormir. Le détective privé semblait d'ailleurs partager cet état d'esprit, planté comme il l'était devant la fenêtre à observer le parking au-delà de la rampe d'accès extérieure, son portable à la main. Même à cette heure tardive, la circulation était encore dense sur la deux fois deux voies qui longeait le motel, et les phares des voitures balayaient en permanence la pièce de stries lumineuses fulgurantes.

Depuis les événements tragiques de l'après-midi, Jim avait le sentiment de souffrir d'un trouble de perception de la réalité. Il lui paraissait inconcevable de se trouver réellement au cœur de ce cauchemar. On ne voyait ce genre de choses que dans les films, ou au journal télévisé. Quelque part au fond de lui, une petite voix murmurait qu'il était frappé de déni, mais il choisissait délibérément de ne pas l'écouter pour le moment.

Des images d'une rare violence tournaient en boucle sous son crâne sans qu'il parvienne à les repousser, rémanences de la scène jouée quelques heures plus tôt. Juste des flashes, qui se succédaient inlassablement, montrant tour à tour la maison de son ex-femme, la porte qui s'ouvrait sur son visage terrorisé, *bang*, *bang*, deux éclairs dans le fond de la pièce et une explosion sanglante sur la droite qui badigeonnait son ex d'un mouchetis rouge. Des cris – non, des hurlements. Ceux de Jim junior, de Karen… et les siens. À travers le voile de brume de la commotion mentale, comme K.-O. debout, Skaff avait assisté à la suite des événements en simple spectateur. Fisher surgissant du fond du salon et se précipitant pour ramasser l'arme de l'assassin qui se cachait derrière la porte, lui ordonnant d'entrer et de fermer derrière lui. Skaff avait obéi tel un automate, en évitant de regarder le corps sans vie gisant sur la moquette déjà en train de s'imbiber du sang s'échappant des deux trous sombres, tandis que le détective privé jetait des coups d'œil furtifs par la fenêtre.

« Occupez-vous d'eux ! avait-il ordonné d'une voix rauque. Rassurez-les ! »

Jim se souvenait d'avoir songé que c'était lui qui avait besoin d'être pris en charge, mais de s'être néanmoins exécuté mécaniquement, réunissant son ex-femme et son fils sur le grand canapé en les serrant dans ses bras, leur murmurant des phrases décousues sur le ton le plus apaisant possible, sans avoir la moindre idée de ce qu'il disait.

Pendant ce temps, Fisher avait fouillé le cadavre avec une dextérité toute professionnelle, récupéré armes, papiers – vraisemblablement faux – et tout ce qu'il avait pu trouver dans les poches. Avec le téléphone portable de Karen, il avait pris la scène en photo sous plusieurs angles, comme s'il pensait que tout cela allait disparaître sous peu, puis il avait appelé la police pour signaler la présence d'un homme mort par balles et d'un autre peut-être dans le coma à cette adresse.

Ensuite, Skaff ne savait plus très bien ce qu'ils avaient fait, le souvenir du cadavre, le sang, les coups de feu oblitérant tout le reste. Seule certitude, un long trajet en voiture, et plusieurs changements d'autoroute afin d'être sûrs de ne pas être suivis, avant d'atterrir dans ce motel.

Une fois au calme de la chambre, Karen avait semblé émerger de la torpeur dans laquelle le choc l'avait plongée et redevenir elle-même le temps d'une scène carabinée, lui reprochant d'avoir mis en danger sa vie et celle de son fils ; comportement qui, en temps normal, aurait mis Skaff hors de lui, mais cette fois, il se contenta de baisser la tête sans cesser de répéter « Je suis désolé ». Résultat, ils avaient terminé cette dispute dans les bras l'un de l'autre à pleurer bêtement, et, pire encore, Jim avait aimé cela.

Soit il se trouvait toujours en état de choc, soit – conclusion fort difficile à admettre – il aimait toujours son ex-femme.

Fisher, quant à lui, faisait une sale tête. Rien de surprenant pour quelqu'un qui avait tué une personne quelques heures plus tôt. En ce qui concernait Jim, être témoin du moment où la vie quitte un homme, même celui qui s'apprêtait à vous assassiner, l'avait marqué d'une manière indélébile, il le savait. Il n'aurait su dire combien de morts violentes il avait vues au cinéma ou dans des reportages, mais y assister en vrai n'avait rien d'aussi anodin. L'irréversibilité absolue de la chose lui semblait plus glaçante encore que la violence de l'événement. Rien ni personne ne ramènerait cet individu à la vie ; les circonstances qui avaient fait de lui un meurtrier demeureraient à jamais un mystère ; les gens qu'il aimait, ceux qu'il détestait, ses joies, ses peines, nul n'en saurait plus jamais rien. Deux balles avaient irrémédiablement interrompu une histoire qu'il avait fallu des dizaines d'années pour construire. Skaff avait beau savoir que ce type ne valait pas qu'on s'apitoie sur lui, le sentiment d'avoir pris part à un acte impardonnable lui nouait l'estomac.

N'importe quoi ! Cette ordure méritait de crever, voilà tout ! Qui sait combien d'assassinats il aurait encore commis après les nôtres ? Après Jim junior…

Jim secoua la tête pour chasser ces pensées pernicieuses et reporta son attention sur le détective privé. À l'observer, celui-ci semblait plus en colère que choqué. Comme s'il enrageait d'avoir été forcé d'en arriver là. De toute évidence, ce n'était pas la première fois qu'il se trouvait poussé à cette extrémité. Du coup, le personnage du bon gros flic de province sympa était remisé au placard et l'expression dure et fermée qui se lisait désormais sur son visage faisait presque peur.

« J'ai passé un coup de fil important pendant que vous vous occupiez d'eux, finit-il par lâcher, les dents serrées. J'attends qu'on me rappelle ; ce sera notre meilleure chance de nous en sortir. »

Skaff leva les yeux vers lui. Le détective lui sembla soudain monumental, son énorme silhouette emplissant entièrement la fenêtre devant laquelle il se tenait dressé, comme prêt à affronter n'importe quelle éventualité. En comparaison, Jim se sentit minable et inutile, recroquevillé sur son petit bord de lit. Il eut honte de lui-même, et de ses ambitions stupides qui avaient mené sa famille au bord de la catastrophe.

« Ne peut-on pas..., bredouilla-t-il au bout d'un moment, simplement appeler la police et tout leur raconter ? »

Il avait dit cela d'une voix si lamentable que le monument se retourna et lui lança un regard où semblait poindre une certaine compassion. Fisher vint finalement s'installer à côté de lui. Le lit grinça sous son poids.

« Les dernières heures n'ont pas été faciles, n'est-ce pas ? »

La question n'appelait pas de réponse ; Skaff garda le silence.

« Nous avons affaire à très forte partie, reprit le détective. Appeler la police ne résoudrait probablement rien, ils trouveraient un moyen de tourner ça à leur avantage. Vous êtes bien placé pour savoir que leur détermination est totale et que leurs moyens sont quasi illimités. »

Jim opina du chef. Il avait raison, bien sûr.

« Et le FBI ?

— Ça pourrait se tenter, mais le risque qu'ils aient des hommes à leur solde dans les hautes strates du Bureau n'est pas tellement moins élevé…

— Laissez tomber. C'est le cas, je le sais. »

Fisher lui jeta un coup d'œil féroce : « Mon cher Jim, si nous survivons aux prochains jours, je sens que vous allez avoir des choses passionnantes à raconter. »

Skaff lui rendit son regard sans trop savoir s'il s'agissait d'un sarcasme ou si sa nature enjouée avait repris le dessus.

« *Si* nous survivons…, fit-il finalement. Qui avez-vous appelé tout à l'heure ?

— Hmm, disons juste un ancien collègue. Mais il a accès à bien mieux que le FBI… »

Quatrième jour

31

Ruzena

5 h 58

Le réveil fut difficile pour Ruz. La nuit avait été agitée, perturbée par des rêves désagréables. Certains absurdes, comme la plupart des songes, d'autres, en revanche, très réalistes. Bien trop réalistes. Comme celui qui lui avait fait revivre les heures d'angoisse consécutives à la disparition de l'équipe d'Edward. Résultat, faute d'un sommeil réparateur, ses blessures la faisaient davantage souffrir que la veille et une migraine lancinante lui vrillait les tempes.

D'une humeur massacrante au lever, la jeune femme n'échangea que peu de mots avec ses compagnons, en particulier avec Chris auquel elle ne rendit même pas son salut, l'ignorant délibérément. Il avait fait partie de ce rêve douloureux et, bien qu'elle sût qu'il s'agissait d'un comportement puéril de sa part, elle avait envie de le lui faire payer. Même si un rêve n'était évidemment pas une description exacte de la réalité, le « rôle » joué par Chris dans celui qui avait rendu sa nuit si pénible lui avait laissé un souvenir déplaisant.

Difficile pour elle d'oublier ce regard froid et indéchiffrable dont le pare-brise lui renvoyait un reflet à peine visible tandis qu'ils survolaient l'océan vert.

Si Edward parut percevoir son trouble, il s'abstint de la questionner et se contenta de l'embrasser avec douceur, avant de rejoindre Javier afin de lui prêter main-forte pour préparer un déjeuner rapide.

« Il faut nous dépêcher, fit ce dernier sur un ton professionnel, mais prenez tout de même le temps de manger autant que vous le pouvez. Les prochaines heures risquent d'être éprouvantes et nous n'aurons pas la possibilité de nous arrêter pour nous restaurer. »

Comme la veille, le repas fut expédié en silence, chacun appréhendant les heures à venir. Ruz évitait soigneusement le regard de Chris, préférant cacher son embarras en concentrant son attention dans les infinies variations minérales des parois de la grotte. Constat vaguement perturbant pour elle, l'atmosphère sensorielle des lieux était strictement la même que la veille au coucher : faute d'un changement de luminosité ou d'ambiance sonore, il n'y avait aucun moyen d'estimer la durée de leur sommeil. Seule sa montre lui avait permis de répondre à cette interrogation : presque six heures. Dans leur état de fatigue, c'était peu, mais compte tenu de la situation, ce n'était pas si mal.

Aussitôt le repas terminé, Javier et Ruzena répartirent le matériel entre les quatre membres de l'équipe. Baudrier avec bloqueur ventral, descendeur et poignée d'ascension, mousquetons, longes courtes et longues, couverture de survie, casque et lampe électrique avec deux batteries de secours, trousses contenant chacune une vingtaine de chevilles autobloquantes, autant de plaquettes et un marteau ; le tout accroché aux baudriers ou enfermé dans des sacs en PVC. Javier décida de se contenter de cent cinquante mètres de corde, qui fut divisée en trois et non en quatre afin d'épargner à Chris la partie la plus lourde de l'équipement. Les vivres furent réduits au minimum et, pour l'eau, une paille filtrante leur permettrait de boire aux nombreux cours souterrains sans avoir à s'inquiéter de la qualité de celle-ci. Tout le superflu était laissé sur place, y compris le reste des provisions, puisqu'ils étaient supposés emprunter le même chemin au retour et pourraient donc récupérer ce qui s'avérerait encore nécessaire.

Javier s'employa ensuite à expliquer les rudiments de la spéléologie aux deux néophytes que comptait le groupe, récitant pour cela un laïus qu'il avait de toute évidence souvent servi aux touristes, qui comprenait surtout une démonstration du maniement des agrès et un rappel des règles de sécurité élémentaires comme « ne jamais se trouver à deux sur la même corde » ou « même si les concrétions sont jolies, pensez à regarder où vous mettez les pieds ». Selon lui, le parcours ne devait pas présenter de difficulté majeure ; seule inconnue : parviendrait-il in fine à découvrir un passage débouchant dans le fond de la doline ?

La troupe se mit en route vers 7 h 30, Javier en tête, suivi d'Edward puis de Chris. Ruz fermait la marche.

La première demi-heure se révéla en effet plutôt aisée. La largeur des galeries empruntées ne se réduisait jamais à moins d'un mètre et leur hauteur autorisait tout le monde à cheminer debout, à l'exception d'Ed qui devait parfois se courber. Comme dans d'autres domaines les jours précédents, l'expérience de Ruzena lui revenait rapidement avec la pratique.

Désormais habituée à ce processus, elle le remarquait à peine. En revanche, un fait nouveau occupait ses pensées depuis le réveil au point qu'elle peinait à se concentrer sur le parcours spéléo qui, bien que simple, nécessitait néanmoins une attention constante : depuis le matin, des souvenirs lui revenaient. Rien de bien fracassant, plutôt des fragments mémoriels que de véritables souvenirs ; images fugaces, sensations subtiles associées à des instants de vie, réminiscences de discussions sans véritable intérêt. Peu de choses au final, mais pour elle, après ces trois jours passés dans le noir complet, cela représentait un énorme bond en avant. Elle aurait aimé partager ces progrès avec son fiancé, mais elle n'avait pas la moindre envie de le faire devant les autres. Non, à la réflexion, elle n'avait aucune envie de le faire devant *Chris*. Quoi qu'il en soit, maintenant qu'il était évident que les échanges avec Ed lui permettaient de lutter efficacement contre la disparition de ses souvenirs, elle avait hâte de les réitérer.

Après quarante minutes, Javier stoppa la colonne. Ruz se porta jusqu'à lui en se glissant entre ses camarades et la paroi pour découvrir ce qui avait arrêté le guide. La galerie débouchait sur une énorme crevasse. Une fracture interne du plateau avait créé une grande faille perpendiculaire qui barrait la route. Si elle était relativement étroite, sa profondeur était telle que le faisceau des lampes n'en atteignait pas le fond. En face, au même niveau, une étroite ouverture se devinait dans l'obscurité : la suite de la galerie.

« Dans les trois mètres de large, je dirais », estima Javier. Puis, se penchant au-dessus du vide : « Les parois ne sont pas parallèles, elles se rapprochent vers le bas. Il va falloir que l'un de nous descende en rappel au niveau où il sera possible de passer de l'autre côté, puis qu'il remonte jusque-là (il montra du menton l'endroit où la galerie reprenait) afin d'installer une tyrolienne.

— Une tyrolienne ? intervint Edward. Je ne suis pas sûr d'être capable de…

— Ne t'inquiète pas. C'est facile à utiliser, le problème est de l'installer.

— Sur le principe, je suis d'accord, mais pas sur la manière d'atteindre l'autre ouverture, objecta Ruzena. Ça va prendre énormément de temps de descendre. Beaucoup trop. Sans parler du fait qu'il n'y a aucune garantie de trouver un resserrement suffisant entre les parois pour passer de l'une à l'autre. La faille peut aussi bien avoir un fond sableux que déboucher en plein dans le plafond d'une autre salle.

— *De acuerdo*. Mais quelle est l'alternative ? Faire demi-tour et chercher une autre voie ? C'est encore plus incertain. »

La jeune femme garda le silence un instant, le regard rivé sur l'ouverture sombre en face qui marquait le début de l'autre galerie.

« Je vais sauter », lâcha-t-elle.

À ces mots, son fiancé sursauta.

« Quoi ? Tu ne peux pas faire ça, Ruz ! C'est bien trop dangereux. »

Elle se tourna vers lui et plongea son regard dans le sien.

« C'est la seule solution. Sans quoi il faut abandonner.

— C'est insensé, tu ne peux pas te jeter dans le vide !

— Ce n'est pas ce que je compte faire. Je vais juste sauter une longueur de trois mètres. Je suis sûre que je franchissais bien davantage au saut en longueur au lycée.

— En atterrissant dans un bac à sable ! Cela n'a rien à…

— Je serai encordée, Ed, coupa-t-elle en tâchant de se montrer aussi rassurante que possible. Si je rate ma cible, j'irai heurter la paroi et vous me ramènerez jusqu'à vous. J'en serai quitte pour quelques ecchymoses supplémentaires. Crois-moi, si j'ai survécu à un crash et aux trois jours qui viennent de s'écouler, je peux supporter une chute de quelques mètres au bout d'une corde. »

Edward s'adressa à leur guide : « Javier, dis-lui que ce n'est pas raisonnable ! »

Mais le Vénézuélien secoua la tête : « *No sé.* Ce n'est peut-être pas aussi fou que ça en a l'air.

— Alors, fais-le toi-même !

— Ed ! » s'exclama Ruzena.

L'interpellé baissa aussitôt la tête et ses épaules s'affaissèrent.

« Pardonne-moi, *amigo*. C'était stupide de ma part.

— Ce n'est pas grave, je comprends. Néanmoins, Ruz est plus légère que moi, et probablement mieux entraînée. Ses chances sont meilleures que les miennes. »

Ruzena hocha la tête et Edward se résigna, la mine sombre.

Dans les minutes qui suivirent, le guide vénézuélien s'employa à planter solidement deux chevilles sur le haut de l'ouverture de la galerie, tandis que la jeune femme se débarrassait de tout le matériel qu'elle portait. Deux longes furent passées dans les pitons fixés au plafond qui servirent à réaliser un mouflage avec la corde attachée au baudrier de Ruz. D'après Javier, le dispositif permettrait de les soulager d'une partie du poids si jamais elle venait à chuter. Les trois hommes reculèrent ensuite de quelques mètres afin de laisser suffisamment d'espace à une prise d'élan ; Javier tenait la corde en premier, après l'avoir enroulée autour de la taille de Ruzena, et Ed se chargea de l'extrémité derrière lui, au cas où il lâcherait.

« Le problème, lui glissa Javier, c'est que nous sommes obligés de lui laisser beaucoup de mou pour l'élan. Si elle chute, ce sera donc d'une hauteur plus importante. »

Edward garda les mâchoires serrées, préférant s'abstenir de répondre. Devant eux, Ruzena se préparait déjà, se forçant à inspirer et expirer rapidement, sautillant plusieurs fois sur place pour préparer ses muscles.

Soudain, sans prévenir, elle partit comme une flèche et, en trois enjambées puissantes, atteignit le rebord du gouffre. Ses jambes se détendirent d'un coup et elle s'élança dans le vide. Cependant, décontenancée par la vision de cet abîme sombre et menaçant se ruant vers elle, Ruz ne libéra pas autant d'énergie qu'elle l'aurait voulu et sut aussitôt qu'elle n'atteindrait pas l'autre côté. Tendant les bras dans une tentative désespérée, ses doigts ratèrent leur cible de cinquante centimètres. Une terreur intense s'empara d'elle tandis que la gravité reprenait ses droits et qu'elle se sentait repartir en arrière et, surtout, vers le bas. Le gouffre de ténèbres remplissait son champ de vision. Par réflexe, elle ramena ses bras autour de sa tête et s'efforça de relever ses genoux vers son torse. Le temps lui manqua pour y parvenir complètement. Le choc avec la paroi fut aussi sonore que violent. Elle expira d'un coup tout l'air de ses poumons et voulut crier de douleur, mais le rebond la fit repartir dans l'autre sens. Cette fois, impossible de se préparer et le second choc la frappa alors que ses bras ne protégeaient plus sa tête. Heureusement qu'elle portait un casque.

Maintenant, la jeune femme se balançait d'avant en arrière, sonnée, tout le côté gauche en feu. Cinq mètres plus haut, elle entendit Edward crier son nom d'une voix brisée par l'inquiétude. Bizarrement, alors que son corps n'était que douleur, cela lui fit du bien. Chaque fois qu'elle prenait conscience de l'importance qu'elle avait pour lui, elle se sentait exister un peu plus. Dès qu'elle fut tirée vers le haut, le balancement de la corde cessa.

Une fois récupérée par ses compagnons, elle s'allongea sur le sol pour se remettre et se laissa examiner par Edward.

« Seigneur, tu as tellement d'éraflures qu'on dirait que tu as tenté de descendre d'une voiture en marche sur l'autoroute.

— Ça va aller, répondit-elle d'une voix plus tremblante qu'elle ne l'aurait voulu. Je n'ai rien de cassé, c'est l'essentiel. »

En vérité, elle n'en était pas sûre. Les côtes qu'elle soupçonnait de s'être fêlées lors de sa chute de l'arbre trois jours plus tôt avaient peut-être fini par se briser pour de bon. L'ensemble de son côté droit était si endolori qu'il lui était difficile d'estimer le niveau réel de ses blessures. Une seule chose était certaine, il fallait avancer, et, pour cela, elle devait réussir ce saut coûte que coûte. Aussi, en dépit des protestations de son fiancé, elle se remit debout et, après quelques minutes pour retrouver ses esprits, se prépara à une seconde tentative.

Cette fois, pas question de se laisser impressionner par cette foutue faille ! Ruzena concentra toute son attention sur l'ouverture de la galerie en face. Des images d'entraînement athlétique lui revinrent subitement.

Tu es au lycée, tu sautes au ras du sol, il n'y a que trois mètres ; en temps normal, tu en sautes probablement le double ; dis-toi que tu es sur la piste d'athlétisme, le coach est là, il t'observe ; si tu veux ta note, tu dois mettre tout ce que tu as. Allez ! ALLEZ !

Poussant aussi fort qu'elle pouvait sur les muscles de ses cuisses, elle fonça droit devant. Les parois défilèrent à toute vitesse puis disparurent soudain. Ce coup-ci, Ruz prit garde de ne pas laisser son regard dériver vers le bas. Comme à l'entraînement, elle ramena sa jambe d'appel devant elle et tendit les bras vers l'avant avec toute l'énergie qui lui restait, comme si elle voulait étreindre l'ouverture béante en face. Une demi-seconde plus tard, une surface rocheuse se rua vers elle, comme cinq minutes auparavant, sauf que, cette fois, elle était horizontale.

Lorsqu'elle toucha le sol, Ruzena ne roula qu'une fois sur elle-même avant d'être stoppée net par la corde, tendue au maximum. Elle avait dépassé l'entrée de la galerie de plus d'un mètre.

Les jambes tremblantes, elle se releva et s'approcha de l'ouverture.

« Alors, j'ai quelle note ? » lança-t-elle comme une fanfaronnade en dépit d'une voix chevrotante qui trahissait son émotion.

« Tu es hors concours, chérie ! » lui répondit Edward. Sa voix tremblait aussi.

L'installation de deux nouvelles chevilles du côté de Ruz ne prit qu'une quinzaine de minutes, vissage des plaquettes compris, puis une longueur de corde en Nylon fut tendue à l'horizontale. L'un après l'autre, leur harnais mousquetonné à la corde par une longe, les trois hommes purent passer en se tractant avec les bras. Ce fut plus difficile pour Chris que pour les autres, mais il ne s'en tira pas trop mal.

Espérons que nous n'aurons pas à repasser par ici en urgence, songea Ruzena. *Sans quoi ce sera un sacré goulet d'étranglement.*

La suite ne fut qu'une longue succession de galeries creusées par les torrents souterrains au long des ères géologiques. Autant de passages délicats, glissants et étroits, parfois d'une grande beauté si l'on en jugeait par le déploiement des merveilles minérales que les grottes pouvaient offrir, mais d'où suintait aussi une menace latente, comme si chaque faille, chaque stalactite en équilibre précaire, chaque siphon étroit proclamait : *Partez, humains ! Ce monde n'est pas le vôtre !*

Ruzena ne retirait aucun plaisir de cette épreuve ; pourtant, à en croire l'article de *US X-Sports*, la spéléologie faisait partie de l'éventail des activités qu'elle pratiquait à haut niveau dans sa vie d'avant. Était-ce dû à l'anxiété causée par le danger qu'ils couraient ou à un éventuel changement de sa personnalité ? Une nouvelle fois, il lui fallut repousser ces pensées délétères et tenter de canaliser toute son attention sur l'instant présent.

Au bout d'une heure et demie de progression harassante, ils prirent un peu de repos dans une grande salle, percée de tant de galeries que leur guide hésita sur la suite du parcours. Pendant que les autres se restauraient et se désaltéraient, Javier tenta de se repérer sur la carte sommaire du réseau dont il disposait, calculant, autant à l'intuition qu'à la boussole et à ses relevés d'inclinomètre, la zone dans laquelle ils avaient le plus de chances d'avoir abouti. Après une longue réflexion, il estima qu'ils ne devaient plus se trouver très loin de leur objectif ; s'ils ne découvraient pas bientôt une voie vers le fond de la doline, cela signifierait qu'il n'en existait pas. Et ils auraient fait tout cela pour rien.

Heureusement, une fois qu'ils se remirent en route, l'aspect des cavités changea peu à peu ; la roche humide et glissante des premières cavernes laissa place progressivement à des passages secs et ventilés, et les étranges créatures blanchâtres, typiques des profondeurs souterraines, qu'ils pouvaient observer jusqu'alors disparurent au profit de rongeurs apeurés ou de chauves-souris endormies.

Alors qu'il se redressait en s'extrayant d'une faille étroite et verticale, Edward tendit soudain le bras vers une anfractuosité en hauteur en s'exclamant : « Là ! »

Des touffes de filaments bruns pendaient du plafond. Des racines !

Javier en arracha aussitôt une poignée.

« Elles ne sont pas desséchées, mais bien vivantes ! Nous touchons peut-être au but ! »

Aiguillonnée par la perspective d'aboutir, la petite troupe pressa le pas et un cliquetis de matériel métallique s'entrechoquant emplit brusquement le tunnel. Ruz les fit ralentir en leur rappelant la nécessité de se montrer discrets s'ils approchaient vraiment de la doline. Bien lui en prit, car, quelques instants plus tard, ils discernèrent un halo bleuté au ras du sol. Après avoir demandé le silence le plus complet par un doigt posé sur ses lèvres, la jeune femme se débarrassa de son équipement, s'allongea par terre puis rampa dans le boyau aplati d'où sourdait cette pâle lueur. Deux mètres plus loin, un rideau de végétation marquait la fin du passage. Le cœur battant, Ruz éteignit sa lampe frontale et écarta délicatement les herbes dégoulinantes d'eau. Derrière s'ouvrait un espace qui lui parut immense, faiblement éclairé par une lumière zénithale. Même avec un angle de vue aussi étroit, il était évident qu'elle contemplait le fond d'un gouffre à ciel ouvert.

Elle revint sur ses pas en rampant à reculons, se releva au milieu de ses camarades et donna une tape sur l'épaule du guide : « Félicitations, Javier ! s'exclama-t-elle à voix basse. Tu nous as menés à bon port. Un sacré tour de force ! »

Ils abandonnèrent ce qui restait de l'équipement spéléo, l'essentiel des cordes et pitons déjà utilisés pour les passages délicats ayant été laissé en place pour le retour, puis ils se faufilèrent, les uns derrière les autres, dans l'anfractuosité.

10 h 46

L'ouverture extérieure débouchait au beau milieu d'un fouillis de plantes de taille moyenne, imbriquées les unes dans les autres et couvertes par-dessus d'un tapis d'épiphytes descendant de la paroi pour former comme un toit de feuilles sur l'ensemble. La cachette était idéale pour observer sans être vu, à condition de ne pas s'agiter inconsidérément, sous peine de faire remuer l'ensemble de la construction végétale. Émergeant la première, Ruzena rampa sur quelques mètres afin de laisser à ses camarades la place de sortir à leur tour. Comme l'épaisse mousse qui tapissait le sol était gorgée d'eau, leurs vêtements se retrouvèrent trempés en quelques instants. Toutefois, il n'était pas question de se relever tant qu'ils n'auraient pas la certitude d'être seuls. Ils prirent donc leur mal en patience en scrutant les lieux avec attention.

Le fond de la doline était vaste, au moins deux cents mètres de diamètre, et les parois circulaires s'élevaient sur cent cinquante mètres jusqu'à une ouverture en hauteur qui, vue d'en bas, paraissait plus petite. Probablement dans les quatre-vingts mètres de large, à en juger par l'inclinaison des parois qui donnait un aspect conique au volume général. Le degré d'humidité dans l'air était tel que Ruzena avait l'impression de se tenir sous un brumisateur géant ; des volutes vaporeuses s'élevaient lentement dans les rayons de lumière qui parvenaient à se frayer un chemin dans la cavité karstique. Sur tout le pourtour de l'ouverture se jetaient des cascades de végétation d'une telle profusion que certaines lianes descendaient presque jusqu'au milieu de la paroi.

Si le sommet de la doline était nimbé d'une lumière éblouissante, le fond, en revanche, demeurait plongé dans une pénombre verdâtre que seuls rompaient les halos de puissants projecteurs électriques sur trépied, installés en cercle là où le relief le permettait. De loin en loin, ils illuminaient une forme massive qui se dressait au centre de cette curiosité géologique : une petite colline constituée d'un monceau de rocs de tailles diverses, produit de l'effondrement passé de la voûte. Chaos de formes anguleuses recouvertes d'une épaisse couche de mousse et prisonnières d'un enchevêtrement de racines, l'ensemble évoquait l'épave d'un antique navire figé pour l'éternité dans les algues d'une mer des Sargasses souterraine.

Loin des soubresauts climatiques du plateau, une microjungle prospérait dans ce lieu hors du temps, à mi-chemin entre une grotte et une faille en plein air. Toutes sortes de plantes aux formes insolites, croissant les unes sur les autres au milieu d'un ruissellement perpétuel, fournissaient un habitat à une foule de petites créatures aux couleurs inattendues : insectes, batraciens et amphibiens, ou d'autres familles encore moins identifiables aux yeux profanes de Ruzena.

Un calme profond régnait ici. Comme aucun bruit de la surface ne parvenait jusqu'à eux, seul le son des gouttelettes qui crépitaient de toute part se faisait entendre, suscitant une atmosphère étrange, d'un autre monde. Un monde étranger. Ruz appréciait la sérénité qui se dégageait de cet endroit tout en ressentant un vague malaise, celui d'une intruse comprenant que, par sa simple présence, elle dérange un subtil équilibre.

Les quatre compagnons demeurèrent ainsi durant presque une demi-heure sans déceler la moindre activité humaine, puis, d'un commun accord, Ruzena et Javier estimèrent qu'ils pouvaient quitter leur cachette.

« Putain, on se croirait dans une foutue cathédrale ! » lâcha Chris tandis qu'ils faisaient leurs premiers pas à l'air libre.

Bien que la grossièreté du frère d'Edward l'agaçât, Ruzena partageait cette impression. L'endroit était spectaculaire, intimidant même. On s'y sentait écrasé par les parois de pierre, comme pris au piège par la nasse qu'elles formaient et en même temps saisi par la beauté irréelle d'un lieu inchangé depuis la nuit des temps, presque sans contact avec la surface, et encore moins avec le reste du monde.

« Avant d'aller plus loin, annonça Edward, nous devons mettre les combinaisons stériles.

— Tu ne crois pas qu'au point où on en est, on s'en fout un peu de préserver tes petites bestioles ? grogna Chris.

— L'utilité de la combinaison ne se limite pas à éviter de contaminer le site, mais aussi à ne pas être contaminé par celui-ci. Nous ignorons tout de ce qui vit au fond de cette doline, quant à ce qui se trouve à l'intérieur de l'objet… »

Si Ruzena n'était guère emballée à l'idée d'enfiler une combinaison étanche par-dessus ses vêtements détrempés, elle obéit sans discuter, autant en raison de la confiance qu'elle vouait à son fiancé que pour se démarquer ostensiblement du frère de celui-ci.

Ed leur expliqua comment régler les fronces élastiques aux articulations par une démonstration sur lui-même, puis, alors qu'il ajustait le masque intégral dont la visière englobait tout son visage, ajouta : « Ces combinaisons sont fabriquées dans un textile non tissé de fibres de polyéthylène haute densité. Tant que leur intégrité sera assurée, elles vous protégeront d'à peu près tout. Leur résistance à la déchirure est excellente ; toutefois ce ne sont pas des NBC militaires, un rocher coupant ou une branche cassée peut très bien en venir à bout. Soyez donc prudents. »

Comme elle était surprise de l'entendre aussi clairement à travers le masque, Ruzena remarqua en passant le sien qu'il était pourvu d'une membrane souple située en dessous de la visière, de toute évidence destinée à transmettre les sons.

Une fois tout le monde équipé, ils s'avancèrent enfin vers le monticule central.

Des rocs épars jonchaient le fond de la doline, émergeant d'une végétation luxuriante qui masquait le sol partout sauf autour du chaos rocheux dont toute la zone périphérique avait été défrichée – entreprise probablement longue et harassante vu les dimensions des lieux. Toute une série de câbles épais couraient au sol dans l'espace dégagé, les uns pour alimenter les projecteurs, les autres pour des fonctions impossibles à déterminer.

Au pied de l'amoncellement, les rocs fracassés paraissaient encore plus imposants. Certains saillaient dans le vide, laissant pendre quantité de mousses et de racines entortillées, tels des lambeaux de peau sur les os d'un squelette géant. Ruzena n'avait aucune peine à imaginer le fracas de fin du monde qui avait dû retentir à l'effondrement de la voûte. Ils optèrent pour contourner l'ensemble par la droite.

Après quelques dizaines de pas prudents, ils aperçurent une structure métallique verticale : un assemblage d'armatures légères en aluminium s'élevant jusqu'à la surface, dont la base reposait à quinze mètres de la paroi pour compenser le surplomb final. Vers le haut, des barres rigides directement fixées dans la roche maintenaient l'ensemble en place ; en bas, là où la paroi était trop éloignée, des câbles tendus s'arrimaient dans le sol. Au niveau de la surface, dans le halo de lumière du jour, se devinait une cage.

Un ascenseur.

« Ils n'ont pas chômé », lâcha Ed à mi-voix.

Une nouvelle fois, Ruzena lui fit signe de ne pas faire de bruit. Même si le fond de la doline semblait désert, tous ces équipements lui rappelaient avec une grande acuité la présence des mercenaires là-haut, à cent cinquante mètres à peine. Autant dire à côté. En toute logique, ils devaient surveiller les abords de leur camp et non le fond du gouffre puisque, d'après leurs connaissances, on ne pouvait y accéder que par la surface. Néanmoins, il suffisait que l'un d'eux s'avise de jeter un œil au fond… Cela dit, même en cas de ronde inopinée, l'utilisation de l'ascenseur, probablement lent et bruyant, leur donnerait le temps de s'échapper sans se faire remarquer. Du moins l'espérait-elle.

« Hâtons-nous, chuchota-t-elle. Je ne veux pas m'éterniser ici. Si jamais des… »

Elle ne put achever sa phrase, un nouvel accès de nausée lui secoua l'estomac et la força à poser un genou à terre. Pliée en deux sous la douleur, la jeune femme dut faire appel à toutes les ressources de sa volonté pour se retenir de vomir dans le masque. Des points lumineux surgirent en périphérie de son champ de vision et elle craignit d'être sur le point de s'évanouir, mais les artéfacts visuels se réunirent devant elle, comme pour former une image cohérente.

Une autre vision ? Bon Dieu, je ne suis pas malade, je deviens folle…

« Ruz ! s'écria Edward en tentant d'étouffer son intonation alarmée. Encore une de ces fichues nausées ? »

Il s'agenouilla près de sa fiancée et passa un bras autour de ses épaules, mais elle leva la main dans un geste qui se voulait rassurant.

« Ça va… passer…, articula-t-elle le souffle court. C'est déjà en train de passer… »

Puis elle se releva, chancelant un peu, prit appui sur l'épaule d'Ed, avant d'expirer lentement.

« Allez, ne perdons pas davantage de temps », finit-elle par dire en se remettant en marche.

D'un pas prudent, ils dépassèrent la structure de l'ascenseur et achevèrent de contourner l'éboulement. De l'autre côté s'étendait une large excavation. Toute une zone d'environ vingt mètres de diamètre avait été déblayée : les rochers méthodiquement transportés en périphérie, là où ils ne risquaient pas de gêner, et la terre mêlée de gravats rassemblée en tas. Un palan démontable, rangé sur le côté, indiquait comment les plus gros blocs avaient été déplacés. Edward signala que c'étaient les mercenaires qui avaient à ce point élargi l'excavation entreprise par son équipe. Mais, à ce moment, rien de tout cela n'avait d'importance aux yeux de Ruzena. Toute son attention se portait sur l'*objet*.

Une forme massive émergeait de l'éboulement, un bloc sombre, constitué d'une matière iridescente indéfinissable qui décomposait la lumière des lampes en une multitude de fragments indigo, compliquant la perception des lignes générales. L'ensemble semblait plutôt plat – Ed l'avait comparé à un mange-disque des années soixante –, lisse sur le dessus et strié sur les côtés, cerclé d'une multitude de larges rainures au profil géométrique rappelant vaguement les motifs des falaises basaltiques des mers du Nord. Seule une partie de l'objet se trouvait exposée à l'air libre, rendant hasardeuse une estimation de sa taille.

La jeune femme comprenait maintenant pourquoi Edward avait tout de suite songé à un engin volant. Si l'allure générale de l'objet ne paraissait pas aérodynamique au point de réaliser des prouesses dans l'atmosphère, il était incontestablement fuselé. Aucun doute n'était possible sur la nature technologique de ce qu'elle avait devant elle ; il ne s'agissait ni d'une sculpture ni d'une ruine. C'était une machine, cela crevait les yeux.

Dans les faisceaux de leurs lampes frontales, certains détails apparaissaient sur la surface lisse et noire. Des ouvertures aux formes diverses placées çà et là, ou des protubérances répondant à des fonctions obscures, et, par endroits, parallèles aux stries latérales, de longues séries de motifs gravés, encrassés par les siècles. Impossible de déterminer s'il s'agissait d'ornements ou d'installations techniques.

Les étranges reflets renvoyés par les irisations de la coque éblouissaient Ruzena, la contraignant à plisser les yeux constamment. Les autres ne semblaient pas gênés par ce phénomène lumineux, au point qu'elle se demanda s'ils le subissaient aussi. Était-ce un prolongement de ces illusions optiques dont elle était victime depuis son réveil sur ce plateau ? Elle n'osa pas en parler de peur de passer encore pour une folle.

« Tu crois que c'est la proue qui dépasse de l'éboulement ? demanda-t-elle à Ed.

— Au début, comme il n'y a aucun réacteur visible, j'ai moi aussi spontanément pensé que c'était l'avant, répondit-il. Puis j'ai réalisé que, par simple habitude culturelle, j'étais conditionné à identifier l'arrière d'un engin par des réacteurs à combustion. Or, si nous sommes en présence d'une technologie d'origine non terrestre, Dieu seul sait quel mode de propulsion ils utilisaient ! »

Il se dirigea vers la gauche, là où quelques rocs avaient été disposés à la va-vite de manière à former une sorte de promontoire au-dessus duquel reposait un gros tube blanc de trois mètres de long, fait d'une membrane synthétique similaire à celle de leurs combinaisons.

« Un sas étanche, fit Edward en l'examinant. Sage précaution… Je suppose que c'est la deuxième équipe de scientifiques envoyée par Dervac qui l'a installé. Je doute que les mercenaires aient pris une telle précaution. »

D'un geste rapide, il défit la longue fermeture à glissière circulaire, comme on ouvre une simple tente de camping, puis entra dans le compartiment en invitant les autres à le suivre. Une fois tous serrés dans le court tunnel et l'entrée refermée, il ouvrit la seconde cloison afin de les faire passer dans l'autre compartiment, puis referma à nouveau derrière eux. Le groupe se tenait maintenant devant la portion de la coque isolée par le sas.

Vu de près, le matériau noir qui la composait parut encore plus étrange à Ruz ; elle n'était pas sûre de le *localiser* avec précision dans l'espace, comme s'il était légèrement mouvant, un peu à la manière d'un mirage. En fait, il lui semblait que cette matière *vibrait* selon une lente pulsation. Par réflexe, pour s'assurer de la réalité de ce que ses yeux lui montraient si imparfaitement, elle posa sa main sur la coque et fut presque surprise de trouver sous ses doigts une surface solide. D'ailleurs, là où ils entraient en contact avec le matériau noir, celui-ci cessait de vibrer.

Tandis qu'elle croisait le regard d'Edward, la jeune femme retira sa main prestement, comme prise en faute. Une fois encore, elle n'osa lui décrire l'étrangeté de ses perceptions, de peur qu'il ne s'inquiète pour elle. D'autant que la nausée, loin d'avoir reflué totalement, semblait reprendre de la vigueur. Elle tâcha de mieux contrôler sa respiration.

Au centre du rond de toile, dans la coque obscure et tremblotante, béait une ouverture carrée aux coins arrondis, en partie obstruée par une plaque gauchie, tordue lors du choc survenu des siècles plus tôt. Une porte. Le passage laissé par la déformation de celle-ci n'était large que d'une quarantaine de centimètres.

« Ils ont tenté de l'ouvrir davantage », fit remarquer Javier en montrant des marques plus claires, à peine visibles sur le pourtour. « Sans succès : c'est toujours aussi étroit que lorsque nous l'avons découvert. »

De toute évidence très ému de revenir là, Ed expira longuement puis, sans un mot, se faufila dans l'entrebâillement. Opération malaisée compte tenu des dimensions de l'ouverture, environ un mètre cinquante de hauteur, et de la taille du jeune docteur en biochimie. L'un après l'autre, ses trois compagnons le suivirent à l'intérieur de l'engin.

11 h 42

Dès qu'elle pénétra dans l'objet, Ruzena fut en proie à de nouveaux éblouissements. Une multitude de phénomènes lumineux éclatèrent devant ses yeux comme un train surgi de la nuit, brouillant sa vision au point de la faire chanceler. Une forme, plus grande et plus nette que les autres, s'avança vers elle et lui arracha un cri de surprise. Elle n'aurait pu le jurer, mais il semblait que des membres ou des tentacules s'agitaient en périphérie de cette silhouette et qu'une tête pourvue de cornes s'inclinait vers elle. Par réflexe, la jeune femme recula, trébucha et se rattrapa à… un bras.

L'éblouissement cessa aussitôt et Ruz se retrouva agrippée à Javier, qui la fixait d'un regard scrutateur : « *¿Va todo bien, Ruz?* »

Elle le lâcha et se redressa. Les lumières s'étaient dissipées et, à l'inverse, une profonde pénombre les entourait.

« Oui… je me suis juste… pris les pieds dans… je ne sais quoi… »

Et en effet, devant la porte, le sol était envahi de racines et d'un agglomérat de terre mêlée de pierres qui s'était insinué au fil du temps à l'intérieur de l'engin. Même sans illusion lumineuse, Ruzena se serait sûrement tordu la cheville dans ce fouillis. Toutefois, le regard pénétrant du guide vénézuélien lui rappela la conversation tenue la veille au soir et les légendes qu'il avait évoquées.

Oublie ça, Ruzena, concentre-toi sur le présent !

Dans la lumière de leurs lampes, elle découvrit un couloir courbe aux murs curieusement inclinés en V. L'objet était-il à l'envers ? Il paraissait incongru que le sol fût plus étroit que le plafond. La question se posait d'autant plus que nulle surface réellement plane et dégagée ne permettait de marcher librement. Toutes sortes de poutrelles structurelles ou de conduites encombraient le sol et le plafond. Si Ruzena pouvait admettre qu'en impesanteur il n'était besoin d'aucun espace dégagé pour marcher, elle comprenait moins comment les occupants de cet engin se débrouillaient une fois posés à la surface d'une planète. *Peut-être leur mode de locomotion n'imposait-il pas les mêmes nécessités qu'aux bipèdes que nous sommes ?* D'innombrables anneaux ou barres étrangement placés laissaient supposer que ce genre d'installations devait leur être d'une plus grande utilité pour se mouvoir qu'un sol plat.

Un bref instant, il sembla à Ruzena qu'elle distinguait de pâles rémanences de silhouettes passant fugacement dans ce couloir, se balançant avec grâce d'un anneau à l'autre à l'aide de curieux pseudopodes… La jeune femme secoua la tête ; l'illusion avait déjà disparu. La multiplication de ces chimères optiques depuis leur approche de l'objet, et surtout depuis qu'ils y avaient pénétré, conjuguée à sa nausée persistante, Ruz sentait que l'inquiétude qui la tourmentait depuis un moment minait sa capacité de concentration. Il fallait se calmer.

Ces visions sont dans ta tête ! C'est une simple conséquence de l'épuisement et de cette phosphorescence bizarre !

En effet, là où les lampes n'éclairaient pas, une vague lueur verdâtre émanait des parois, soulignant les volumes et marquant les détails. Il était probable que même en éteignant leurs lampes, ils finiraient par y voir suffisamment grâce à cet éclairage diffus.

Edward s'engagea le premier dans le couloir en choisissant soigneusement l'endroit où il posait les pieds.

« Nous n'avons pas eu le loisir de parcourir l'ensemble, expliqua-t-il. Il fallait faire preuve de la plus grande prudence pour étudier cette structure inconnue afin de ne rien détériorer, et la suite des événements nous a empêchés d'en apprendre davantage. Néanmoins, nous avons pu estimer la taille de l'engin à environ quatre-vingts mètres sur soixante et en comprendre à peu près le plan. »

Il était difficile de progresser dans les lieux : l'inclinaison du sol rendait chaque pas malaisé et de nombreux débris gênaient le passage. Tout était vieilli et encrassé ; par endroits, des racines avaient réussi à s'introduire à l'intérieur et des paquets de mousse avaient proliféré là. Le long des murs du couloir courait une sorte de frise aux motifs incompréhensibles, similaire à celle qui cerclait l'extérieur de l'engin. Bien qu'il lui fût impossible d'expliquer pourquoi, Ruzena était convaincue qu'il s'agissait d'ornements purement esthétiques.

« La plupart des salles sont distribuées de part et d'autre de ce couloir qui forme un anneau ouvert, un peu comme la lettre oméga, continuait Ed. L'entrée que nous avons empruntée est située à une extrémité ; il est probable qu'il y en ait une seconde en symétrie, dans la partie encore ensevelie. Presque toutes ces salles sont fermées par des portes qu'il nous a été impossible d'ouvrir, faute de temps pour en étudier le mécanisme. De plus, il est possible que l'objet ait subi une déformation structurelle lors de l'effondrement de la voûte, empêchant les portes de fonctionner normalement. Heureusement, quelques-unes étaient déjà ouvertes et l'une des salles… (il marqua une pause en pénétrant dans une zone plus large) ne disposait même pas de porte. »

Ils débouchèrent dans un vaste espace en forme de croissant, vraisemblablement situé au sommet de l'Ω dessiné par le couloir. Bien qu'il n'y eût aucune baie panoramique, Ruzena comprit qu'ils se trouvaient dans la salle des commandes. Toute une gamme d'équipements étranges disposés en étoile convergeaient vers quatre structures centrales identiques, semblables à de grands berceaux. Un halo lumineux nimbait deux d'entre elles, traversé par des vagues de lumière rose et jaune qui semblaient pulser sur un rythme organique. La jeune femme s'approcha et les halos s'évanouirent d'un coup. Elle jeta un coup d'œil à Ed sans parvenir à déterminer si lui aussi les avait vus.

Dans cette salle, une fine couche de poussière recouvrait tout, dont ils soulevaient à chaque pas de fines volutes s'élevant dans les faisceaux de leurs lampes. Ruzena remarqua le phénomène parce que le reste du vaisseau, bien qu'à l'abandon depuis des siècles, en était exempt.

En atteignant les berceaux, la jeune femme comprit qu'il s'agissait des « fauteuils » de pilotage. Deux étaient vides, mais les deux autres contenaient quelque chose. Elle frémit en découvrant dans la lumière crue de leurs lampes la première forme de vie non terrestre jamais contemplée par des humains.

Une certaine déception dut se peindre sur son visage, car son fiancé acquiesça d'un haussement de sourcils : « Il ne reste plus grand-chose, malheureusement.

Le taux d'humidité à l'intérieur de l'objet n'est pas aussi élevé que dans la doline, mais il est quand même trop important pour une véritable momification naturelle. Cela dit, il subsiste tout de même des fragments de tissus mous, ce qui semblerait indiquer l'absence de micro-organismes ici, ce qui, en soit, constitue déjà un mystère intéressant pour la science. »

Dans le fond des berceaux reposaient deux longues formes blanchâtres. De grands lambeaux de peau distendus accrochés à des structures solides aux formes curieuses – vraisemblablement des os – recouvrant des bulbes et des tubulures, aujourd'hui racornis, qui, repliés sur eux-mêmes, tenaient sans doute lieu de viscères autrefois.

« On peut supposer qu'une partie de leur corps était gélatineux, poursuivit Ed, sans quoi il resterait davantage de matériel organique. »

Peut-être, mais la partie supérieure de leur corps devait être bien solide, songea Ruzena.

Car, dans ces restes immobiles depuis des siècles, elle croyait reconnaître la tête effrayante aperçue l'espace d'un instant au cours de l'affrontement avec le mercenaire, et surtout grossièrement sculptée sur cette statue antique près de laquelle elle avait passé sa deuxième nuit sur le Sari.

Juste une coïncidence, ne te fais pas trop d'idées !

« Bien entendu, tout sort de l'ordinaire chez eux, mais un détail en particulier a attiré mon attention la première fois que je les ai vus, sans avoir le temps de mener un examen plus poussé, c'est cette structure que l'on peut observer sous ce qui semblerait être leur tête – au milieu de leur torse, pourrait-on dire par analogie. »

Ruzena se pencha et distingua parmi les draperies organiques chiffonnées des momies une zone de plus grande densité où étaient réunis beaucoup d'os minuscules et de bulbes desséchés, comme une concentration de plusieurs petits membres et organes à cet endroit.

« Probablement une partie du corps hyperspécialisée aux fonctions impossibles à deviner en l'état, avança Edward. Mais cette différence d'échelle est tout à fait surprenante. Quel gâchis de ne pouvoir les étudier de manière approfondie avant qu'ils ne se dégradent ! Car, maintenant que l'engin a été mis au jour, son équilibre hydrochimique a été rompu et ces dépouilles vont reprendre leur processus de décomposition… »

Un moment plus tôt, Ruz aurait répondu que leur préoccupation principale était plutôt de sauver leur peau par tous les moyens que de préserver un site de fouilles. Mais, à cet instant, elle n'écoutait plus.

Alors qu'elle était penchée sur ces restes immémoriaux, une vision s'était superposée avec la brusquerie d'un flash à la forme desséchée, lui montrant une créature allongée à l'allure aussi étrange que belle. Loin de tous les clichés de films d'horreur dépeignant souvent les visiteurs d'un autre monde comme des monstres effroyables, c'était un être à la morphologie équilibrée qui reposait ici. La vision tremblotante ne permettait pas à la jeune femme de l'observer en détail, mais il était évident que le haut du corps, dont la silhouette évoquait celle d'une étoile à cinq branches, disposait de quatre membres, une paire assimilable à des bras, une autre à des tentacules, tandis que la cinquième branche était surmontée d'une tête striée. Logés entre certaines de ces stries, des opercules sombres tenaient probablement lieu d'organes de la vue, sans qu'il soit possible de l'affirmer. Mais surtout, le haut du crâne était surmonté de quatre cornes intimidantes, pointées vers l'avant. Le bas du corps, quant à lui, demeurait flou, laissant deviner de larges appendices mous, semblables à de grosses limaces.

Tout cela, Ruzena l'entrevit en l'espace d'une seconde. Effrayée par la précision et le réalisme de cette vision, elle se rejeta en arrière avec un cri.

Edward s'interrompit, une expression alarmée bien visible derrière la visière de son masque.

« Que se passe-t-il ? Tu t'es blessée ?

— Je viens de le voir ! lâcha-t-elle dans un souffle. Tel qu'il était… avant sa mort ! »

Javier et Chris, qui étaient restés en retrait, se rapprochèrent.

« De quoi parles-tu ? demanda Ed.

— Je parle de lui ! répondit Ruzena en montrant la momie dans son berceau noir, ne se souciant soudain plus d'être considérée comme folle. Je vois plein de choses depuis que nous sommes entrés dans cet engin ! J'ai l'impression d'être un fichu récepteur mal réglé, captant des images qui ne lui sont pas destinées ! »

Edward ouvrit la bouche pour répondre puis se ravisa. Après un instant de réflexion, il finit par dire, presque pour lui-même : « Le cerveau faisant office de récepteur ? Ce n'est peut-être pas si absurde. Reste à savoir pourquoi toi seule capterais ces images mentales… »

Devant le regard affolé de sa fiancée, il la serra dans ses bras autant que les combinaisons le permettaient puis lui souffla : « Désormais, tiens-moi au courant de chaque vision que tu auras, nous verrons si nous pouvons en tirer quelque chose de cohérent. »

Ruzena hocha vigoureusement la tête, soulagée d'avoir enfin livré ce qui la tourmentait tant.

Ne cherchant même pas à masquer son agacement face à ce qu'il considérait comme des simagrées, Chris intervint avec sa grossièreté coutumière : « Bon, je vous rappelle que si on a traîné nos culs jusqu'ici, c'est pour récupérer de quoi nous défendre. Alors, Ed, tu les avais vues où, ces armes supposées ? »

En guise de réponse, son frère se contenta de désigner du menton une autre porte, plus grande que les précédentes – et ouverte celle-ci –, située à l'arrière de la salle des commandes. Elle donnait sur une pièce encore plus grande, à la phosphorescence plus marquée. Chris s'y dirigea aussitôt de son pas boitillant, suivi des autres.

En atteignant le seuil, les tempes battantes et l'estomac noué par une terrible appréhension, Ruzena découvrit une vaste salle oblongue, occupant de toute évidence l'ensemble de l'espace central de l'appareil, délimité par le couloir en oméga.

« Nous avons estimé qu'il s'agissait là de l'équivalent d'une soute, expliqua Edward en s'avançant à l'intérieur. Tous ces blocs aux formes géométriques étranges étaient peut-être des caisses abritant leur chargement. Quant à savoir ce qu'ils…

— Ça recommence ! » l'interrompit Ruz d'une voix stridente.

Les apparitions lumineuses dansaient de nouveau leur sarabande infernale, saturant le champ visuel de la jeune femme d'une multitude de formes et de couleurs, superposées à la structure réelle des lieux.

« Ils sont là ! Je les vois bouger, se déplacer… Seigneur, c'est insupportable ! »

L'expérience était si puissante, si réaliste, qu'elle craignit un instant de perdre connaissance. La juxtaposition de ces images avec la réalité créait une telle tension mentale que son cerveau peinait à s'y retrouver. C'était comme devoir regarder une image différente sur chaque œil. Une fois encore, elle tituba et dut se rattraper à l'embrasure de la porte pour ne pas tomber.

« Ruz ! s'écria Edward en se précipitant vers elle pour la soutenir.

— Attends ! fit-elle, le souffle court. Je… je les vois vraiment. Ils… travaillaient ici… Je sens leur… état d'esprit, affairé, concentré sur leur tâche… »

Des silhouettes se déplaçaient autour d'elle, balançant avec grâce leurs pseudopodes d'un anneau à l'autre. Les visions étaient bien trop floues pour observer les détails de leur anatomie, mais, à l'évidence, cet environnement leur était parfaitement adapté. L'aspect même des lieux paraissait différent : ils étaient en bon état, pas encore détériorés par les siècles passés au fond d'un gouffre humide. Les conteneurs en soute, toujours ordonnés et arrimés, à l'inverse du chaos actuel, semblaient revêtir une grande importance à leurs yeux.

« C'est de plus en plus bizarre, gémit Ruzena. Je crois que… je perçois même une partie de leurs sensations… La surprise, non… la panique, lorsque la voûte a cédé sous leur vaisseau et qu'ils se sont retrouvés engloutis sous des tonnes de roche !

— Tu es sûre ? essaya de tempérer Edward. Ce n'est peut-être qu'une illusion…

— Je suis *certaine* que c'est vrai ! s'exclama-t-elle. Je sais que je dois avoir l'air d'une dingue, mais si tu voyais ce que je vois, tu comprendrais pourquoi je n'ai aucun doute.

— OK, OK, je te crois. Raconte-nous ce que tu vois. Peut-être que ça pourra nous aider.

— C'est difficile à décrire, ce n'est pas comme regarder la télé. J'ai l'impression que j'assiste à différents moments en même temps, comme des films superposés. Je les vois flotter en impesanteur, la partie basse de leur corps, déployée comme, euh... des méduses, leur servant à se propulser, je les vois aussi se déplacer plus difficilement lorsqu'ils sont soumis à la gravité, entre les anneaux fixés aux parois... Je les vois dans la soute, trier, inventorier toutes sortes d'organismes, avant de les ranger dans ces boîtes...

— Des scientifiques ! souffla Ed, les yeux écarquillés, comme s'il essayait lui aussi d'entrevoir les merveilles que Ruzena avait la chance de contempler. C'étaient des scientifiques ! Je m'en doutais ! Même si je n'avais rien pour étayer ce sentiment, je l'aurais juré !

— Je vois aussi..., continuait Ruz, le moment fatidique de l'effondrement. Alors qu'ils préparaient leur première sortie... Un craquement sonore effrayant... la roche qui se lézarde, le vaisseau qui frémit... Ils se figent, ne comprenant que trop bien ce qui va se produire tout en sachant qu'il est déjà trop tard pour agir... Soudain, un craquement si fort qu'il détone comme une explosion ! Puis la chute, à la fois courte et effroyablement longue... la coque heurtée de tout côté par les énormes blocs de roche... Le choc terrible au moment du contact avec le sol… le chaos à l'intérieur, la souffrance des blessures…

— Des blessures ? s'étonna Javier. Cette chute ne les a donc pas tués ?

— Non, ils ont survécu à ce cataclysme, ils étaient encore en vie lorsqu'ils se sont retrouvés pris au piège au fond du gouffre… Ils ont même tenté de remettre en état leur vaisseau… La terreur n'est pas venue tout de suite…

— La *terreur* ? »

Le ton de la voix d'Edward venait de changer.

« Un effroi insondable…, reprit Ruzena, plus hésitante que jamais. Je ne saurais même pas le décrire… La certitude absolue d'une mort prochaine combinée à l'angoisse des souffrances à venir…

— Leurs blessures étaient si graves ?

— Pas à cause de leurs blessures, ni de l'accident, car, avec du temps, réparer les dommages aurait été dans leurs capacités, et peut-être même auraient-ils pu repartir… En fait, ils ont été terrifiés lorsqu'ils ont compris que quelque chose avait été libéré par un conteneur brisé en soute… »

Tout en décrivant ses visions, une expression presque absente sur le visage, Ruzena avait pénétré plus avant dans la salle et s'était dirigée droit vers une caisse aux angles géométriques étranges, gisant par terre, défoncée et grande ouverte au milieu de débris de toutes natures.

Les visions cessèrent à cet instant, d'un coup, sans prévenir. Ruzena inspira brusquement, comme si elle sortait la tête de l'eau après une apnée trop longue.

« C'est fini ! s'écria-t-elle. Je ne vois plus rien ! »

Soudain livide, elle porta les mains à ses tempes et chancela. Sans le soutien d'Edward, elle se serait écroulée. Il l'aida à s'asseoir en tailleur et, après quelques instants, la jeune femme reprit des couleurs derrière son masque.

« Ça va aller, fit-elle lentement. Il me faut juste un peu de temps. »

Le retour à la réalité, loin d'être un soulagement, se révélait au contraire assez pénible. Afin d'essayer de détourner ses pensées de la nausée lancinante qui lui retournait le cœur, elle examina l'endroit où ses visions l'avaient menée.

Toutes sortes de blocs noirs aux reflets changeants étaient entassés ici, certains encore arrimés aux parois, d'autres renversés aux quatre coins de la pièce. De formes diverses, leurs arêtes anguleuses leur donnaient un peu l'aspect d'énormes cristaux sombres ; pourtant, il s'agissait de toute évidence de conteneurs, puisque certains d'entre eux gisaient, ouverts ou défoncés, au sol. À l'intérieur, on devinait des dépouilles desséchées et racornies ; créatures diverses aux formes rendues indéfinissables par le passage des siècles, dont les restes ne présentaient aux yeux de Ruzena aucune parenté avec les formes de vie terrestres. Était-ce dû à son manque de connaissances en biologie ou s'agissait-il vraiment de spécimens d'un autre monde ? Les recherches à mener ici pourraient occuper des générations entières de scientifiques.

En commençant par se mettre à genoux, Ruzena trouva finalement la force de se relever. Toujours soutenue par Ed, elle s'approcha de la caisse vers laquelle elle s'était dirigée dans un état second. Défoncée par un autre bloc noir bien plus lourd, elle avait laissé échapper son contenu : un monticule de poussière grisâtre répandu sur le sol. La même qui s'étalait en une fine couche un peu partout dans cette salle et la précédente. Rien de notable au premier coup d'œil ; elle ne l'aurait jamais remarqué sans sa vision des anciens occupants de l'artéfact.

Edward, en revanche, semblait captivé. Ses yeux brillaient d'intérêt.

« Ainsi, voilà ce qui terrifiait nos visiteurs… »

32

Chris

12 h 08

Qu'est-ce que je fous là ?

C'était au moins la centième fois que Chris se posait cette question depuis le début de cette horrible journée.

Tout avait très mal commencé avec le parcours spéléo proposé par ce foutu métèque de Javier. Quelle idée stupide d'imposer une telle épreuve physique à une troupe d'éclopés déjà en état d'épuisement avancé ! Même si, au bout du compte, cela avait été moins dur qu'il ne l'avait craint, il ne se leurrait pas : cette apparente facilité ne tenait qu'à l'inquiétante absence de sensibilité de sa jambe boursouflée.

Ensuite, l'arrivée dans le fond de la doline lui avait permis d'oublier l'espace d'une petite heure les tourments qu'il subissait depuis son atterrissage sur le tepuy. Jamais il ne se serait abaissé à le reconnaître devant les autres, mais un véritable émerveillement l'avait saisi en contemplant la splendeur minérale et végétale que représentait une doline vue de l'intérieur, et surtout en découvrant « l'objet », comme ces imbéciles persistaient à appeler par pudeur ce putain de *vaisseau spatial extraterrestre* !

Pas un seul instant il n'avait cru que l'histoire abracadabrante racontée par son frère puisse receler une once de vérité, et pourtant, voilà qu'il explorait depuis une bonne demi-heure le rêve de tous les ufologues timbrés que comptait cette planète.

Cependant, une fois la fascination dissipée, la précarité de leur situation demeurait la même. De *sa* situation, surtout ! Après tout, c'était *sa* jambe qui pourrissait sur place, pas celle de ces guignols en train de s'extasier sur des restes desséchés. Chaque minute qui passait rapprochait Chris de l'issue fatale ; cette perspective relativisait beaucoup l'attrait de l'exceptionnelle-découverte-scientifique.

Comme chaque fois que ce genre de pensées démoralisantes lui obscurcissait l'esprit, il était saisi d'une furieuse envie de fausser compagnie à ses petits camarades. Après tout, il lui suffirait d'utiliser cet ascenseur installé le long de la paroi de la doline pour atteindre la surface en quelques minutes et se rendre aux contractuels de Dervac. Ils n'allaient tout de même pas tirer à vue !

Si, justement, il y avait de bonnes chances qu'ils l'abattent sans sommation, avant même qu'il ait eu le temps de s'identifier comme l'un des directeurs commerciaux de la société qui les employait. Il fallait se résigner à suivre ses « amis » pour le moment.

Quitte à écouter les débilités new age de cette conne de Ruzena qui croyait parler aux fantômes des petits hommes verts ! Tout ce qu'il voyait, lui, c'étaient des ossements pourris traînant dans des bacs, et, jusqu'à preuve du contraire, les ossements, ça ne parlait pas. De toute façon, cette fille se comportait bizarrement depuis le crash sur le plateau. Au début, il avait bien cru que cette histoire d'amnésie était un piège qu'elle lui tendait, avant de se rendre compte qu'elle ne simulait pas. Ensuite, elle n'avait cessé d'agir et de parler comme une parfaite cinglée.

Et voilà maintenant qu'après sa transe tout le monde semblait se passionner pour un petit tas de merde grise qu'elle avait pointé du doigt, tel un verre de ouija montrant la lettre finale d'une révélation fracassante, comme s'il s'agissait de la découverte la plus importante de l'histoire humaine.

« C'est une matière pulvérulente, commentait Ed, occupé à triturer celle-ci du bout d'un fragment de tige ramassé par terre. Fine et très légère. À première vue, elle ne présente pas de caractère particulier, mais je vais rapidement en savoir plus. »

Il ouvrit la poche ventrale de sa combinaison pour en sortir un sachet contenant plusieurs ustensiles ainsi qu'un objet rectangulaire d'une quinzaine de centimètres de long surmonté, sur la tranche supérieure, d'un porte-lamelles, d'une molette de réglage et d'un petit écran.

« C'est mon microscope de terrain, expliqua-t-il pour répondre au regard interrogatif de Ruz. Un bon vieux Swift FM31. Tu vois cet écran sur le dessus ? C'est toi qui m'as aidé à le bricoler pour remplacer l'oculaire optique classique. Cela a permis d'augmenter le facteur d'agrandissement. »

Pendant qu'il parlait, Ed avait procédé à un prélèvement de poussière grise avec une boîte à échantillon qu'il referma ensuite avec soin. Puis il déposa une infime quantité de poudre entre deux plaquettes de verre, préalablement humectées grâce à une dosette d'eau stérile. Il inséra les plaquettes entre les tiges métalliques du microscope, puis tourna la molette jusqu'à ce que l'image devienne nette. Sur l'écran apparurent une multitude de gros points gris, parfois reliés par des filaments.

« Intéressant… Les points que tu vois sont de grosses structures pluricellulaires de type micellaire. La forme de ces micelles, avec ces parois épaisses, me fait un peu penser à certaines spores sur lesquelles j'ai eu l'occasion de travailler, mais je n'en ai jamais vu de telles.

— Des spores ? fit Ruzena.

— Ce sont des formations uni ou pluricellulaires constituant une étape de la reproduction de nombreuses espèces aussi diverses que les bactéries, les algues ou les champignons. Elles ont la capacité de donner naissance à un nouvel individu par mitose lorsque les conditions s'y prêtent. Certaines spores présentent de remarquables qualités de résistance au passage du temps, de l'ordre de plusieurs milliers d'années, ainsi qu'aux milieux défavorables, notamment aux températures très basses.

— Comme dans l'espace, par exemple… »

Edward releva la tête et regarda la jeune femme en acquiesçant lentement : « Oui, il est tout à fait envisageable que nos visiteurs aient découvert cette espèce dans les espaces interstellaires ou à la surface d'une comète. Il existe d'ailleurs une théorie, nommée *panspermie*, qui postule que la vie elle-même aurait pu être “importée” aux premiers âges sur Terre depuis l'espace, par les comètes. »

Il reporta son attention sur le petit écran.

« Ce que je vois là ressemble un peu à une spore que l'on connaît bien sur Terre, la fameuse *Penicillium notatum* grâce à laquelle nous avons découvert les antibiotiques.

— Les antibiotiques ? s'étonna Ruz. Alors, ce n'est pas dangereux ?

— C'est impossible à déterminer en l'état. Il est possible que ces spores soient inoffensives ou, au contraire, qu'elles soient le germe de quelque chose d'agressif, comme la maladie du charbon, par exemple. C'est une bactérie qui se développe par inhalation ou ingestion de sa forme sporulée. »

Comme à son habitude, ce poseur s'écoutait parler, songea Chris. À l'entendre, on se serait cru dans l'amphithéâtre d'une université et non au fin fond d'un gouffre du fin fond du Venezuela.

« Je me demande..., hésitait Ed. Je me demande si cette spore ne pourrait pas être l'agent responsable de l'évolution physique spectaculaire des mercenaires. Si, comme je le crois, ils se sont rendus ici après nous avoir confinés au camp de base, il est probable qu'ils soient entrés sans protection. Dans ce cas, ils auraient pu inhaler cette poussière et développer un syndrome déclenchant l'augmentation de la masse musculaire que tu as observée.

— Ça ne nous dit pas pourquoi les, euh... *entités* que j'ai vues dans mes flashes en avaient si peur, s'interrogea Ruzena. Prendre un peu de muscle, ce n'est pas bien méchant.

— Pour en savoir plus, il faudrait que j'étudie cette poudre dans les règles. »

« Les entités que j'ai vues dans mes flashes... » Mais de qui parlent-ils, bon Dieu ? se gaussa intérieurement Chris. *Des fantômes des petits hommes verts ?*

À bout de patience, il se détourna du groupe en levant les yeux au ciel. Quel ramassis de conneries ! Cette fille était à moitié maboule et son fiancé, aveuglé par ses sentiments niais, se donnait toutes les peines du monde pour broder un raisonnement pseudo-scientifique sur ses élucubrations. Cessant de prêter attention à leur discussion, Chris fit quelques pas dans la salle, laissant errer son regard sur le chaos des caisses projetées en tous sens lors de la chute fatidique. Le choc avait dû être d'une rare violence pour causer de tels dégâts, ce qui, par contraste avec le relatif bon état du vaisseau, permettait d'apprécier le niveau d'ingénierie qui avait présidé à sa construction.

Tu m'étonnes que Barkham veuille mettre la main sur l'épave et la garder pour lui ! La quantité de pognon que Dervac pourra en tirer doit être proprement astronomique, sans compter les...

Le flot de pensées sarcastiques de Chris s'interrompit soudain, tandis que ses yeux s'arrêtaient sur une série d'ustensiles inconnus, accrochés à une paroi. D'étranges tubes creux d'une trentaine de centimètres de long, à la teinte cuivrée et couverts d'une dizaine de petites plaques bombées, laissant penser à des parties mobiles, toutes gravées de symboles incompréhensibles. Si leur aspect ne permettait en rien de déterminer leur fonction, cette manière de les avoir accrochés en ligne évoquait à s'y méprendre un râtelier d'armes. À n'en pas douter, il s'agissait là des artéfacts que son frère avait décrits comme « exsudant une menace », et Chris comprenait désormais très bien ce qu'il avait voulu dire.

Une sorte de clapet noir maintenait chaque objet plaqué contre la paroi. Chris tira sur l'un d'eux, espérant l'ouvrir, mais rien ne se produisit. Il poussa, força vers le haut ou vers le bas, rien n'y faisait, le clapet refusait de bouger. Fronçant les sourcils, il se força à réfléchir plutôt que continuer à tenter la méthode empirique. Comment fallait-il procéder pour libérer cet objet de son attache ? Peut-être tout simplement… le prendre ? Sans trop y croire, il se contenta de le saisir fermement, le tira à lui et le clapet s'escamota sans un bruit… La bouche de Chris s'arrondit de surprise et il réprima un cri de victoire.

Une fois libéré de son support, l'objet lui parut étonnamment léger compte tenu de sa taille. De forme ovale, les extrémités du tube mesuraient une douzaine de centimètres de diamètre. L'une était fermée par une plaque noire percée de plusieurs groupes de trous, l'autre, creuse, contenait une sorte de barre courbe qui évoquait à s'y méprendre une poignée. Suivant son intuition, Chris enfila sa main dans le tube et saisit la barre. Bien que ce fût un peu large pour lui, il parvenait à le tenir de cette manière.

Soudain, l'objet se mit à vibrer – une pulsation très légère, mais perceptible –, les plaques qu'il avait supposées mobiles se déplacèrent pour se réarranger selon un profil fuselé, donnant un peu à l'ensemble la silhouette d'un obus, et, plus étonnant encore, les motifs gravés s'illuminèrent d'un vert émeraude. Une lumière intense semblait rayonner à l'intérieur.

La bouche soudain sèche, Chris dut s'humecter les lèvres. Tremblant d'excitation, il leva lentement le bras devant lui – *soit je viens de trouver une lampe à la con, soit...* – puis exerça une pression sur la poignée. Une sphère luminescente verte apparut à l'autre extrémité du tube et enfla jusqu'à mesurer bientôt quatre-vingts centimètres. Surpris, Chris relâcha son étreinte sur la poignée et la sphère fila droit devant à une vitesse impossible. Aussitôt, dans un fracas de métal tordu, une brèche de deux mètres déchira la paroi d'en face, réduisant en miettes plusieurs conteneurs, concassant tous les objets se trouvant sur le passage de l'onde de choc et ouvrant un nouveau passage vers le couloir en Ω.

Stupéfait, Chris recula d'un pas et contempla l'artéfact comme un gamin découvrant le jouet tant désiré parmi ses cadeaux de Noël. Sur le côté, ses trois compagnons avaient violemment sursauté à la destruction de la paroi et s'étaient retournés d'un bond, les yeux écarquillés, sidérés par la brutalité de l'événement. Son regard passant de Chris à l'objet, puis de l'objet à la brèche, Edward fut le plus prompt à comprendre ce qui venait de se produire.

« Nom de Dieu, Chris, tu as perdu les pédales ? s'écria-t-il d'une voix stridente. Repose ce truc avant de blesser quelqu'un ! »

Alors, submergé par la vague de plaisir presque obscène que lui causait le sentiment de tenir entre ses mains un objet d'une telle puissance, Chris pointa l'arme vers ses compagnons et lâcha, avec un rictus découvrant ses dents : « OK, personne ne bouge. »

33

Fisher

13 h 11

« Maintenant tu comprends, London, et tu te sentiras tout différent. Ils disent que nous agissons lâchement. Nous n'avons pas d'armes. S'il nous arrive quelque chose, les journaux n'en parlent pas. Si c'est de l'autre côté, bon Dieu ! l'encre coule à flots. Nous n'avons pas d'argent, pas d'armes, rien que notre intelligence, London, tu comprends ? C'est comme un homme armé d'un bâton qui voudrait attaquer une section de mitrailleuses. Il n'y a qu'un seul moyen de le faire : se glisser derrière les servants et les assommer, par-derrière. Ce n'est pas très régulier, c'est entendu, mais il ne s'agit pas d'une compétition sportive. Un homme affamé ne respecte aucune règle. »

Avec les événements récents, Clinton n'avait guère eu l'occasion de se replonger dans *En un combat douteux*. Pourtant, il lui suffisait de l'ouvrir, d'ôter la photo de son père servant de marque-page et de commencer à lire pour se retrouver plongé au cœur du monde ouvrier américain des années trente, au plus fort de la terrible crise de l'entre-deux-guerres, et suivre la lutte sans merci de deux « *reds* », Jim, nouvel adhérent, et Mac, un professionnel de la grève et de l'agitation. D'une certaine manière, c'était peut-être la lecture la moins appropriée pour Fisher au milieu des difficultés qu'il traversait. L'injustice subie par ces malheureux était si tragique, l'immoralité des grands propriétaires terriens et de leurs milices, si grande, que le lecteur ne pouvait que souhaiter un combat épique et salutaire, une révolte à grande échelle des cohortes laborieuses si malmenées. Or, Steinbeck se gardait bien de prendre parti, chaque protagoniste de cette lutte présentait ses failles et son lot de motivations troubles, et chaque action semblait vouée à l'échec ; nul sacrifice ne permettait de faire avancer la cause des malheureux et chaque nouvelle injustice devenait un seau d'essence jeté sur les flammes de la colère. Cette lutte était vaine et ceux qui avaient cru à l'époque qu'une ère nouvelle approchait en avaient été pour leurs frais.

Bref, la lecture idéale lorsqu'on était soi-même aux prises avec une multinationale criminelle…

Et pourtant, Fisher en dévorait les pages, espérant pour les personnages que leur combat acharné finirait par payer, guettant avec impatience chaque intervention de Burton, dit « Doc », médecin du campement des grévistes, observateur désabusé de la tournure tragique des événements, révolté par l'injustice sans croire pour autant à l'action violente.

« Mac, dit Burton d'un air las, vous m'êtes un mystère. Vous pouvez parler en prenant toujours le même ton que vos interlocuteurs. Avec London ou Dakin,

vous vous exprimez exactement comme eux. Vous êtes un acteur.

— Non, dit Mac, je ne suis pas un acteur. Il y a une sorte d'intuition dans la parole. J'ai cette intuition et, tout naturellement, sans effort, sans pouvoir même m'en défendre, je parle à la façon des gens qui m'entourent. Doc, les hommes se méfient de ceux qui ne parlent pas leur langage. Vous pouvez insulter un ouvrier en employant un mot qu'il ne comprend pas. Pour vous, c'est différent, Doc. Par définition, vous leur êtes supérieur, sinon, ils n'auraient pas confiance en vous. »

En dépit de ses idéaux, Mac était un beau parleur, un peu trop habile pour Burton qui, manifestement, était la voix de Steinbeck. Et Fisher n'était pas loin de penser comme lui.

Nous sommes tous des acteurs, songea-t-il, *sauf que dans mon histoire, les figurants meurent pour de vrai.*

En attendant, Mac ne lâchait pas prise. En dépit de l'estime qu'il portait à Burton, son détachement l'agaçait.

« Vous aussi, Doc, vous êtes pour moi un mystère.

— Moi ? Un mystère ?

— Oui, vous. Vous n'êtes pas du parti, et vous travaillez avec nous, sans récompense. Je ne sais pas si vous croyez ou non à votre tâche ; vous ne dites rien : vous travaillez. J'ai déjà eu l'occasion de vous voir à l'œuvre et je ne suis pas sûr que vos croyiez à notre cause. »

Doc Burton rit doucement.

« Difficile à dire, murmura-t-il. Si je vous dévoilais certaines de mes pensées, elles ne vous plairaient

peut-être pas. Je suis à peu près sûr qu'elles ne vous plairaient pas.

— Nous vous écoutons, dit Mac.

— Vous dites que je ne crois pas en votre cause. Ce serait comme si l'on ne croyait pas à l'existence de la lune. Il a existé des communes et des communistes de tout temps ; il en existera toujours. Mais vous, vous pensez que si vous arrivez à instaurer cet état de choses, votre tâche sera terminée. Rien n'est terminé ; rien ne s'arrête, Mac. Si demain vous appliquez une idée, l'idée et le résultat subiront immédiatement une modification. Créez une « commune » modèle et il en sera de même : lentement, le flux continuera son œuvre. »

Un bruit attira l'attention de Fisher et lui fit relever la tête. Skaff tentait d'ouvrir l'un des vasistas du vestiaire où ils attendaient, sans y parvenir.

« On étouffe ici, pesta-t-il.

— Ils ont bloqué les poignées avec des colliers de serrage, expliqua le détective. C'est normal avant la visite d'un personnage aussi important. »

Skaff se laissa tomber sur un banc avec un profond soupir. Sa nervosité faisait peine à voir. Il n'avait pas la chance d'avoir un dérivatif comme Fisher avec son livre. Sans aller jusqu'à dire que lire détendait Clinton, cela lui permettait au moins d'occuper ses pensées.

Les cris d'une foule retentirent au loin et les murs se mirent à vibrer. Fisher jeta un coup d'œil par la porte du vestiaire mais ne vit rien d'autre que le dos de l'armoire à glace qui gardait les lieux, l'un des membres du *Secret Service*, la garde présidentielle. Au-delà de ces murs, dans le stade local réquisitionné pour l'occasion, le président des États-Unis en personne venait probablement de conclure une partie importante de son discours, provoquant un déferlement d'enthousiasme perceptible jusqu'ici. Dans trois mois se tiendraient les élections de *midterm*, essentielles pour la suite de son mandat. S'il perdait la majorité à la Chambre des représentants, la fin de sa présidence deviendrait un enfer. Aussi ne ménageait-il pas sa peine pour soutenir les candidats dans leurs *districts*.

Quatre heures de route avaient été nécessaires pour se rendre ici. Lorsqu'ils s'étaient présentés à l'endroit convenu, on les avait fouillés, délestés du moindre objet – en particulier du calibre .45 de Fisher –, puis conduits dans ce vestiaire situé du même côté du stade que la tribune provisoire installée pour le meeting. Depuis, ils attendaient. Clinton en lisant, Skaff en alternant les cent pas ou la prostration sur un banc. Gérer l'anxiété, dominer la peur, maintenir l'impatience sous contrôle : autant de choses qu'on apprenait en travaillant à la protection du Président comme Fisher l'avait fait durant quinze ans. Un sacré job, qui lui avait laissé pas mal de bons souvenirs, quelques mauvais, une cicatrice et deux ou trois bons amis. Il n'en avait vu aucun parmi les agents croisés le matin entre le check point et le vestiaire. D'ailleurs, il n'avait reconnu personne.

Un bruit de bottes mêlé à des cliquetis de matériel lui fit lever la tête de son livre juste à temps pour entrevoir du mouvement derrière le garde à la porte : une escouade de *marines* passait dans le couloir. C'était la troisième fois depuis leur arrivée. Aujourd'hui, le niveau de sécurité du Président frôlait l'absurde. Parmi les assassins potentiels, aucun n'envisagerait sérieusement d'atteindre le premier personnage de l'État en affrontant physiquement tous ceux chargés de le protéger. La force qu'il serait nécessaire de déployer pour réaliser une telle prouesse rendait ce genre d'intervention très improbable. En réalité, il s'agissait plus de dissuasion que de protection. Les responsables du *Secret Service* savent très bien que la vraie menace plane plutôt au loin. Un tireur d'élite équipé du fusil adéquat peut éliminer une cible à plus de deux kilomètres. Dès lors, sécuriser tous les bâtiments durant les déplacements du Président devient un véritable casse-tête et une faille dans le dispositif, mécaniquement inévitable.

Les réflexions de Fisher furent soudain interrompues par une voix dans le couloir : un homme donnait des instructions et un autre lui répondait dans un talkie. Cette voix, Fisher la connaissait bien. Le garde fit un pas de côté afin de laisser passer un agent à la carrure tout aussi large et portant le même costume impeccablement coupé que les autres, mais dont les tempes commençaient à se parer de gris : le chef de l'*Emergency Response Team*, Wesley Alexander Marantorp. Wes, pour faire court.

« Fisher ! s'exclama celui-ci en pénétrant dans le vestiaire. Espèce de vieux crabe, tu as perdu en épaules ce que tu as gagné en ventre !

— Je crois que ça fait un bail que tu n'es pas toi-même passé devant un miroir, Wes ! rétorqua le détective en saisissant avec force la main que l'autre lui tendait.

— J'évite tout ce qui me renvoie mon reflet depuis quelques années déjà ! Quoi qu'il en soit, ça me fait diablement plaisir de te voir !

— Moi aussi, mon vieux. Laisse-moi te présenter James Skaff. »

Visiblement intimidé par le personnage qui se tenait devant lui, Skaff esquissa un signe de tête poli avant de se décider à s'approcher pour lui serrer la main.

Wes lui prêta à peine attention et s'adressa de nouveau à Clinton :

« Alors, dis-moi comment marche ton affaire d'enquêteur privé ?

— Ça démarre doucement. Ce n'est pas le genre de clientèle qu'on fidélise, tu sais. Mais dans le fond, ça me va ainsi. Après tout, si j'avais voulu être surchargé de travail, je n'aurais pas démissionné !

— Et le service s'en serait mieux porté, tu peux me croire ! Si tu savais combien il est difficile de recruter des agents solides de nos jours. Ils sont tous passés par de grandes écoles, ça oui ! Mais sur le terrain, les nouvelles recrues sont loin de valoir celles de notre époque !

— Je crois que ce genre de discours me fait me sentir encore plus vieux que le simple fait de te voir. »

Wes éclata d'un rire tonitruant qui fit tressaillir le garde à la porte.

« Comment va ta fille ? enchaîna Clinton.

— Elle se porte à merveille. D'ici quelques mois, elle sortira diplômée de Cornell. Les propositions d'embauche dans de grands cabinets d'avocats s'accumulent déjà. Tu imagines ? Une avocate dans la famille ! Qu'ai-je donc fait pour mériter cela ? »

Au-delà de la boutade, le large sourire qu'il affichait donnait la mesure de sa fierté paternelle.

« Cornell University ? s'étonna Fisher. Mazette, ça rapporte plus que de mon temps de bosser pour le Président !

— Si seulement ! Néanmoins, je reconnais que cela m'a permis de lui obtenir une excellente bourse.

— Je suis sûr qu'elle fera une avocate formidable. »

Les traits de l'ex-chef de Fisher se firent soudain plus sérieux, et ses yeux, brillants.

« Formidable ou pas, tout ce qu'elle accomplira, elle te le devra, mon vieux. Ni elle ni moi ne l'oublierons. »

La soudaine émotion de Marantorp sembla toucher le détective privé qui, en guise de réponse, posa une lourde patte affectueuse sur son épaule. Cependant, cette simple allusion ne suffisait manifestement pas à Wes qui ajouta, à l'intention de Jim :

« Il y a cinq ans, ma fille passait le plus clair de son temps en dialyse à l'hôpital. Née avec un rein manquant et l'autre atrophié, plus elle grandissait et plus la greffe devenait impérative. Malheureusement pour elle, les délais sont excessivement longs aux États-Unis ; pire encore, son groupe sanguin est le moins approprié pour une opération de ce genre : O-. En clair, elle peut donner ses organes à tout le monde, mais ne peut en recevoir *que* du groupe O. Après des années d'attente infructueuse, il fallut la mettre en dialyse permanente et, même ainsi, son état empirait avec la régularité d'un métronome. C'est à ce moment qu'un vieil ami me révéla qu'il avait subi tous les tests à l'hôpital sans me le dire, et qu'il était compatible… »

Il était inutile de poursuivre, Skaff avait compris.

« Je l'avais vue naître, cette gamine, grommela Clinton, la voix rauque. Je n'allais pas rester sans rien faire… »

La discussion prenait une tournure un peu trop intime pour ces deux gaillards qui n'avaient pas pour habitude de se livrer ainsi. Marantorp mit fin à l'embarras en enchaînant sur un ton énergique : « Alors, dis-moi un peu ce qui justifie cette rencontre improvisée. J'espère que cela en vaut la peine, car ta simple présence ici a nécessité pas mal d'entorses au protocole de sécurité !

— Il faut que je rencontre le Président. »

Wes resta interdit quelques secondes puis laissa à nouveau exploser son rire sonore. Toutefois celui-ci s'éteignit soudainement tandis qu'il comprenait que son ami ne plaisantait pas.

« Ne me dis pas que tu… Toutes ces conneries que tu m'as racontées hier au téléphone au sujet d'une machination qui menacerait la sécurité nationale, tu étais sérieux ?

— On ne peut plus sérieux. Les responsables d'une entreprise de premier plan se sont affranchis des lois pour mener une opération clandestine sur le sol américain et à l'étranger. Il y a déjà eu plusieurs morts et il y en aura d'autres si nous ne faisons rien. »

Le visage du chef de l'ERT se rembrunit : « Tu es en train de parler d'*assassinats* ? Alors c'est le FBI que tu aurais dû aller voir. Je ne vois pas en quoi cela concerne le Président.

— C'est très compliqué, Wes. Bien trop compliqué pour que je te raconte tout ici et maintenant. Et surtout, nous sommes en danger. Moi, Jim, sa famille et, qui sait ?, peut-être même toi par le simple fait que je te parle. Les mercenaires de Deep River ne reculent devant rien pour se débarrasser des gêneurs.

— Attends un peu ! coupa Wes, qui sembla soudain plus concerné. Deep River est impliqué dans ton histoire ? »

Les sourcils de Fisher se soulevèrent : « Tu es au courant de quelque chose ?

— Figure-toi que tu n'es pas le seul à avoir quitté le service. Depuis un an ou deux, beaucoup de nos gars ont été débauchés par cette société. Il faut croire que la sécurité privée paye mieux que la protection de notre président. De manière générale, je n'ai déjà pas beaucoup de sympathie pour ces sociétés qui n'ont aucune éthique, mais depuis quelque temps, des bruits circulent. Certains de mes hommes sont restés en contact avec nos anciens agents qui bossent là-bas, et, d'après eux, Deep River chercherait à recruter pour augmenter ses effectifs rapidement, sans trop s'attarder sur le pedigree des nouveaux venus. Des gars motivés et pas trop regardants sur la légalité. Une brusque intensification de leur activité en Amérique latine en serait la cause…

— Au Venezuela ? l'interrompit le détective.

— C'est ce que j'ai cru comprendre. Au vu de la déstabilisation du pays, j'ai pensé que de riches businessmen locaux cherchaient à se payer une sécurité haut de gamme… »

Alors qu'il ne pipait mot depuis le début de l'échange, Skaff intervint à ce moment :

« Deep River ne se trouve pas là-bas à cause des événements en cours ; ils en sont *la cause*. Vous ne mesurez pas l'ampleur de ce qui est en train de se passer. »

Marantorp braqua son regard sur Skaff. De chaleureuse quelques minutes plus tôt, son expression se fit plus froide, presque brutale.

« Poursuivez », fit-il sur un ton qui donna soudain à Jim l'impression de s'apprêter à subir un interrogatoire dans un sous-sol de Langley.

L'assistant du directeur exécutif aux affaires externes de Dervac tenta alors de résumer la situation sans rien omettre des aspects les plus graves des agissements de sa propre compagnie, mais en évitant de s'appesantir sur la nature exacte de la découverte, afin, comme le lui avait conseillé Fisher, de ne pas s'exposer à l'incrédulité de son interlocuteur.

Wes écouta jusqu'au bout, lançant parfois un coup d'œil à Fisher, comme pour chercher dans son expression un démenti à l'énormité du récit qu'on lui faisait. Lorsque Skaff sortit son smartphone et montra les deux vidéos clandestines qu'il avait tournées lors de la réunion des exécutifs de Dervac et au Georgia Union Club, le chef du *Secret Service* parut soudain accablé par un poids trop lourd pour lui. Il se tourna de nouveau vers Clinton en soupirant.

« Tu confirmes tout ce que je viens d'entendre ?

— Chaque mot. »

Wes poussa un profond soupir.

« Je vais sûrement perdre ma place pour ça, mais après tout, ma fille est encore là grâce à toi, pas grâce à ce fichu job. J'espère que tout cela n'est pas un délire intégral, car je vais faire mieux que t'avoir un rendez-vous avec le Président. Tu vas le voir tout de suite, à sa sortie de tribune. Ce sera infiniment plus facile qu'à la Maison Blanche dans la mesure où, à l'extérieur, c'est moi qui contrôle tous ses déplacements. Mais crois-moi, mon vieux, tu auras intérêt à te montrer convaincant, parce que tu n'auras pas plus de deux ou trois minutes avant qu'il ne te fasse mettre dehors, voire arrêter – et que je sois viré ! »

34

Ruzena

13 h 31

Lorsque l'explosion retentit derrière elle, Ruzena crut que son cœur allait cesser de battre.

L'onde de choc de la brusque détente de l'air la frappa dans le dos, l'amenant à trébucher tandis que, par réflexe, elle portait les mains à ses oreilles afin de protéger ses tympans. Se retournant d'un bond, elle ne vit d'abord que l'impensable brèche dans la coque, béante sur plusieurs mètres. Quelle force terrifiante avait pu déchirer une telle épaisseur de ce métal inconnu, puis se projeter à travers le couloir situé derrière pour déformer la cloison suivante comme si un bélier géant l'avait percutée ? L'air retrouvait à peine quelque stabilité que la jeune femme dirigeait son regard vers Chris, dressé à plusieurs mètres de là, une expression stupéfaite sur le visage, son avant-bras droit fiché dans un curieux engin pulsant d'une lumière verte.

Si Ruz ne parvint pas à comprendre ce qu'elle voyait, Ed, en revanche, sembla reconnaître l'objet.

« Nom de Dieu, Chris, tu as perdu les pédales ? s'écria-t-il d'une voix tremblante. Repose ce truc avant de blesser quelqu'un ! »

Sans qu'elle sût pourquoi, la situation suscita en Ruz une impression de déjà-vu alarmante, un souvenir pressant, profondément enfoui. Sa respiration, déjà rendue trop rapide par le choc sonore, accéléra encore. Un brusque sentiment d'oppression lui écrasa la poitrine et elle songea que la syncope n'était pas loin. Son regard affolé passait d'un frère à l'autre et elle se força à fermer les paupières de peur de s'effondrer.

Cela ne dura qu'un moment, mais lorsqu'elle les rouvrit, Chris avait déjà dirigé vers eux l'étrange objet lumineux et articulait, avec un plaisir pervers sans équivoque : « OK, personne ne bouge. »

À le voir pointer sur elle ce qui était, de toute évidence, une arme, ce fut comme si Ruz recevait une révélation. Son champ de vision se brouilla jusqu'à disparaître, les sons s'étouffèrent autour d'elle au point de devenir inaudibles et elle eût été bien en peine de dire si elle se tenait encore sur ses deux jambes ou si elle s'était écroulée au sol.

Elle se trouve aux commandes du Pilatus. Le ronronnement du moteur, atténué par le casque, est régulier. Le soleil se couche à l'ouest et la visibilité extérieure demeure correcte à cette altitude, même si le tepuy en dessous est en partie masqué par des nuages accrochés aux falaises abruptes. Elle incline le manche vers la gauche pour virer vers l'est et rejoindre une zone précise du plateau qu'elle a remarquée durant son approche par le nord. Contrairement à la partie ouest, couverte d'une jungle dense, tout l'est paraît constitué de masses rocheuses lisses et affleurantes formant de vastes espaces dégagés où elle espère pouvoir poser le monomoteur sans trop de casse. Bien que le vent soit un peu fort, les conditions sont acceptables. Certes, tenter un atterrissage dans la lumière déclinante du soir sur une zone non repérée à l'avance est un peu casse-cou, mais le PC-6 est fait pour ça et Ruzena a confiance dans ses capacités de pilote. De toute façon, elle fera tout ce qui se révélera nécessaire pour sauver Edward. Elle est même prête à crasher volontairement l'appareil et à ramener l'homme qu'elle aime à pied à travers la jungle s'il le faut.

L'avion décrit une longue courbe qui épouse la bordure sud du plateau, offrant une vue spectaculaire sur les falaises vertigineuses. D'innombrables cascades en jaillissent, projetant dans le vide des trombes d'eau qui se réduisent rapidement à une bruine vaporeuse.

« C'est ça, le tepuy ? fait une voix derrière elle. C'est sur ce truc que nous allons ? »

C'était Chris. Comme il n'avait pas desserré les mâchoires de tout le trajet, elle avait presque oublié sa présence.

« Non, je suis venue là juste pour admirer le paysage. »

Ruzena s'en veut aussitôt de cette ironie inutile, mais Chris lui tape sur les nerfs. Et cela ne date pas d'hier. Elle ne s'est jamais trouvé d'affinité avec le frère de son fiancé. Superficiel, égoïste, vulgaire, aucun des qualificatifs qui lui viennent à l'esprit lorsqu'elle songe à lui n'est très flatteur. Chris constitue un portrait en creux presque parfait d'Edward. Néanmoins, elle a accepté de le prendre à son bord.

De quel droit aurait-elle pu refuser de le laisser participer au sauvetage de son frère ?

« C'est bien le Sarisariñama, confirme-t-elle sur un ton plus neutre. Je vais essayer d'atterrir par là-bas. On ne devrait pas être trop loin du camp d'Ed. Avec un peu de chance, ils entendront le bruit du moteur et viendront à notre rencontre. »

Au moment où elle prononce ces paroles, le PC-6 franchit la ligne des falaises et le sol remonte de mille mètres d'un coup. Le plateau est si grand qu'il emplit maintenant tout son champ de vision. Les derniers rayons du soleil inondent la canopée d'un vif éclat doré puis laissent place à la pénombre du crépuscule. Au-dessus du tepuy, le vent est plus fort et des bourrasques secouent l'appareil qui vibre bruyamment.

Ils s'approchent déjà de l'espace relativement dégagé repéré par Ruzena lorsqu'elle entend des bruits d'attaches clipsées derrière elle. Se retournant, elle découvre Chris à demi levé, en train d'enfiler le sac d'un parachute.

« Tu n'as pas besoin de ça, fait-elle en reportant son attention sur sa trajectoire. Le vent nous malmène un peu, mais nous ne craignons rien. En revanche, tu ferais bien de te cramponner parce que ça risque de… HÉ ! Mais qu'est-ce que tu fais ? »

Elle vient de crier, car Chris a ouvert la porte latérale sans prévenir. Le vent s'engouffre dans le Pilatus en hurlant et déporte l'avion à bâbord.

« Referme ça, nom de Dieu ! Je vais amorcer la descente pour atterrir, pas besoin de sauter ! »

L'horizon a basculé de presque trente degrés ; Ruzena doit forcer sur le manche de toutes ses forces pour corriger l'assiette. Derrière eux, la zone dégagée s'éloigne à toute vitesse. Lorsqu'elle parvient enfin à stabiliser le monomoteur, le vent et la vitesse les ont fait dévier de plusieurs kilomètres. Elle entend alors de nouveau la voix de Chris dans les oreillettes de son casque, qui lui semble soudain glaciale, désincarnée : « Je suis désolé, Ruz... Je ne peux pas te laisser... le sauver. »

Alertée par ce ton inhabituel, la pilote lance un regard rapide par-dessus son épaule et aperçoit le reflet métallique d'un revolver pointé sur elle. Dans un réflexe dicté par un pur instinct de survie, elle braque d'un coup le manche vers la gauche et le PC-6 vire violemment sur l'aile. Chris est projeté contre la paroi bâbord. Une détonation claque et un bruit de métal tordu vrille l'oreille droite de Ruz. Sans laisser l'occasion à son passager de reprendre ses appuis, elle incline tout aussi vite le manche vers tribord et l'avion vire de l'autre côté. Chris, qui n'a même pas eu le temps de se remettre debout, est précipité vers la porte béante. Il lâche son arme pour tenter de se rattraper à la barre latérale, mais il rate son coup et bascule dans le vide avec un cri de terreur.

Ruzena parvient enfin à redresser l'appareil et laisse échapper un soupir tandis que l'horizon retrouve sa stabilité. Malheureusement, le répit est de courte durée : le moteur tousse à trois reprises, puis cale. Ruzena voit avec effroi l'hélice s'immobiliser. Dans le terrifiant silence de l'habitacle privé du vrombissement mécanique, elle tente de remettre les gaz plusieurs fois avant de se rendre compte que la balle tirée par Chris a atteint le robinet d'admission du carburant, à droite du siège du pilote. Celui-ci est tordu, déformé par l'impact et bloqué en position fermée.

Faute de kérosène injecté dans le moteur, impossible de redémarrer. La conclusion est aussi limpide qu'effrayante, il va falloir réaliser un atterrissage d'urgence.

Comme elle survole un haut plateau, l'altimètre ne sert à rien pour lui donner la distance au sol. À vue de nez, dans les trois cents mètres. Elle ne pourra pas planer très longtemps. Comble de malchance, sa trajectoire a tellement dévié qu'elle survole à nouveau la jungle. Elle n'a plus le temps de retourner vers les affleurements rocheux de l'est, il va falloir dénicher une zone à découvert dans la forêt ! S'efforçant de garder son calme en dépit des vagues de panique qui l'empêchent de penser, elle récite mécaniquement la check-list d'urgence. Couper la batterie afin d'éviter que le kérosène ne prenne feu au cas où le réservoir serait crevé dans l'accident, déverrouiller les portes pour qu'elles ne restent pas coincées si l'habitacle est déformé, couper l'admission de carburant dans le moteur… Ah non, justement, elle est déjà coupée !

« Calme-toi, dit-elle à voix haute. Tu as été formée pour ça, tu t'es même entraînée à atterrir moteur éteint… »

Oui, mais pas en pleine jungle et dans le noir !

Ruzena cherche à mettre l'avion face au vent en espérant que cela l'aidera à ralentir. Plus sa vitesse sera basse au moment de l'impact et moins il y aura de bobos. Elle fouille désespérément le paysage du regard à la recherche d'une trouée dans les arbres assez importante pour se poser, mais il fait maintenant trop sombre. Le PC-6 a déjà perdu une bonne centaine de mètres depuis que le moteur a calé. La jeune femme comprend alors qu'elle n'a plus aucune chance de trouver l'espace dégagé dont elle a besoin et que l'avion va se crasher dans les arbres. Si elle reste à bord, elle est sûre d'y passer. Sans tergiverser, elle lâche les commandes et se rue vers le coffre situé derrière les quatre fauteuils passagers, en sort l'autre parachute et l'enfile. Le temps de passer le harnais et de le serrer fermement lui paraît infini. Le Pilatus décroche d'un coup de plusieurs mètres, la déséquilibrant au point qu'elle se retrouve assise sur l'un des sièges. Aiguillonnée par un sentiment impérieux d'urgence, Ruz se précipite vers la porte latérale et se jette dans le vide.

Elle comprend tout de suite que l'altitude limite de trois cents mètres en dessous de laquelle un saut est trop dangereux est déjà dépassée. La canopée semble effroyablement proche. D'un geste affolé, elle tire sur la poignée d'ouverture ; le parachute jaillit de son sac et se déploie avec un claquement sonore. Une force soudaine s'oppose à la chute de Ruz, mais les arbres montent toujours à sa rencontre trop vite, bien trop vite. Les plus hautes feuilles lui fouettent déjà le visage. Par réflexe, elle veut relever les bras pour se protéger ; trop tard. La dernière chose qu'elle voit, c'est une grosse branche qui fonce vers sa tête.

« Qu'est-ce qu'elle fout encore, celle-là ? fit la voix goguenarde de Chris. Hé, Ruz ! T'as une nouvelle vision ? »

Un rire mauvais accueillit la jeune femme tandis qu'elle réintégrait le présent avec difficulté. Plus nauséeuse que jamais, elle dut s'appuyer sur ses genoux pour ne pas tomber. Lorsqu'elle releva les yeux, Chris pointait directement sur elle cette arme mystérieuse, un insupportable sourire sadique aux lèvres.

Cette expression à la fois cynique et malveillante fouetta les nerfs de Ruzena qui se redressa d'un coup et tendit un doigt accusateur vers lui.

« Espèce de pourriture ! Tu as essayé de me tuer dans l'avion ! »

À ces mots, Edward sursauta et le sourire de Chris s'effaça d'un coup. À cause de l'insulte ou de la révélation ? Ruz n'en savait rien et s'en moquait.

« Tu pensais que personne ne se préoccuperait du crash d'un simple monomoteur au milieu d'un tepuy et que ton crime passerait inaperçu ! Une écervelée improvise stupidement une expédition de secours et se plante au fin fond de la jungle. Seul rescapé, tu pouvais inventer l'histoire que tu voulais pour maquiller le meurtre. C'était quoi, ton idée ? Des guérilleros avaient tiré sur nous et j'avais pris une balle ? Un orage subit avait mis l'avion en perdition ? »

Tandis que Ruzena laissait libre cours à sa colère, un détail lui revint soudain en mémoire qui l'avait troublée sur l'instant sans que son amnésie lui permette de comprendre pourquoi. La première phrase prononcée par Chris dans le talkie, lorsqu'elle avait lancé un appel au hasard quatre jours plus tôt, avait été : « Ruz ? *Ne coupe pas !* » À ce moment-là, blessée, désorientée, la jeune femme n'avait pas prêté attention à l'étrangeté de ces paroles. Pour quelle raison aurait-elle dû couper la communication en entendant la voix de Chris alors qu'elle était perdue dans une forêt inconnue ? À ces mots, elle aurait dû se méfier ; les choses auraient été différentes maintenant.

Comme s'il avait suivi le cheminement de ses pensées, Chris lui lança avec morgue : « Tu n'as pas idée à quel point je t'ai haïe pour m'avoir contraint à embarquer dans ce sauvetage à la con ! Je n'avais aucun moyen de t'en empêcher puisque l'aérodrome est surveillé par des caméras, sans quoi je t'aurais réglé ton compte directement sur le tarmac ! Au lieu de ça, il a fallu que j'embarque dans ta putain d'expédition…

— … et une fois en vol, l'interrompit Ruzena, mâchoires crispées, impossible de me tuer. On ne tire pas sur le pilote de l'avion à bord duquel on se trouve ! Espèce d'enfoiré, depuis le début je t'aide à survivre alors que tu voulais ma mort ! »

Soudain, l'évidence frappa la jeune femme : « Tu étais bien content que ton frère risque d'y passer à cause de cette soudaine rébellion. Cela réglait tous tes problèmes, n'est-ce pas ? Fini, le gêneur idéaliste qui menaçait de mettre tes saloperies sur la place publique. Alors, quand tu as su que j'allais le chercher, tu as paniqué. Mais, dis-moi, après m'avoir liquidée, que comptais-tu faire au juste ? Éliminer Edward aussi, bien sûr… »

Ce dernier, qui restait bouche bée depuis le début de l'échange, recula en titubant, blême, comme au bord de l'évanouissement.

« Chris…, balbutia-t-il. Dis-moi que ce n'est pas vrai… Dis-moi que Ruz se trompe ! »

D'un geste rageur, son frère pointa de nouveau sur lui l'étrange tube à la lumière pulsante et éructa : « Tu n'avais qu'à être moins con, nom de Dieu de merde ! J'avais besoin de ton aide et tu as menacé de tout déballer, quitte à m'envoyer en taule pour longtemps ! Tu trouves ça fraternel, toi ?

— Mais… ce que tu avais fait était très grave. Tu devais répondre de tes actes. Je t'aurais soutenu, bien sûr… »

Chris se calma d'un coup, comme si ces paroles lui rappelaient pourquoi il était venu.

« Tu vois, fit-il sur un ton glacial, voilà, exactement le genre de phrase qui m'ôte tout regret de faire ça… »

L'artéfact au bout de son bras se mit à vibrer et une sphère lumineuse d'un vert intense se forma à son extrémité. Ruzena hurla « NON ! », mais ce fut Javier, plus près de Chris, qui se précipita vers celui-ci, un couteau jaillissant dans sa main. Dans un réflexe, Chris tourna l'arme vers le guide vénézuélien au moment où le coup partait. Frappé de plein fouet par la décharge d'énergie, Javier explosa dans une brume écarlate de sang et de chairs vaporisés.

Durant une seconde, le temps fut comme suspendu. Tous demeuraient sidérés, frappés d'horreur par ce qui venait de se produire. Éclaboussée de sang, la combinaison de Chris étincelait d'une multitude de reflets vermillon dans le faisceau des lampes torches. Ruzena, comprenant que celui-ci, embarqué dans une spirale meurtrière, n'allait pas s'en tenir à cette seule mise à mort, fut la première à réagir. Alors que son esprit peinait à se remettre de la vision effroyable, son organisme eut une réaction purement viscérale, détendant d'un coup les muscles de ses jambes et projetant tout son corps en avant à la vitesse de l'éclair. Chris tenta de retourner l'arme contre elle, mais la jeune femme était déjà sur lui et le percutait de toutes ses forces en hurlant.

Ils roulent ensemble au sol, chacun tentant de maîtriser l'autre. Chris, bien que d'une stature plus imposante que Ruz, est désavantagé par sa jambe inerte et l'arme au bout de son bras. Ruzena, elle, en meilleure condition physique, aiguillonnée par la rage, parvient rapidement à passer par-dessus son adversaire et lui assène une série de coups rapides à la tête. Elle n'agit plus d'instinct ; désormais, elle se *souvient*. Les longues heures passées en salle d'entraînement, à pratiquer le Systema contre des adversaires masculins faute de pratiquantes féminines de son niveau, donnent maintenant leur pleine mesure. Les coups de poing, précis et puissants, pleuvent sur Chris qui se protège la tête comme il peut de son bras libre. Soudain, sa visière vole en éclats et il pousse un cri tandis que des débris de verre lui tombent dans les yeux et la bouche.

« La spore ! hurle Edward derrière eux. Arrêtez de vous battre, vous risquez d'être contaminés ! »

Mais Ruzena ne veut en aucun cas perdre l'avantage qu'elle vient de prendre. Cessant de frapper Chris, elle tente de lui arracher l'artéfact. L'autre, le visage en sang, s'arc-boute sur celui-ci, tenant fermement l'extrémité avec son bras libre et serrant la poignée intérieure de toutes ses forces. Soudain, une bulle d'énergie verte se forme au bout du tube et, de surprise, Ruz lâche prise et recule. Bien lui en prend. Dès que Chris desserre son étreinte, la décharge file droit vers le plafond, provoquant une nouvelle explosion qui, bien que moindre que la première, creuse une profonde dépression de métal tordu. Lorsque le silence revient, des bruits étouffés leur parviennent de l'extérieur. Alors que Ruzena s'apprête à se jeter de nouveau sur l'assassin de Javier, elle interrompt son geste pour mieux écouter. Son adversaire, toujours étendu sur le dos, en profite pour reculer en tâchant d'enlever les débris de verre qui lui meurtrissent le visage. Les bruits s'intensifient et se précisent : Ruz croit reconnaître une sirène lointaine et… des voix !

« Les mercenaires ! s'exclame-t-elle. Ils nous ont entendus ! Il ne faut pas rester là ! »

Avec un regard vers l'arme, que Chris serre toujours compulsivement contre lui tout en ôtant de sa main libre les derniers éclats de la visière, Ruz hésite un instant à tenter encore une fois de la lui reprendre, puis se ravise.

« Ed ! lance-t-elle à son fiancé en se précipitant vers l'entrée de la soute. Viens, il faut partir ! »

L'interpellé ne se le fait pas dire deux fois et lui emboîte le pas en courant.

Derrière eux, Chris se remet péniblement debout en criant sur un ton geignard : « Attendez-moi ! »

Déjà dans le couloir en oméga, Ed et Ruz se hâtent vers la sortie en enjambant aussi vite que possible les débris qui obstruent le passage. La jeune femme, le cœur battant à tout rompre et la respiration hachée, peine à voir où elle met les pieds à cause de la buée dans le masque, lorsque, soudain, elle est saisie d'un vertige, puis d'un autre, plus fort. Par peur de tomber, elle doit s'arrêter et poser un genou à terre.

Elle souffle plusieurs fois pour se ventiler tandis qu'Edward revient sur ses pas et l'aide à se remettre debout.

Sans perdre de temps à se demander si elle est en état de repartir, elle s'élance de nouveau. Cependant, en dépit de l'urgence de la situation, elle a eu le temps de remarquer qu'il ne s'agissait pas de sa nausée habituelle. Ce vertige était différent, presque *bénéfique*, comme provoqué par une perception accrue de son environnement. D'ailleurs, elle se sent déjà mieux, bien mieux même que ces derniers jours. Le temps d'arriver à l'entrée déformée du vaisseau, de se faufiler dans le sas et d'en ouvrir grand la porte sans se soucier de quelconques précautions, elle a déjà compris.

« Ed ! » s'écrie-t-elle en stoppant d'un coup.

L'interpellé s'immobilise à son tour et se retourne vers elle, non sans avoir jeté un coup d'œil anxieux dans les hauteurs de la doline. L'ascenseur, déjà à mi-chemin, descend lentement avec quatre silhouettes armées à son bord. Plusieurs dizaines de mètres plus haut, des hommes s'agitent sur la bordure du gouffre, hurlant des ordres ou criant d'excitation, tout en s'équipant pour descendre en rappel. Les plus rapides se lancent déjà dans le vide, telles des araignées monstrueuses au bout de leur filin. Ils toucheront terre d'ici une minute.

« On n'a pas le temps ! répond Ed en s'approchant. Il faut se… »

Les mots se perdent dans sa gorge, il vient de s'apercevoir que les yeux de la jeune femme sont teintés de rouge. Tremblante, Ruz lève la main droite et lui montre une petite déchirure sur l'annulaire. Derrière le textile synthétique entaillé, une fine coupure sur laquelle perlent quelques gouttes de sang. Le visage du scientifique se fige aussitôt : « Oh, mon Dieu », murmure-t-il d'une voix atone.

Ruzena le dévisage d'un air affolé. Elle a le sentiment de le voir très net, beaucoup trop net. Chaque poil de sa barbe naissante, chaque imperfection de sa peau, chaque nuance colorée de ses iris devient insupportable de précision. Elle ferme les yeux afin d'échapper à cette vision trop intense.

« Ed, fait-elle d'une voix paniquée. Qu'est-ce qui m'arrive ?

— Tu ressens déjà des effets ? Seigneur, c'est fulgurant. »

Cette fois, c'est lui qui se ressaisit le premier.

« On n'a pas le temps de cogiter ! Il faut partir d'ici sans traîner ! »

La saisissant par le bras, il l'entraîne à sa suite en courant vers le passage par lequel ils sont arrivés. Le suivant d'un pas d'abord mal assuré, Ruzena sent une vigueur nouvelle irriguer ses muscles et ses perceptions continuer à s'améliorer. Elle entend clairement les cris des mercenaires qui ne sont plus qu'à une trentaine de mètres du fond de la doline. Leurs voix caverneuses expriment une profonde menace. Elle perçoit aussi du mouvement au niveau du sol et, jetant un dernier regard vers l'épave avant de s'enfoncer dans la végétation dense qui couvre l'entrée du réseau de cavernes, elle a le temps de voir Chris s'extraire rageusement du sas en le déchirant d'une main. Lui aussi semble jouir d'un regain d'énergie et, même à cette distance, l'acuité visuelle anormale de Ruz lui permet de constater que ses yeux sont entièrement rouges, comme ceux des mercenaires.

Vais-je devenir comme eux ? ne peut-elle s'empêcher de penser avec effroi tandis qu'elle se jette au sol parmi les fougères pour ramper dans l'étroit boyau qui mène à la caverne. *Un monstre difforme et animé de pulsions brutales ?*

Juste avant de quitter la doline, elle a le temps d'entendre Chris hurler au loin : « Salope ! Qu'est-ce que tu m'as fait ? Tu vas me le payer ! »

Sa voix a déjà changé. De geignarde, elle est devenue plus rauque, presque animale.

De retour dans la grotte, Ruz et Edward enfilent à toute vitesse les baudriers par-dessus leurs combinaisons, faute de temps pour retirer celles-ci, puis ils prennent le chemin du retour en abandonnant définitivement le reste du matériel de spéléo qu'ils avaient déposé là à l'aller.

Se hâter dans un réseau de cavernes n'a rien d'une partie de plaisir. Entre les galeries étroites, les surfaces glissantes, les zones envahies par l'eau où il faut patauger et les passages dangereux qui freinent leur progression, ils ont sans cesse l'impression que leurs poursuivants sont sur le point de les rattraper. De nombreux échos leur parviennent et Ruzena, avec une ouïe désormais singulièrement aiguisée, parvient même à différencier les bruits de pas et les ahanements de Chris, non loin d'eux, du vacarme des mercenaires qui viennent à peine de pénétrer dans la grotte. Ceux-là sont encore loin ; ils se demandent dans quelle direction sont partis les intrus, mais ne tarderont pas à se mettre en route et à les traquer de nouveau. Car, si Ruz et Edward réussissent sans difficulté à retrouver leur chemin dans ce dédale minéral, c'est grâce aux marques à la craie tracées sur les parois à l'aller par Javier. Marquage que les poursuivants finiront immanquablement par remarquer puisque les effacer complètement est impossible. Alors, ce ne sera qu'une question de temps avant qu'ils soient rattrapés.

Bien que la progression dans ces conditions soit difficile, la jeune femme ne ressent nulle douleur musculaire ni fatigue. Cette énergie nouvelle qui semble couler directement dans ses veines irrigue tout son corps, décuple ses forces et canalise ses perceptions. Il n'est pas question que de puissance physique, mais également d'une dextérité plus grande. À plusieurs reprises, elle doit aider Edward, parce qu'il peine dans un passage plus ardu, en le tirant vers le haut sans difficulté alors qu'il est bien plus lourd qu'elle. Après une trentaine de minutes d'une course éreintante, le couple en fuite débouche soudain sur la petite plateforme donnant sur le câble tiré quelques heures plus tôt au-dessus d'une faille.

Vérifier la tension de la corde, y attacher Edward avec une longe et attendre qu'il ait franchi le précipice rectiligne ne prend que quelques minutes. Mais dans leur situation, ce court laps de temps paraît interminable. Lorsque vient le tour de Ruzena de passer, elle sait que le premier de leurs poursuivants, lui-même poursuivi, n'est plus très loin. Elle entend nettement son souffle rauque tandis qu'il se hâte dans les galeries.

Il court ! Avec une jambe dans cet état !

Ruzena s'accroche à la corde puis se tracte à toute vitesse par-dessus le vide, jusqu'à l'autre côté où Ed lui tend les bras. À peine a-t-elle posé le pied sur le promontoire que Chris surgit, soufflant comme une locomotive, l'air enragé. Il a arraché son masque, devenu inutile, et ses yeux – rouge vif – se plantent dans ceux de la jeune femme, qui réprime un frisson devant la folie meurtrière qui s'en dégage. Sans la moindre hésitation, Ruzena empoigne son couteau et, d'un geste vif, coupe la corde dont les deux parties libérées claquent dans l'air comme des fouets.

Le regard de Chris s'embrase d'une furie redoublée et il hurle : « Sale pute ! Tu vas me le payer ! »

Il lève alors la main qui tient toujours l'arme étrange. Un réflexe d'une fulgurance inouïe – anormale – électrise Ruz qui saisit Ed par le bras et, en deux enjambées aussi puissantes que rapides, se jette avec lui derrière une grosse concrétion calcaire. La bulle d'énergie frappe l'entrée de la galerie de plein fouet, produisant une vibration profonde et projetant des éclats de roc dans toutes les directions. L'impact sonore heurte les tympans devenus ultrasensibles de la jeune femme, mais aucun shrapnel minéral ne les atteint là où ils se sont abrités. Sans perdre une seconde, ils se relèvent et s'élancent dans la galerie dont la courbure les met aussitôt à l'abri d'une nouvelle salve.

Les derniers mots qu'elle entend de Chris sont : « Je jure que je te retrouverai ! » Puis : « Venez, bande d'enfoirés, je vous attends ! »

Quelques instants après, elle perçoit des cris, des bruits de tirs et de nouveaux grondements sourds propagés par la roche, indiquant sans le moindre doute que Chris a de nouveau fait usage de cette arme terrifiante trouvée dans le vaisseau.

Près d'une heure plus tard, ils atteignent enfin la salle de bivouac de la veille. Il ne leur faut que trente minutes supplémentaires pour retrouver l'entrée du réseau souterrain, éreintés, trempés de sueur sous cette combinaison étanche, mais toujours en vie.

Après s'être accordé un répit pour reprendre leur souffle, ils entreprennent de descendre pas à pas les multiples degrés de pierre que forme l'enchevêtrement de piscines naturelles au pied des grottes. Une fois en bas, Edward demande à Ruzena d'examiner sa combinaison afin de s'assurer qu'il ne l'a pas entaillée durant leur fuite. Tandis qu'elle s'exécute en scrutant consciencieusement chaque recoin de celle-ci, Ruzena lui demande : « Comme elle a déjà été déchirée, je peux retirer la mienne, non ? »

Mais son compagnon n'a pas l'occasion de lui répondre. Deux silhouettes massives viennent de surgir des fourrés, braquant sur eux des M16.

Ruzena se tourne vers les deux mercenaires en un éclair, le corps tendu dans une posture de combat, prête à tout pour défendre son fiancé. Mais la vue des fusils d'assaut braqués sur eux la dissuade de tenter quoi que ce soit.

« Pas un geste ou t'es morte », gronde l'un d'eux d'une voix de basse.

35

Benkovic

15 h 39

Carl regarda l'écran de son téléphone : l'appel émanait de son assistante.

Il décrocha : « Oui, Susan ?

— Monsieur Benkovic, M. Hamersvick, pour votre rendez-vous de quatorze heures, vous attend depuis un moment. Pensez-vous revenir bientôt au bureau ?

— Faites-le patienter. Je suis presque arrivé, mais un accident assez sérieux sur l'autoroute bloque complètement la circulation.

— Voulez-vous que j'annule ce rendez-vous ?

— Non, présentez simplement mes excuses à M. Hamersvick, je pense qu'une dépanneuse va bientôt intervenir et libérer les voies.

— Ah… Très bien. Désirez-vous que j'annule votre rendez-vous suivant, celui de quinze heures ?

— Euh… N'en faites rien. J'arrive bientôt. À tout de suite. »

Carl raccrocha sans attendre de réponse. Il craignait que son trouble ne finisse par transparaître dans sa voix, ou, plus ridicule encore, qu'une annonce dans les haut-parleurs du terminal ne trahisse sa localisation réelle, l'aéroport international Charlotte-Douglas. Par prudence, il a préféré éviter l'aéroport d'Atlanta.

La veille, il avait passé toute la soirée à bien réfléchir aux divers aspects de la situation, à en estimer le rapport bénéfice/risque comme n'importe quel directeur technique de Dervac l'aurait fait pour un nouveau médicament. Cela valait-il la peine de rester à bord de ce train lancé à si grande vitesse qu'on pouvait se demander si un conducteur se trouvait toujours en cabine ? Certes, Sean Barkham n'était pas le premier venu dans le business, et, par le passé, il avait déjà résolu nombre de problèmes épineux, quitte à flirter avec les limites de la loi. Le grand patron possédait un talent rare pour convaincre les réticents de se montrer conciliants, ce qui, dans le fond, n'était pas si compliqué lorsque l'on disposait des ressources financières d'un trust pharmaceutique. D'un autre côté, la crise actuelle dépassait – de loin – le niveau de celles où la corruption de quelques fonctionnaires véreux de la FDA aurait suffi.

Après plusieurs heures passées à s'interroger, Carl avait fini par décider que le rapport bénéfice/risque penchait de façon claire en faveur du risque. En gardant l'accélérateur bloqué à fond depuis le début, Barkham s'apprêtait à envoyer le train dans le mur. L'aventure vénézuélienne était hors de contrôle. Le grand patron avait dépassé le point de non-retour et il fallait tout faire pour ne pas se trouver encore à bord au moment du crash.

Barkham s'en moque parce qu'il est vieux ; le temps qu'un éventuel procès se tienne, il sera allé ad patres depuis longtemps ! songea Benkovic avec colère. *Ce n'est pas le cas de tout le monde dans cette fichue boîte ! Peut-être même est-ce exactement ce qu'il a en tête ? Un chant du cygne. Terminer sa carrière – et sa vie – sur une apothéose qui restera dans les annales du business !*

Cependant, le grand patron n'était pas le seul responsable de ce désastre. Si ce salopard de Skaff ne s'était pas imaginé pouvoir leur tondre la laine sur le dos, Carl n'en serait peut-être pas réduit à s'enfuir de la sorte. Cet imbécile croyait-il vraiment qu'il n'était pas surveillé, comme toutes les personnes impliquées dans cette affaire ? Dès qu'il avait pris contact avec ce journaliste, une machine implacable s'était mise en route. C'était inévitable. Toutefois, Barkham avait fait preuve – selon Carl – de tout autant de stupidité en réagissant de manière disproportionnée. Jim Skaff était un type dénué d'envergure. Il aurait suffi de manier le bâton et la caresse en même temps, de lui faire peur en menaçant à mots couverts sa famille tout en lui offrant un poste supérieur, grassement rémunéré, s'il la fermait. L'argent et le pouvoir ; voilà de bien meilleurs antidotes à l'ambition sans scrupule que l'enlèvement de femme et enfant.

Les décisions de ce genre finissaient toujours par produire le contraire de l'effet escompté. L'incident Dos Santos, ça allait encore. S'en prendre à ce détective privé (avec des antécédents au *Secret Service* !), c'était déjà limite. Assassiner un journaliste, c'était stupide. S'entêter dans cette voie, c'était suicidaire. Et Carl n'avait aucune envie d'en finir. Il comptait bien profiter de la vie longue et confortable que lui promettaient les dizaines de millions dissimulés sur des comptes offshore, aux quatre coins des paradis fiscaux du monde.

Ainsi, la décision s'était imposée d'elle-même : il fallait partir. Son choix s'était porté sur la principauté d'Andorre, tout petit pays perché sur les Pyrénées entre la France et l'Espagne, qui, d'après les conseils de ses avocats, possédait une qualité de vie enviable, de formidables pistes de ski et, surtout, aucun accord d'extradition avec les États-Unis. La location d'un jet privé en urgence lui avait coûté une petite fortune, mais, étant donné les circonstances, la discrétion d'un appareil de ce genre lui avait semblé préférable. D'ici ce soir, il atterrirait à Barcelone et, quelques heures plus tard, il serait en sécurité dans un cinq-étoiles avec vue sur les montagnes. De là, il organiserait la suite.

Il fallait simplement se mettre au vert quelque temps. S'il venait à être traduit devant un tribunal américain, son degré d'implication lui vaudrait une lourde condamnation, peut-être même la peine capitale ; cela dit, ce genre d'affaires se règlent parfois d'elles-mêmes, comme par magie, du simple fait de la taille de l'entreprise, dite « systémique ». Il peut arriver que les autorités préfèrent fermer les yeux et faire un peu le ménage dans l'organigramme, plutôt que subir un scandale de grande échelle, risquant d'éclabousser par rebond une administration accusée, au mieux, d'avoir fait preuve de négligence, au pire, d'avoir fermé les yeux. Avec le réseau de relations que Carl avait réussi à se tisser au fil des années, peut-être même réussirait-il à tirer suffisamment de ficelles pour ne pas être inquiété du tout et revenir au pays blanc comme neige. Néanmoins, au cas où il s'avérerait impossible d'éteindre cet incendie, mieux valait se trouver à l'étranger lorsque tout le monde commencerait à voir les flammes. Célibataire endurci, sans enfant, rien n'était plus facile pour Carl que de tout plaquer du jour au lendemain.

Seule ombre au tableau, les cartels.

Nouer une alliance avec de tels partenaires pouvait se révéler dangereux. Dès que l'ensemble du projet s'écroulerait, tous les narcotrafiquants du Venezuela et de l'est de la Colombie allaient devoir faire face aux représailles des armées locales. Seule la perspective de recevoir les sommes astronomiques promises, piochées dans les fonds secrets de Dervac, les avaient convaincus de mettre leurs activités en péril. Une fois Dervac sous tutelle, ils comprendraient qu'ils ne toucheraient jamais rien. Pour ces gens-là, qui ne respectent que la force, il n'y a rien de pire que de se faire rouler. Afin de ne pas perdre la face, il leur faudrait exercer leur vengeance et, si l'on était dans leur viseur, mieux valait bénéficier d'une solide protection. Inutile de dire que, dans un tel cas de figure, une prison fédérale est loin de vous mettre à l'abri.

La seule inconnue demeurait l'ampleur du châtiment qui leur semblerait approprié. Après tout, Barkham avait été leur principal interlocuteur ; il serait donc une cible prioritaire. Mais s'en tiendraient-ils à la figure emblématique de l'entreprise, ou pousseraient-ils leur vengeance jusqu'à liquider l'ensemble des dirigeants de Dervac, pour faire un exemple ? Peu probable, estimait Carl. Il y avait fort à parier qu'ils se terreraient plutôt au fond de leur minable jungle en attendant que les militaires de ce trou perdu renoncent à les débusquer.

Peut-être, songea-t-il, *mais tu ne pourras jamais en être sûr.*

D'ailleurs, depuis le quart d'heure qu'il patientait dans la file d'attente aux portiques de fouille, il n'avait cessé de jeter des coups d'œil anxieux par-dessus son épaule.

Ça commence bien. Même pas encore officiellement en fuite et déjà en proie à la paranoïa.

Pourrait-il supporter de vivre avec cette angoisse permanente ? Ou bien finirait-il par ne plus penser qu'à cela, demeurant cloîtré chez lui sans jamais oser recevoir personne ? Il tentait de quitter le territoire afin d'éviter de se retrouver enfermé entre quatre murs, et c'était peut-être bien ce qui allait arriver tout de même.

Allons, il fallait se raisonner, reprendre le dessus !

Ce type là-bas, ne m'a-t-il pas déjà regardé plusieurs fois, l'air de rien ?

Une vraie tête de gars qui ne plaisante pas. Pour le moment, il s'efforçait de ne pas tourner les yeux vers lui, mais Carl était certain qu'il le surveillait. Un simple membre de la police des frontières qui ne faisait que son travail ? Ou bien un agent du FBI, attendant qu'il franchisse le portique pour l'appréhender, au motif que la tentative de fuite était constituée ? Ou, pire, un tueur guettant le moment propice pour exécuter sa sinistre besogne ?

Carl Benkovic se rendit compte que son dos était trempé de sueur. La sensation désagréable de la chemise collée sur sa peau lui donna une furieuse envie de tirer sur son col, mais la simple idée qu'un geste de ce genre attirerait l'attention l'en dissuada. Bon Dieu, ce ne serait peut-être pas aussi simple qu'il l'avait cru !

Ce type ne bougeait pas. S'il était du FBI, plusieurs agents devaient être embusqués dans le hall. Un regard circulaire dans le vaste espace ne lui permit pas d'en repérer d'autres. L'hypothèse d'un tueur lui semblait de moins en moins extravagante.

Soudain, une idée encore pire le frappa de stupeur. Il n'y avait peut-être pas besoin d'un tueur, avec tous les risques que cela impliquait pour l'assassin dans un lieu aussi surveillé qu'un aéroport américain ; une simple charge d'explosif cachée dans l'avion, réglée pour exploser au-dessus de l'Atlantique, et l'affaire était réglée.

Merde, j'aurais dû prendre un vol régulier, songea-t-il en déglutissant lentement.

Plus il examinait ce type, plus il regrettait d'avoir opté pour un jet privé. Une bombe sur un vol commercial ferait beaucoup de victimes, attirant immanquablement l'attention et déclenchant une enquête internationale, alors que sur un jet privé…

Il hésita. La personne devant lui franchit le portique sans encombre et commença à remballer ses affaires. Le membre de la police des frontières posté derrière le tapis roulant tendit la main dans sa direction.

Carl se sentit soudain fuyard pour de bon. Par réflexe, il glissa la main dans la poche de sa veste pour y prendre son passeport et son billet, puis suspendit son geste. Sans cesser de le dévisager, l'agent haussa les sourcils. Carl savait que son comportement devait sembler suspect. Son front dégoulinait de sueur, sa mâchoire tressaillait. L'image bien trop réaliste d'un avion en flammes tombant comme une pierre dans l'océan lui brouillait la vision.

Déglutissant une dernière fois, il tourna les talons devant l'agent médusé et se dirigea vers la sortie du grand hall.

Un dernier regard par-dessus son épaule lui apprit que le type patibulaire lui avait emboîté le pas.

36

Ruzena

15 h 43

Les deux hommes étaient effrayants.

Vraisemblablement déjà dotés d'une morphologie imposante à l'origine, leur corps était désormais déformé à l'extrême. Chaque muscle, chaque articulation, chaque tendon était hypertrophié, leur donnant l'aspect repoussant d'une montagne de chair issue de l'imagination délirante d'un dessinateur de comics fasciné par les culturistes. Celui qui venait de parler était noir, crâne rasé et barbe de trois jours. Sa taille frôlait les deux mètres et son torse s'était tant élargi que le simple tee-shirt qu'il portait était distendu, et même déchiré par endroits, laissant apparaître d'étranges cloques pourpres sur sa peau. Ses yeux rouges étaient soulignés de lourds cernes, indiquant qu'il ne dormait probablement plus depuis plusieurs jours. Il était agité de spasmes nerveux et de tressaillements incontrôlés.

Quant à celui qui le suivait, un Blanc portant une moustache hirsute et couvert de tatouages, c'était pire encore. Sa masse musculaire était telle que Ruzena se demanda comment il parvenait à supporter son propre poids. La structure même de son corps s'était altérée puisqu'il ne mesurait certainement pas loin de deux mètres vingt. Sa mâchoire était tellement développée qu'elle dépassait en largeur le reste de la tête et ses mains avaient doublé de taille, faisant passer le M16 qu'il tenait – pourtant long de près d'un mètre – pour un simple jouet. Torse nu, il ne portait qu'un pantalon de survêtement, tendu sur ses cuisses au point de ressembler à un collant. Lui aussi souffrait de multiples tics nerveux, transpirait abondamment et, comme son camarade, de nombreuses cloques violacées couvraient sa peau. Les deux hommes ne ressemblaient plus qu'à des monstres de foire à faire dresser les cheveux sur la tête, mais celui-ci franchissait un cran dans l'horreur, car Ruz comprit que ce qu'elle avait d'abord pris pour des tics n'en étaient pas. Quelque chose *bougeait* sous sa peau. La jeune femme voulut crier, mais aucun son ne sortit de sa gorge. Les muscles du mercenaire croissaient à vue d'œil, donnant l'impression que des serpents se mouvaient dans les replis de sa chair, forçant pour se frayer un passage. Et à chaque impulsion, les cloques, poussées par-dessous, se distendaient un peu plus, devenant translucides, au point de laisser entrevoir qu'elles n'étaient pas vides.

Voilà ce qui m'attend ! songea Ruz.

De dégoût, Edward voulut porter une main à sa bouche, mais celle-ci ne rencontra que la visière de son masque, tandis que Ruzena était prise d'un spasme nauséeux, sans trop savoir s'il était dû à ce spectacle insupportable ou à son malaise récurrent.

Le second mercenaire ricana comme un dément échappé de l'asile :

« Monty, je crois qu'on… la dégoûte ! C'est bizarre… vu comment on… est gaulés maintenant ! »

Il ne parvenait même plus à s'exprimer normalement, les mots sortaient en salves, hachés par des hoquets et des bouillons de salive qu'il était incapable de retenir. La jeune femme dut détourner les yeux.

« On te… plaît pas… chérie ?

— Ferme-là, Jesse », lâcha l'autre. Puis, s'adressant à Ruz et Edward, en agitant le bout de son canon vers la droite : « Avancez par là et ne faites pas d'histoires. »

Ruz obéit sans un mot et ils empruntèrent une piste qui contournait l'affleurement rocheux par le nord. Les deux monstres les collaient de près. La piste était peu visible mais facile à suivre. Ruzena se demanda comment ils avaient pu savoir qu'ils sortiraient des cavernes à cet endroit. Il y avait fort à parier que c'était le seul accès spéléo de la zone. Comme il était probablement indiqué sur les cartes, les mercenaires n'avaient eu qu'à envoyer ces deux-là s'y poster au cas où en sortiraient les intrus qui avaient eu le front de s'introduire dans la doline par le réseau souterrain. C'était l'inconvénient du plan de Javier : parfait tant qu'ils n'étaient pas repérés, une souricière dans le cas contraire.

Je vais devenir comme eux !

Impossible de penser à autre chose. Ruz ne percevait que trop bien le changement de son métabolisme. Cette énergie nouvelle qui irriguait tout son corps, les muscles qui fonctionnaient à pleine puissance alors qu'elle les sollicitait à peine pour gravir cette côte, pourtant raide ; ses sens aiguisés au maximum qui lui fournissaient des informations d'une précision inouïe sur son environnement ; ses souvenirs… qui revenaient !

À sa grande stupéfaction, elle prit soudain conscience que sa mémoire semblait commencer à se libérer de la gangue dans laquelle elle se trouvait prise depuis le crash. Cela n'avait rien à voir avec les flashes mémoriels – limités – que lui procuraient ses échanges avec son fiancé. Cette fois, des pans entiers de ses souvenirs revenaient pour de bon ! De surprise, elle s'arrêta au milieu du chemin, avant qu'un coup du canon d'un M16 entre les reins lui rappelle qui se trouvait derrière elle. Elle se remit en route machinalement ; un flot d'images se succédaient à un rythme effréné sous son crâne.

Ce soir, c'est l'anniversaire de Ruz. La veille, ils ont organisé une soirée pour le fêter en avance avec tous leurs amis, car, pour des questions d'emploi du temps, il n'était pas possible de le faire le jour même. Bien que la petite fête ait été très réussie, Ruzena se sent morose ce soir, ne parvenant pas à se départir du sentiment idiot de ne pas l'avoir fêté pour de bon. Dans le fond, elle aurait voulu quelque chose de plus intime, et à la bonne date. Alors Ed enfile sa veste et sort dans la nuit déjà tombée…

Ils sont sur une plage de Folly Island avec un couple d'amis, Amma et Caleb, ainsi que leur fils, Cody, un garçonnet de six ans. Comme l'après-midi est chaude et ensoleillée, il y a beaucoup de monde. Caleb, Cody et Edward sont allés se baigner, tandis qu'elle et Amma ont préféré rester allongées sur les serviettes à bronzer en discutant de tout et de rien.

Alors que les hommes reviennent de l'eau en remontant la plage, le vent se met à souffler, soulevant de fins voiles de sable. Soudain, une rafale un peu forte arrache des bras de Cody l'énorme bouée ronde qu'il portait. Celle-ci rebondit plusieurs fois sur la tranche puis se met à rouler dans le sens de la pente. Sans hésiter une seconde, le garçon lui court après aussi vite qu'il peut. Attendris par la scène, les adultes rient et l'encouragent. Sauf Ruz...

Elle se trouve sur une pente rocailleuse au pied du glacier Harding, en Alaska. Une course plutôt facile si l'on ne croise pas d'ours. Elle est sortie de la piste, car elle a aperçu au loin, en contrebas de la moraine, un torrent sous-glaciaire jaillissant si fort contre une saillie rocheuse qu'il crée une gerbe d'eau verticale d'au moins dix mètres. C'est tellement saisissant qu'elle décide de s'en approcher pour la filmer de près. Ce n'est pas sans risque, mais son sponsor sera ravi d'avoir des images aussi spectaculaires...

Un bruit étrange ramena Ruz à la réalité. Un déplaisant gargouillis mêlé de hoquets.

« Arrêtez-vous ! » leur lança le mercenaire nommé Monty qui venait de stopper.

Elle et Ed obtempérèrent tandis que Monty redescendait quelques mètres – les tenant toujours en joue – vers son compagnon d'armes qui, apparemment en difficulté, avait pris appui contre un arbre. Il se tenait les côtes et suffoquait sans que cela soit dû à un quelconque essoufflement. Les traits crispés, les yeux fermés, il paraissait en proie à une intense souffrance physique.

« Reprends-toi, Jesse ! Tu dois garder ton calme si tu ne veux pas finir comme les autres ! Faut que tu te contrôles ! »

L'autre, le visage convulsé, le souffle court, réussit finalement à rouvrir les yeux. Plus rouges que jamais, il n'y subsistait plus la moindre trace de blanc, ni même de couleur dans l'iris, lui aussi injecté de sang.

« Ouais… ça va… aller », coassa Jesse, qui parvenait à peine à s'exprimer.

Le regard inquiet, Monty acquiesça lentement puis remonta vers Ruz et Edward.

« En route ! fit-il avec un coup de menton vers l'avant.

— Où allons-nous ? hasarda Ruzena.

— Ta gueule et marche. »

Elle n'avait posé la question que pour le principe, car il était facile de deviner d'après leur direction qu'ils se rendaient au camp de la doline. Une fois là-bas, Ruz ne donnait pas cher de leur peau. Pourtant, que faire avec ces deux-là dans son dos ? S'ils fuyaient à travers les arbres, quelques rafales de M16 suffiraient à les faucher sans même avoir à leur courir après. Quant à les affronter au corps à corps, même avec l'énergie nouvelle qui l'animait, c'était impensable. Quel que soit l'agent étranger responsable de leurs modifications, ils y avaient été exposés bien avant elle et l'amélioration physique qu'elle ressentait depuis sa contamination dans la soute paraissait bien faible en comparaison de la leur.

La distance à couvrir avant le camp devait représenter environ quarante-cinq minutes de marche. Peut-être une occasion de leur fausser compagnie se présenterait-elle entre-temps. Il fallait se tenir prêt à toute éventualité, prêt à saisir la moindre chance qui s'offrirait à eux. Mais Ruzena avait toutes les peines du monde à rester concentrée avec cette avalanche de souvenirs qui dévalait dans son crâne.

... Alors Ed est sorti dans la nuit déjà tombée pour revenir un peu plus tard avec un simple carrot cake. *C'est tout ce qu'il a trouvé à la pâtisserie du quartier, sur le point de fermer. Après une fouille en règle des placards de la cuisine, il est même parvenu à dénicher quelques bougies dépareillées qu'il a piquées sur le gâteau. Au moment où la jeune femme, ravie, s'apprête à les souffler, une coupure de courant plonge tout le quartier dans l'obscurité. Ils échangent un regard complice en pouffant, puis elle souffle sur les flammes et ils se retrouvent dans le noir pour de bon. Ils s'enlacent alors et basculent sur le canapé en oubliant le gâteau et tout le reste.*

... Ruz remarque tout de suite que, poussée par le vent, la bouée prend de la vitesse au lieu de ralentir. Et Cody, concentré sur sa course, s'éloigne de plus en plus au milieu des gens sans comprendre qu'il ne la rattrapera jamais. D'ici une minute, ils le perdront de vue dans la foule. Ruzena se lève d'un bond et se rue à sa suite. D'une foulée longue et puissante, elle dévale la pente à la suite du garçon, slalomant entre les estivants qui ne leur prêtent aucune attention, pensant qu'ils jouent. Lorsque, enfin, elle rejoint Cody, il a déjà renoncé à poursuivre la bouée et fondu en larmes en comprenant qu'il est seul. Elle le prend dans ses bras pour le consoler et le ramène à ses parents tandis que la bouée finit sa folle échappée dans les vagues.

... Une fois la moraine descendue, elle est déjà moins sûre que ce soit une bonne idée. Le glacier se trouve à peine cinquante mètres plus haut, et si un gros bloc de glace se détache et tombe dans la pente, elle ne pourra peut-être pas l'éviter. Cela dit, le torrent ne se trouve pas si loin, le risque paraît mesuré. Elle s'engage sur la roche lisse, rabotée par la glace durant des millénaires, qui constituait autrefois le lit du glacier ; à cette heure de la journée, la glace fond si vite qu'une couche d'eau uniforme de plusieurs centimètres dévale son ancien lit, rendant chaque pas incertain. Il n'en faudrait pas beaucoup pour déraper et glisser sur ce toboggan naturel sans pouvoir s'arrêter. Peu importe, la résurgence du torrent n'est plus très loin, et déjà d'ici, la vision de cette colonne d'eau en furie est impressionnante. Soudain, un craquement sinistre éclate dans les hauteurs...

« Ahh... putain... Monty... ça commence ! »

Nouveau gargouillis repoussant, nouvel arrêt ordonné par le géant noir.

En se tournant, Ruzena fut frappée de stupeur. En à peine un quart d'heure depuis le dernier arrêt, l'aspect de Jesse avait encore changé. Sa masse musculaire s'était tellement développée que certaines parties de son corps n'étaient même plus visibles, comme son cou, désormais entièrement absorbé par les trapèzes formant d'énormes boudins boursouflés jusqu'aux oreilles. Les cloques violacées n'échappaient pas à cette croissance folle, certaines mesurant maintenant plus de quinze centimètres et pendant vers le bas, alourdies par quelque chose.

Jesse, suffoquant, le visage livide, une bave brune lui coulant sur le menton, posa un genou au sol puis les deux.

« Mon… ty… »

L'autre se jeta à terre et le prit par les épaules. Alors qu'Ed et Ruz auraient pu tenter de s'enfuir à ce moment, ils restèrent cloués sur place, frappés par ce spectacle d'une horreur fascinante, oubliant jusqu'au danger de leur propre situation.

« Tiens le coup, mon pote ! Tu peux le contrôler ! Tiens le coup, nom de Dieu ! »

Mais, les yeux révulsés, en proie à de violents spasmes, Jesse n'était plus en état de lui répondre. Dans une convulsion, il ouvrit une bouche absurdement grande et poussa un cri de terreur pure, un cri où vibraient bien trop d'harmoniques pour une voix humaine, comme si plusieurs créatures inconnues se joignaient à lui dans cette ultime expression. Dans un réflexe dicté par l'effroi, Monty se jeta en arrière et recula en titubant. Le corps de Jesse continuait d'enfler, créant des excroissances aussi répugnantes que délirantes, agitées par les muscles qui forçaient sous la peau. Ses tissus proliféraient sans retenue et de nouveaux bubons pourpres apparurent sur sa peau dans les rares endroits où il n'y en avait pas encore. Soudain, son corps se dilata d'un coup, comme si une machine infernale injectait brusquement de l'air sous pression dans ses chairs, des flots de sang jaillirent de ses yeux, de sa bouche et de son nez, et toutes les cloques éclatèrent sous l'effet de la pression avec un bruit écœurant, libérant sur plusieurs mètres alentour une fine poudre grisâtre qui retomba telle une pluie de cendres.

La masse informe de chairs torturées qui avait été un mercenaire nommé Jesse bascula sur le côté sans un bruit, inerte. Mort.

Couverts de lambeaux de peau et de poudre grise, les trois autres demeurèrent immobiles, statufiés par cette scène impensable, figés par l'abomination dont ils venaient d'être les témoins involontaires.

Edward fut le premier à recouvrer ses esprits. En quelques pas rapides, il descendit la pente jusqu'à Monty, toujours à genoux, tête baissée, en état de choc. D'un geste vif, il le désarma sans que celui-ci oppose la moindre résistance, puis il passa l'arme à Ruzena. La jeune femme se rappela qu'il n'avait jamais appris à tirer. Elle épaula le M16 et maintint Monty en joue.

Ed s'accroupit aux côtés du mercenaire : « Combien de temps cela prend-il pour en arriver là ? » demanda-t-il.

L'autre garda le silence, il sanglotait.

« Écoutez-moi ! reprit Edward. Je peux peut-être vous aider, mais il me faut des informations. »

Monty releva lentement la tête puis répondit en fixant le vide d'un air absent.

« Je ne sais pas… On est entrés dans ce foutu vaisseau… il y a sept jours… Oh putain, Jesse… Il était avec moi en Irak…

— Reprenez-vous ! coupa Ed. Si vous voulez que je vous aide, il faut répondre à mes questions ! »

Le mercenaire tourna la tête vers lui, les joues inondées de larmes.

« Vous ne pouvez rien pour moi… Les scientifiques, au camp… ils ont essayé de trouver une solution… Rien n'a marché…

— Est-ce que l'issue fatale est survenue à la même vitesse pour tout le monde ? »

Monty secoua lentement la tête.

« On est tous entrés dans… le vaisseau le même jour… mais y en a qui sont morts seulement quatre jours après… alors que d'autres, comme nous… Mais nous, on était plus vieux… Ceux qui ont claqué vite, au début, ils essayaient de battre des records… ce genre de choses… »

Pris d'une impulsion subite, il saisit Edward par le col et serra fort : « *Tuez-moi !* Je ne veux pas finir comme ça ! »

Ruzena fit deux pas en avant en braquant son arme sur la tête du mercenaire.

« Du calme, l'ami ! Ce n'est pas nécessaire de faire ça ! » s'exclama-t-elle, inquiète à l'idée qu'il puisse déchirer la combinaison d'Ed.

Mais l'autre le lâchait déjà, tournant un regard implorant vers elle : « Je vous en supplie… Vous avez vu ce qui m'attend… Je sais qu'on a fait des saloperies… mais personne ne mérite de finir comme ça… Faites-le, s'il vous plaît… »

Edward en profita pour se relever et rejoignit sa fiancée.

« Il ne faut pas rester dans le coin, fit-il. Nous sommes trop près du camp de la doline. »

La jeune femme, mâchoires serrées, ne quittait pas Monty des yeux. Combien de temps lui restait-il avant qu'elle aussi ne succombe de cette manière ? Durant les derniers instants, la souffrance de Jesse avait paru atroce…

« Prends de l'avance… je te rejoindrai », finit-elle par répondre d'une voix blanche.

Ed comprit aussitôt ce qu'elle s'apprêtait à faire.

« Non, Ruz, tu ne peux pas ! Ce serait un meurtre ! Je sais bien que ces types sont des ordures, mais ce n'est pas à nous de… »

Il s'interrompit. La jeune femme venait de lui lancer un regard empli de désespoir.

« Le moment venu, le feras-tu pour moi ? » articula-t-elle péniblement.

Saisi par le désarroi de sa fiancée, Edward resta silencieux, la gorge nouée.

Monty, qui avait déjà compris, expira de soulagement en sanglotant de plus belle : « Merci… »

Ruzena ne lâchait pas Ed des yeux. Sa mâchoire inférieure tremblait. Au bout de quelques secondes, les épaules d'Edward s'affaissèrent. Il jeta à sa compagne un dernier regard accablé, ouvrit la bouche pour parler puis se ravisa. Incapable de trouver les mots, il se détourna pour redescendre, seul, la piste qu'ils venaient de gravir.

… Soudain, un craquement sinistre éclate en hauteur et, tournant la tête, Ruzena voit une énorme masse de glace se détacher du haut du glacier, juste au-dessus d'elle. Un bloc gros comme une maison chute avec lenteur dans une myriade d'éclats blancs. Un frisson de terreur parcourt la jeune femme. Elle veut fuir mais reste sur place, tétanisée, sidérée par les dimensions de ce qui s'abat vers elle. Son corps refuse de réagir, et quand bien même il le ferait, il serait impossible de rebrousser chemin assez vite sur cette patinoire pour se mettre à l'abri.

Un grondement de fin du monde retentit lorsque la masse s'écrase au sol et Ruz se contracte en fermant les yeux dans l'attente du déferlement de blocs de glace... qui ne vient pas. Lorsqu'elle rouvre les yeux, elle constate que le cataclysme est déjà terminé. Le morceau de glacier s'est écrasé sur une terrasse qu'elle ne pouvait voir d'en bas et qui l'a empêché de poursuivre sa chute. Incrédule, demeurant immobile pendant quelques secondes encore, elle tourne de nouveau son regard vers le torrent, magnifique dans sa furie incontrôlée. Plus que vingt mètres et elle pourra le filmer dans toute sa splendeur. Pourtant, elle tourne les talons et revient sur ses pas, bredouille, les jambes encore tremblantes.

La seule pensée qui habitait son esprit lorsqu'elle fermait les yeux avait été pour Edward. Comment avait-elle pu, pour quelques images, prendre un pari sur sa vie aussi stupide, au risque de briser le cœur de son fiancé ?

37

Barkham

17 h

« Vous n'êtes qu'une belle petite merde, Desmond », gronda Barkham en fixant ses yeux dans ceux du représentant de Deep River assis en face de lui.

Le visage aux traits asiatiques de Takamori n'afficha aucun changement d'expression. Il ne cilla même pas à l'insulte. Il s'attendait à cette réaction.

Sean Barkham, enfoncé dans son fauteuil, le front barré de plis, demeura immobile un long moment sans lâcher Takamori du regard. Ne *jamais* montrer ses émotions lors d'une négociation constitue la règle de base du business. Pourtant, bien que régulièrement cité dans tous les classements comme l'un des meilleurs hommes d'affaires au monde, Barkham ne parvenait pas à contenir la brûlante colère qui bouillait en lui. Avec trente ans de moins, il se serait probablement jeté sur ce putain de Jap pour le rouer de coups, voire le jeter du haut de l'immeuble. Au lieu de quoi il se leva et traversa l'immense bureau dominant Atlanta jusqu'au buffet contenant les alcools. Tout en expirant lentement, il se servit un verre de son meilleur scotch sans en proposer à Takamori. Dès la première gorgée, il se sentit mieux.

« Je ne vois même pas comment vous voudriez que l'on mette en œuvre un tel… accord, dit-il lentement, sans même se retourner.

— Nos équipes juridiques ont déjà étudié la question, répondit son interlocuteur, imperturbable. C'est un montage complexe, basé sur un joint-venture entre nos deux compagnies, mais dans le fond, cela reste plus simple que vos systèmes d'optimisation fiscale, par exemple. »

Ce petit connard ne reculait devant aucune insolence.

Sean Barkham revint lentement vers son bureau et s'y réinstalla en prenant tout son temps. La partie était serrée, il fallait peser chaque parole. Toutefois, il avait beau examiner le problème sous tous les angles, il était coincé ; à la merci de Deep River.

Les derniers rapports en provenance du plateau étaient catastrophiques.

Dès les premières escarmouches avec l'armée régulière, la pseudo-rébellion s'était dégonflée comme une baudruche et il ne faudrait plus très longtemps avant que les médias ne comprennent la manipulation ; les contractuels envoyés sur place perdaient complètement les pédales, décimés par un mal aussi effrayant que mystérieux ; les scientifiques paniquaient et demandaient leur rapatriement en urgence ; sans parler des survivants de la première équipe qui se révélaient insaisissables. Les choses ne pouvaient pas être pires.

Dans cette situation, Deep River le tenait par les couilles. Sans eux, impossible d'enrayer cette débandade et de sauver ce qui pouvait l'être. Barkham savait très bien qu'ils disposaient des ressources suffisantes pour envoyer de nouvelles équipes là-bas – cette fois correctement protégées – pour mettre de l'ordre dans ce foutoir. Mais ils ne le feraient pas pour rien. Toute cette agitation avait provoqué de tels remous que ses informateurs au sein du Bureau l'avaient même alerté dans la matinée : certains services commençaient à s'intéresser aux activités de Dervac. Deep River se trouvait donc face à deux options : se retirer de l'opération et tenter de dissimuler sa complicité, ou alors tenter le tout pour le tout, la fuite en avant, en tablant sur le fait qu'à une telle échelle même une opération clandestine peut rentrer par magie dans la légalité si l'on sait quelles ficelles tirer. Cependant, pour accepter de se mouiller à ce point, ils savaient qu'ils pouvaient demander presque n'importe quoi en contrepartie… et c'était ce qu'ils venaient de faire. La moitié des bénéfices retirés de tout ce qui avait été découvert, ou restait à découvrir, sur le plateau.

Les enfants de salaud !

Barkham sentit un nouvel accès de rage monter en lui, qu'il s'efforça de masquer en terminant son verre d'un trait. Pendant une fraction de seconde, il fut tenté d'ouvrir le tiroir à sa droite, d'en sortir le Ruger chromé qui s'y trouvait et de coller une balle entre les deux yeux de ce foutu larbin. Cette pulsion meurtrière dut faire étinceler son regard, car l'autre montra pour la première fois des signes de nervosité et changea de position dans son fauteuil pour se donner une contenance. Ce mouvement n'avait pas échappé au CEO de Dervac, qui en retira une joie mauvaise. Même acculé par Deep River, il n'était pas désarmé pour autant. Le moment venu, il serait toujours temps de trouver d'autres partenaires moins gourmands prêts à prendre la place de ces incapables.

Cette simple pensée le ragaillardit. Sean Barkham n'était jamais plus redoutable que dans l'adversité et ceux qui croyaient pouvoir se mesurer à lui en étaient toujours pour leurs frais. Aiguillonné par un regain d'énergie, il se leva de nouveau pour remplir son verre, non sans avoir pris la peine d'en servir un à Takamori qu'il lui tendit avec un sourire amical parfaitement imité.

« Allons, oublions ces paroles regrettables, mon cher Desmond, et buvons à notre future entente. »

Désarçonné par ce brusque revirement, Takamori accepta le verre et le porta à ses lèvres d'un geste machinal.

« Même si les choses ont mal tourné, elles sont encore récupérables, reprit Barkham en s'appuyant sur son bureau. Il va être nécessaire de distribuer des pots-de-vin à une échelle industrielle, mais, ça, nous savons le faire. En revanche, il faut que vous envoyiez *au plus vite* plusieurs équipes correctement préparées sur ce tepuy afin d'en rapatrier le plus de matériel possible provenant de l'objet, au cas où l'armée vénézuélienne prendrait le contrôle des lieux. Nous sommes d'accord ?

— Les équipes sont déjà prêtes, monsieur. Nous n'attendions plus que votre feu vert.

— À la bonne heure ! s'exclama Barkham en exprimant une bonne humeur aussi vraie que nature. Allez, c'est un beau merdier, mais ça peut encore se révéler une opération profitable pour tout le monde ! »

38

Edward

18 h 09

Revenir une nouvelle fois au camp de base représentait une épreuve pour Edward. À leur arrivée, sous cette chaude lumière de fin d'après-midi, le groupe de tentes niché dans une clairière dégageait un étrange sentiment de sérénité, en complète contradiction avec les événements tragiques qui s'y étaient déroulés, suscitant en lui un malaise perturbant. Lorsqu'ils s'avancèrent entre les tentes, Edward était hors d'haleine, épuisé par la marche forcée depuis l'entrée du réseau souterrain. Sur le visage de Ruzena, en revanche, nulle trace de fatigue ne pouvait se déceler, seulement une profonde anxiété qui aiguillonna Ed.

Conscient qu'il n'y avait pas une minute à perdre, il se reprit et dit : « Il faut décontaminer les combinaisons avant de les enlever. Suis-moi à la tente-réserve. J'y trouverai ce dont j'ai besoin et nous serons à l'abri du vent. Il faut éviter à tout prix de disperser les résidus de poudre que nous pourrions avoir sur nous. »

Ils se rendirent à la tente centrale où, à peine deux jours plus tôt, Ruzena était venue se ravitailler. Toutes sortes de matériel et de provisions y étaient entreposés sur des étagères et dans de larges cantines métalliques.

« Ne touche à rien. Tout ce que nous touchons, nous devrons le laver ou le détruire. »

Sans perdre un instant, il récupéra plusieurs bidons jaunes striés d'inscriptions noires toutes différentes puis entreprit d'en vider le contenu – un liquide brunâtre – dans un seau. Ensuite, il fit de même avec un pot de poudre blanche étiqueté « Sodium Dodecyl Sulfate » en grandes lettres rouges qu'il renversa dans le seau, avant d'en remuer le contenu à l'aide d'un bâton.

« Je mélange plusieurs antiseptiques avec de la poudre SDS, expliqua-t-il. Comme je ne connais pas la nature de cet agent pathogène, j'essaye d'obtenir le spectre de décontamination le plus large. J'ignore si ce sera efficace, mais je ne peux rien faire de mieux dans l'immédiat. Autant propager le moins possible cette saleté. »

Une fois le liquide rendu homogène, il prit un grand sac pourvu d'un Zip hermétique et l'ouvrit.

« Enlève ta combinaison et tes vêtements, puis mets tout là-dedans. »

Ruzena s'exécuta avec des gestes un peu mécaniques. Au-delà de l'angoisse – compréhensible – que provoquait une telle contamination, Edward se doutait que l'acte terrible auquel elle avait dû se livrer deux heures plus tôt l'avait ébranlée. En y repensant, il regrettait de l'avoir laissée seule dans un tel moment, mais peut-être cela eût-il été pire encore avec un témoin. Et surtout, même s'il tâchait de ne pas le montrer, il désapprouvait la décision qu'elle avait prise. Ce type était un assassin, d'accord ; à court terme, il était condamné, c'était entendu. Pourtant, qui sait s'il n'aurait pas pu le sauver ? Ce n'était pas à eux de choisir si cet homme devait vivre ou non. Toutefois, cette pensée fut balayée en un instant par le souvenir de l'éclatement atroce de l'autre mercenaire. Si lui-même s'était trouvé dans la position du dénommé Monty, n'aurait-il pas supplié aussi pour qu'on lui accorde une fin rapide ?

En fait, au-delà des questions morales, Edward avait parfaitement conscience de ce qui l'effrayait le plus : si Ruzena subissait la même évolution dramatique de ce mal inconnu, elle finirait par lui faire la même demande…

Tandis que la jeune femme enfournait la combinaison dans le sac puis commençait à retirer ses vêtements, Edward se sentit d'abord étrangement gêné, comme si le fait qu'elle ait perdu la mémoire introduisait une pudeur nouvelle entre eux qui n'avait pourtant pas lieu d'être ; puis ce sentiment fut supplanté par l'inquiétude à mesure qu'il découvrait les transformations de son corps. Bien que subtil à ce stade, l'accroissement de la masse musculaire se devinait déjà, et il lui semblait même qu'elle avait grandi d'un ou deux centimètres, sans toutefois pouvoir en être sûr. Sans parler de ses yeux, très injectés de sang.

Une fois le sac fermé, Edward demanda à Ruz de nettoyer sa propre combinaison avec une éponge imbibée de solution antiseptique, ainsi que le matériel qu'il transportait dans sa poche ventrale, en particulier son microscope de terrain et la boîte d'échantillon de la poudre grise. Après quoi il la fit se laver intégralement de la même manière tandis qu'il se débarrassait de sa combinaison dans un autre sac. Ils terminèrent en lavant les sacs eux-mêmes et en répandant ce qui restait de solution sur le sol qu'ils avaient foulé.

Edward récupéra une couverture dans une malle en métal et la passa autour des épaules de Ruzena en lui disant, fataliste : « Ce n'est pas la décontamination idéale, mais c'est mieux que rien. »

Les yeux baissés, Ruz resta silencieuse. Tout le temps qu'avait duré l'opération, elle n'avait pas prononcé un mot.

« Comment te sens-tu ? » s'enquit Ed.

Elle releva les yeux vers lui et ouvrit la bouche pour répondre, mais seules des larmes vinrent.

« Je me sens bien, fit-elle dans un hoquet, *anormalement* bien ! Je ne me suis jamais sentie aussi forte, aussi performante ! Cette saleté est en train de faire de moi une foutue *wonder woman* et (sa voix se brisa)… je vais finir comme les autres, là-bas… »

L'estomac noué par la détresse de la femme qu'il aimait, Edward la serra dans ses bras en s'efforçant de la rassurer : « Ces mercenaires avaient été exposés à la poudre grise il y a au moins cinq jours. Nous avons donc du temps devant nous…

— Du temps pour quoi faire ? coupa la jeune femme, soudain véhémente. On ne peut pas aller acheter un antidote à la pharmacie du coin !

— Non, bien sûr. Mais on peut travailler sur la question sans paniquer. Après tout, je suis chercheur en biotechnologies et, paraît-il, pas trop mauvais dans ce domaine. De plus, il y a ici tout le matériel dont j'ai besoin pour comprendre ce à quoi nous avons affaire. Tout ce qu'il me faut, c'est un peu de temps. Or, nous savons, grâce à Monty, que ceux qui se dépensent beaucoup atteignent l'issue fatale bien plus rapidement. Tu vas donc t'économiser le plus possible afin de me donner le maximum de temps, et je te promets que je ferai tout ce qui est en mon pouvoir pour te sauver. »

La jeune femme expira d'un coup et ses épaules s'affaissèrent. Edward prit son visage entre ses mains et l'embrassa. Ils s'abandonnèrent un long moment à cette étreinte puis Ruzena se rejeta soudain en arrière.

« Non, il ne faut pas faire ça ! Je vais te contaminer !

— Peut-être, mais ça en valait la peine, répliqua Ed, un léger sourire au coin des lèvres.

— Ne plaisante pas avec ça, je m'en voudrais terriblement si tu attrapais ce truc par ma faute. »

Le jeune chercheur secoua la tête, une moue dubitative sur le visage : « Je ne pense pas que ce mode de contamination soit possible. Mon intuition me dit que la forme pulvérulente est le seul vecteur actif. Sans quoi cet agent pathogène ne mènerait pas ses hôtes jusqu'à une phase ultime dont le but est, de toute évidence, de disséminer cette poudre afin de contaminer de nouveaux organismes. Si les hôtes eux-mêmes étaient contagieux, cette phase n'aurait aucune utilité. »

Ruzena semblait sceptique.

« Rappelle-toi, ajouta alors Ed pour achever de la convaincre, lorsque tu as affronté le mercenaire dans le défilé, tu n'as pas été contaminée alors que vous avez été en contact étroit. »

La jeune femme acquiesça lentement, l'argument avait porté.

Ils se rendirent ensuite à la tente-dortoir où Ruz put trouver des vêtements et des chaussures à peu près à sa taille. L'équipe d'Edward avait compté deux femmes, toutes deux assassinées par les hommes de Deep River.

« Il ne faut pas trop traîner, fit Ruz en enfilant une chemise de toile. Vu le mal qui les ronge, les mercenaires ne se préoccupent peut-être plus de nous, mais on ne sait jamais, il ne faut prendre aucun risque inutile.

— Bien sûr, répondit Edward. Nous allons récupérer tout le matériel dont je vais avoir besoin et l'emporter à la caverne où je m'étais caché avec Javier. Malheureusement, cela risque de prendre du temps, car nous aurons sûrement besoin de plusieurs voyages, vu la quantité de… »

Il s'interrompit en se rappelant que sa fiancée disposait désormais d'aptitudes supérieures à la moyenne.

Ruzena décrypta son regard : « Dis-moi ce qui est nécessaire, je le porterai. »

La demi-heure suivante fut employée à parcourir toutes les tentes afin de trouver les instruments et les produits dont Edward pensait avoir besoin. Ils entassaient le tout au fur et à mesure au centre du camp. Bientôt, un amoncellement hétéroclite se dressait là : une boîte à gants, des micropipettes, un microscope (plus performant que le Swift), un pH-mètre, un vortex, un extracteur de liquides, une mini-centrifugeuse, des tubes de différentes solutions toutes faites et des réactifs, un bec Bunsen avec sa petite bonbonne de gaz, un système de migration d'ADN, un thermomixeur, des boîtes de Petri, un spectromètre portable, un incubateur pour tubes Eppendorf, une balance de précision, un mélangeur magnétique, des batteries pour faire fonctionner les appareils électriques, et même un ordinateur portable qui avait échappé à la fouille des mercenaires.

Tandis qu'ils empaquetaient le matériel, Ed retourna brusquement vers l'une des tentes. Une minute plus tard, il en ressortit avec une cafetière.

« J'allais oublier le plus important ! lança-t-il en revenant. Les prochaines heures risquent d'être chargées pour moi, pas question de dormir ! »

Avant de partir, ils prirent la peine de relever tous les pièges à rongeurs disséminés autour du camp, destinés à fournir des cobayes. Après en avoir transféré une vingtaine dans une cage, ils relâchèrent les autres.

Lorsqu'ils se mirent en route, Edward était chargé d'un gros sac sur le dos et d'un autre, plus petit, à la main. Ruzena, quant à elle, portait sur son dos un impressionnant assemblage de plusieurs sacs liés les uns aux autres, formant un volume absurdement gros qui ne paraissait pourtant pas lui poser de problème. Plus que le poids, c'étaient les dimensions de la charge qui la gênaient pour passer entre les arbres. Dans ses bras, elle tenait la lourde centrifugeuse et la boîte à gants attachées entre elles par de la bande adhésive.

Une fois sur la crête, ils jetèrent un dernier regard au camp baigné de la lumière déclinante du soir. Une colonne de fumée noire en montait qui répandait à la ronde une odeur âcre de plastique brûlé. C'étaient les sacs contenant leurs effets contaminés auxquels ils avaient mis le feu avant de quitter les lieux pour de bon.

Edward se tourna vers Ruzena et lui dit : « Je ne te demande que vingt-quatre heures pour me faire une idée de ce à quoi nous avons affaire. Si je comprends la nature de cet agent, je saurai peut-être le combattre, sinon nous tenterons notre chance dans la jungle, en espérant trouver de l'aide à temps. »

20 h 34

Dès leur retour à la caverne, Edward se lança dans l'installation de son laboratoire de terrain. Il choisit un espace propre et dégagé au sol où il disposa les différents instruments en fonction de l'ordre dans lequel il allait en avoir besoin. Sur le côté, il aligna les batteries de telle façon que, dès que la première lâcherait, il suffirait de débrancher les fils alimentant la prise multiple et les connecter à la suivante. Il avait réussi à placer les principaux appareils sur une excroissance rocheuse à peu près plate et longue comme une table basse qui lui permettrait de travailler dans des conditions acceptables, notamment avec le microscope et la boîte à gants. S'il avait dû les poser au ras du sol, il lui aurait été presque impossible de s'en servir.

Pendant ce temps, Ruzena demeurait près de l'entrée, dissimulée derrière le rideau de lianes, à scruter la jungle environnante, le M16 emprunté aux mercenaires à la main. Edward devinait son inquiétude.

« Je ne crois pas que les mercenaires nous cherchent encore, fit-il en branchant l'incubateur. Ils ont d'autres sujets de préoccupation.

— Ce n'est pas à eux que je pense, répondit-elle sans se retourner, mais à Chris. »

À l'évocation de ce nom, Ed interrompit ce qu'il était en train de faire et baissa la tête : « Tu crois qu'il est… ?

— Mort ? Je ne sais pas. Avec cette arme spéciale, il a très bien pu s'en tirer. »

Edward sentit son estomac se contracter. Bien qu'il essayât de ne pas y penser depuis leur fuite de la doline, l'image de son frère dirigeant son arme vers lui hantait son esprit.

« Il a essayé de me tuer… », fit-il dans un souffle.

Ruz se tourna enfin vers lui, le visage empreint de compassion.

« Et pourtant, continua Edward, je suis inquiet à l'idée qu'il y soit peut-être resté. C'est stupide, n'est-ce pas ? »

La jeune femme vint se placer à son côté et l'enlaça avec douceur.

« Vous êtes très différents, murmura-t-elle. Vous l'avez toujours été. Mais moi non plus, je n'aurais jamais cru qu'il soit capable de tels actes. »

Ed hocha lentement la tête sans rien ajouter, puis il reprit l'installation de ses équipements. Ruz regagna son poste d'observation.

« Pourquoi t'inquiète-t-il davantage que les mercenaires ? demanda Ed. À cause de l'arme ?

— Non, parce qu'il connaît cette cachette. Avant sa contamination, il aurait été bien incapable d'en retrouver le chemin dans la forêt. Mais avec ses… avec *nos* nouvelles capacités, tout est différent… »

Edward avait terminé l'agencement de son laboratoire improvisé. Il enfonça le bouton d'alimentation de la prise multiple et les diodes des différents appareils s'illuminèrent. Il était temps de s'y mettre.

« Que veux-tu dire par *différent* ?

— Difficile à expliquer. »

Le biologiste ouvrit la boîte à gants par le haut et y déposa avec précaution le tube contenant l'échantillon d'*Épice*.

Sur le chemin pour revenir à la caverne, il avait cherché un nom pour désigner l'agent pathogène qu'il s'apprêtait à traquer dans cette poudre grise. Il n'avait pas eu à beaucoup se creuser la tête ; « l'*Épice* » s'était imposé à lui. Un nom surgi de son roman de chevet, *Dune*. Une substance aux propriétés multiples qui modifiait le métabolisme de ceux qui l'ingéraient.

« Essaye quand même, fit-il. Toutes les informations sont bonnes à prendre. Qui sait si, dans ce que tu me diras, quelque chose ne me mettra pas sur la voie pour trouver un antidote ? »

La jeune femme laissa passer un long silence durant lequel Edward commença à réfléchir à la façon dont il allait procéder.

« Déjà, je me sens plus forte, commença Ruzena sur un ton hésitant. En pleine possession de mes moyens physiques, prête à affronter n'importe quoi. Je me sens plus grande aussi. Je ne sais pas si je l'imagine ou si c'est vrai. Je suppose que le squelette ne peut pas se développer aussi vite… Mais cela ne se limite pas à des sensations purement physiques, chacun de mes sens semble affecté. J'entends mieux, par exemple. Toute une foule de sons que je n'aurais jamais perçus auparavant, le frottement d'un insecte dans l'herbe, une rafale lointaine bruissant dans les feuilles, le craquement de la roche qui se contracte à mesure que la température descend ce soir. »

Tout en écoutant sa fiancée, Edward énumérait mentalement les étapes à suivre pour isoler et identifier l'*Épice*. Sur le petit écran de son Swift, il avait déjà observé qu'il s'agissait d'un genre de spore et qu'elle était contaminante pour l'homme. Avant tout, il fallait donc déterminer à quoi il avait affaire : une bactérie sporulante ou une toxine contenue dans une spore ? Pour cela, il était nécessaire de procéder à l'extraction de l'ADN et des protéines de cet organisme, puis de les injecter séparément à des cobayes.

« Ma vision n'est pas en reste, poursuivait Ruz. Tout ce que je regarde fourmille de tant de détails que, si j'observe quelque chose de trop près, j'en ai presque le vertige… Et de loin, même en comparant avec l'excellente vue que je possédais avant, mon acuité visuelle est décuplée au point qu'il me semble voir en permanence à travers des jumelles. »

Dans le sac où il avait jeté en vrac des solutions et réactifs divers, Edward récupéra un flacon de Trizol, un autre de chloroforme, deux pipettes et une bouteille de la solution antiseptique confectionnée au camp. Il déposa le tout dans la boîte à gants avec des tubes Eppendorf. Après avoir soigneusement verrouillé les clips rendant la boîte étanche, il enfila ses mains dans les gants fichés à gauche et à droite.

« Donc, si tes perceptions sont touchées, c'est que cet agent pathogène migre très rapidement jusqu'au système nerveux, commenta-t-il. Je me demande… As-tu l'impression que tes… *pensées* elles-mêmes sont affectées ?

— Je ne sais pas. Je n'ai pas le sentiment d'être différente de ce point de vue-là. Disons que ma… euh, personnalité me semble être la même, mais que certains traits sont exacerbés. C'est difficile à expliquer… Mon corps est meilleur qu'avant et j'ai envie de m'en servir, de le lancer à pleine vitesse, d'en mettre les muscles à l'épreuve. Mais il me fait peur aussi, comme s'il m'était étranger. Je n'avais jamais éprouvé cela autrefois, j'ai toujours considéré mon corps comme un allié…

— Cela fait plusieurs fois que tu fais référence au passé. Ce n'est qu'une façon de parler ou des souvenirs te reviennent-ils ? »

Elle tourna son regard vers lui, réticente.

« Je n'ai pas osé t'en parler jusqu'à présent tant je craignais que ce ne soit qu'une illusion, mais, en effet, il me semble que la mémoire me revient… Par à-coups, brusques et inattendus. Comme si des vagues de souvenirs me frappaient par intermittence. Ce qui est sûr, c'est qu'il ne s'agit pas de simples réminiscences, comme ces derniers jours… Ce sont des pans entiers de ma mémoire que je redécouvre. »

Edward lui fit un beau et large sourire : « C'est formidable, Ruz, je suis heureux pour toi. »

La jeune femme lui rendit son sourire sans toutefois parvenir à y insuffler autant d'intensité que lui. Edward se doutait que l'inquiétude qui la taraudait, la nécessité de rester vigilante en scrutant la jungle et l'introspection à laquelle elle se livrait pour décrire ses sensations lui causaient une certaine confusion. Assise à même le sol, adossée à la paroi de pierre, elle reporta son attention sur l'extérieur, les yeux mi-clos, le fusil d'assaut posé en travers des cuisses.

Ed continua à l'observer un instant. Même si sa façon de parler l'inquiétait, il s'astreignit à canaliser son attention sur sa tâche. S'il voulait aider sa fiancée, ce ne serait pas en lui offrant une épaule sur laquelle pleurer, mais en cherchant comment la guérir !

Une fois la poudre mélangée au Trizol dans un tube Eppendorf, il obtint une solution rose opaque contenant des grumeaux gris qu'il commença à secouer. En principe, il aurait dû utiliser le vortex pour obtenir un mélange véritablement homogène, mais cela aurait impliqué de sortir le tube de la boîte à gants. Il lui faudrait secouer le tube à la main pendant de longues minutes.

« Continue à me parler de tes sensations, de ton état d'esprit. »

Même si les descriptions données par Ruzena ne lui apprenaient pas grand-chose, il était préférable de la faire parler, de ne pas la laisser s'enfermer dans ses pensées. De toute façon, les tâches qu'il avait à exécuter dans l'immédiat étaient si banales pour un biologiste expérimenté que cela ne requérait pas une grande attention de sa part. Autant en profiter pour écouter la jeune femme.

« Juste après avoir été contaminée, je me suis sentie… agressée par cette chose qui s'infiltrait en moi. L'acuité extrême de mes sens était presque douloureuse. Comme si mon cerveau recevait trop d'informations. Si je n'avais pas eu à me concentrer sur notre fuite dans les cavernes, retrouver le chemin, échapper à nos poursuivants, il est probable qu'une crise de panique me serait tombée dessus… Puis, peu à peu, j'ai commencé à m'y faire. Une fois débarrassée de la combinaison, je me suis sentie mieux. C'était comme si j'ôtais une barrière qui étouffait mes perceptions… Chacun de mes organes sensitifs, l'ouïe, la vue, l'odorat, mais aussi chaque centimètre carré de ma peau, me faisait entrer en contact étroit avec mon environnement. À commencer par la forêt…

Le *chant vert*… cette sourde mélopée du vivant qu'une forêt primitive dégage et que l'on ne perçoit que si l'on y prête attention… Soudain, pour moi, il était devenu fort et clair. En lien étroit avec cette masse naturelle inchangée depuis des millénaires. Chaque petit animal fouisseur, chaque insecte, aussi insignifiant soit-il, chaque oiseau perché dans les branches m'envoyait des signaux parfaitement lisibles, là où, à peine quelques heures plus tôt, je n'aurais entendu qu'un bruit de fond… Même les plantes peuvent entrer en contact avec nous si l'on sait écouter… Même les morts… »

Edward tourna la tête vers Ruz. À l'évidence, elle était entrée dans une phase de délire léger. Ce n'était pas inquiétant en soi… si cela ne s'aggravait pas.

« Les morts ? fit-il doucement. Tu es sûre de… ?

— Depuis que nous sommes entrés dans le vaisseau, ils ne m'ont pas quittée.

— “Ils” ?

— Les *Étrangers*. Ils me parlent. »

Ed fronça les sourcils, mais continua néanmoins à exécuter les tâches qu'il s'était assignées. Une fois qu'il jugea homogène le mélange de Trizol et de poudre, il ouvrit de nouveau le tube Eppendorf pour y injecter du chloroforme, destiné à finaliser la séparation de l'ADN et des protéines. Ceci fait, il referma l'éprouvette puis désinfecta les instruments afin de pouvoir ouvrir la boîte à gants.

Dans le tube étanche, la solution était toujours opaque, mais les grumeaux avaient disparu. Edward le plaça dans la centrifugeuse, qu'il démarra. Le vrombissement du moteur se fit aussitôt entendre, donnant l'impression qu'une énorme mouche était prisonnière de l'appareil.

« Dans le vaisseau, poursuivait Ruz, je ne faisais que ressentir leur peur, la terreur intense qui s'était emparée d'eux avant de mourir. Ce sentiment était si fort qu'il submergeait tout le reste. Une fois sortie, j'ai commencé à entendre leur message. Ils me parlent, Edward, je les entends avec clarté. »

Le jeune homme hésita.

« Ne le prends pas mal, mais je crains que… euh… Si vraiment les esprits de ces visiteurs morts depuis longtemps sont capables de communiquer, pourquoi avec toi uniquement ? Après tout, tu n'es pas la seule à être entrée dans le vaisseau et personne d'autre n'a entendu de voix dans sa tête… enfin, je veux dire, personne n'a entendu ces Étrangers lui parler…

— Je ne sais pas quoi te répondre. Ils sont là, avec moi. »

Jugeant la centrifugation suffisante, Edward récupéra le tube et en examina le contenu. À l'intérieur, le mélange rose opaque avait laissé place à des liquides distincts répartis sur trois étages : en haut, un liquide incolore transparent, l'ARN ; au centre, un précipité blanchâtre, en plus petite quantité que les deux autres, les protéines ; en bas, un liquide rose translucide, l'ADN. Satisfait du résultat, le chercheur s'attela à la préparation des injections.

« Entendu, fit-il sur un ton apaisant tout en défaisant l'emballage de deux seringues. Admettons que cela soit possible. Parle-moi d'eux. »

Un long silence passa. Le soleil était maintenant couché, si bien que le rideau de lianes devant l'entrée de la grotte ne filtrait plus aucune lumière. Edward alluma l'éclairage de la boîte à gants, qui, faute de mieux, ferait office de lampe. Ruzena se décida enfin à parler, d'un filet de voix étrangement lointain.

« Lorsque cela a commencé, c'était terriblement perturbant... Des images, des sons et des sensations se déversaient dans mes pensées, sans retenue. Le mélange entre mes visions et mes propres perceptions m'a presque rendue malade. Une véritable cacophonie. Puis, petit à petit, en m'appliquant à ne focaliser mon attention que sur l'un ou sur l'autre, je suis parvenue à faire le tri... à me montrer plus attentive... Au début, j'ai cru qu'ils étaient deux. Peut-être parce que j'avais vu les dépouilles de deux passagers, mais surtout parce que je... je percevais deux voix distinctes... Enfin, pas si distinctes que cela. Je ne comprenais pas pourquoi, mais il me semblait presque entendre le même individu prenant deux voix différentes pour s'exprimer. J'ai longtemps lutté ; je ne voulais pas de cette intrusion, je croyais que je devenais folle... et, soudain, j'ai compris. Il y avait bien deux voix pour un seul individu. Un individu double... »

Edward sourcilla à ces mots.

« *Double* ? Comme des jumeaux ?

— Non, des jumeaux se ressemblent, mais constituent deux individus distincts. Là, il s'agissait d'un seul individu avec deux voix distinctes...

— Une sorte de dissociation de personnalité ?

— Non, tu ne comprends pas... Ces entités ne sont pas individualisées comme nous. Elles contiennent *en elles-mêmes* une seconde personnalité, un second organisme vivant en symbiose parfaite... Une sorte d'excroissance interne douée d'intelligence et interagissant avec son hôte à un profond niveau émotionnel et cognitif… Ils sont différents et, pourtant, indissociables. »

Tout en extrayant deux souris de la cage principale pour les transférer chacune dans des cages séparées, plus petites, Edward sentit son intérêt scientifique s'éveiller brusquement pour ce que racontait sa fiancée. Même si la jeune femme semblait toujours délirer, ses propos trouvaient un écho frappant avec les dépouilles desséchées qu'il avait examinées dans l'objet, notamment avec cette partie très étrange de leur corps, d'une plus grande densité organique, où étaient réunis beaucoup d'os minuscules. La bouche soudain sèche, il en vint à se demander si, après tout, elle ne disait pas la vérité. Il entrevoyait mille questions pour un tel arrangement biologique. Quelle découverte extraordinaire !

Non, reprends-toi ! se sermonna-t-il. *Il y a urgence ! Tu dois te concentrer sur cette satanée spore si tu veux sauver Ruz ! Rien d'autre ne compte pour le moment !*

Il expira lentement pour se calmer puis marqua les deux cages afin de ne pas se tromper dans l'identification des souris. Après quoi il injecta la solution d'ADN à l'une et la solution de protéines à l'autre, non sans un pincement de culpabilité. D'ici peu, s'il ne se trompait pas, l'une d'elles finirait comme Jesse. La rapidité de l'évolution d'une pathologie telle que celle-ci dépendait très probablement de la taille de l'hôte. C'était le concept de « dose létale ». En fonction de la masse de l'individu, la même dose ne produisait pas ses effets à la même vitesse. D'où l'intérêt de procéder à un test sur des animaux de petite taille.

Maintenant, il fallait attendre. L'inaction pouvait représenter une épreuve difficile pour une personne telle que lui, d'autant plus qu'il se sentait investi de la responsabilité de la survie de sa future femme ! Il se saisit d'un carnet et commença à griffonner nerveusement, tentant de coucher par écrit toutes sortes d'hypothèses plus ou moins plausibles quant à la nature réelle de l'*Épice*, et aux moyens éventuels de la combattre. Ce n'était pas une démarche très constructive, scientifiquement parlant, mais cela permettait de détourner ses pensées dans l'attente du résultat de l'expérimentation sur les cobayes et, surtout, de repousser à l'arrière-plan la peur qu'il éprouvait pour celle qu'il aimait. Chaque fois qu'il jetait un coup d'œil vers elle, il ne pouvait s'empêcher de noter l'augmentation significative de sa masse musculaire. Pour le moment, elle semblait calme, assise dans l'entrée de la caverne, somnolant. Tant mieux, l'agitation semblait être un facteur déterminant dans la progression de l'infection.

« Ce n'étaient pas des scientifiques..., continuait-elle à voix basse, les yeux mi-clos. Oh, ils possédaient de vastes connaissances, c'est sûr, mais leur vie n'était pas faite d'études. Plutôt d'aventures... Ils parcouraient les mondes inconnus, les exploraient... Une vie de rencontres dangereuses, de découvertes inattendues... Ils étaient passionnés, curieux de tout... Cette planète leur avait paru intéressante... Tant de vie, foisonnant partout, à perte de vue, où que l'on pose le regard... Une chance rare... Peu de mondes pouvaient se targuer d'une telle diversité, de conditions aussi favorables... Ils auraient pu y passer des années sans en épuiser l'intérêt, mais le hasard en a décidé autrement... »

Edward écoutait attentivement. Il avait beau considérer toutes ces élucubrations comme un symptôme de l'élévation de la température de Ruz, il commençait presque à y croire. Après tout, que savait-il de ces Étrangers ? Il secoua la tête pour chasser ces pensées qui détournaient son attention de sa tâche principale et continua d'observer les rongeurs. À peine quinze minutes s'étaient écoulées et l'un d'eux présentait déjà des signes d'agitation notables…

« Ils étaient heureux d'arriver ici… Même si les conditions extérieures ne leur étaient pas favorables, ils savaient qu'ils récolteraient d'innombrables spécimens de tous genres… Mais il fallait interférer le moins possible avec l'environnement… Après un long survol des côtes, des fleuves et des forêts, ils choisirent de se poser au sommet d'un plateau isolé, se dressant très au-dessus de la jungle, où l'interaction avec les espèces locales serait réduite au minimum… Ils ne pouvaient deviner quel destin les attendait… »

Edward ne perdait pas un mot du récit de sa fiancée.

« La voûte n'a pas cédé dès qu'ils se sont posés… Les moteurs étaient coupés depuis longtemps et les Étrangers se préparaient déjà à leur première sortie sur ce monde inconnu lorsque les craquements se sont fait entendre… Bien sûr, ils ont tout de suite compris leur erreur, mais il était trop tard… bien trop tard pour tenter quoi que ce soit… Une première cassure a fait basculer le vaisseau d'un côté… et, aussitôt après, dans un fracas de tremblement de terre, la totalité du plafond de la doline s'est brisé, les précipitant cent cinquante mètres plus bas parmi des tonnes de roches… »

Un son aigu sur sa gauche fit tressaillir Edward. L'un des deux rongeurs se jetait contre le grillage de sa cage en lançant des cris de panique, le corps gonflé et couvert de cloques distendues. Il avait atteint la phase finale en à peine une demi-heure. Soudain, Ed réalisa qu'il avait oublié un détail non négligeable. Il se rua sur la pile de matériel en vrac entassé sur le côté de son labo improvisé, saisit un sac en plastique transparent avec fermeture étanche et y glissa la cage sans se soucier du risque de morsure. À peine avait-il fait coulisser la glissière que la souris éclatait comme Jesse quelques heures plus tôt, projetant à l'intérieur du sac un nuage de poudre grisâtre et de débris organiques. Edward poussa un long soupir ; il s'en était fallu de peu. Il regarda l'étiquette de la cage : c'était la solution de protéines qui avait tué ce malheureux rongeur. Comme il s'en doutait déjà depuis un moment, l'*Épice* n'était ni une bactérie ni un virus, mais une toxine.

Maintenant qu'il avait identifié la nature de l'agent infectieux, les choses sérieuses commençaient.

39

Ruzena

22 h 08

Ruzena sentait qu'elle divaguait.

Des étendues liquides vaporeuses aux reflets irisés défilent lentement dans une lumière éblouissante… Un Étranger se déplace à ses côtés en faisant onduler les tentacules qui constituent toute la partie inférieure de son corps… Il semble si gracieux… Ruzena baisse les yeux pour voir où elle met les pieds… et ne voit que des tentacules…

Elle savait qu'elle devait garder son calme autant que possible, ne céder ni à la peur de la substance qui avait pris le contrôle de son organisme, ni à l'exaltation de ce contact étroit avec les Étrangers qui s'imposait désormais à elle. La spore n'attendait que ça, qu'elle perde la maîtrise de ses nerfs et commence à s'agiter, qu'elle se lance dans une consommation effrénée de ses ressources énergétiques, alimentant un processus fou culminant par une réaction en chaîne fatale.

Ce n'est pas son corps, elle voit par les yeux d'un autre Étranger… et sa vision est singulière, les couleurs sont changeantes, les formes indéfinies, comme plusieurs états superposés... Tout autour, ce qui ressemble à de grandes plantes se dresse hors de l'étendue liquide, étirant de longs filaments si légers qu'ils flottent dans cette atmosphère de faible densité... Ici, la pression est si basse que les créatures les plus légères peuvent se mouvoir... Au loin, très loin, des formes gigantesques que Ruzena avait d'abord prises pour des montagnes changent de place avec lenteur... Ce sont des créatures vivantes, dont la taille dépasse l'imagination...

Elle devait s'astreindre à garder ses sentiments sous contrôle et, pour cela, elle employait toutes les techniques de relaxation auxquelles sa mémoire lui donnait à nouveau accès, de manière lacunaire. Malheureusement, tout concourait à l'en empêcher ; dès qu'elle fermait les yeux, des visions l'assaillaient, saturant son espace visuel de formes lumineuses éblouissantes qui l'obligeaient à relever les paupières pour retrouver la pénombre de la caverne où, immanquablement, son attention était attirée par Edward, affairé à manipuler toutes sortes d'instruments en marmonnant nerveusement, contribuant à aggraver son anxiété. Si elle tournait son regard vers l'extérieur, la vue de la jungle dans la nuit lui rappelait le risque qu'ils couraient à rester dans une cachette connue de Chris.

L'autre Étranger lui fait signe d'un de ses bras terminés par trois appendices graciles... Curieusement, elle comprend... Il veut s'élever pour disposer d'une meilleure vue... Elle le voit placer ses appendices sur les côtés de sa combinaison rutilante... Aussitôt, il se retrouve nimbé d'une douce lumière... Elle serait bien en peine d'en définir la couleur, comme de tout le reste d'ailleurs... Bien qu'elle distingue des nuances chromatiques, elle est incapable de les caractériser... Font-elles seulement partie du spectre de la lumière visible par un humain ? Son compagnon décolle doucement, auréolé d'une lumière pulsante... Va-t-elle parvenir à l'imiter ? Elle baisse les yeux et s'aperçoit que ses propres appendices se lèvent tout seuls et viennent se plaquer sur les côtés de sa combinaison... Elle n'a pas le contrôle de ce corps, elle n'est qu'une simple spectatrice... Le décor file vers le bas tandis qu'elle décolle à son tour...

« Ruz, tout va bien ? »

La voix de son fiancé fit sortir Ruzena de sa torpeur. Elle rouvrit les yeux et battit des paupières en tentant d'accommoder sa vision sur la silhouette d'Edward.

« Euh... oui, ça va...

— Écoute, je sais que tu as peur et que tu ne crois guère à ma tentative, mais pour l'instant j'avance bien. J'en sais beaucoup plus sur l'*Épice*. Je n'ai certes pas encore d'antidote, mais j'ai franchi les premières étapes pour y arriver.

— L'*Épice* ?

— Oui, je donne toujours un nom provisoire à ce que je cherche. Une manie de biologiste.

— Ah... Et qu'as-tu trouvé ?

— Disons que j'ai réussi à placer les premières pièces du puzzle : il ne s'agit pas d'un organisme au sens strict du terme, comme le sont les bactéries. Cela ressemblerait plutôt à une sorte de prion.

— Un quoi ?

— Ah oui... pardon. Je vais commencer par le début. En fait, la spore – la poudre grise – a besoin d'un hôte pour se multiplier. Manifestement, sa température d'activation correspond à peu près à celle des mammifères et elle est capable de pénétrer les organismes de toutes les manières possibles, par inhalation, bien sûr, mais aussi par les blessures, par les voies naturelles telles que le canal lacrymal ou même par simple contact cutané. Voilà pourquoi les mercenaires ont tous été contaminés : lorsqu'ils ont pénétré dans le vaisseau, ils ne disposaient que de simples masques respiratoires et de gants. Les scientifiques de la seconde équipe envoyée par Dervac n'ont probablement pas commis cette erreur, ils ont installé un sas étanche et sont très certainement entrés en combinaison intégrale. »

Ruzena peinait à suivre les propos d'Edward. La tentation était forte de fermer de nouveau les paupières pour s'immerger dans ce monde inconnu ô combien attirant.

« Une fois que la spore a pénétré dans un hôte, elle prolifère rapidement et migre dans différentes parties de l'organisme. Presque partout, elle est détruite soit par les conditions locales, soit par le système immunitaire. Là où elle ne l'est pas, elle s'installe et développe un champignon sous la peau qui va utiliser la production d'énergie de l'hôte pour se nourrir. Son intérêt est donc de pousser l'organisme à plein régime afin de disposer d'un maximum de ressources énergétiques. J'ignore comment elle s'y prend, mais à ce stade il ne s'agit encore que d'un simple "parasitage" et non d'un syndrome virulent mortel. Et justement, là où la spore est détruite, elle est décomposée par l'organisme qui se trouve alors en contact direct avec ce prion, c'est-à-dire une protéine d'un genre très particulier, très dangereux. Le comportement des prions sur Terre est mal connu, mais il consiste en général à empêcher les cellules de fonctionner, conduisant à leur mort. Or, il semble qu'avec l'*Épice* ce ne soit pas le cas, sinon on ne pourrait expliquer les symptômes constatés. Quoi qu'il en soit, un processus s'enclenche à ce moment que l'organisme paraît incapable de freiner, provoquant in fine une réaction en chaîne qui culmine par la mort de l'hôte, qui devient à son tour une source de contamination pour son environnement en pulvérisant la poudre autour de lui. »

Ruzena hochait la tête avec lenteur. Tout cela lui semblait soudain revêtir un sens particulier, entrer en résonance avec des souvenirs anciens qu'elle n'avait jamais eus…

« Voilà de quoi sont morts les Étrangers, commenta-t-elle pensivement. Ils n'ont pas succombé dans l'effondrement de la doline, mais à la contamination de cette spore… Pour eux, ce n'était qu'une variété de plus récoltée sur une planète inexplorée ou dans les profondeurs de l'espace, attendant d'être rapportée dans leur monde afin d'y être étudiée par leurs scientifiques… Mais cela ne s'est pas passé ainsi… Le choc consécutif à l'écroulement de la voûte a disséminé la poudre et ils ont été contaminés sans même en avoir conscience… Pour eux, l'urgence était de trouver un moyen d'extirper leur vaisseau des rocs, puis de le remettre en état… Ils ne pouvaient se douter qu'ils étaient déjà condamnés… »

Les yeux de la jeune femme se voilèrent et son débit de paroles ralentit encore.

« Au début, ils n'ont pas compris ce qui leur arrivait… Ils se sentaient forts en dépit de la gravité de ce monde, trop élevée pour eux, et débordaient d'une énergie nouvelle… Cela aurait dû les alerter, mais l'urgence de leur situation accaparait toute leur attention… Le temps qu'ils prennent conscience du danger, il était déjà trop tard. Ils n'avaient aucun moyen de lutter contre cet ennemi invisible… Ils savaient qu'ils allaient mourir et ne pouvaient rien faire pour l'éviter ; ils n'étaient que de simples explorateurs, pas des savants… alors ils ont passé leurs dernières heures de vie à… »

À quoi ? Ruzena sentait que l'un d'eux avait utilisé ses ultimes forces pour accomplir quelque chose d'important, mais elle ne parvenait pas à comprendre de quoi il s'agissait.

« Justement ! s'écria Edward pour couper court à ces divagations pessimistes. Je suis un savant, *moi*, alors laisse-moi travailler ! »

Cet éclat de voix ramena Ruz à la réalité. Elle rouvrit les yeux et observa son fiancé se jeter une nouvelle fois dans la bataille qu'il livrait contre l'*Épice*, comme il l'appelait. Les conditions spartiates dans lesquelles il travaillait ne semblaient le gêner en rien, à le voir se démener comme un beau diable sur ses instruments, lançant des simulations sur son petit ordinateur, réglant les paramètres de ses instruments ou griffonnant à toute vitesse dans son carnet.

Toute cette agitation rendait Ruzena nerveuse et provoquait chez elle une furieuse envie de se lever et de courir dans la jungle, de grimper à des arbres et de sauter de branche en branche, de se battre contre tous les ennemis du monde et de…

NON ! Contrôle tes pensées ! se sermonna-t-elle. *Empêche-les de s'emballer si tu veux retarder l'échéance fatale le plus possible !*

Alors, elle ferma les paupières encore une fois et se retrouva de nouveau dans un univers de sensations étrangères, de visions incompréhensibles.

Elle s'extrait péniblement du berceau de voyage tandis que les conditions internes de la cabine retrouvent la normale, la pression diminue et la température remonte... Le voyage a été long, mais ils sont arrivés à bon port ; la vue extérieure affichée sur la paroi du poste de pilotage montre une planète familière... Les Étrangers sont de retour chez eux, elle peut sentir leur joie de retrouver leur monde... De complexes arrangements nuageux déploient de magnifiques spirales multicolores dont les émanations vaporeuses montent jusqu'aux limites de l'espace. La surface de la planète en est intégralement couverte, au point qu'elle demeure invisible... Cela n'a pas l'air de préoccuper les Étrangers qui n'ont d'yeux que pour les formations nuageuses... C'est leur destination... Le vaisseau plonge et l'atmosphère se rapproche à une vitesse folle... Ils pénètrent dans les premiers nuages et un maelström de couleurs irisées sature la vue extérieure pendant de longues minutes... Soudain, tout disparaît et un gigantesque espace dégagé se révèle... Son compagnon de vol agrandit la vue pour en profiter et l'extérieur emplit d'un coup tout l'espace du poste de pilotage... Si les Étrangers avaient un cœur, il battrait fort de revenir là... Ruzena ne sait pas où poser son regard tant ce spectacle lui paraît extraordinaire... Un monde suspendu... Une civilisation des nuages... Des villes flottantes, des milliers d'Étrangers en vol... Toutes sortes de véhicules, de bâtiments aériens... D'immenses bancs de végétaux aux couleurs indéfinissables dérivent lentement, abritant d'innombrables formes de vie... Elle tourne la tête, ou, plutôt, l'Étranger par lequel elle voit tourne son bulbe cornu vers son compagnon et ils communient dans la joie de revenir chez eux avec la satisfaction du travail accompli, leur soute débordant d'espèces récoltées durant une de leurs longues expéditions... Ruzena sent la présence des secondes entités internes des Étrangers. En fait, il lui semble qu'ils sont la source des émotions de ces créatures, qu'ils leur permettent de communiquer au niveau affectif...

« Bon Dieu, ça ne marchera pas ! »

Ruz releva péniblement les paupières pour réintégrer le monde réel.

La grotte froide éclairée par la lumière crue de la boîte à gants lui causa presque un malaise après la vision de ce monde saturé du rayonnement nacré indirect des nuages réfractant les rayons de l'étoile mère. Elle prit une profonde inspiration pour tenter d'enrayer une nausée.

« Je n'y arriverai pas ! continuait de pester Edward. C'est impossible en si peu de temps ! »

De colère, il arracha ses gants en latex et les jeta au fond de la caverne où ils disparurent, comme happés par les ténèbres, puis il se leva en tapant rageusement du pied.

« Nom de nom, si seulement je disposais de davantage de temps ! »

Son regard croisa alors celui de Ruzena et il dut y lire toute sa détresse, car sa colère sembla se dissiper d'un coup. Le visage compatissant, il s'approcha et s'agenouilla à son côté.

« Excuse-moi, fit-il doucement, je n'ai pas le droit de me laisser aller ainsi. Je n'ai pas le droit de baisser les bras. D'ailleurs, j'ai beaucoup progressé depuis tout à l'heure. »

Depuis tout à l'heure ? Ruz se demanda combien de temps elle était restée absorbée par ses visions.

Edward se releva et se lança dans une explication avec force grands gestes, comme s'il en profitait pour rassembler ses idées :

« J'ai compris que ce prion ne fonctionne pas comme ceux que l'on connaît sur Terre. C'est même exactement le contraire. Au lieu d'empêcher les autres protéines de fonctionner, il s'y lie et en modifie le comportement, les stimulant à l'extrême. Par exemple, pour ce qui est du symptôme le plus spectaculaire, l'accroissement de la masse musculaire, il va accélérer la production d'actine et de myosine, conduisant à un développement incontrôlé des tissus. C'est un fonctionnement comparable, quoique inversé, à celui de la toxine présente dans les champignons de la famille des amanites qui contiennent une substance, l'alpha-amanitine, qui inhibe l'ARN polymérase des cellules touchées, empêchant la production de protéines, ce qui entraîne rapidement la mort de toutes les cellules. Sauf que dans le cas de l'alpha-amanitine, il s'agit d'une défense du champignon contre ses prédateurs ; alors que dans le cas de l'*Épice*, la mort de l'hôte serait plutôt une conséquence fortuite, exploitée par la spore, puisqu'au terme du processus le champignon crée sous la peau des cloques pleines de nouvelles spores et utilise l'accélération dramatique de la croissance musculaire qui, au final, provoque l'éclatement des poches, la dissémination des nouvelles spores et, accessoirement, la mort de l'hôte… »

Alors que, emporté par son sujet, il s'était mis à faire les cent pas, Ed s'immobilisa soudain et fit face à la jeune femme.

« Et cela, je m'y refuse ! Je ne laisserai pas cette saleté t'emporter de cette manière ! »

Ruzena sentit son cœur accélérer. La détresse de son fiancé à l'idée de son funeste destin lui rappelait combien il l'aimait.

« Mon amour, ce n'est pas ta faute. Tu fais tout ce que tu peux, mais il est tout simplement impossible de trouver un remède seul et en si peu de temps.

— Oui, tu as raison, c'est impossible. Pour cela, il faudrait disposer d'un vrai labo, de toute une équipe de chercheurs, d'ordinateurs plus puissants qu'un simple portable et de temps. Mais nous ne disposons pas de ce temps, *tu* n'as pas ce temps. C'est pourquoi je... »

Il s'interrompit et son regard se brouilla. Il parut éprouver le besoin de s'asseoir et regagna le bloc de pierre qui lui servait de siège devant sa « table » de travail. Là, il baissa la tête un instant, prit une longue inspiration puis dit : « C'est pourquoi je vais me contaminer volontairement. »

23 h 47

Ruzena émergea d'un coup de sa torpeur, aussi sûrement que si un seau d'eau glacée venait de se déverser sur sa tête.

« Quoi ? s'exclama-t-elle. Te contaminer *volontairement* ? »

Edward leva les mains devant lui, comme pour modérer sa réaction.

« Attends, réfléchis un instant, répondit-il. Cette spore nous améliore. C'est un cadeau empoisonné, certes, vu la fin qu'elle nous réserve, mais elle nous améliore néanmoins de façon spectaculaire. Or, l'adaptation à ses hôtes est nécessairement l'une des clés de son évolution. Elle doit être capable d'ajuster les changements qu'elle induit dans les caractéristiques fondamentales de chacun, sans quoi elle n'aurait pas survécu à la sélection naturelle. Et ma caractéristique principale, ce n'est pas la performance physique, c'est la recherche intellectuelle. L'*Épice* sublimera mes compétences dans ce domaine, et, si j'en crois ce que j'ai vu en matière d'améliorations physiques, je vaudrai à moi seul dix prix Nobel !

— Pure spéculation de ta part ! s'écria Ruzena.

— Au contraire, c'est une démarche tout à fait rationnelle, fondée sur l'observation ! Les mercenaires présentaient certainement des aptitudes naturelles aux performances physiques plutôt qu'intellectuelles, ce qui les a amenés à développer une grande puissance musculaire ou une meilleure agilité, sans exploiter vraiment la stimulation des connexions neuronales ; à l'inverse, ceux qui ont des prédispositions, disons, plutôt "cérébrales" ne profiteront selon moi que d'améliorations physiques limitées et, en revanche, bénéficieront d'une amélioration de leurs capacités cognitives. L'*Épice* cherche à obtenir le maximum d'efficacité énergétique de chacun de ses hôtes ; chez moi, je parie que cela passera par une intensification de mes connexions neuronales destinée à faire travailler mon intellect à plus grande vitesse.

— Comment peux-tu en être sûr ? Si tu te trompes, alors tu te seras sacrifié pour rien !

— Je ne peux évidemment pas avoir de certitude. Mais j'observe ta réaction à la contamination. Chez toi, qui présentes un profil plus équilibré, il paraît évident que l'*Épice* ne stimule pas *que* les capacités physiques. Tu le dis toi-même, tes sens sont aussi affectés, ta mémoire revient plus vite et, en admettant qu'elles soient vraies, tes visions pourraient même inciter à penser que tu développes de nouveaux sens. Imagines-tu le résultat avec moi ? L'action de la spore se concentrera sur les parties de mon organisme dont elle tirera la plus grande dépense d'énergie. Et en ce qui me concerne, ce ne sera pas avec mon système musculaire qu'elle l'obtiendra, mais bien avec mon réseau neuronal. J'en suis convaincu. »

Ruzena se sentit soudain accablée. Elle savait qu'elle ne le ferait pas changer d'avis. Le désir évident de la sauver s'additionnait chez Edward à la passion du chercheur, à la tentation de soulever un coin du grand voile dissimulant les mystères de la nature. Les larmes aux yeux, la jeune femme se leva pour enlacer son fiancé, incapable d'articuler un mot supplémentaire.

« Ne t'inquiète pas, lui murmura Ed à l'oreille, je ne suis pas suicidaire. Je compte bien survivre à cette saleté qui a décidé de s'en prendre à la femme de ma vie. Je vais nous tirer de là tous les deux. »

Elle le serra dans ses bras de plus belle, puis leurs lèvres se trouvèrent et ils s'embrassèrent longuement.

Soudain, un cri déchira la nuit.

Un cri terrifiant, sauvage.

Les deux amants se séparèrent, aux aguets, le corps tendu.

Un second cri s'éleva. Il n'y avait aucun doute sur celui qui le poussait.

« Chris ! souffla Ruzena. Il s'en est sorti ! Il vient ici, il faut partir, tout de suite ! »

Le visage d'Edward se durcit, empreint de détermination et de colère : « Il n'en est pas question. Nous ne disposons pas du luxe d'attendre encore. Je ne bougerai pas d'ici tant que je n'aurai pas trouvé un traitement pour te… pour *nous* sauver. »

La jeune femme ouvrit la bouche pour parler puis se ravisa. Il avait raison, bien sûr.

Et elle ne savait que trop bien ce qui lui restait à faire. Chris venait par ici et ses intentions n'étaient pas amicales. Ed le savait aussi, et dans son regard se lisaient toute l'inquiétude qu'il nourrissait pour sa compagne et également son assentiment devant la tâche qui lui incombait.

Ils s'étreignirent une dernière fois, puis Ruzena ramassa le M16, franchit le rideau végétal qui fermait la caverne et s'enfonça dans la nuit pour en finir une fois pour toutes.

Cinquième jour

40

Chris

0 h 03

Chris courait dans la jungle comme un animal. Son corps était animé par une énergie brute, puissante et incontrôlable, qui l'électrisait, fouettait ses sens et irriguait ses muscles. Sa blessure à la jambe ne le faisait plus souffrir et, d'ailleurs, il ne boitait même plus. Pourtant la plaie était toujours là, toujours infectée, mais cela ne comptait plus. Cette vitalité nouvelle qui le parcourait en viendrait à bout. L'écume aux lèvres, enragé comme jamais, il fonçait droit devant lui, indifférent aux obstacles, percutant les branches et les pierres sans éprouver la moindre douleur. Une seule chose comptait : se venger de Ruz, cette salope qui l'avait abandonné seul face aux mercenaires.

Quelques heures plus tôt, lorsqu'il s'était extrait du vaisseau en déchirant le sas d'entrée, il avait eu le temps de la voir s'engouffrer dans le taillis de fougères qui masquait l'ouverture vers le réseau de cavernes, suivie de près par Edward. Du bruit sur sa gauche avait attiré son attention ; des mercenaires suspendus au bout de longs filins touchaient terre et commençaient déjà à défaire leurs baudriers. Sans tergiverser, Chris s'était rué à la poursuite de ses ex-compagnons.

À sa grande surprise, il s'aperçut qu'il se déplaçait avec bien plus de rapidité et d'agilité qu'avant, mais ce n'était pas le moment de s'inquiéter de ce que cela signifiait. Lorsqu'il se jeta au sol parmi les fougères pour ramper dans l'ouverture, il entendit des balles crépiter autour de lui, sans l'atteindre. De l'autre côté, Ruz et Ed n'étaient déjà plus visibles, ils avaient pris trop d'avance. Chris eut un instant de doute, pensant qu'il ne parviendrait jamais à s'orienter pour les suivre. Puis il prit conscience qu'un instinct nouveau palpitait en lui, le poussant à avancer. Sans se poser davantage de questions, il s'élança dans le boyau rocheux puis laissa ses pulsions le guider dès qu'une bifurcation se présentait, convaincu que cette étrange force qui l'animait désormais l'empêcherait de se tromper.

Une demi-heure plus tard, il arrivait à la salle de la grande faille, juste à temps pour voir Ruzena, un couteau à la main, en train de sectionner la corde qui la franchissait. Trop tard pour l'en empêcher. Il croisa son regard au moment où la corde claquait dans l'air et remarqua aussitôt que ses yeux étaient rouges ! Ainsi, il n'était pas le seul à avoir été contaminé par ce truc ! Mais cette pensée ne fit que traverser son esprit tant le regard de défiance qu'elle lui avait lancé l'électrisa, le fit littéralement déborder de colère.

« Sale pute ! Tu vas me le payer ! » hurla-t-il de toutes ses forces, avant de lever son bras armé et de tirer vers elle. Le fracas de l'explosion d'énergie fit trembler la caverne et des débris de roche volèrent dans toutes les directions. Mais il savait qu'il l'avait manquée, puisqu'il avait eu le temps de la voir se jeter, à une vitesse inouïe, derrière un pan de rocher pour se mettre à l'abri de la déflagration. Il sentit alors une rage folle le parcourir, embrasant son organisme qui se déforma sous ses yeux ! Frappé d'horreur et de fascination à la fois, Chris sentit son corps enfler dans une dilatation contre nature, les muscles croître sous la peau de ses bras et de ses jambes à une vitesse insensée, lui procurant un sentiment de puissance qu'il n'avait jamais éprouvé. Des éclats de voix et des bruits de pas derrière lui rappelèrent qu'il était poursuivi. D'un geste rageur, il arracha son masque sans se soucier des débris de verre qui y restaient, puis se tourna en criant : « Venez, bande d'enfoirés, je vous attends ! »

Quatre mercenaires au physique impensable apparurent au détour de la galerie et levèrent leurs armes vers Chris.

« Nom de Dieu, comment est-il déjà arrivé à ce stade ? » s'exclama l'un d'eux, ébahi.

Chris, un sourire mauvais sur les lèvres, lui lança un regard par en dessous et gronda sans desserrer les mâchoires : « Et tu n'as encore rien vu, abruti ! »

Il pointa alors l'arme aux reflets cuivrés vers eux, et les mercenaires la regardèrent stupidement sans ouvrir le feu, ne comprenant pas de quoi il s'agissait. Lorsque le vortex d'énergie les atteignit, ils explosèrent comme Javier, projetant sur les parois une bouillie rougeâtre répugnante. Chris ricana. Bien qu'il eût conscience de vivre quelque chose d'anormal, voire d'horrible, il n'en avait cure. Il se sentait galvanisé, envahi par la jubilation intense de détenir un tel pouvoir. Plus rien ne pourrait l'arrêter.

Dans l'immédiat, il fallait déjà sortir des cavernes. En tentant sa chance au hasard dans ce labyrinthe, il pourrait bien ne jamais trouver de sortie et errer jusqu'à en mourir. Quant à utiliser l'ascenseur de la doline, il faudrait affronter beaucoup de mercenaires à la fois et son arme ne le mettait pas à l'abri des balles. D'autant que l'effet de surprise ne fonctionnerait qu'une fois. Trop risqué. Il était donc coincé. Quoique… Mais oui, nul besoin d'une corde ! Avec ses nouvelles capacités, franchir une faille de trois mètres ne devrait pas poser de problème. Après tout, Ruz y était bien parvenue quelques heures plus tôt sans le bénéfice de ces améliorations physiques.

Chris recula de quelques pas pour sa prise d'élan, expirant longuement afin de combattre son appréhension. Son nouvel instinct lui soufflait que c'était possible. Alors il s'élança sans hésiter davantage et poussa aussi fort qu'il put sur ses jambes au moment de sauter. Le bond fut tel qu'il dépassa largement le promontoire d'en face et alla heurter le même rocher derrière lequel Ruzena s'était protégée quelques minutes plus tôt. Un saut incroyable de plus de six mètres ! Chris était si content d'être capable de telles prouesses qu'il se mit à rire en se relevant.

Avant de repartir, il arracha les derniers lambeaux de combinaison encore accrochés à ses vêtements, tout en admirant les muscles de ses bras, saillants et luisants comme ceux d'un culturiste. Au fond de lui, un reste de rationalité s'inquiétait des conséquences du syndrome dont il était atteint. Même s'il n'était dans le fond qu'un cadre commercial, son travail au sein d'une entreprise pharmaceutique lui avait donné suffisamment de notions médicales pour savoir qu'une telle dépense d'énergie par l'organisme devrait se payer tôt ou tard. Mais, grisé, il choisit d'ignorer cet avertissement et se remit en route afin de rattraper ceux qu'il brûlait d'éliminer.

Toutefois, son instinct avait beau avoir radicalement changé, il ne lui permit pas de s'orienter dans un tel dédale aussi bien qu'il l'aurait voulu et il s'égara à de nombreuses reprises, obligé plusieurs fois de revenir sur ses pas afin de retrouver le dernier marquage visible. Bientôt, l'euphorie laissa place à la frustration, qui se transforma en colère, et lorsque, enfin, il trouva la sortie et déboucha à l'air libre, une rage terrible le consumait.

La nuit était tombée et la jungle bruissait de l'agitation des innombrables créatures nocturnes qui la peuplaient. La première fois qu'il avait essayé de dormir sur le plateau, Chris n'avait pas fermé l'œil en partie à cause de l'inquiétude que ces bruits étranges suscitaient en lui. Maintenant, il ne ressentait plus la moindre peur ; c'était *lui* la créature dangereuse ! Et d'ailleurs, il ne se sentait pas désorienté non plus. Bien qu'il n'eût pas prêté attention au chemin parcouru pour arriver jusqu'ici, il savait parfaitement dans quelle direction aller pour se rendre au camp de base, où il ne doutait pas que son cher frère et Ruz étaient retournés. Il se rua par là, brûlant d'une inextinguible soif de vengeance.

Il ne lui fallut qu'à peine une heure de course effrénée à travers la jungle pour rejoindre le camp… qui était vide, bien sûr. Si des restes de combinaisons calcinées indiquaient bien qu'ils étaient passés là, Ruz et Edward étaient partis se terrer ailleurs. Probablement à la planque de la grotte où Javier les avait conduits. C'était là qu'il les trouverait.

Même s'il avait conscience qu'il aurait été préférable de se reposer et de se sustenter, que cette sensation de toute-puissance n'était qu'une illusion, Chris ne pouvait attendre. Il se remit en chemin au pas de course, écumant d'excitation à l'idée d'être si proche de ceux qu'il haïssait. Une quinzaine de minutes plus tard, il reconnut la silhouette de l'affleurement rocheux où la grotte s'ouvrait. Submergé par sa rage, il hurla comme une bête sauvage. Il allait la trouver, en faire de la charpie. Il hurla plus fort encore. Quelle joie de se laisser aller ainsi, de lâcher prise ! Son corps entier palpitait de sensations primitives !

Alors qu'il couvrait les dernières centaines de mètres avant d'atteindre son but, ses perceptions nouvelles l'alertèrent soudain : il était en danger ! Des détonations éclatèrent ; dans sa course effrénée, il bifurqua subitement par pur instinct au moment où une rafale de balles labourait le sol et il se jeta à l'abri dans les bosquets. L'adrénaline qui saturait son organisme comme s'il en faisait une overdose lui avait fait oublier un détail : Ruz avait été contaminée elle aussi, ses performances étaient donc également améliorées ! Sa détermination fléchit d'un coup. Lui qui s'était cru désormais supérieur s'apercevait soudain que ce ne serait pas forcément aussi facile qu'il l'avait pensé. Pendant un instant, il redevint le Chris veule qu'il était auparavant, et qu'il détestait tant.

Puis un reflet cuivré dans l'obscurité lui rappela que, même revenu à égalité avec l'autre conne, il avait toujours l'avantage de cette arme surpuissante. Contre un simple M16… Il émit un ricanement, qui se mua en rire de plus en plus sonore, puis soudain, sans même réfléchir, il pressa la poignée de son arme de toutes ses forces et arrosa la jungle d'une salve dévastatrice.

41

Ruzena

1 h 41

Lorsque les arbres et les rocs se soulèvent sur sa gauche, concassés par une rafale de bulles d'énergie, Ruzena comprend que Chris vient de faire feu de son arme spéciale. Aiguillonnée par son instinct de survie, elle se précipite dans la direction opposée tandis que, derrière elle, la jungle est balayée, écrasée, comme si un géant en furie s'y déchaînait. *Le salaud balance tout !* Courant à toutes jambes, elle arrive au bord du tertre abrupt sur lequel elle s'était embusquée pour surprendre Chris et saute dans le vide.

Alors qu'elle s'attend à devoir simplement fléchir les jambes pour amortir un bond de deux mètres, elle se propulse sans le vouloir à plus de dix mètres et percute des arbres, dégringolant de branche en branche dans une pluie d'éclats de bois. Une fois au sol, elle se relève d'un bond, ignorant la douleur. Toujours de l'autre côté du tertre, Chris ne peut l'atteindre pour le moment, mais cela ne va pas durer. Elle doit se déplacer !

Ramassant son M16, elle reprend sa course vers l'ouest. Elle doit à tout prix éloigner Chris de la caverne, de son frère. Même si elle se doute qu'il n'aura aucun mal à la suivre, elle tire une fois en l'air afin d'en être sûre. Au terme de plusieurs minutes de fuite, elle se cache derrière un rocher et attend, aux aguets. Même d'aussi loin, elle entend Chris se déplacer. Il a mordu à l'hameçon et vient dans sa direction.

Soudain, sa vision se brouille et le paysage nocturne cède la place à une autre jungle, plus ancienne et en plein jour.

Non, ce n'est pas le moment ! s'exclame-t-elle intérieurement.

Cela ne ressemble pas à une planète étrangère. On dirait plutôt le tepuy à une autre époque. La végétation est moins développée, la couleur du ciel subtilement différente, mais il s'agit bien du même plateau. Ruz perçoit une présence à la périphérie de son champ de vision, une présence amicale. L'un des Étrangers est là, celui qui lui parle depuis le début. Il ne porte pas de combinaison et, pourtant, se déplace sur le plateau sans difficulté. La jeune femme comprend qu'il ne s'agit pas d'un souvenir. L'Étranger... communique avec elle.

Du bruit !

La vision disparaît, laissant de nouveau place à la forêt dans la nuit. Ruzena réaffirme sa prise sur son arme et l'épaule. Trente secondes plus tard, une silhouette se détache dans la pâle lumière du fin croissant de lune. Ruz est si tendue qu'elle tire par réflexe, le regrettant immédiatement. Trop tôt ! La silhouette disparaît dans les arbres. Elle ignore si elle l'a touchée.

Une seconde plus tard, un tir d'un vert éblouissant fracasse le rocher, à deux mètres à peine. Elle est projetée en arrière par l'explosion, dans un crépitement d'éclats de pierre. Se relevant péniblement, couverte d'écorchures et un sifflement désagréable dans les oreilles, elle tire une nouvelle rafale au jugé puis décampe en courant. Quelle erreur stupide ! Elle aurait dû attendre qu'il soit bien plus près pour tirer. Maintenant, il se méfiera encore plus.

Elle prend conscience qu'elle court de plus en plus vite. Toute cette agitation accélère la dissémination de la spore dans son organisme. Mais elle n'a pas le choix, elle doit jeter toutes ses forces dans ce combat. Elle doit protéger Edward !

Afin de tenter de contourner son adversaire, Ruz change de direction et oblique vers la gauche. Même si elle ne voit pas Chris, elle sent sa présence.

Une nouvelle bulle d'énergie explose soudain, à plus de dix mètres. Lui aussi, la précipitation lui fait commettre des erreurs. Suivant son instinct, Ruzena fait volte-face et se dirige précisément là où son adversaire vient de tirer. En toute logique, il pensera qu'elle a décampé et ne se méfiera pas de cette zone. À l'endroit où les arbres ont été fracassés, une étrange luminescence résiduelle s'attarde. S'embusquant derrière un tronc, elle se prépare à tirer. Elle doit ralentir sa respiration ; plus elle paniquera, plus vite s'opérera la transformation de son corps. Tandis qu'elle s'efforce de se détendre, le paysage se transforme de nouveau. La nuit laisse place à une étrange clarté diurne, comme celle d'un soleil voilé qui projetterait des reflets nacrés.

Toute la végétation est étrangement fixe, pas le moindre souffle d'air ne fait bouger les feuilles. D'ailleurs, elle remarque un oiseau suspendu en plein vol, comme une image arrêtée. À mieux y regarder, il n'est pas totalement immobile. Ses ailes descendent petit à petit. Le temps est ralenti à l'extrême. Ceci n'est pas la réalité, c'est une vision qu'on lui transmet, une reconstruction artificielle. Le pilote étranger se tient devant elle. Ses traits monstrueux qui le font ressembler à une gargouille cornue sont maintenant familiers et n'inspirent plus la moindre peur à Ruzena.

Reprends-toi, tu es en chasse !

Elle revient à la réalité. Chris est là, juste dans sa ligne de mire, à trente mètres à peine. Ruz ajuste sa visée avec soin et enfonce la détente. Juste un *clic*. Le chargeur est vide ! Se sentant soudain glacée comme la mort, Ruzena déglutit avec peine tandis qu'elle baisse son arme. Son ennemi a forcément entendu le déclic, même si le bruissement de la jungle l'a en partie couvert. Elle voit à son attitude qu'il se méfie davantage. Il vient dans sa direction et passera pile devant elle dans une minute. Si elle tente de fuir, il la verra nécessairement et n'aura aucun mal à l'abattre. Le souvenir effroyable de la fin de Javier la hante encore. Alors elle doit disparaître, c'est sa seule chance. Il lui faut devenir invisible. Elle ferme les yeux et tente de capter le chant de la forêt. Elle l'a déjà fait, elle sait qu'elle peut y arriver de nouveau. S'unir avec la nature, se fondre en elle, ne faire qu'un avec ce qui l'entoure. Retrouver des sensations perdues par l'homme depuis des millénaires, qui permettaient à ses ancêtres de survivre dans un environnement hostile. Peu à peu, elle entend ce flux mystique que les chamanes comprenaient et… la vision de la jungle du passé s'impose de nouveau à elle, cette fois avec une incroyable netteté. Au point qu'elle croit s'y trouver pour de bon.

Le pilote est toujours là, debout sur ses tentacules graciles, à l'observer avec attention. Il lui parle avec bienveillance. Bien que ses mots n'aient aucun sens pour Ruzena, elle saisit ce qu'il dit.

Elle voit ce globe rocheux sombre, lune froide d'une planète géante gazeuse dont les ouragans tourmentés rappellent ceux de Jupiter. Elle voit les Étrangers y glaner des échantillons de la fine atmosphère qui l'entoure, puis s'apercevoir qu'elle contient une spore inconnue. Elle les voit référencer et stocker avec soin les échantillons en soute. Elle est avec eux lorsque, bien plus tard, le navire se trouve précipité dans la doline au milieu d'une avalanche de rocs. Elle est là aussi lorsque, dans le chaos général, sans même avoir remarqué que le conteneur de la spore s'est brisé, ils constatent, impuissants, les premières mutations de leur morphologie. Elle pleure pour eux lorsqu'ils agonisent et que, dans un dernier effort, le pilote s'acquitte d'une ultime tâche.

Elle le voit programmer le cœur artificiel du vaisseau, conçu pour se charger du pilotage lors des phases de transit, afin qu'il délivre un message à tout visiteur éventuel approchant l'épave. Il craint que ses congénères ne tentent de les secourir et ne soient contaminés à leur tour.

Mais personne n'est venu, et le programme est resté en sommeil. Par moments, au fil des siècles, il se réactive lorsque d'étranges bipèdes intelligents approchent, poussés par la curiosité. La version enregistrée du pilote leur apparaît alors, tandis que le programme les ausculte. Mais, à chaque fois, après avoir déterminé qu'il ne s'agit pas d'Étrangers, il se remet en sommeil.

Puis elle arrive. Elle. *Le programme l'examine, comme tous les autres sur le plateau, et, cette fois, il se réactive complètement. À elle, il délivre le message, parce qu'elle est reconnue comme l'un des leurs.*

Parce qu'elle est double.

Soudain, Ruz se réveille. Combien de temps s'est écoulé ? Chris n'est plus là !

Aux aguets, elle entend des branches craquer sur sa droite. Il est passé devant elle sans la voir et a continué sa route ! À l'unisson du *chant vert*, immergée dans la vision, elle est devenue invisible à ses yeux alors qu'il l'a frôlée. Mais, pour le moment, cela ne compte pas. Plus rien d'autre ne compte que ce qu'elle vient de comprendre. Car la communication posthume de l'Étranger a fait remonter un souvenir capital.

Maintenant, elle se souvient de ce qu'elle voulait annoncer à Edward le jour où les communications avec le plateau ont été coupées. Elle se rappelle parfaitement les doutes qu'elle nourrissait depuis quelque temps et sa surprise lorsqu'elle avait fait le test le matin même. Maintenant, elle sait que ces nausées incessantes ne sont pas dues aux baies ingérées quelques jours plus tôt. Maintenant, elle sait qu'elle ne se battra pas pour sauver sa seule vie, mais pour sauver aussi celle de l'enfant qu'elle porte.

Nouveau craquement de branche. Plus près, cette fois !

Aussitôt, Ruzena prend conscience qu'elle a commis une erreur en restant sur place. Avec un hurlement de fureur, Chris surgit comme un boulet d'entre les arbres et fonce sur elle. Elle a beau se camper sur ses jambes pour encaisser la charge, il l'emporte avec lui lorsqu'il la percute et ils roulent ensemble dans les buissons.

Ils se relèvent en même temps et Ruzena voit l'arme au poing de Chris se lever vers sa tête et s'illuminer. Dans un réflexe fulgurant, elle saisit le bras de son adversaire et le pousse vers le haut. La bulle d'énergie part en l'air et se perd dans les volutes de brume. Elle tente alors de lui tordre le bras, dans l'espoir de lui arracher ce tube cuivré mortellement dangereux, mais Chris résiste. Ruz est surprise par sa force. De sa main gauche, Chris la frappe au plexus et elle est projetée trois mètres plus loin. Le souffle coupé, quelques secondes lui sont nécessaires pour se relever, durant lesquelles l'autre sourit, goguenard, et prend tout son temps pour diriger vers elle l'arme creuse sur son bras droit. Elle a bien failli la lui retirer ! Poussant un cri de rage, la jeune femme dégaine son couteau et se jette sur lui avec une telle célérité qu'il n'a même pas le temps de l'ajuster de nouveau.

D'instinct, Chris replie son bras armé pour se protéger et, avec un crissement aigu, la lame ne rencontre que du métal. De sa main libre, il assène un crochet du gauche à la jeune femme, qu'elle reçoit dans la cage thoracique. Avec un cri de douleur, elle recule en se tenant les côtes. L'autre en profite pour lever son bras droit et tenter de lui porter un coup avec l'arme étrangère. Plus vive que l'éclair, Ruzena esquive et se retrouve déséquilibrée, à deux doigts de tomber à la renverse. Penchée en arrière comme elle l'est, son bassin est dégagé, dans la posture idéale pour un coup de pied latéral. Les heures passées à répéter des successions de mouvements aux entraînements de Systema lui sont déjà revenues depuis longtemps. Elle exécute le coup par simple automatisme, sans même avoir besoin d'y réfléchir, et atteint Chris aux genoux. Fauché, il s'écroule au sol avec un cri mêlé d'un juron.

Enchaînant comme à l'exercice le geste suivant, Ruz se redresse, lève haut la jambe et abat le talon vers la tête de son adversaire au sol. Elle avait anticipé une tentative d'esquive, mais Chris, désormais doué lui aussi de réflexes hors du commun, saisit sa cheville in extremis et, d'une poigne de fer, retourne la jambe de Ruzena, qui n'a d'autre choix que de suivre le mouvement si elle ne veut pas voir son genou se briser. Elle chute lourdement au sol.

Le visage dans la terre et les débris végétaux, elle sait que l'autre va en profiter pour l'atteindre dans le dos. Il ne peut se servir de cette arme à bout portant, mais il n'a qu'à frapper de toutes ses nouvelles forces dans la colonne vertébrale pour la briser. Par un geste de défense longuement répété, le corps de la jeune femme réagit de lui-même : toujours à plat ventre, sa jambe se détend d'un coup vers le haut et percute la tête de Chris alors que, penché vers elle, il levait son bras pour frapper. Le choc provoque un craquement et Chris tombe à la renverse.

En se remettant debout, Ruzena s'attend à le voir gisant au sol, inconscient. Un coup pareil, juste sous la mâchoire, peut faire beaucoup de dégâts. Pourtant, son adversaire ne semble que sonné. Déjà, il essaye de se redresser, avec peine. Ruz sait qu'elle ne parviendra pas à lui arracher cette arme, il a trop de poigne. Sa puissance physique est telle que, pour le combat à mains nues, Ruzena ne doit qu'à sa connaissance des arts martiaux d'avoir pu lui tenir tête.

Nous avons été contaminés en même temps ! Comment a-t-il pu développer une telle force en si peu de temps ?

L'affrontement direct est voué à l'échec. Ruz opte pour la fuite et détale en direction des fourrés tandis que Chris se redresse et, avec un craquement de vertèbres sinistre, hurle : « Salope, tu peux te terrer, je te trouverai ! »

La jeune femme court à toute vitesse dans la jungle. Les arbres la fouettent et lui lacèrent le corps, mais elle n'y prête pas attention. Son corps semble indifférent à la douleur. À plusieurs reprises, des bulles d'énergie explosent autour d'elle. Heureusement, l'obscurité désavantage le chasseur au bénéfice de la proie. Et si Chris est devenu surpuissant physiquement, cela ne fait pas de lui un bon tireur. Après plusieurs minutes de course folle, Ruz s'arrête et se jette entre deux racines tordues couvertes de mousse.

Si elle se cache, si elle entend de nouveau le chant de la forêt, Chris ne pourra pas la retrouver, elle en est certaine. Mais s'il cesse de se battre avec elle, il retournera immanquablement sa colère contre Ed… Or, elle ne peut l'affronter frontalement. Sa force hors du commun et son arme lui confèrent un avantage trop grand. Que faire ? Après tout, s'il faut mourir pour l'homme qu'elle aime, elle y est prête.

Non, je ne suis pas seule. Je suis responsable d'une autre vie !

Un éclair lumineux fugace trouble sa vision.

La spore exacerbe tout, les capacités physiques comme l'intellect… comme les émotions…

Le pilote étranger est apparu momentanément à la périphérie de son champ de vision. Elle n'est même pas sûre de l'avoir vu. Pourtant, elle l'entend.

Lorsque le sujet stimule à l'excès ses caractéristiques fondamentales, le processus s'accélère...

Est-elle victime d'une hallucination ? Comment le pilote peut-il lui parler directement, alors que, dans le fond, il n'est que le résultat d'un enregistrement ?

Au-delà d'un seuil critique, le processus s'emballe et le sujet subit une réaction en chaîne...

Confond-elle ses propres pensées avec les visions étrangères ? Devient-elle folle ?

Mais c'est sans importance. Ce qui compte, c'est qu'elle sait maintenant comment en finir avec Chris.

42

Edward

2 h 30

Edward souleva le rideau végétal et entra dans la caverne. Ses bras étaient chargés d'un monceau de branches de toutes tailles. Sa peau, luisante de sueur, était marbrée de terre et de traces diverses d'avoir battu la forêt pendant plus d'une demi-heure. Il jeta les branches en vrac au sol et se laissa tomber sur son siège de pierre, hors d'haleine d'avoir couru.

Dans son état, il ne fallait pas s'agiter ainsi, il le savait, bien sûr, mais le temps était compté. Et de toute façon, si cette solution n'aboutissait pas, s'il s'était trompé, alors il ne serait plus nécessaire de s'inquiéter de quoi que ce soit.

Un bruit au loin lui fit relever la tête. Des rafales d'arme automatique, suivies de peu d'une série d'explosions. Chaque fois qu'il entendait les échos du combat que livrait Ruz contre son frère, son cœur s'emballait et il ne contenait qu'à grand-peine sa panique.

Il souffla longuement pour se calmer.

Je dois me maîtriser, il faut ralentir le processus au maximum...

Il se releva et s'approcha du tas de branches. Elles étaient toutes porteuses de touffes de végétaux parasites, certains longs et filandreux, d'un vert tirant sur le bleu, et d'autres, grisâtres, ressemblant à des algues desséchées. Ed entreprit de les arracher un par un et de les trier par variétés. Il s'efforça d'exécuter sa tâche soigneusement, sans se hâter, luttant contre l'envie de se précipiter.

Il était pressé de tester son idée.

Lorsque, deux heures plus tôt, après le départ de Ruzena, il s'était injecté dans les veines une solution contenant l'*Épice*, sa main n'avait pas tremblé. Il mettait sa vie en jeu, mais il le faisait pour une bonne raison. Ces derniers jours, sa compagne n'avait pas hésité à risquer la sienne à plusieurs reprises pour le sauver ; maintenant, c'était son tour, et pas question de se dérober. Il s'était remis au travail aussitôt en se fixant une règle simple : limiter au strict nécessaire les efforts physiques et, à l'inverse, exploiter au maximum son potentiel intellectuel afin de diriger autant que possible les ressources de la spore vers le développement de ses liaisons neuronales.

Au début, pour « démarrer la machine » en quelque sorte, il se contenta de vérifier le travail qu'il avait déjà accompli avant l'injection, tout en prenant soin de noter au fur et à mesure les effets qu'il ressentait, les transformations qu'il voyait s'opérer sur son corps. Aucun scientifique digne de ce nom ne perdait une telle occasion d'étudier un syndrome inconnu.

Il fallut moins de dix minutes pour qu'il constate les premiers changements. Un frémissement, d'abord, des formules qu'il interprétait plus vite, des raisonnements qu'il développait plus facilement. Puis, peu à peu, il sentit son intellect accélérer pour de bon, fonctionner avec davantage d'efficacité. La relecture de ses pages de notes s'enchaînait de plus en plus rapidement. Au bout d'une quarantaine de minutes, il comprit qu'il avait vu juste : ses capacités cognitives décollaient, son esprit s'emballait pour atteindre un régime qu'il n'aurait jamais soupçonné. Cédant à l'euphorie, il jeta ses notes par terre et reprit sa réflexion à zéro.

En une heure, Edward abattit un travail considérable, explorant toutes les hypothèses, imaginant toutes les solutions, testant chacune de ses idées en parallèle sur plusieurs cobayes en même temps. Attentif à sa température, qu'il prenait à intervalles réguliers, il s'aperçut qu'elle atteignait des sommets, frôlant souvent les quarante et un degrés. Son esprit surchauffait, littéralement. Pourtant, il ne ressentait nullement la confusion dans laquelle cette fièvre aurait dû le plonger. Bien au contraire. Il n'avait jamais éprouvé une telle lucidité, comme s'il se trouvait en pleine possession de ses moyens pour la première fois de sa vie de chercheur. Même sa mémoire était stimulée, au point qu'il avait l'impression d'avoir à sa disposition les bases de données de son laboratoire, alors qu'en réalité il n'avait accès qu'aux souvenirs de celles-ci, avec une acuité inconnue jusqu'alors.

Malheureusement, il déploya tous ces efforts en vain. Une heure plus tard, il en était toujours au même point : aucun remède ne fonctionnait. Les cobayes mouraient les uns après les autres. L'obstacle final

– synthétiser un antidote viable – demeurait infranchissable. Il avait pourtant tout essayé, exploré toutes les hypothèses, accompli un travail équivalent à celui de toute une équipe de chercheurs sur des mois, rien ne fonctionnait. Un désespoir terrible l'envahit, à la hauteur de l'euphorie qu'il venait de connaître, et menaça de l'engloutir. Même avec l'extraordinaire stimulation de l'*Épice*, il manquait de temps et de moyens. Réussir un tel exploit en quelques heures était tout simplement impossible.

Il se prit alors la tête entre les mains et gémit lamentablement. Quelle erreur de jugement de sa part ! Non seulement il ne sauverait pas la femme qu'il aimait, mais il périrait lui aussi !

Oh, Ruz, je suis tellement désolé ! Si tu savais comme je regrette d'avoir failli. Tu as donné ta vie pour me sauver et je n'ai pas été capable de…

Le flot de ses pensées sombres s'interrompit soudain. L'évocation de sa fiancée avait fait ressurgir un vague souvenir. Un début d'idée, flou et obscur. Une intuition. Ruzena avait parlé de quelque chose avant de partir. De quoi s'agissait-il ? Le chant de la forêt… Non, le *chant vert*. Une foutaise hippie ? Peut-être. Mais pourquoi cela l'interpellait-il maintenant ? Ce lien étroit que certains nouent avec le vivant, cette confiance absolue envers la nature. En quoi cela pouvait-il l'aider ?

Quel que soit le problème… on pouvait être sûr que l'évolution avait déjà trouvé la réponse…

La nature elle-même, voilà la solution ! Des centaines de millions d'années à tâtonner pour résoudre tous les problèmes posés par le vivant. Tout était là.

Il fallait procéder par analogie : un organisme comparable à une spore parasitant des hôtes pour survivre…

Les lichens !

La réponse avait jailli dans son esprit et s'était imposée à lui comme lorsqu'on se trouve dans une pièce inconnue plongée dans le noir, essayant de deviner la forme des objets et la configuration des lieux à l'aveugle, par des palpations confuses et que, soudain, par hasard, on appuie sur l'interrupteur. Tout était clair, maintenant !

La symbiose lichénique !

Ces organismes composites, résultant de la symbiose entre un champignon et une algue, présentent un exemple de cohabitation harmonieuse entre deux espèces, dont l'une a pourtant parfois été auparavant toxique pour l'autre. Au cours de l'évolution, un grand nombre de lichens ont développé un antidote naturel à la toxicité de l'un des symbiotes. Finalement, il n'avait peut-être pas besoin d'en concevoir un, il se pouvait que la nature lui en fournisse un tout fait !

Et je me trouve au beau milieu d'une forêt !

Le cœur battant d'excitation, Ed abandonna son laboratoire le temps de récolter autant de variétés de lichens que possible, puis, après les avoir triés, il les broya en une fine poudre pour les diluer dans des solutions. Chacune de ces solutions fut injectée aux derniers cobayes qu'il lui restait et l'attente anxieuse commença.

Dehors, les bruits de l'affrontement s'étaient tus. Cela ne signifiait pas forcément que l'un des adversaires avait vaincu l'autre, mais Edward ne pouvait s'empêcher de l'envisager. Là, en ce moment, non loin de lui, gisait peut-être le corps sans vie de son frère ou de sa future femme. Il guettait avec une égale angoisse les cages des rongeurs et le rideau de lianes devant l'entrée de la grotte. Certains cobayes avaient déjà succombé et Ruzena ne revenait toujours pas. Chaque minute qui s'écoulait sans qu'elle apparaisse était une torture. À la fin, Edward eût même été soulagé que Chris franchisse le seuil de la caverne. Cela aurait signifié la mort de Ruz, mais, au moins, il serait mort lui aussi peu après par la main de son propre frère, abrégeant enfin cette intolérable inquiétude.

Absorbé dans ces affres, Ed en avait perdu la notion du temps. Dans un sursaut de rationalité, il se rappela l'expérience en cours et tourna son regard vers les cages. Tous les cobayes étaient morts… sauf un. Le chercheur consulta son chronomètre : trois quarts d'heure venaient de s'écouler. Celui-ci avait tenu plus longtemps que tous les autres, et son état paraissait normal, si ce n'était une difficulté à respirer, provenant du fait qu'il avait absorbé presque tout l'oxygène du sac dans lequel sa cage était enveloppée. Ed se releva d'un bond et se précipita pour desceller le sac.

Le rongeur put enfin respirer normalement.

Il ne présentait aucun symptôme.

43

Chris

2 h 47

Chris ruisselle de fureur.

Il avait cru qu'il anéantirait Ruz comme on écrase un cafard. Un coup de talon, un bref instant de dégoût, puis tout est fini. Or, des heures plus tard, il en est encore à lui courir après…

Depuis que la jeune femme est à court de munitions, elle ne l'affronte plus directement mais se livre à un jeu du chat et de la souris exaspérant où elle le harcèle tout en s'ingéniant à éviter le combat, lui tournant autour en le narguant sans jamais se montrer. Chris a beau détruire des portions entières de jungle grâce à son arme, elle est toujours là, bien en vie, aussi irritante qu'un moustique insaisissable.

Durant cette course-poursuite, alors qu'il a failli lui régler son compte à plusieurs reprises, elle est parvenue à lui échapper à chaque fois. Lorsqu'ils en arrivent au corps à corps, bien qu'elle soit moins puissante que lui, elle parvient toujours à s'en tirer grâce à sa maîtrise des techniques de combat ; lorsqu'elle se cache dans la forêt, même lorsqu'il est certain qu'elle se trouve tout près de lui, il se révèle incapable de la débusquer, comme si elle avait aussi appris à se rendre invisible. Elle est toujours là, toujours à le défier, à l'insulter.

Un spasme de colère lui secoue l'échine.

« Je vais te trr… rouver, connasse ! Je vais te réé… duire en bouillie ! » hurle-t-il de toutes ses forces, s'apercevant qu'il parvient de moins en moins à former des mots intelligibles. Les muscles de sa bouche sont si développés qu'il n'est plus en mesure de les actionner normalement.

Il croit déceler du mouvement dans un fourré, pointe son arme et tire. Nouvelle bulle d'énergie éblouissante, nouveaux arbres concassés. Il ignore s'il l'a touchée, mais, à travers la trouée qu'il vient de percer, il aperçoit des structures métalliques. Toujours aux aguets, craignant une nouvelle attaque de cette foutue bonne femme, il s'approche pour mieux voir.

Leur interminable affrontement les a ramenés vers la doline, à l'endroit où une zone dégagée de la jungle a été aménagée pour permettre l'atterrissage d'hélicoptères. Un cercle de peinture blanche a été tracé sur une large surface rocheuse à peu près plane ; un imposant engin noir y est encore posé, pales repliées. Autour, de nombreux bidons de carburant et des caisses de matériel sont entreposés. Il n'y a aucun signe d'activité. Chris n'a pas la moindre idée de l'endroit où se situe le camp de mercenaires. Il pourrait se trouver juste à côté, ou à plusieurs centaines de mètres.

« Tu es encore perdu, Chris ? lance une voix toute proche, narquoise au possible. Tu n'es décidément pas foutu de te diriger dans la forêt ! »

Encore elle ! Elle est toujours en vie !

Il tourne la tête en tous sens, tentant de localiser la source de la voix ; elle semble provenir de partout et nulle part à la fois. Cela le rend dingue.

« Tu n'es qu'un minable, un incapable ! Si je ne t'avais pas porté à bout de bras depuis le crash, tu serais déjà mort et le monde s'en porterait mieux ! »

Le torrent de rage qui déferle dans les veines de Chris depuis tout à l'heure s'amplifie encore : « Tu ne vas donc jaa… mais claquer, Ruz ? Je vais te montrr…er si je suis un minable ! »

Chris lève son arme et arrose de nouveau la jungle. Cette fois, il presse la poignée interne plus longtemps et près de cent mètres d'arbres volent en éclats. La rafale est si longue et il serre les dents si fort qu'il pense qu'elles vont finir par éclater. L'illumination verdâtre est éblouissante. Le souffle des explosions génère une bourrasque qui lui fait faire un pas de côté.

Il relâche la pression, pantelant : « Tu t'es décidée à crevv… er cette fois, Ruz ? » crie-t-il.

Pas de réponse.

Il se relâche un peu. Cette fois, c'est bon, il en a terminé avec cette conne exaspérante.

Tournant son regard vers l'hélico, il regrette de ne pas savoir le piloter. C'eût été un moyen simple de rentrer chez lui. Toutefois, maintenant qu'il est… *différent*, sa situation lui semble moins périlleuse qu'avant. Il jette un coup d'œil à sa jambe blessée. Avec les boursouflures formées par les excroissances musculaires dont il est couvert, il ne distingue même plus la plaie suppurante. Qui sait si ce syndrome dont il est atteint depuis la visite du vaisseau n'a pas également la propriété de guérir ? C'est tellement inespéré qu'il ne peut s'empêcher de ricaner. Un tel coup de chance, c'est presque trop beau. Ce constat le rend si euphorique qu'il étouffe inconsciemment les pensées plus rationnelles comme celle qui lui souffle que si sa masse musculaire continue de se développer de la sorte, cela va finir par poser problème. Quant à ces cloques brunes qui apparaissent par endroits… peu importe ! Il est prêt à bouffer le monde !

D'ailleurs, il décide de ne pas s'occuper de son abruti de frère pour le moment. Le camp des mercenaires ne doit pas être loin, alors il va leur rendre une petite visite. Une fois qu'il en aura massacré quelques-uns, il en trouvera bien un pour piloter cet hélico et…

Soudain, une voix s'élève quelque part : « Tu n'es qu'un lâche, Chris ! Un lâche doublé d'un assassin ! »

NON !

« Tout ce dont tu es capable, c'est de coller une balle dans la nuque d'une femme par surprise… Non, en fait, même ça, tu n'as pas été foutu de le faire ! »

ASSEZ !

« Tellement lâche que tu préférais assassiner ton propre frère plutôt qu'affronter tes responsabilités ! »

Hors de lui, Chris tire encore une fois dans la jungle, au jugé.

« Cet enf… oiré n'aurait eu que ce qu'il mér…itait. Il s'est toujours cru tellemm… ent supérieur ! »

Cette fois, Chris ne s'arrête pas de tirer. Il tourne sur lui-même en arrosant à la puissance maximum. L'intensité de la lumière verte est si forte qu'on se croirait en plein jour. Sans le vouloir, il atteint les bidons entreposés sur le côté de l'aire d'atterrissage. *Le kérosène !* Il interrompt la salve trop tard, les bidons détonent dans une énorme explosion orange dont le souffle le projette à terre. L'hélico s'embrase à son tour tandis qu'une pluie de flammèches incandescentes retombe sur un large périmètre à la ronde.

Bon Dieu, ça doit se voir à des kilomètres !

La moitié du pourtour de la clairière est en feu. Chris se relève péniblement et, au moment même où il se dit que les flammes vont faire sortir Ruz de sa cachette, il perçoit dans la périphérie de son champ de vision une forme fonçant vers lui par la droite. À peine a-t-il le temps de lever le bras pour se protéger qu'un coup terrible s'abat sur lui. Avec un crissement aigu, le couteau de Ruzena heurte encore une fois le métal de son arme, qui le dévie. Par instinct, Chris envoie un uppercut du gauche, mais son adversaire esquive d'un bond en arrière, en s'exclamant : « On ne fait pas deux fois le même enchaînement dans un combat, imbécile ! »

Au diable les décharges d'énergie ! songe Chris en se jetant sur elle avec un hurlement de bête furieuse.

Il frappe. Une pluie de coups, d'une puissance inouïe, exécutés à une vitesse folle, mais pas un n'atteint sa cible. Cette insupportable bonne femme semble anticiper tous ses mouvements, bondit d'un côté à l'autre avec la souplesse d'une panthère. Cela rend Chris dingue. À chaque influx de colère ou à chaque sollicitation de sa vitalité nouvelle, il sent que son corps se développe davantage, que l'énergie qui irrigue ses muscles s'amplifie, et pourtant, rien n'y fait, l'expérience du combat de Ruz paraît lui conférer la faculté d'esquiver tous ses coups.

« C'est moins facile que de pointer une arme dans mon dos, n'est-ce pas ? » ironise-t-elle.

Encore une fois, Chris est saisi par le doute. Au fond de lui, il sait que la puissance n'est pas tout. Que ses coups sont désordonnés. Et comme pour confirmer cette pensée, son adversaire profite d'un instant de déséquilibre où ses frappes ralentissent pour placer un coup de pied au visage parfaitement ajusté qu'il ne parvient pas à parer.

Plusieurs dents se brisent et le goût du sang se répand dans sa bouche. Sous l'effet du choc, il recule de plusieurs pas et pénètre involontairement dans une flaque de kérosène enflammé. La douleur est indescriptible. Un voile rouge obscurcit sa vision et une rage folle le saisit. Sans se soucier de ses jambes en flammes, il se rue sur Ruzena qui recule avec précipitation pour passer derrière une rangée de caisses. Chris fonce vers elle à travers les obstacles, les démolissant à coups de poing et de pied, ignorant les signaux de douleur. Même s'il se brise probablement les os de la main qui n'est pas protégée par l'arme, il s'en fout. Tout ce qui compte, c'est de libérer cette fureur absolue qui le dévore.

« Je vais t'écc… raser ! Te réé… duire à un petit tas de… de chairs en bouillie ! » vocifère-t-il.

Il ne reconnaît même plus sa propre voix, qui paraît bien trop caverneuse.

« Tu n'es qu'un minable ! lui répond la jeune femme, tandis qu'elle recule toujours pour garder ses distances. Tu as toujours été un loser et tout le monde le savait ! Ton frère te protégeait, mais il se doutait bien qu'un jour ou l'autre tu tomberais tout seul ! »

Chris hurle de plus belle. Sa voix est de moins en moins humaine. Il cesse d'avancer et regarde son corps qui se déforme maintenant à vue d'œil !

Effrayant amas de muscles et de protubérances organiques parcourues de spasmes. Il voit ses membres enfler démesurément, comme si *quelque chose* poussait sous la peau. D'atroces cloques violacées germent et gonflent un peu partout. La panique le saisit. Il comprend ce que Ruzena tente de faire. Et elle est en train d'y parvenir. Subitement, il sait comment cela va finir ! Cette salope a gagné ! Il veut lui tirer dessus ; à cette distance, impossible de la rater ! Levant son arme vers elle, il s'aperçoit avec stupeur qu'elle est presque enrobée d'excroissances organiques, au point qu'il lui est devenu impossible de l'actionner !

Il tente d'avancer vers elle, mais elle recule encore. Désormais, il est incapable de courir. Même marcher représente un effort insurmontable. Il essaye de nouveau de faire un pas, titube. Ruz le regarde et l'horreur qu'il lit sur son visage provoque un ultime déferlement de colère en lui. Si fort, si intense qu'il comprend que c'est fini. Tout son corps enfle brusquement, démesurément, tel un ballon relié à une bonbonne de gaz. Une terreur indicible l'envahit alors, cette peur primale que tous les êtres doués de vie éprouvent aux portes de la mort.

« *Ruz... S'il... te plaît... aide... moi !* » tente-t-il de dire dans un dernier effort, mais ses mots se perdent dans un gargouillis écœurant.

La dernière chose qu'entend Chris est le bruit répugnant qu'il produit en éclatant.

44

Ruzena

2 h 54

Ruzena ne put retenir un spasme de dégoût après l'explosion de Chris. Pliée en deux par une convulsion, elle tomba à genoux et vomit.

Ses jambes tremblaient lorsqu'elle se releva et qu'elle osa affronter du regard le cadavre terriblement mutilé de ce qui avait été Chris. Réfrénant avec peine la répulsion que lui inspirait cet amoncellement de chairs déchiquetées, elle en écarta les replis sanglants jusqu'à atteindre l'arme étrangère, qu'elle récupéra avec difficulté. Ni le couteau ni les coups ne l'avaient entamée.

La jeune femme fit ensuite quelques pas jusqu'à un ruisseau dans lequel elle s'aspergea longuement afin de se débarrasser des lambeaux de chair et autres liquides répugnants dont elle avait été éclaboussée, puis elle nettoya l'arme. Accroupie auprès du filet d'eau, elle demeura immobile un long moment, tentant à la fois de faire baisser la tension extrême que ce long affrontement avait généré en elle et de prendre vraiment conscience que tout était enfin terminé. Elle avait mis un terme à la menace que Chris faisait planer sur Edward. Bien que personne ne méritât une fin aussi atroce, elle avait du mal à éprouver la moindre compassion pour celui qui avait tenté de la tuer à plusieurs reprises.

S'apercevant qu'elle avait très soif, elle profita du ruisseau pour se désaltérer, puis se releva. Son corps était couvert d'ecchymoses et d'une multitude de coupures de tailles diverses que sa course-poursuite dans la jungle avait entraînées. En s'examinant à la lueur des flammes, elle constata que sa musculature avait considérablement gagné en volume. Elle avait même l'impression, sans pouvoir en être sûre dans cette faible luminosité, que de petites cloques étaient apparues çà et là sur sa peau. Il ne fallait plus se laisser aller à la moindre excitation ni à un effort physique intense sous peine de se rapprocher dangereusement de l'issue fatale.

Par le tunnel de verdure que le ruisseau creusait dans la végétation, Ruz remarqua un scintillement de lumière artificielle au loin. Probablement le camp de la doline. Elle entreprit de remonter le cours d'eau en mesurant chacun de ses pas afin de limiter sa dépense d'énergie.

Auprès d'elle se trouvait toujours le pilote étranger, silhouette éthérée flottant à ses côtés, qui ne l'avait pas quittée de tout le combat contre Chris. Il ne disait plus rien, car la communication était devenue inutile entre eux. Ruzena savait très bien ce qu'elle avait à faire et son compagnon fantomatique lui servait de guide. Il fallait en finir avec cette spore, l'éradiquer une fois pour toutes. Et la solution se trouvait dans le vaisseau.

La solution *était* le vaisseau… Ce que le pilote n'avait pu se résoudre à faire, espérant jusqu'au bout survivre à cette contamination, elle allait s'en charger.

Tout le temps que dura le trajet jusqu'au camp, Ruzena lutta. Elle combattit le violent désir de se mettre à courir, d'exploiter cette force considérable dont elle disposait. Et elle lutta également contre la nausée. Pas celle qui l'assaillait depuis plusieurs jours, mais un malaise puissant et lancinant engendré par la surchauffe de son organisme, qui lui asséchait la bouche, comprimait ses tempes et provoquait une sensation d'étouffement. Toutefois, elle s'efforçait de garder le contrôle de ses émotions, de ne pas laisser la panique l'envahir. Chaque accélération de son rythme cardiaque raccourcissait le temps qu'il lui restait à… vivre.

Il faut garder espoir ! Ed travaille toujours à trouver une solution ! Il faut avoir foi en lui !

Pourtant, comment ne pas songer à la fin lorsque celle-ci ne la concernait pas elle seule, mais aussi l'enfant en devenir qu'elle portait ?

Il doit réussir, il le faut !

Enchaînant les exercices respiratoires destinés à se calmer, elle avançait vers le camp dans la plus grande confusion. Les souvenirs de sa vie passée revenaient maintenant en continu, se bousculant dans son esprit. L'un d'eux émergea peu à peu, comme s'il recelait une valeur particulière.

Ruz préfère rester sur le côté, observer de loin. Elle trouve cela plus prudent, tant ce terrain lui est peu familier.

Vêtus de costumes impeccables et de toilettes hors de prix, les invités de cette soirée se côtoient avec tout le naturel de ceux habitués à de telles circonstances, se saluent, s'interpellent avec une pseudo-familiarité, badinent sur des sujets anodins. Sous les lustres imposants du grand salon d'un des palaces d'Atlanta, tout ce beau monde est réuni pour une cérémonie de remise de prix, un gala organisé par Dervac pour célébrer la récompense attribuée à l'un de ses chercheurs, Edward Dewlinger.

Intégré depuis moins d'un an aux équipes de recherche du laboratoire pharmaceutique, le jeune homme s'est bâti en peu de temps une solide réputation scientifique, qui culmine ce soir avec le prix de l'American Association of Biology, une sorte de mini-Nobel – d'après ce qu'a entendu Ruzena – décerné pour une percée apparemment importante dans un domaine dont même le nom lui demeure obscur.

Arrivée avec lui une heure plus tôt, mal à l'aise dans cette robe de location, elle a vu les notables locaux s'accaparer sans vergogne le héros de la soirée, qui pour lui glisser ses félicitations, qui pour solliciter une photo. N'éprouvant aucune envie de disputer le terrain à ces importuns, Ruzena s'est peu à peu laissé déporter vers les côtés du salon, où elle a fini par s'asseoir, sa coupe de champagne à la main, se demandant ce qu'elle fait là.

Ils ne sortent ensemble que depuis quelques mois et, même si elle aime Edward, Ruzena ne parvient toujours pas à se départir complètement de l'idée, sans doute partagée par beaucoup de convives ce soir-là, qu'ils sont mal assortis. Ces mondanités l'insupportent. Elle donnerait tout pour se trouver ailleurs.

Ed, en revanche, semble plutôt à l'aise, comme s'il se trouvait parmi ses semblables. Bien que Ruz sache que lui non plus n'apprécie pas ce décorum, il donne l'impression du contraire, affichant une décontraction de circonstance convenant au mieux à la personnalité de la soirée.

Peut-elle aimer un homme capable de travestir aussi bien ses sentiments ?

Soudain, elle sent une vibration dans le petit sac ridicule qu'elle est contrainte de porter faute de disposer de poches sur cette fichue robe. Saisissant son téléphone, elle voit le nom de son agent s'afficher. Son cœur s'emballe. Ils attendaient la réponse de son sponsor principal, une réponse qui pourrait bien faire démarrer sa carrière d'un coup…

Ruzena, qui, jusque-là, progressait tête baissée, releva les yeux et s'aperçut qu'elle avait atteint le camp de la doline. Quelques baraquements préfabriqués étaient installés sur une aire plane d'une cinquantaine de mètres de long, dressés sur des pieds télescopiques permettant de les mettre à niveau, ainsi que plusieurs grandes tentes kaki, entourées de rangées de caisses en bois et en métal similaires à celles de la piste d'atterrissage. Derrière, dépassant du bord du gouffre, se devinait la structure de l'ascenseur. Ruzena admirait la prouesse réalisée en acheminant et en installant autant de matériel en si peu de temps, mais son attention était entièrement captée par la scène horrible qu'elle découvrait.

Dès le premier coup d'œil, elle comprit qu'elle ne trouverait pas un seul survivant ici. L'arme des Étrangers ne lui servirait à rien. Les mercenaires s'étaient tous entretués ou avaient trépassé de la même manière que Chris. Des cadavres informes et sanguinolents jonchaient toute la zone, éclairés par la lumière crue des projecteurs encore en état ou par les flammes de plusieurs incendies en train de s'éteindre. À l'intérieur des baraquements, le spectacle était encore pire. Parmi les débris d'équipements scientifiques de ce qui constituait auparavant des unités de laboratoire gisaient les corps démembrés, mis en pièces, des savants dépêchés là par Dervac. Pris de folie meurtrière, les mercenaires les avaient méthodiquement massacrés puis avaient accroché les restes de leurs cadavres de toutes les manières possibles, comme pour décorer le septième cercle des Enfers. Il y avait tant de sang que le camp entier semblait repeint en rouge. Inutile de se cacher ou de prendre la moindre précaution, il n'y avait plus âme qui vive.

Cherchant un endroit où s'isoler, Ruzena ouvre la première porte qui se présente et entre précipitamment dans un petit salon latéral, inoccupé. Elle s'approche des hautes fenêtres afin d'être sûre de capter au mieux, de peur d'être coupée. Précaution inutile puisque l'appel ne dure que quelques instants.

Le sponsor refuse le projet.

Après quelques phrases de consolation d'une amabilité convenue, son agent raccroche et Ruz se retrouve seule dans cette pièce plongée dans la pénombre, face à une vue dégagée d'Atlanta où, comme dans toute grande ville, la vie ne s'arrête jamais. Même à cette heure tardive, des voitures circulent, des passants vont et viennent sur les trottoirs, des avions décollent au loin. Tous ces gens ont des buts à atteindre, une vie à mener. Contrairement à elle, qui vient de se voir dénier le droit de mener à bien sa grande idée, celle qui devait faire d'elle une aventurière de premier plan : une série d'expéditions à haut risque dans les coins les plus reculés du globe, diffusées en direct au quotidien grâce au matériel de son sponsor, destinées à montrer, sous une forme spectaculaire, quelques-unes des merveilles de la nature sauvage. Tout a été planifié avec son équipe dans les moindres détails. Ne manquaient plus que les moyens financiers… qu'on ne lui accorde pas.

Une larme roule sur sa joue. Le coup est difficile à encaisser.

Est-elle vraiment faite pour cela ? Après tout, peut-être que ses « exploits » n'intéresseront jamais grand monde. Ils sont déjà nombreux, les sportifs de l'extrême, à faire étalage sur Internet de leurs performances spectaculaires. À quoi bon en ajouter quelques-unes de plus ?

Le brouhaha diffus qui lui parvient du grand salon augmente soudain. Par réflexe, elle sèche ses larmes et tourne la tête. Edward vient d'ouvrir la porte ; l'apercevant près des fenêtres, il entre et la rejoint. En dépit de la pénombre, il remarque tout de suite son désarroi.

« C'est non ? »

Ruzena veut répondre, mais les mots ne viennent pas. Elle doit se contenter de hocher la tête. Ed l'enlace alors tendrement en lui soufflant que ces gens ne sont que des imbéciles, qu'ils ne se rendent pas compte de l'opportunité qu'ils viennent de rater et qu'un jour ils le regretteront.

La jeune femme renonce alors à faire bonne figure et pleure pour de bon sur son épaule.

Au moment où elle sentait que la vue de ce carnage abominable augmentait son anxiété et donc l'activité de son cœur, Ruz avisa une armoire à pharmacie jetée à terre, des boîtes de médicaments éparpillées tout autour. Elle fut tentée d'y chercher des calmants afin de ralentir la progression du syndrome qui la conduisait inéluctablement vers le même sort que les autres, avant de se raviser. Les produits stupéfiants étaient proscrits pour les femmes enceintes, il faudrait faire sans.

Et cette damnée spore ? Qui sait quels dégâts elle peut occasionner au fœtus ! songea-t-elle.

Non ! Il ne fallait pas se laisser aller à ce genre de pensées. Elle ne pouvait rien faire contre ce processus pour le moment, donc il était inutile de se laisser envahir par une anxiété stérile !

Afin d'essayer de la chasser, elle s'assit à même le sol, ramena les jambes en position du lotus et puisa dans les souvenirs auxquels elle avait de nouveau accès pour se remémorer les diverses méthodes de relaxation que ses années de yoga lui avaient enseignées. Mais cette fois, sa méditation ne la conduisit pas vers les mêmes paysages mentaux qu'à l'accoutumée.

Le monde des nuages. Des villes flottantes baignées d'une lumière dorée.

Ils sont de retour chez eux, chargés de spécimens mystérieux et de données récoltées durant leur long voyage. On leur fait un accueil chaleureux, on les remercie pour leur dévouement, mais eux n'ont qu'un désir : repartir au plus vite. Bien sûr, ils passeront un peu de temps ici, dans leur monde, mais cela compte moins à leurs yeux que l'exploration des rivages inconnus. Voilà ce qui les passionne, ce qui les attire irrésistiblement. Ils aiment leur planète natale, bien sûr, mais leur nature même les empêche de souffrir de l'éloignement. Car ils ne sont jamais vraiment seuls. La seconde créature qu'ils abritent en leur sein partage leur vie de la naissance à la mort.

La symbiose… Deux êtres distincts, une seule destinée… L'imbrication extrême qui lie deux entités, au point que l'une ne peut survivre sans l'autre, n'est pas réellement accessible à la compréhension humaine. À travers les visions que partage le pilote avec elle, Ruzena entrevoit la beauté de cette association. Ces êtres ne connaissent pas la solitude. Leur pensée est duale, comme leurs émotions. Et ce partage perpétuel leur apprend aussi la tolérance, la bienveillance. Il démultiplie leur intellect au point de faire d'eux un peuple voué à la recherche, à la quête du savoir. À côté d'eux, Ruzena a l'impression de faire partie d'une espèce primitive, condamnée à se faire la guerre, à détruire tout ce qui se trouve sur sa route…

« Je suis nulle, mon projet est nul, ils ont eu raison de le refuser. »

Les mots sortent entre deux sanglots sur l'épaule d'Edward.

Celui-ci se rejette en arrière et lui prend les mains.

« Ruzena Iskovna, ressaisis-toi ! Tu n'es pas nulle et tu le sais ! Tu es faite pour le combat, pour l'adversité, pas pour les parcours faciles, les raccourcis. »

Elle secoue la tête : « Ce refus signe la fin de ma carrière avant même qu'elle ait vraiment commencé... »

Ed lui serre les mains encore plus fort.

« Non, tu ne présentes pas les choses de la bonne manière. Cette réponse négative n'est qu'une épreuve de plus sur la longue liste d'épreuves auxquelles tu as l'habitude de faire face. Dans tes raids, tu t'infliges volontairement une lutte pour la survie, contre les innombrables aléas que la nature t'envoie, et ici, un simple petit refus de la part d'un groupe de décideurs d'une marque de caméras te ferait renoncer ?

— Que faire ? Trouver un autre sponsor ? Ce sera long, trop long, interminable. Je ne suis pas sûre d'en avoir la force. Et, de toute façon, aucun autre sponsor n'acceptera mes futurs projets. C'est un petit milieu, ils se connaissent tous ; les autres se diront que si celui-ci a dit non, il devait y avoir une bonne raison...

— Alors il faudra que ce soit eux, voilà tout ! Ils vont accepter, c'est juste qu'ils ne savent pas encore.

— Tu imagines que je peux retourner les voir et les faire changer d'avis ? C'est impossible, je ne les comprends pas, ce sont des types en costard-cravate...

— Non, ce sont des grizzlys, des loups affamés, des torrents en crue à descendre, des cascades de glace à escalader. Affronte-les comme tu affrontes les éléments et tu en viendras à bout. »

À écouter Edward, à l'entendre professer cette foi en ses capacités, Ruzena sent son désespoir refluer un peu. Et s'il avait raison ? Elle qui n'a peur de rien ne va pas s'avouer vaincue au premier obstacle. Un sentiment s'insinue en elle, prend de l'ampleur, lui regonfle la poitrine : l'envie d'action. Ce défi, elle peut le relever. Oui, Ed a raison. Elle va *le relever.*

À la façon dont il la regarde, elle devine que son expression doit avoir changé. Il lui sourit.

Des cris et des rires leur parviennent de la grande salle. On cherche le récipiendaire du prix pour le clou de la soirée. D'un instant à l'autre, la porte s'ouvrira et il devra rejoindre la foule mondaine.

Alors le chercheur entraîne l'exploratrice derrière l'un des lourds rideaux sur le côté d'une fenêtre et l'embrasse longuement, restant sourd aux appels.

À ce moment, Ruzena sait qu'elle ne s'est pas trompée.

Après une dizaine de minutes passées en elle-même, à s'efforcer de ralentir les battements de son cœur, la jeune femme se releva et se dirigea vers l'ascenseur. Elle prit place dans la petite cage et enfonça le bouton de descente. Heureusement, l'alimentation n'avait pas été coupée et elle entendit le ronronnement du groupe électrogène non loin de là qui se mettait en route. L'ascenseur s'ébranla et Ruz put admirer la splendeur minérale de la doline dans les lumières crues des projecteurs installés dans le fond. Qu'un lieu aussi merveilleux soit souillé de la sorte par une poignée de personnes sans scrupule n'était guère reluisant pour le genre humain. Heureusement que les Étrangers n'étaient plus, sans quoi ce contact avec une autre espèce « intelligente » les eût probablement bien déçus.

Elle jeta un coup d'œil vers le pilote qui flottait toujours à son côté ; il lui rendit simplement son regard, sans mépris ni défiance. Après tout, même si Ruzena avait appris à l'apprécier, si même, d'une certaine manière, elle se sentait proche de lui, le pilote étranger n'était qu'une vision, une apparence reconstituée par le vaisseau à son intention, programmée pour communiquer avec les autres comme le vrai pilote l'aurait fait. Et une vision ne vous juge pas.

L'ascenseur atteignit le fond de la doline. Ruzena ouvrit la porte et fit quelques pas au milieu des fougères détrempées. Apparemment, aucun combat n'avait fait rage ici. Les lieux semblaient inchangés, comme insensibles aux crimes odieux qui avaient été perpétrés plus haut. La sérénité de cette cathédrale naturelle lui fit du bien. Elle entreprit de contourner le vaisseau. Le pilote l'encourageait. Ce qu'il n'avait pas eu la force de faire, elle saurait le faire.

Arrivée devant la porte gauchie, entourée des lambeaux déchirés du sas en toile, Ruzena prit une dernière inspiration pour se donner du courage puis entra.

Elle éprouva alors un étrange sentiment de familiarité. Contrairement à la première fois, nulle panique ne l'envahit en franchissant le seuil. Au contraire, il lui sembla qu'elle était de retour chez elle. Tant de souvenirs étaient attachés à cet endroit, de voyages à travers les magnifiques immensités glacées de l'espace, de systèmes stellaires explorés, de planètes inconnues visitées. Et tout ceci s'évanouirait aujourd'hui, pour toujours.

Elle avança à travers le vaisseau, ouvrant facilement toutes les portes, dont ni elle ni ses compagnons n'avaient compris la conception à leur première visite, sans pour autant savoir comment elle s'y prenait. Elle passa de salle en salle, guidée par l'instinct du familier des lieux, jusqu'à pénétrer dans ce qu'elle savait être le cœur du propulseur. Un dispositif d'une complexité inouïe dont elle entrevoyait à peine le principe de fonctionnement, une merveille d'ingéniosité que ses congénères primitifs n'étaient pas près d'égaler. Et ce chef-d'œuvre d'ingénierie, elle s'apprêtait à le détruire. Sans avoir la moindre idée de ce qu'elle faisait, Ruz actionna d'étranges tiges souples capables de se connecter les unes aux autres en se courbant dans un sens puis dans un autre, et une forme lumineuse apparut devant elle. Croyant au début à une nouvelle vision, elle attendit. Puis elle sut. Elle sut que cette image vaporeuse n'était rien d'autre que la console de commandes de la machinerie. D'un geste sûr, elle plaça sa main dans l'hologramme comme le pilote y aurait placé l'un de ses bras, puis elle exécuta une série de gestes codifiés.

Un vrombissement sourd fit vibrer toute la structure et des lumières illuminèrent le sol. L'air lui parut soudain comme saturé d'électricité.

J'aurais dû le faire, mais je n'ai pas pu, répétait doucement le pilote à son côté. *Je n'ai pu me résoudre à détruire ce magnifique appareil, et encore moins les précieux spécimens qu'il contenait.*

Ruzena poursuivait la complexe chorégraphie de la main qui activait successivement les étapes de démarrage des propulseurs tandis que le bourdonnement s'intensifiait.

Et à cause de cette indécision, j'ai peut-être mis en péril l'existence même de la vie sur cette planète. Car si la spore quittait ce plateau, nul ne saurait endiguer sa progression et, en quelques semaines, elle aurait consumé toutes les formes de vie complexes que compte ce monde.

Les enchaînements de gestes exécutés par Ruzena étaient maintenant différents, elle le sentait. Ils avaient été conçus de manière à ne pas risquer de les réaliser par hasard, car leurs conséquences étaient lourdes. Les unes après les autres, Ruz rendait inopérantes toutes les sécurités du système, lançant à plein régime une séquence d'accélération du propulseur, avec tous les garde-fous désactivés.

C'est fait, tu as accompli ce que je n'ai pas su faire. Maintenant, tu peux être en paix, il n'y a plus longtemps à attendre.

Alors, pour la première fois depuis qu'elle communiquait avec le pilote, Ruzena lui désobéit. Au lieu de s'asseoir, de cesser enfin de se battre et de laisser la fin venir à elle, la jeune femme rebroussa chemin dans le vaisseau. Toutes les parois vibraient maintenant à une fréquence si élevée que le bruit devenait difficile à supporter.

Non, tu dois rester. Tu portes la spore en toi, tu la répandras, inéluctablement.

Ruzena le savait, bien sûr. Mais elle savait aussi qu'elle ne sacrifierait pas volontairement son futur bébé. Cela lui était impossible. Alors, luttant contre l'injonction du pilote, elle quitta le vaisseau et remonta au sommet de la doline par l'ascenseur.

Une fois en haut, elle s'aperçut que l'Étranger n'était plus là.

Elle ignorait s'il avait décidé de rester à bord de son vaisseau jusqu'à la fin ou si, par désapprobation de son comportement, il refusait de continuer à l'accompagner. Peu importait. Si Ruzena comprenait son point de vue, elle ne pouvait pour autant ignorer l'instinct qui lui dictait de mettre à l'abri la vie en gestation dont elle était responsable. Elle avait beau avoir conscience que, pour le moment, le bébé n'existait pas réellement, que ce n'était qu'un embryon, elle ne pouvait se résoudre à l'ignorer.

Même du haut de la doline, l'emballement du propulseur du vaisseau emplissait la jungle d'un vacarme assourdissant. Ruz se dirigea hors du camp en se forçant à marcher plutôt que courir, tâchant de résister avec l'énergie du désespoir à l'envie quasi irrépressible de s'éloigner à toutes jambes, de faire des bonds de dix mètres pour fuir. Son corps était maintenant tellement disproportionné que chacun de ses membres, chacune de ses articulations la faisait souffrir. Dans un état second, elle avança au hasard, se récitant jusqu'à s'en faire tourner la tête tous les mantras de méditation qu'elle connaissait. En dépassant l'héliport où Chris était mort, elle ne lui accorda même pas un regard, déterminée à mettre la plus grande distance possible entre elle et le vaisseau agonisant. Elle eût été bien en peine de dire combien de temps elle avait marché lorsque l'explosion survint.

Ses jambes se dérobèrent sous elle. Une première onde de choc venait de l'atteindre, la jetant à terre et meurtrissant ses tympans. Elle se tourna sur le dos juste à temps pour voir une colonne de lumière violette aveuglante monter vers le ciel. Elle savait qu'il s'agissait du chant du cygne du vaisseau, un vidage mémoire brutal qui envoyait au hasard l'intégralité des données du système pour qui saurait les capter.

La deuxième onde de choc fut bien pire, secouant tous les arbres et provoquant des éboulements sur les tertres escarpés. Ruzena ignorait si elle avait mis assez de distance entre elle et le vaisseau pour être en sécurité, mais, de toute façon, il était trop tard. Alors elle se recroquevilla sur elle-même et se boucha les oreilles. Les secondes qui suivirent lui parurent les plus longues qu'elle eût jamais vécues. Elle ressentait au plus profond de son être les coups de boutoir que les explosions successives des propulseurs en accélération infinie infligeaient au plateau. Le fracas de destruction était si terrible qu'elle se mit à hurler sans pouvoir se contrôler. Puis, autour de la doline, le plateau s'effondra sur un périmètre de plusieurs centaines de mètres, engloutissant dans un chaos de roches pulvérisées par les hyperfréquences tout un pan du tepuy et ce qui s'y trouvait, carbonisant les végétaux et éradiquant toute forme de vie.

Plusieurs minutes après l'explosion, alors que des échos sismiques continuaient de faire trembler le sol, Ruzena se remit debout. Une brume blanche l'entourait, mélange suffocant de poussière de roche et de matières végétales pulvérisées. On n'y voyait pas à cinquante mètres, mais la jeune femme savait d'instinct dans quelle direction se trouvait la grotte où elle avait laissé Ed. Elle devait le rejoindre, quitte à mourir en essayant. Elle se refusait à attendre la fin prostrée dans un coin, seule.

Elle commença à avancer, inspirant et expirant longuement, soulevant avec toutes les peines du monde ses jambes devenues énormes. Chaque pas lui coûtait autant qu'une course entière, chaque geste déclenchait d'insupportables ondes de douleur. Après avoir parcouru ainsi plus de deux cents mètres, elle comprit qu'elle n'irait pas plus loin. La phase finale était arrivée. C'était terminé. Une pulsion de panique lui enjoignait de hurler, d'expirer dans un ultime flamboiement d'énergie, mais elle s'y refusa. Jusqu'au bout, elle résisterait. Elle s'allongea alors au sol et ferma les yeux, décidée à partir avec autant de dignité que possible.

Elle était désolée. Désolée pour Ed, et pour cet enfant qui disparaissait avant même d'avoir existé. Dans un dernier élan de conscience, elle chercha à entrer en méditation profonde, ralentissant à l'extrême les battements de son cœur comme un plongeur en apnée.

Là, dans les profondeurs mystiques de son inconscient, elle trouva la paix.

De magnifiques paysages de lumière l'environnent et, à son côté, le pilote est revenu. Il n'exprime plus aucune désapprobation.

Enfin détendue, délivrée du trop lourd fardeau d'avoir à porter ce corps qui lui est devenu étranger, soulagée de la responsabilité d'avoir à veiller sur sa vie et celle des autres, elle sourit au pilote. Et lorsque celui-ci s'éloigne en flottant vers d'immenses cités éthérées, elle veut le suivre. Mais, étrangement, elle reste sur place, incapable de bouger. Elle adresse un signe au pilote et celui-ci lui répond d'un geste d'au revoir. Que cela signifie-t-il ? Lui refuse-t-il le droit de l'accompagner ? Il continue de s'éloigner, sans paraître s'alarmer de la voir demeurer là où elle se trouve.

Soudain, elle sent un changement. Au début, elle ne comprend pas ce qui se produit. Les paysages de lumière s'éteignent et la sérénité reflue. La souffrance intense qui rugissait dans son organisme atteint de nouveau ses perceptions et elle lutte pour la repousser. En vain.

Non ! Quitte à en finir, autant que ce soit en paix plutôt que dans d'insupportables convulsions.

C'est alors qu'elle remarque une nouvelle douleur, petite, infime. Une goutte d'eau dans l'océan. Il lui semble d'abord que ce n'est rien de plus qu'une piqûre. Pourtant, bien que petite, cette piqûre semble provoquer un effet spectaculaire : elle fait refluer le maelström de souffrance. D'abord petit soulagement local dans le creux de son bras gauche, l'atténuation de la douleur fait tache d'huile et, bientôt, c'est tout son bras qui semble se détendre, puis l'épaule. L'embrasement de son esprit, qui l'avait plongée dans un état cataleptique, diminue à son tour et, peu à peu, elle reprend conscience de son environnement. La brume blanche, l'odeur de la poussière de roche, les arbres déchiquetés, la lumière du jour…

Combien de temps était-elle restée inconsciente ?

Elle releva péniblement la tête et elle le vit.

Edward.

Son compagnon se tenait auprès d'elle, l'air préoccupé, tenant une seringue fichée dans le creux de son bras… Lorsqu'il remarqua qu'elle avait repris connaissance et qu'elle le regardait, ses yeux exprimèrent un tel soulagement qu'elle sut qu'il l'aimait toujours autant. Malheureusement, le bref moment de conscience auquel elle venait d'avoir droit prenait déjà fin et elle sentit les brumes l'envelopper de nouveau.

La dernière pensée qui lui traversa l'esprit fut simplement : *pourquoi est-il déformé comme ça ?*

45

Barkham

9 h 04

Le matin, la terrasse de la piscine était l'endroit préféré de Sean Barkham dans sa villa. En début de journée, le soleil y était encore agréable et l'on pouvait profiter de l'atmosphère sereine que dégageaient les deux rangées de cyprès plantés de manière à diriger le regard vers le magnifique terrain de golf qui s'étendait sur le reste du domaine.

Barkham, encore en peignoir, prenait son petit déjeuner installé dans une chaise longue à côté de laquelle un domestique venait de déposer, sur une table basse, une grande tasse de café, un verre de jus de fruits multivitaminé, une carafe d'eau minérale, plusieurs toasts et une coupelle contenant de nombreuses pilules, mélange savamment dosé par une armée de docteurs qui permettait au grand patron de Dervac de continuer à mener la même vie qu'un sexagénaire en bonne forme, comme s'il n'avait pas déjà dépassé les quatre-vingt-dix ans.

« Sean chéri ! Regarde ! Mr. Ouistiti est monté avec moi sur la bouée ! »

Barkham leva machinalement la tête de l'écran de sa tablette pour tourner le regard vers la piscine. Ielena, sa très belle – et très jeune – femme, flottait sur une énorme bouée colorée, un cocktail quelconque posé en équilibre sur le rebord de l'accoudoir gonflable, son insupportable chihuahua blotti sur son ventre, terrorisé par une telle étendue d'eau. Elle leva l'animal à bout de bras en riant aux éclats, d'une manière bien trop sonore au goût de Barkham. Il l'avait épousée alors qu'elle était encore une jeune mannequin prometteuse venue de l'Est, mais il n'avait jamais réussi à s'attacher à elle. Maintenant, chacune de ses paroles, chacun de ses gestes l'irritait. Il songeait déjà à la remplacer. Une ex-épouse de plus sur une liste déjà longue. Elle partirait avec assez d'argent pour s'amuser sans jamais avoir à travailler jusqu'à la fin de ses jours, ce qui, selon lui, devait représenter une compensation suffisante pour avoir accepté de coucher pendant quelques années avec un homme de près de soixante-dix ans son aîné. Sans même avoir pris la peine de lui répondre, il reporta son attention sur l'écran.

Depuis qu'il était debout, pas une minute ne passait sans que quelqu'un tente de le joindre. Que ce soit par téléphone, par e-mail ou par message texte. Il rejetait systématiquement tous les appels et ne lisait que l'en-tête des messages. Peu lui importait ce que tous ces gens pouvaient avoir à lui dire, il ne décrocherait le téléphone que si l'écran affichait le nom de Takamori ou de n'importe quel autre larbin de Deep River.

Une bonne approcha pour vérifier qu'il ne manquait de rien. Il la congédia d'un geste impérieux qui la fit repartir précipitamment, le visage marqué par la crainte d'avoir commis un impair.

Barkham n'était pas à prendre avec des pincettes. Chaque jour, il pensait que cette affaire avait touché le fond, que le plus grave se trouvait derrière lui, et chaque jour de nouveaux événements douchaient cet espoir. Ce matin, à peine avait-il allumé sa tablette que sa boîte e-mail affichait des dizaines de messages reçus pendant la nuit. La messagerie texte n'était pas en reste ; quant à sa boîte vocale, elle était déjà saturée.

Il se passait quelque chose.

Un *splash* sonore le fit tressaillir. Ielena venait de renverser sa bouée, basculant dans l'eau avec son misérable animal. Criant et battant des bras, la jeune mannequin tentait de récupérer Mr. Ouistiti qui surnageait, paniqué, au milieu de la tache brunâtre en expansion du cocktail renversé. Les poils de chien additionnés à l'alcool sucré allaient nécessiter un filtrage complet de l'eau. Barkham retint un soupir de colère ; il ne fallait pas se laisser distraire.

La lecture de l'en-tête des messages et l'identité de leurs expéditeurs dressaient un tableau relativement inquiétant : pour l'essentiel, des directeurs de rédaction de grands journaux sollicitant une interview… Des rumeurs circulaient donc déjà. Avec une opération de cette envergure, les fuites étaient inévitables, mais là, c'était trop tôt. Trop de facteurs échappaient encore à son contrôle. Il n'osait pas ouvrir les e-mails de peur de découvrir l'ampleur des dégâts. Que pouvaient bien savoir tous ces gratte-papier ? De vagues liens entre des membres de Dervac et l'insurrection vénézuélienne ? Ou des soupçons bien plus graves sur des homicides commis aux États-Unis ?

Bah, inutile de se laisser distraire par les mauvaises nouvelles, il sera bien temps de s'en occuper lorsque ce foutu Jap de Takamori m'en aura donné de bonnes !

Et au pire, si vraiment l'opération était éventée, il avait déjà préparé un plan de secours. À l'autre bout de son domaine, un hélicoptère se tenait prêt en permanence à décoller pour l'emmener vers un terrain d'aviation d'où un jet privé pouvait décoller à n'importe quelle heure du jour ou de la nuit. Il n'aurait qu'à prétexter un « voyage d'affaires urgent pour un contrat important nécessitant sa présence sur place », et, quelques heures plus tard, il se retrouverait au Venezuela. Là-bas, débarrassé de la menace immédiate d'une arrestation, il ferait jouer les personnalités les plus influentes de son réseau de relations pour assainir la situation. Les innovations promises par cette découverte mettraient le monde à ses pieds, quelles que soient les accusations pesant sur lui.

« Chéri ! Regarde comme Mr. Ouistiti est mignon quand il est mouillé ! »

Ielena était sortie de l'eau et se tenait devant lui, avec son chien puant grelottant dans ses bras. La colère que contenait Barkham depuis plusieurs minutes explosa.

« Fous-moi la paix avec ton clébard et cesse de jacasser ! » cria-t-il.

Passant en un instant du rire aux larmes, la jeune femme quitta à la hâte la terrasse en se lamentant en russe, probablement sur le manque de cœur de son Sean chéri. Ces jérémiades tapaient sur les nerfs de Barkham, qui dut attendre qu'elle soit enfin rentrée dans la villa pour ne plus l'entendre et être en mesure de se concentrer de nouveau.

Deep River ne donnait aucune nouvelle. C'était étrange, mais pas alarmant en soi. Il se pouvait qu'ils le fassent mariner un peu pour lui rappeler à quel point ils le tenaient. C'était de bonne guerre et il le leur ferait payer le moment venu.

En revanche, l'impossibilité de joindre Benkovic était plus préoccupante. Le directeur aux affaires externes avait pour obligation de se tenir à la disposition de son patron à tout moment et, ce matin, il ne répondait à aucun de ses appels. Pas davantage que son assistante. Soit un problème sérieux s'était présenté, soit, plus probable, ces incapables ne mesuraient pas la gravité de la situation et prenaient leur temps pour se rendre au bureau.

Ah, si seulement je pouvais me charger de tout moi-même, ce serait moins le bordel !

Son téléphone sonna encore. Il s'apprêtait à rejeter cet appel, comme les précédents, lorsqu'il suspendit son geste. Le nom qui venait de s'afficher était Henry Silurski, l'adjoint au procureur général des États-Unis. Dans la constellation des hommes grassement payés pour le servir discrètement, Henry était l'une de ses plus belles prises. Disposer d'un mouchard aussi haut placé coûtait cher mais s'était déjà révélé précieux à plusieurs reprises. Le département de la Justice n'était pas précisément un allié de l'industrie pharmaceutique.

Qu'il appelle ce matin n'augurait rien de bon.

Barkham tâcha de se calmer, s'éclaircit la voix, puis décrocha : « Mon cher Henry, j'espère que vous ne m'apportez pas de mauvaises nouvelles !

— Je crains que ce “cher Henry” ne soit pas en mesure de vous répondre de sitôt. »

Bien que la voix à l'autre bout du fil ne fût pas celle qu'il attendait, elle ne lui était pas inconnue pour autant.

« Oh, monsieur le procureur général…, fit-il d'une voix blanche. Euh… Que me vaut le plaisir ?

— *Monsieur Barkham, je pense que le plaisir sera de courte durée. Depuis hier, beaucoup de monde s'agite autour d'une affaire qui a gravi tous les échelons de la justice à une vitesse déconcertante. Il faut dire que les faits rapportés sont d'un niveau de gravité rarement atteint.*

— Monsieur le procureur général, je… ne vois pas le moins du monde… à quoi vous faites allusion.

— *Disons qu'il s'agit d'une affaire impliquant des sociétés américaines de premier plan se livrant à des actions pour le moins répréhensibles à l'étranger, et même, figurez-vous, sur le territoire national.*

— Je, euh… »

L'esprit du CEO de Dervac fonctionnait à plein régime pour tenter d'élaborer une réponse à cette accusation à peine voilée, qui ne contenait pourtant pas le moindre fait concret. Si le chef du DoJ avait entendu des rumeurs mais ne disposait d'aucune preuve, il s'agissait de ne pas lui en fournir bêtement.

« Hum… Quoi que vous ayez pu entendre, ce ne sont que de déplorables racontars colportés par des concurrents sans scrupule. Je m'apprêtais d'ailleurs à répondre aux interviews de plusieurs grands journaux sur ce sujet. Ces comportements sont inqualifiables et nuisent à la bonne marche de…

— *Inqualifiables, ils le sont. Cela ne fait guère de doute lorsque l'on visionne les vidéos fournies par ce lanceur d'alerte issu de vos rangs dans lesquelles on vous entend distinctement commanditer l'assassinat de citoyens américains.* »

Barkham se tut. Son cœur battait bien trop vite. Se pouvait-il que le procureur général sache déjà tout ou bluffait-il ? En principe, Skaff devait être mort à cette heure-ci ; mais il n'en avait pas encore eu la confirmation directe par Deep River. Sean Barkham ne se souvenait pas s'être jamais senti acculé comme maintenant.

La bouche sèche comme du carton, il tenta de reprendre la main :

« Tout procureur général que vous soyez, cela ne vous donne pas le droit de proférer des accusations aussi…

— *En fait*, le coupa sèchement son interlocuteur, *je ne vous appelais pas pour cela. Enfin, pas seulement.*

— Je… euh, comment ? » balbutia Barkham, pris de court pour la seconde fois en moins d'une minute.

Derrière lui, des bruits de portes claquées et des éclats de voix se faisaient entendre. Il tâcha de les ignorer, ce n'était pas le moment de se laisser distraire.

« *Je voulais déjà vous donner des nouvelles de ce "cher Henry"*, reprit le procureur général sur le même ton ironique qu'il avait adopté dès le début de la conversation. *Celui qui vous a si souvent renseigné par le passé sur les affaires concernant votre société, au mépris des lois, de la confiance et même de l'amitié que j'avais placées en lui. Sachez qu'il a été confondu par ce même lanceur d'alerte qui semble connaître sur le bout des doigts toutes les relations, disons, non orthodoxes de Dervac. Henry est donc désormais sous la garde du FBI et, d'après ce que j'ai compris, il leur livre déjà de nombreuses informations très intéressantes.* »

Une nouvelle fois, Barkham se trouva bien incapable d'articuler un seul mot. Le château de cartes s'écroulait. Il avait beau s'y être préparé, le choc était plus difficile à encaisser qu'il ne l'avait cru.

« *Par ailleurs, pour être tout à fait honnête avec vous, monsieur Barkham, comme il m'est assez désagréable de réaliser que vous avez eu le mauvais goût de corrompre mon plus proche collaborateur, je me suis fait un devoir de vous annoncer en personne votre arrestation imminente.* »

Les cris s'intensifiaient dans la maison, au point que Barkham se leva de sa chaise pour mieux voir ce qu'il se passait. Sa femme déboula comme une furie en hurlant des invectives en russe, suivie de près par deux hommes en costume gris. D'autres *G-men* avaient envahi la villa et se déployaient un peu partout.

La dernière chose qu'il entendit dans le téléphone avant de le lâcher fut la voix, plus fielleuse que jamais, du procureur général des États-Unis lui disant :

« *Et, comme je suis un homme pratique, j'ai songé que vous garder en ligne le plus longtemps possible diminuerait le risque de vous voir prendre la fuite dans votre hélicoptère. Mais si j'en crois l'officier du FBI qui me rend compte en temps réel de l'opération, cela n'est plus nécessaire. Au revoir, monsieur Barkham.* »

46

Ruzena

9 h 22

Lorsque Ruzena revint à elle, un déferlement sonore s'abattit sur ses tympans, au point que son premier réflexe, avant même d'ouvrir les yeux, fut de porter les mains à ses oreilles. Relever les paupières s'avéra douloureux également, tant ce ciel brumeux d'un blanc éclatant – auquel elle était pourtant habituée maintenant – diffusait la lumière de manière éblouissante. Elle se contenta donc d'entrouvrir les yeux au minimum.

Un hélicoptère posé au sol, noir et énorme, emplissait son champ de vision et elle en distinguait au moins un autre à l'arrière-plan. Même si leurs pales ne tournaient qu'au ralenti, le bruit des turbines paraissait tout de même assourdissant. Le profilage de ces engins parut étrange à Ruz. Au lieu du fuselage aérodynamique tout en courbes que les appareils volants présentent en général, ceux-ci ne semblaient avoir été dessinés qu'à coups de droites et d'angles agressifs. Aucun signe distinctif n'était inscrit sur leurs coques.

Tout autour, armés et vêtus de treillis noirs, des militaires s'affairaient, transportant des caisses, triant du matériel, criant des ordres. Espérant mieux voir, Ruzena tenta de se redresser sur ses coudes, mais un éclair de douleur la dissuada d'aller plus loin dans son effort et elle se laissa retomber en arrière. Tout son corps n'était que souffrance. Celle-ci n'était pas localisée en un point précis mais semblait rayonner partout où elle était capable de la ressentir. Toutefois, bien que ce fût éprouvant, ce n'était rien en comparaison du martyre qu'elle avait enduré à la fin, lorsqu'elle avait sombré dans l'inconscience après l'explosion du vaisseau. Levant les bras avec précaution pour les examiner, elle s'aperçut que, même si la déformation due à la spore était encore visible, elle avait beaucoup régressé. Sa peau était rouge et marbrée d'avoir été autant tirée, mais sa masse musculaire actuelle l'aurait plutôt fait passer pour une culturiste que pour le monstre de foire auquel elle ressemblait encore quelques heures plus tôt.

Comment était-ce possible ? Pourquoi n'avait-elle pas connu la même fin atroce que Chris ?

Ed.

L'image de son fiancé, penché sur elle tandis qu'elle perdait connaissance, lui revint en mémoire. Elle se souvint qu'elle avait commencé à se sentir mieux à partir du moment où il lui avait injecté quelque chose…

Ed !

Plus encore que la douleur, l'inquiétude pour son fiancé la frappa avec la force d'une vague. Elle tourna alors la tête à droite et à gauche avec anxiété et l'aperçut qui reposait juste à côté d'elle, sur un brancard similaire au sien, une perfusion au bras lui aussi. Ses paupières étaient fermées et sa poitrine se soulevait lentement au rythme de sa respiration.

À ce moment, les moteurs des hélicoptères furent coupés et le vacarme commença à décroître à mesure que les turbines ralentissaient.

Infiniment soulagée de voir Edward en vie, Ruzena tendit le bras pour lui prendre la main et il ouvrit les yeux aussitôt. Penchant la tête vers elle, il lui sourit tendrement.

« Ma belle, bon retour parmi nous », dit-il.

Le bruit mourant des hélicoptères avait couvert ses paroles, mais la jeune femme avait compris tout de même. Elle remarqua que le gonflement généralisé avait presque disparu chez lui aussi.

« Tu as réussi, parvint-elle à articuler tandis que les turbines se taisaient pour de bon. Tu as trouvé un remède. »

Il secoua la tête négativement : « Pas un remède. Juste un antidote.

— Ton idée a fonctionné, fit-elle avec un sourire. La spore t'a permis de trouver comment lutter contre elle-même. Tu as retourné la force de l'adversaire contre lui.

— Oui, en quelque sorte. Disons simplement que la nature est bien faite. J'y ai trouvé un allié qui m'a permis d'inhiber la toxine, sans l'éliminer pour de bon. Il la tient en respect et fait régresser les symptômes les plus dangereux. Cela ne nous guérit pas ; cela nous permet de vivre avec. Ce n'est donc pas une solution de long terme – il faudra mener une véritable étude en laboratoire pour en venir à bout –, mais cela nous donne du temps. Je pense que d'ici quelques jours, nos corps auront retrouvé une apparence à peu près normale. »

Si Ruzena l'entendait, elle ne l'écoutait pas vraiment. Une seule pensée occupait son esprit, plus forte que toutes les autres.

« Tu l'as fait, souffla-t-elle, émue aux larmes. Tu t'es inoculé cette toxine mortelle juste pour me sauver. »

Edward lui lâcha la main pour lui caresser le visage en souriant sans répondre. Ils restèrent ainsi pendant un long moment, sans se préoccuper de l'agitation autour d'eux. Puis Edward raconta :

« Dès que j'ai compris que je tenais un antidote, je me le suis injecté, puis j'ai aspergé d'essence tout le matériel avant d'y mettre le feu. Ensuite, je suis parti à ta recherche dans la jungle. J'ai avancé au jugé dans la direction approximative des tirs que j'avais entendus de ton combat. J'étais désespéré. Les chances que tu aies survécu à Chris et à son arme terrible me paraissaient si minces. Pire encore, j'ai rapidement compris que, seul dans cette jungle et de nuit, jamais je ne serais capable de te retrouver… C'est là que je les ai vus. »

Il s'interrompit un instant, reprit la main de Ruz et la serra fort.

« D'abord, j'ai cru à de simples hallucinations dues à la fatigue, ou peut-être même à un symptôme secondaire de l'intoxication. Puis les formes lumineuses se sont précisées peu à peu et j'ai compris que je les voyais. Eux. Les Étrangers. Je les ai reconnus aux descriptions que tu m'en avais faites. Contrairement à toi, je n'entendais aucune voix. Ils ne me parlaient pas. Au début, je n'ai pas prêté attention à eux. Je battais la forêt à ta recherche, rien ne me ferait dévier de cette tâche. Puis j'ai remarqué qu'ils semblaient m'inviter à les suivre. Alors j'ai compris. Et je me suis rué dans leur direction. J'ai couru comme un damné pendant une vingtaine de minutes et, soudain, un cataclysme a ébranlé tout le plateau et une explosion titanesque m'a jeté au sol au milieu d'une pluie de débris de branches. Lorsque j'ai pu enfin me relever, ils n'étaient plus là. J'en aurais pleuré de rage. J'y avais cru, j'étais persuadé qu'ils me mèneraient à toi et je me retrouvais de nouveau seul. »

Edward, la gorge nouée par l'émotion, dut s'interrompre de nouveau.

« C'est là que j'ai entendu ta voix, reprit-il. Tu ne te trouvais même pas à dix mètres de moi, étendue, presque inconsciente. En plein délire, tu parlais toute seule, tenant des propos incohérents. Je me suis jeté à tes côtés et j'ai préparé fébrilement la première injection. Tu étais déjà en phase finale et je craignais qu'il ne soit trop tard pour intervenir. Mais ça a marché... Je ne sais pas si les Étrangers qui m'ont accompagné étaient réels ou si je les ai imaginés dans un état second. En revanche, je suis sûr que sans eux je ne t'aurais jamais trouvée... »

Une larme roula sur sa joue.

« Mon amour, fit Ruzena d'une voix rauque, il faut que je te dise quelque chose. Je... »

À ce moment, une silhouette massive surgit auprès d'eux, coupant net l'élan de la jeune femme.

La quarantaine bien passée, une tendance évidente à l'embonpoint, l'homme arborait une expression bienveillante qui tranchait avec sa carrure.

« Mademoiselle Iskovna, fit-il d'une belle voix grave, je suis ravi de vous voir éveillée. Néanmoins, je vous informe que vous allez avoir affaire à la justice pour avoir détruit un avion qui ne vous appartenait pas. »

Ruzena demeura bouche bée devant l'incongruité de la déclaration, mais l'homme dissipa aussitôt le malaise en éclatant de rire.

« Navré, c'est plus fort que moi, il faut toujours que j'essaye de détendre l'atmosphère alors que je n'ai pas le moindre don pour l'humour !

— Ruz, fit Edward, je te présente Clinton Fisher. Il a débarqué de nulle part avec une équipe de militaires, des vrais cette fois, et s'apprête à nous évacuer. Il m'a raconté des choses édifiantes pendant que tu étais inconsciente…

— Et je ne doute pas, ajouta Clinton, que vous allez également m'en apprendre beaucoup, mademoiselle. En réalité, mon enquête sur le vol d'un PC-6 a pris… disons, une certaine ampleur, qui, je pense, devrait vous éviter des conséquences judiciaires désagréables… À vrai dire, vous devriez même recevoir des félicitations de la part de gens assez haut placés. Mais rien de tout cela ne sera officiel, bien sûr… Pour le moment, je vous laisse prendre un peu de repos, nous devrions redécoller d'ici une heure ou deux, le temps d'être sûrs d'avoir récupéré toutes les pièces à conviction possibles, et d'avoir décontaminé tout ce qui devait l'être. »

Levant deux doigts vers sa casquette pour prendre congé, il tourna les talons et les laissa de nouveau seuls.

Ruzena haussa les sourcils d'un air stupéfait à l'intention d'Edward, qui répondit en souriant : « Un sacré personnage, n'est-ce pas ? Même si je ne le connais pas encore vraiment, il me fait bonne impression. Mais, lorsqu'il est arrivé, tu allais me dire quelque chose qui avait l'air important, non ? »

L'expression de la jeune femme changea du tout au tout.

« Un souvenir m'est revenu. Peut-être le plus important. Ce que j'avais voulu t'annoncer quand l'interruption de nos communications s'est produite. »

Ed la dévisagea soudain avec une telle intensité qu'elle pensa qu'il avait déjà deviné.

« Mes nausées n'avaient rien à voir avec les baies…

— Tu es enceinte ! » s'écria-t-il.

Il se redressa en grimaçant de douleur, s'assit au bord de son brancard et se pencha pour embrasser Ruzena. Elle ferma les yeux et s'abandonna à cet instant, savourant le sentiment d'en avoir terminé pour de bon avec ce cauchemar de cinq jours. Toutefois, au milieu de cette éclaircie, un nuage noir s'attardait.

Lorsque leurs lèvres se séparèrent, elle demanda, sur un ton incertain :

« Crois-tu que le développement du bébé puisse être affecté par la spore ? »

Le visage d'Edward se rembrunit.

« C'est un risque, en effet. Cependant, tu n'as subi ce syndrome que durant vingt-quatre heures, c'est très court. En revanche, la spore est toujours présente en toi. Donc il faudra surveiller l'évolution de la grossesse de très près. Je te promets que cela fera partie de mes premiers axes de recherche dès que je serai de nouveau à pied d'œuvre. »

16 h 59

Assise dans la cabine d'un des hélicoptères en compagnie d'Edward, de Clinton Fisher et de plusieurs militaires, Ruzena regardait défiler l'infini tapis vert de la jungle amazonienne. Il était vertigineux d'essayer de se représenter les dimensions de cette entité naturelle. Comment ne pas se sentir écrasé par l'immuabilité d'une telle puissance brute ? La forêt paraissait insensible aux fourmis humaines s'agitant à sa périphérie, qui grignotaient pourtant sa surface saison après saison, affaiblissant un règne établi depuis des millions d'années. Un jour, dans son coupable aveuglement, l'humain terrasserait peut-être le géant ; mais pour le moment, contempler cette immensité ramenait chacun à sa proportion de vermisseau se tortillant à la surface d'une planète qui l'ignorait royalement. Si Ruz avait trépassé dans « l'enfer vert », cela n'aurait rien changé pour la forêt. Quelques protéines en plus pour les charognards et une pincée de sels minéraux supplémentaires dans le sol, voilà tout.

Malgré cela, Ruzena ressentait comme un serrement de cœur en quittant cet endroit. Même s'il lui avait fallu y lutter pour sa survie, elle n'avait jamais considéré la forêt comme une ennemie. Au contraire, à plusieurs reprises, elle s'était même révélée une alliée.

Sentant un regard sur elle, Ruz détourna les yeux de ce spectacle et s'aperçut que Fisher la dévisageait. Il tapota sur l'une des oreillettes de son casque. Comprenant ce qu'il attendait d'elle, Ruz porta la main à son propre casque pour enclencher le bouton de communication.

« Tout va bien, mademoiselle ? » fit une voix dans son oreille, rendue nasillarde par la réception.

Sur le côté, Edward releva la tête pour les regarder, mais les militaires ne bronchèrent pas. Il n'y avait qu'eux trois sur ce canal.

« Ça va mieux que ce matin, répondit-elle. C'est juste que ça me fait un peu bizarre de quitter cet endroit. C'est comme si… »

Elle n'osa pas terminer sa phrase, de peur de passer pour une illuminée. Du fait de son amnésie, elle avait presque l'impression d'avoir vécu une seconde naissance ici, d'être repartie de zéro. Le fait que sa mémoire lui revienne peu à peu n'y changeait rien.

Fisher hocha lentement la tête, dans un geste qui sembla être davantage que de la politesse ; il paraissait comprendre les pensées qui la troublaient.

« Ces hélicoptères sont étonnamment silencieux, fit-elle pour changer de sujet, gênée.

— L'armée dispose d'engins surprenants, en effet. Ils ne font presque aucun bruit et sont indétectables au radar. Des caractéristiques qui se sont avérées bien utiles pour vous porter secours en un temps aussi limité.

— En traversant l'espace aérien du Venezuela sans autorisation, traduisit-elle.

— La ligne droite est le plus court chemin entre deux points, n'est-ce pas ? Demander une autorisation officielle en ces temps de tensions entre nos deux pays n'aurait pas permis de vous venir en aide à temps…

— … et de nettoyer tout le bazar semé par une société américaine en territoire étranger. »

Fisher sourit d'un air entendu.

« Mademoiselle Iskovna, je ne travaille pas… *plus* pour le gouvernement, donc je ne chercherai pas à le défendre. Sachez simplement que, en l'occurrence, nos autorités ne sont pour rien dans le drame qui s'est joué sur ce tepuy et que, au contraire, elles s'échinent à remettre de l'ordre là où cela est nécessaire. »

Edward posa la main sur celle de sa fiancée et intervint : « Ruz, d'après ce que j'ai compris, M. Fisher…

— *Clinton*, s'il vous plaît.

— Clinton a soulevé des montagnes pour déclencher cette opération de sauvetage. Au départ, il ne faisait que mener une enquête de routine sur le vol d'un avion de tourisme… »

Ruzena hocha la tête à son tour pour montrer qu'elle avait compris.

« J'espère que ce vieux Stan ne m'en voudra pas trop.

— À la façon dont il rechignait à vous incriminer, affirma Clint pour la rassurer, vous n'avez pas trop de souci à vous faire. Il était bien plus inquiet pour vous que pour son PC-6. Les assurances remplacent les avions, pas les amis. »

Cette fois, Ruzena sourit franchement. Ce type commençait à lui plaire.

Tandis qu'un sursaut de douleur dans ses membres lui arrachait une grimace, elle essaya de changer de position sur la banquette étroite, tout en ménageant sa perfusion.

« D'ici quelques heures, vous serez dans un appareil plus confortable, annonça Fisher. Un jet du gouvernement nous attend à l'aéroport de Boa Vista, au nord du Brésil – avec l'accord des autorités locales, cette fois –, d'où nous repartirons vers les États-Unis sans survoler le Venezuela. Ne soyez pas surprise si à bord se trouvent quelques huiles de la CIA ou du FBI. Toute cette affaire embarrasse beaucoup de monde.

— Que va-t-il se passer pour les dirigeants de Dervac ? interrogea Edward. Va-t-il leur suffire de tirer quelques ficelles ?

— Je ne pense pas. Ils sont allés trop loin. Leurs actions ne sont pas seulement criminelles, elles menacent la sécurité du pays. Leur bras ne sera jamais assez long pour échapper à de sévères sanctions. Ils sont déjà tous interpellés, certains jusque dans leurs jets privés alors qu'ils tentaient de fuir à l'étranger. Le groupe a été mis sous tutelle temporaire.

— Et pour les troubles fomentés au Venezuela ?

— Les États-Unis ne peuvent pas reconnaître officiellement qu'une de ses sociétés les plus emblématiques en est responsable, bien sûr. Toutefois, je crois savoir qu'ils ont fait une proposition d'assistance pour lutter contre la guérilla séparatiste. Proposition qui a été aussitôt rejetée, comme vous vous en doutez. Mais je pense que l'armée vénézuélienne viendra à bout de cette fausse rébellion sans difficulté, il ne s'agissait que de poudre aux yeux. Ce sera même peut-être l'occasion d'affaiblir certains cartels. »

Un trou d'air secoua brutalement la cabine, obligeant tout le monde à se cramponner l'espace d'un instant.

« Quel effroyable gâchis ! reprit Edward sur un ton amer. Humain et scientifique. Toutes ces vies supprimées, c'est déjà tragique, mais le bilan pour la science est bien funeste aussi. Les connaissances perdues en quelques jours sont incalculables. Qui sait quels progrès formidables cette découverte aurait pu apporter à l'humanité ?

— Si j'ai bien compris ce que vous m'avez brièvement expliqué, fit Clinton Fisher, ces… Étrangers étaient des explorateurs. Peut-être reviendront-ils ?

— Peut-être. Il faut l'espérer pour le genre humain. J'ai toujours pensé que si un contact survenait un jour, cela forcerait nos congénères à relativiser leurs propres différences. Comment continuer à faire la guerre à son voisin lorsque l'on sait faire partie d'un ensemble si vaste ?

— Ma modeste expérience me permet de douter qu'une telle prise de conscience puisse survenir un jour. Mais cet optimisme vous honore, Ed. J'avais déjà eu l'occasion de remarquer, durant mon enquête, que vous présentiez un profil fort différent des anciennes équipes dirigeantes de Dervac. Avez-vous déjà songé à de plus hautes fonctions ? »

Ed haussa les sourcils.

« L'intégralité des directeurs et les principaux cadres ont été arrêtés, continua Fisher. Le temps nécessaire pour tirer au clair les responsabilités des uns et des autres pourrait se révéler assez long et, en attendant, Dervac est décapitée. Le démantèlement a été un temps envisagé, mais l'entreprise est trop grosse pour une telle mesure. Il va donc falloir remplacer d'autorité tout ce beau monde. Et je commence à me demander si, dans le fond, vous ne seriez pas le plus indiqué pour prendre la tête – temporairement, s'entend – de cette firme… »

Stupéfait, Edward expira d'un coup.

« Êtes-vous vraiment habilité à faire de telles propositions, Clinton ?

— Hé, hé, non, pas vraiment. Disons que j'ai toujours une oreille qui traîne à droite, à gauche et que j'ai entendu des gens réfléchir à cette hypothèse. »

Ed regarda Ruz qui souriait, à la fois de la roublardise sympathique de Fisher et de la réaction d'Edward, flatté et gêné en même temps.

« Vous remercierez ces gens de leur sollicitude, mais je ne crois pas… non, je suis *sûr* que je ferais un mauvais dirigeant puisque je n'éprouve aucune attirance pour le pouvoir et le genre de responsabilités qui vont avec.

— Voilà précisément pourquoi vous feriez un bon dirigeant. »

Edward secoua la tête avec conviction : « Et en vertu de ce paradoxe, la plupart des entreprises humaines sont menées par ceux qui se révèlent plus aptes à la conquête du pouvoir qu'à son exercice. Peut-être est-ce là une fatalité dont il faudra s'accommoder ? De toute façon, même si j'avais un quelconque intérêt pour ce genre de poste, je serais tout de même obligé de décliner l'offre. Car, voyez-vous, avec la recherche sur cette spore, un sacré défi scientifique m'attend qui nécessitera toute mon attention. Et surtout, d'ici quelques mois, ce monde comptera une créature de plus, à laquelle je compte bien consacrer tout le reste de mon temps. »

Trois mois plus tard

47
Skaff

12 h 03

Jim Skaff sortit sur le balcon de l'appartement où il était confiné, au dernier étage d'un immeuble de West Harlem, et s'alluma une cigarette. Après avoir tenu plusieurs années sans fumer, il avait replongé récemment. Trop de chamboulements dans sa vie, trop de pression ; il avait fini par craquer.

On le laissait accéder au balcon, car, sur les côtés, deux parois de béton le séparaient des voisins directs et, en face, la vue était dégagée, sans vis-à-vis. Aucun risque, donc, de prendre une balle.

Il aspira une longue bouffée, l'expulsa tout aussi longuement, puis s'accouda au garde-corps pour s'absorber dans la contemplation de la rue. Vus du vingtième étage, les gens paraissaient bien petits et les voitures ressemblaient à des jouets éparpillés sur le sol d'une chambre d'enfant. À midi, ce coin de New York était étonnamment calme. Ce quartier excentré était un dortoir ; les habitants partaient tôt le matin et ne revenaient qu'en fin d'après-midi pour les plus chanceux, à la nuit tombée pour les autres. Voilà pourquoi le programme de protection des témoins avait choisi cet appartement.

Le bruit de la porte-fenêtre glissant sur ses rails fit se retourner Jim. L'agent Jugko se pencha à l'extérieur pour dire : « Je fais du café, ça vous tente ?

— Non merci, fit Skaff avec un geste de remerciement. J'en ai déjà trop bu ce matin. »

L'autre acquiesça d'un signe de tête et referma derrière lui. L'agent Jugko et sa collègue avaient beau s'efforcer d'arrondir les angles en se montrant aussi aimables que possible, il n'échappait pas à Skaff que leur rôle ne se limitait pas à sa protection, mais s'étendait aussi à sa surveillance. Car, s'il était aujourd'hui le principal témoin dans la monumentale affaire Dervac, il n'en demeurait pas moins l'un des accusés. Certes, l'accord passé avec le procureur lui garantissait l'immunité au terme du procès, mais à la seule condition qu'il déballe tout devant les juges le moment venu. Si jamais il se défilait, il serait inculpé dans la minute sous tous les chefs d'accusation les plus graves du Code pénal. Toutefois, il n'y avait pas à s'inquiéter de ce côté-là, il était fermement décidé à coopérer au maximum.

Aujourd'hui, il était clair pour lui que la décision de contacter Saul Hames avait été l'une des meilleures de sa vie, bien que prise un peu tardivement au goût de certains membres du bureau du procureur. Elle lui avait évité d'être entraîné dans ce désastre et de croupir à Rikers Island en attendant le procès, comme tous les principaux directeurs de Dervac, y compris Benkovic. Le quotidien d'un témoin sous protection n'avait rien d'enviable, c'était entendu, mais que dire de celle d'un fuyard à vie, se terrant dans des planques miteuses, la peur au ventre à l'idée d'être retrouvé par la police ou, pire, par des sicaires aux ordres des cartels ?

Même une fois le procès terminé, et son immunité confirmée, Jim savait que le FBI voudrait lui faire passer encore plusieurs années sous protection, afin de s'assurer qu'il ne risquait plus rien, et lui offrir une nouvelle identité. Ce serait dur ; toutefois, il y était prêt. On lui avait assuré que le programme de reconversion était très efficace et qu'il s'appliquerait aussi, bien évidemment, à Jim junior et à Karen. Lorsque, dans les moments de doute, il sentait sa détermination se fissurer, il pensait à eux et son moral remontait en flèche.

Découvrir qu'il éprouvait toujours des sentiments sérieux à l'égard de Karen avait été l'une des nombreuses conséquences inattendues de cette histoire. Dans le fond, toutes ces années passées à Dervac lui avaient fait endosser un rôle qui ne lui ressemblait pas vraiment, une sorte de transformation spontanée en personnage détestable, réaction inconsciente quasi darwinienne pour s'adapter à son environnement. Une fois sorti de ce milieu délétère, une fois pris suffisamment de recul, il avait mesuré à quel point il était devenu un salaud. Ces quelques mois hors de Dervac, hors de tout business, avaient agi comme une cure de désintoxication et il avait conscience que, sans ces événements, il aurait pu passer toute sa vie à se comporter de la sorte sans rien trouver à y redire, devenant peu à peu une crapule dénuée de toute humanité telle que son ancien grand patron, Sean Barkham. Or, il valait mieux que cela. Il le savait maintenant parce qu'il le voyait dans les yeux de son fils et de son ex-femme à chacune de leurs visites.

Désormais, tout ce qui le faisait tenir, c'était l'espoir de reconstruire quelque chose avec eux. Ce serait probablement long et difficile, mais si cela aboutissait un jour, alors toute cette histoire insensée aurait servi à quelque chose. Et d'ailleurs, durant les rares moments qu'on leur accordait ensemble, il lui avait semblé deviner chez Karen comme l'amorce d'un nouveau sentiment pour lui. Comme si, depuis qu'il avait quitté le trust pharmaceutique, qu'il était redescendu sur terre, elle semblait l'apprécier de nouveau. Cet espoir lui donnait du courage pour affronter la tourmente judiciaire qui se profilait à l'horizon.

Il écrasa sa cigarette et, pour la millième fois depuis trois mois, fit un effort sur lui-même pour ne pas en allumer une nouvelle tout de suite. Au lieu de cela, il ouvrit la porte vitrée et lança avec une jovialité forcée : « OK, Jugko, vous avez gagné, je vais prendre une tasse de votre lavasse ! »

48

Fisher

20 h 55

La première pensée qui avait traversé l'esprit de Clinton en découvrant le lac Michigan était qu'on ne voyait pas la rive opposée. L'étendue liquide était si vaste que même les arbres les plus hauts en face disparaissaient sous l'horizon. Sans la clarté cristalline de l'eau et l'absence de vagues, on aurait presque pu se croire en bord de mer. Et, à cette heure tardive, le soleil était si bas sur l'horizon que cela paraissait encore plus frappant. Un vrai coucher de soleil de station balnéaire.

« Moi qui suis venu jusqu'ici pour m'épargner les vacances à la plage, fit-il tout haut en s'esclaffant, me voilà bien ! »

Installé dans un rocking-chair sur le perron fait de planches disjointes du vieux chalet qu'il avait loué, il croisa les jambes sur le garde-corps branlant et ralluma le reste de cigare de la veille qui traînait encore dans le cendrier.

Se balancer sur un rocking-chair sous un auvent de chalet…

Comme souvent, il s'amusa intérieurement de constater à quel point il ne pouvait s'empêcher de se mettre dans des situations confinant au stéréotype.

Il faut t'y faire, mon vieux, tu n'es pas un type très original.

Il ouvrit le livre posé sur ses jambes et en retira le marque-page. Après avoir avalé toute l'œuvre de Steinbeck, il venait d'attaquer celle d'un autre écrivain non moins fameux : Joseph Conrad. Son choix s'était porté sur lui, d'une part parce que son père possédait plusieurs de ses ouvrages, mais aussi parce que sa curiosité avait été piquée d'apprendre que, bien que sa langue maternelle fût le polonais, l'auteur écrivait directement en anglais. Pour Clint, qui ne connaissait que l'anglais, il paraissait déjà surhumain de parler couramment une langue étrangère ; alors *rédiger un roman* dans une autre langue que celle que l'on tenait de sa mère semblait relever d'une prouesse impensable.

Fidèle à son habitude, il avait commencé par le premier texte de l'auteur : *La Folie Almayer*. De prime abord, cela n'avait rien à voir avec Steinbeck. La langue était bien plus riche que celle de l'Américain, plus belle même (pour autant qu'un gros détective ignare puisse en juger), mais, en contrepartie, il s'avérait bien plus ardu de pénétrer dans l'univers du Polonais. Le récit s'installait d'emblée dans une certaine noirceur dont l'œuvre de Steinbeck était exempte. Car, même si ce dernier se faisait souvent l'écho de situations sociales terriblement dures, il ne parvenait jamais à se départir d'un relatif optimisme, probablement lié à son profond humanisme. Steinbeck aimait ses personnages.

Avec Conrad, Clint avait vite compris qu'il fallait s'attendre à plonger dans les méandres obscurs de l'âme humaine, et cela lui paraissait nettement moins engageant. Néanmoins, il était prêt à donner sa chance au capitaine-romancier. Ne serait-ce que le temps d'atteindre son quatrième roman, son œuvre la plus célèbre, au titre si étrangement attirant : *Au cœur des ténèbres*.

Les ultimes rayons du soleil s'éteignirent en disparaissant derrière les cimes de la forêt qui bordait le lac et contournait le chalet. La douceur vespérale ne tarderait pas à se muer en froid. Sous ces latitudes, même en été, les soirées sont fraîches ; aussi, un petit brasero installé sur le perron permettait-il de profiter du crépuscule jusqu'au bout. Fisher se releva et glissa une allumette sous l'empilement de vieux papiers et de bois sec qu'il avait préparé en prévision de ce moment.

Lorsqu'il avait annoncé à ses amis qu'il comptait se rendre dans le Nord, on l'avait regardé avec des yeux ronds ; quelle idée d'aller passer ses vacances dans un endroit où l'on doit porter un pull même en été ! En fait, plus il vieillissait et moins il appréciait la moiteur du Sud. Désormais, la fraîcheur de ces régions reculées – ainsi que la solitude qu'on pouvait y trouver – lui convenait mieux. Il songeait même à venir s'installer dans le coin pour ses vieux jours.

Après qu'il eut soufflé quelques minutes sur les flammes naissantes, le feu crépita dans le brasero, dispensant une douce chaleur et une forte odeur typique de la combustion du pin. Clinton s'installa de nouveau dans le rocking-chair et s'ouvrit une bière. Ce n'était pas vraiment la boisson de référence pour une soirée au coin du feu dans la forêt, mais il n'aimait ni le thé ni le chocolat chaud, et encore moins la tisane. En dehors de l'eau, les seuls liquides autorisés à transiter par sa gorge se devaient de posséder quelques molécules d'alcool, éventuellement accompagnées de bulles.

Il avala plusieurs gorgées puis posa son regard sur les criques environnantes, devenues si sombres qu'on n'en distinguait presque plus les détails. Les éventuels promeneurs de passage étaient repartis depuis longtemps. À l'idée qu'il n'y avait plus âme qui vive à des dizaines de kilomètres à la ronde, Clint ne put retenir un sourire de contentement. Car, au-delà du plaisir simple de vivre au cœur de la nature sauvage et de passer ses journées à lire, ce que le détective privé était venu chercher dans ce coin perdu était avant tout l'isolement.

À peine quelques jours après son retour d'Amérique du Sud, l'affaire Dervac avait éclaté dans la presse et un ouragan médiatico-politico-juridique lui était tombé dessus. Ulcéré par le comportement des dirigeants du trust pharmaceutique, le gouvernement n'avait rien fait pour minimiser l'ampleur du scandale et avait joué la carte de la transparence complète en livrant une grande partie du dossier aux médias. Comme on pouvait s'y attendre, le retentissement avait été considérable. Planétaire même, car, au-delà de la gravité des crimes commis et des répercussions économiques résultant de la déstabilisation d'une entreprise de cette taille, c'était aussi l'ampleur de la découverte scientifique qui interpellait l'opinion publique mondiale.

Ce que beaucoup de scientifiques soupçonnaient depuis longtemps trouvait ainsi une confirmation spectaculaire : non seulement la vie existait ailleurs que sur

Terre, mais l'intelligence aussi. Les spécialistes de toutes nationalités s'étaient montrés à la fois enthousiastes et catastrophés, avides de prendre connaissance des moindres détails de cette découverte et effarés par sa disparition. Pour la science, il s'agissait à la fois d'un bond spectaculaire et d'une tragédie. À peine l'humanité apprenait-elle qu'elle n'était pas seule dans l'Univers que toutes les preuves disparaissaient.

Bien entendu, les complotistes du monde entier s'en étaient donné à cœur joie. En gros, ils se répartissaient en deux groupes : soit cette affaire n'était qu'un mensonge intégral destiné à détourner l'attention des véritables machinations ourdies dans l'ombre par les gouvernements contre leurs peuples, soit tout était vrai, et l'élimination des preuves était délibérée pour cacher le fait que des extraterrestres bien vivants avaient été découverts et placés en captivité… ou bien avaient remplacé les chefs d'État de tous les pays ? Clinton ne savait plus très bien.

De nombreux ingénieurs et spécialistes en exobiologie rongeaient leur frein en attendant que Ruzena et Edward soient enfin libérés de leurs obligations judiciaires, afin de pouvoir recueillir leur témoignage précis, comptant sans doute parvenir à en tirer des données scientifiques exploitables. En parallèle, une souscription internationale avait été lancée dans le but de financer une expédition de grande envergure sur le tepuy, qui utiliserait les techniques les plus modernes d'investigation dans l'espoir de découvrir d'éventuels éléments ayant échappé à la destruction. Toutefois, Fisher leur prédisait une sévère déception ; il avait vu le cratère laissé par l'explosion de l'objet et savait qu'il n'y avait plus rien à trouver là-bas, à part de la poussière.

La partie si étrange du témoignage de Ruzena concernant « le fantôme » d'une de ces entités avait, quant à elle, été passée sous silence. Si Clint ignorait les raisons exactes de cette omission, il supposait que le gouvernement, en dépit d'une transparence inédite pour une affaire de cette envergure, préférait tout de même garder les informations les plus intéressantes pour lui, sûrement le temps d'en étudier l'intérêt stratégique. Cela dit, il avait cru comprendre que Ruzena elle-même ne souhaitait pas s'étendre sur cette expérience personnelle.

Clinton n'avait pas oublié que toute cette histoire avait commencé pour lui lorsqu'il avait été engagé pour retrouver la trace d'un PC-6 volé. Dès que le FBI l'avait laissé libre de ses mouvements, il s'était rendu au Cape Coral Airfield pour remettre à Stanley un rapport officiel qui lui permettrait de faire valoir ses droits auprès de l'assurance, mais surtout pour le rassurer sur l'état de santé de sa casse-cou favorite. Cela dit, la jeune femme avait pu s'en charger elle-même quelques jours plus tard, lorsqu'elle avait enfin reçu l'autorisation de passer des appels téléphoniques depuis l'hôpital où elle était retenue en quarantaine. Elle avait tenu à s'excuser elle-même et, bien entendu, Stan l'avait enguirlandée d'avoir songé, ne serait-ce qu'un instant, qu'il pût lui en vouloir.

Par la suite, Fisher avait également reçu une visite amicale de Wes Marantorp qui venait lui proposer de reprendre du service, en montant en grade au passage. Clint l'avait remercié pour l'aide précieuse qu'il lui avait apportée mais avait décliné l'offre. Dans le fond, même le job de détective privé ne lui convenait plus vraiment. Lui avait-il jamais plu, d'ailleurs ? En fait, il se demandait s'il n'allait pas plutôt essayer d'écrire un livre sur cette affaire. Maintenant qu'il y avait pris goût, la littérature lui semblait être un univers bien plus attirant que les filatures, les planques ou l'épluchage de rapports de police. Et, pour le coup, l'histoire existait déjà et elle était célèbre avant même que le bouquin soit écrit ! Il faudrait très certainement demander quelques conseils à des amis plus cultivés que lui pour améliorer sa prose, mais, après tout, le seul risque qu'il courait était d'essuyer le refus d'un éditeur. Lui qui avait passé quinze ans à pratiquer un métier où l'on peut recevoir une balle à chaque sortie, cela lui semblait supportable comme perspective. Et de plus, il lui faudrait demander un coup de main à Ruz pour la partie sur le tepuy, ce qui lui donnerait une bonne excuse pour les forcer à lui rendre visite, elle et Ed.

À leur sortie de quarantaine, Fisher avait commencé à les fréquenter. Au début simplement pour poser à Ruzena les quelques questions nécessaires à la finalisation du dossier d'assurance, et aussi, il faut bien le dire, pour assouvir sa curiosité sur certains des points les plus étonnants de leur aventure. Puis, peu à peu, de réels liens d'amitié s'étaient établis entre eux et, aujourd'hui, il croyait pouvoir dire qu'ils étaient amis. Plus il apprenait à les connaître, plus il appréciait ces jeunes gens et espérait qu'ils ne seraient pas victimes de séquelles inattendues du mal mystérieux qu'ils avaient contracté. De toute façon, Edward était probablement l'une des personnes les plus indiquées sur cette planète pour étudier leur propre cas !

Son téléphone vibra près du cendrier, interrompant ses pensées. Même au bout du monde, on trouvait toujours du réseau et Clint, à sa grande honte, bien que recherchant l'isolement, n'avait pu se résoudre à abandonner son portable.

Tiens, en parlant du loup !

Il venait de recevoir un message de Ruzena, accompagné d'une pièce jointe.

« *Première photo du bébé !* clamait-elle avec de nombreux smileys. *P.-S. : J'espère que tout va bien pour toi dans ta cabane, nous te rendrons visite dès qu'on nous laissera partir. Bises.* »

Fisher ouvrit la pièce jointe ; c'était la photo d'une échographie. Comme n'importe qui devant l'image d'un bébé, il commença par sourire bêtement. Mais, à force de la regarder, il finit par éprouver un léger malaise et son sourire s'effaça.

Il avait beau se raisonner, se dire que son trouble n'était dû qu'à l'aspect toujours un peu étrange et vaguement inquiétant que confère une échographie, il ne pouvait s'empêcher de trouver à ce petit être comme un air de créature d'un autre monde.

Fin

Remerciements

Je tiens à remercier les personnes suivantes pour l'aide qu'elles m'ont obligeamment apportée durant la rédaction de ce livre : Ambra Mari, directrice de recherche au CNRS, pour sa patience et le temps passé à m'aider à rendre vraisemblables les parties concernant la biologie ; Jimmy Bussière et Jean-Baptiste Carré, pour leurs renseignements sur la survie en milieu hostile ; Fabrice Ségura, pour les informations concernant le pilotage d'un monomoteur et la gestion d'un atterrissage d'urgence ; Pierre Valton, pour ses explications détaillées sur les techniques de spéléologie ; et enfin, pour les passages en espagnol, Michael Hasselin et Noemi Vázquez López, ainsi que Cédric Jeanneret et Joaquín Granero. Et merci à tous les autres que j'aurais malencontreusement oublié de citer !

Ouvrage composé par
PCA 44400 Rezé

Imprimé en Espagne par
Liberdúplex
à Sant Llorenç d'Hortons (Barcelone)
en septembre 2021

POCKET – 92, avenue de France – 75013 Paris

S31817/01